Stefan König, 1959 in München geboren, gilt international als Bergexperte. Er leitet das FILMFEST ST. ANTON (www.filmfest-stanton.at) und hat Sachbücher und Romane zu alpinen Themen geschrieben: unter anderem die Biographie Luis Trenkers »Bera Luis«, die preisgekrönten Erzählungen »Sternstunden des Alpinismus«, den Himalaya-Thriller »Die Nanga-Notizen« und die dramatische Liebesgeschichte »Auf dem hohen Berg«. Stefan König lebt in Iffeldorf (Oberbayern) mit Blick auf die Berge.

Dieses Buch ist ein Roman. Handlungen und Personen sind frei erfunden. Ähnlichkeiten mit lebenden oder toten Personen sind rein zufällig.

STEFAN KÖNIG

Schattenwand

ALPEN KRIMI

emons:

Mix
Produktgruppe aus vorbildlich bewirtschafteten
Wäldern und anderen kontrollierten Herkünften
www.fsc.org Zert.-Nr. GFA-COC-001223
© 1996 Forest Stewardship Council

Umschlagzeichnung: Heribert Stragholz
Druck und Bindung: CPI – Clausen & Bosse, Leck
Printed in Germany 2009
ISBN 978-3-89705-619-0
Alpenkrimi
Originalausgabe

»So wird ein Hüttenabend unter den
Laaserwänden zu einem unvergesslichen Erlebnis:
gesellig, romantisch, stimmungsvoll.
Hoch überm Tal, in der großen Einsamkeit der Berge.
Eine Auszeit, die Sie sich unbedingt gönnen sollten.
Das Allerbeste für Leib und Seele …«
Aus dem örtlichen Fremdenverkehrsprospekt

Eine alte Geschichte

Der Abend war mild, und es würde auch eine milde Nacht werden. Der Sommer drängte heran, durch das schräg gestellte Fenster kam der Duft der Kastanienblüte ins Haus.

Es ging auf elf zu, als es bei Hörmanns im Wiener Stadtteil Atzgersdorf an der Tür läutete. Hörmanns besaßen ein kleines Reihenhaus mit einem winzigen Garten nach hinten raus und einem noch winzigeren Vorgarten am Eingang.

Im September würde Karl Hörmann den Beruf an den Nagel hängen können. Er zählte die Monate, die Wochen, die Tage. Wenn es endlich so weit wäre, so hatten sie es sich gedacht, würden sie sich noch einige lang gehegte Wünsche erfüllen. Wünsche, deren Erfüllung sie immer wieder verschoben hatten. Zum Beispiel eine Reise nach Australien, um dort seine Cousine zu besuchen und natürlich einiges von diesem Kontinent kennenzulernen. Aber nicht nur solch exotischem Ziel widmeten sie sich mit Vorfreude: Sie sehnten sich auch danach, einfach mehr Zeit zu haben fürs gemeinsame Unterwegssein. Wie gern sie doch wanderten, draußen in der Buckligen Welt, an der Rax und am Schneeberg. Sie hatten sich schon mittels Wanderkarten eine Tour zurechtgelegt, die sie in einigen Wochen gleichsam von der Haustür aus kreuz und quer durch die Vorgebirgsregionen ihrer näheren und weiteren Heimat führen würde.

»Wer kann das noch sein?«, fragte Lisbeth. Sie bekamen nicht oft Besuch, und wenn, dann nicht zu dieser späten Stunde.

»Scobraneks?«

Scobraneks waren die Nachbarn zur Rechten. Zu ihnen hatten sie den besten Kontakt, und bisweilen half man sich aus, wenn irgendwo Not am Mann war. Aber Scobraneks waren nicht da, waren verreist. Das wussten sie beide.

»Vielleicht Frau Jung.«

»Nicht um diese Zeit«, sagte Karl. Und energisch fügte er hinzu: »Wir machen nicht auf.«

Er drückte auf die Off-Taste der Fernbedienung. Im selben Augenblick erstarb die Stimme der Nachrichtensprecherin.

»Aber man kann doch draußen sehen, dass bei uns Licht brennt«, sagte Lisbeth. »Jeder weiß, dass wer daheim ist.«

»Egal. Wir machen nicht auf.«

Es klingelte wieder. Mehrfach. Fordernd. Fast schon aggressiv.

Lisbeth wäre jetzt am liebsten zur Tür gegangen, aber er hielt sie am Handgelenk fest.

»Ruhig«, sagte er mit einer Stimme, die sie und auch ihn selbst glauben machen sollte, dass er ganz Herr der Lage sei. »Wir müssen nicht aufmachen. Soll man ruhig sehen, dass Licht brennt. Was verpflichtet uns, aufzumachen? Noch dazu um diese Uhrzeit.«

Es läutete noch einmal, lang anhaltend, durchdringend. Und dann hörten sie einen kurzen lauten Schlag und darauf das Bersten von Holz. Es gab keinen Zweifel: Jemand drang gewaltsam in ihr Haus ein.

Lisbeth drängte sich an ihren Mann, der noch immer die Fassung bewahrte und zum Telefon griff, das auf einem Beistelltischchen neben der Couch stand. Aber ehe er auch nur die erste Ziffer der Notrufnummer drücken konnte, standen zwei Männer im Wohnzimmer.

Beide Hörmanns begannen vor Angst zu zittern.

Unaufgefordert legte Karl den Hörer wieder aufs Telefon.

»Was wollen Sie?«, fragte er mit fast tonloser Stimme. »Bitte verlassen Sie unser Haus.«

Bei den beiden Eindringlingen handelte es sich um adrette junge Männer. Der eine war eigentlich noch kein Mann. Ein Jugendlicher. Vielleicht sechzehn. Viel älter ganz bestimmt nicht. Sie waren gepflegt gekleidet, sportlich, mit Jeans, Poloshirts, pastellfarbenen Pullundern. Und beide trugen sie gut sitzende Lederhandschuhe. Der Ältere hatte braunes Haar, der Junge hellblondes. Der Blonde trug Scheitel, der andere einen Schnitt, den Leute im Alter der Hörmanns als »Stiftenkopf« bezeichneten.

Der Dunkle sprach.

»Es tut uns sehr leid, dass wir so spät noch stören müssen. Und für den Schaden an der Tür möchte ich mich auch im Namen meines Kollegen entschuldigen.« Er nickte dem Jüngeren freundlich zu. »Wir haben mehrmals geläutet.«

Lisbeth war überrascht von den höflichen Umgangsformen der Einbrecher. Fast überraschter noch war sie davon, dass keiner von ihnen eine Waffe trug. Der ältere der beiden, er war vielleicht zwanzig, wirkte, als käme er von der Polizei-Akademie. Es hätte sich aber auch um junge Bankleute handeln können, die den Anzug und die Krawatte für den Abend gegen etwas Legeres eingetauscht hatten. Der eine schon Kundenberater, der andere gerade erst am Anfang der Ausbildung. Aber was wollten sie?

»Bitte«, sagte sie. »Bitte sagen Sie uns, was Sie von uns wollen.« Sie zitterte am ganzen Körper. Auch ihre Stimme zitterte. »Bitte tun Sie uns nichts.«

Der Junge lächelte freundlich. Er hatte blaue Augen, strahlend blaue Augen, so strahlend und so kalt wie polierter Stahl.

»Sie machen sich zu viele Sorgen. Nehmen Sie doch erst einmal Platz. Nebeneinander, ja, dort auf der Couch. Das Telefon können Sie getrost außer Acht lassen. Was wir zu bereden beziehungsweise zu klären haben, ist schnell erledigt. Vorausgesetzt, Sie sind bereit, Ihren Verpflichtungen nachzukommen.« Es sprach auch jetzt nur der Ältere, der Junge lächelte nur und sah sich im gediegenen Wohnzimmer um.

»Welche Verpflichtungen? Was wollen Sie von uns?« Karl Hörmann klang fast hysterisch jetzt.

»Ganz ruhig. Setzen Sie sich hin, setzen Sie sich zu Ihrer Frau. Es lässt sich gewiss alles ganz leicht klären. Ich hoffe das zumindest. Für Sie hoffe ich das.«

Der Dunkle setzte sich in einen Sessel. Der Junge blieb stehen, schaute sich um.

»Sie haben vor exakt zwei Monaten eine Rechnung über 2740 Euro bekommen. Mehrwertsteuer inklusive. Unser Auftraggeber hat mehr als die zum Zahlungsziel erklärten zwei Wochen gewartet, ehe er Ihnen eine Mahnung zugeschickt hat. Bis hierher alles klar?«

Karl wollte protestieren. Er konnte sich an eine Rechnung erinnern. Ein dubioser Briefkopf, der Firmenname war ihm entfallen. Aber er wusste noch, dass ihnen für eine nie in Anspruch genommene Vermögensberatung der genannte Betrag in Rechnung gestellt worden war. Dabei hätten sie sich doch niemals irgendwo anders als bei ihrer Bank beraten lassen. Schon gar nicht bei einem Unterneh-

men, von dem man nichts wusste, von dem man noch nie gehört hatte. Er erinnerte sich auch noch daran, dass er überlegt hatte, mit dem Brief zur Polizei zu gehen. Aber er hatte befürchtet, dass er da nur unnötig aufgehalten werden würde, vielleicht eine Stunde in der Dienststelle sitzen müsste, bis ein Protokoll aufgenommen wäre. Er hatte die Rechnung zusammengeknüllt und in den Müll geworfen. Jetzt wusste er, dass er die Polizei hätte informieren sollen. Diese Typen sollten das Geld eintreiben. Von so etwas hatte er schon gehört: dass skrupellose Geschäftemacher skrupellose Schläger schickten, um an Geld zu kommen. Aber diese Geldeintreiber hatte er sich immer anders vorgestellt. Und überhaupt: Er schuldete doch niemandem etwas.

»Unser Auftraggeber hat sogar noch weit mehr Kulanz gezeigt, als es das Gesetz vorschreibt. Er hat noch eine zweite Mahnung geschickt. Auch diese Frist haben Sie verstreichen lassen …«

Karl konnte sich weder an eine erste noch an eine zweite Mahnung erinnern. Aber das war jetzt nicht das Problem. Das Problem waren die beiden Männer. Das freundliche Lächeln konnte ihn nicht darüber hinwegtäuschen, dass es sich bei den beiden um mehr als unangenehme Zeitgenossen handelte.

»Es geht hier und heute also darum, dass Sie uns den geforderten Betrag von 2740 Euro aushändigen, bar und sofort. Und dazu noch eine Bearbeitungsgebühr von zwanzig Prozent.«

»Macht alles zusammen dreifünf«, sagte der Junge. »Da braucht man nicht lange zu rechnen.« Es war das erste Mal, dass er etwas sagte.

Es war still im Raum. Man hörte nur das Atmen von Karl Hörmann. Lisbeth fasste sich als Erste:

»Wir haben nie viel Bargeld im Haus. So viel schon gleich gar nicht.«

Schwer atmend fügte Karl hinzu: »Wir sind aber auch … gar niemandem etwas schuldig … Das muss … muss ein Irrtum sein.«

Der Dunkle lachte. Das Lachen passte nicht zu seiner gepflegten Erscheinung. Es klang rau, grob, gefährlich.

»Hast du das gehört?«, fragte er seinen knabenhaften Komplizen. »Irrtum. Es soll ein Irrtum sein. Bekommen Rechnungen und Mahnungen und zahlen einfach nicht. Und sagen dann auch noch, dass alles nur ein Irrtum ist.«

Wieder lachte er.

Und dann begann er zu schreien: »Ich lass das nicht länger mit mir machen! Jeder kommt mir mit diesen miesen Tricks! Erzählt mir was von Irrtum und kein Geld daheim. Ich bin ein gutmütiger Mensch! Bin ich nicht ein gutmütiger Mensch?«

Er sah mit einem unverhohlenen Grinsen zu dem Jungen, fuhr dann leiser fort:

»Ich tu keiner Fliege was zuleide. Aber ich lass mich auch nicht provozieren. Verstehen Sie, Alter? Ich lass mich von Ihnen nicht verarschen. Sie gehen jetzt an Ihren Safe oder Ihre Geldkassette, oder meinetwegen holt Madame die Kronjuwelen aus dem Nachttisch, aber hören Sie mir sofort auf mit dem Gejammere. Klar? Ist das klar? Hallo, die Herrschaften. Ich will eine Antwort!«

Mit sanftem Lächeln sagte der Blonde, der lässig hinter dem Sessel stand: »Sie sollten die richtige Antwort geben. Und Sie sollten vor allem wissen, dass es nur eine richtige Antwort gibt.«

Lisbeth begann zu schluchzen. Es klang wie ein Röcheln. Ihr Mann nahm sie bei der Hand. Er nickte. Er hatte verstanden.

Der Dunkle hatte plötzlich eine Waffe in der Hand, wahrscheinlich hinten aus dem Hosenbund gezogen. Karl war alles andere als ein Experte für Pistolen und Revolver, aber um zu erkennen, dass vornedrauf ein Schalldämpfer war, dafür hatte er genug Krimis im Fernsehen gesehen.

Lisbeth nickte. Jetzt war auch ihr ganz klar, dass sie nichts anderes tun konnte, als Zustimmung zu signalisieren. Egal was die Männer wollten und forderten. Ohne darüber nachgedacht zu haben, war ihr in diesem Moment völlig bewusst, dass sie stärker war als ihr Mann, belastbarer, psychisch robuster. Sie musste sich der Situation stellen. Er konnte es nicht.

Neben ihr auf der Couch sackte Karl mehr und mehr in sich zusammen. Er war grau im Gesicht. Sie fürchtete, er könnte ohnmächtig werden und sie allein lassen in dieser fürchterlichen Situation.

»Was sollen wir tun?«, fragte er leise.

Ihr Tonfall wurde jetzt energischer. »Sagen Sie uns, was wir tun sollen, und ich werde versuchen, das irgendwie hinzukriegen.«

Der Dunkle grinste. Er wirkte jetzt überhaupt nicht mehr wie ein Polizeischüler. Sein Gesicht war brutal, und seine Augen verrieten, dass er ohne das geringste Zögern die Waffe auch abdrücken würde.

»Gut«, sagte der Blonde. »Sie haben hundert Punkte: Genau die richtige Antwort.« Er lachte und blies dabei die Luft durch die Nase. »Nächste Frage: Wie viel Bargeld haben Sie im Haus? – Sie sollten uns nichts verschweigen. Ich bin da ja nicht so. Aber mein Kollege hier nimmt so etwas immer gleich persönlich. Sie verstehen?«

»Dreihundert oder vierhundert Euro etwa.« Lisbeths Antwort kam ohne eine Sekunde des Nachdenkens. »Mehr nicht. Aber ich könnte Ihnen meine Uhr geben, ein Armband, Ringe, vielleicht einige von den Bildern.«

Der Blonde sah sich um. An den Wänden hingen Bilder, nicht sehr groß, in edlem Holz gerahmt. Stillleben und Landschaften. Nicht kitschig, aber auch nicht so, dass sie nach richtig viel Geld aussahen. Nichts, was ihm gefiel. Das Einzige, was ihm überhaupt gefiel hier bei den beiden Alten, war eine kleine Schneekugel aus Glas, die in Griffweite auf einem Sideboard stand. Die nahm er und stellte sie sich auf die flache behandschuhte Hand. Während er weitersprach, ließ er die Glaskugel in seiner Hand auf und ab wippen, sodass es in ihrem Inneren zu schneien begann. Dicke weiße Flocken rieselten herab auf ein Skiläuferpaar aus den zwanziger oder dreißiger Jahren.

»Ihr Angebot in Ehren.« Er schnaubte wieder und grinste wie Robert Redford in »Der Clou«. »Wirklich, wir wissen das zu schätzen. Aber ich mache Ihnen einen anderen Vorschlag. Und bestimmt finden Sie den auch ganz okay …« Die Schneekugel gefiel ihm so gut, dass er sie nahm und in der engen Hosentasche verstaute.

Lisbeth sah ihren Mann an. Er hatte die Ellenbogen auf die Knie gestützt und war gerade dabei, den Kopf in die Hände zu legen. Doch er sah noch einmal hoch. Seine Augen waren weit offen. Er blickte zu den Eindringlingen und dann zu ihr. Lisbeth schluckte. Ihr Hals war wie ausgetrocknet. In den Augen ihres Mannes sah sie zweierlei: plötzliche Erkenntnis – und tiefste Todesangst. Und im selben Moment wurde ihr klar, dass diese Männer es nicht dabei bewenden lassen würden, ihnen nur ihr Geld wegzunehmen.

»Der Vorschlag ist«, sagte der Ältere, »dass Sie mit mir zum nächsten Geldautomaten gehen. Kleiner Spaziergang. Während es sich mein Kollege und Ihr Mann hier gemütlich machen. Vielleicht trinken sie ein Bier miteinander. Oder ein gutes Glas Wein …«

»Ja«, sagte sie, ohne auch nur einen Moment lang zu zögern. »Ja, machen wir es so.«

Sie erhob sich von der Couch, strich ihren cremefarbenen Rock glatt und fuhr sich mit beiden Händen durchs graubraune Haar. Sie sah die beiden Männer an, ganz kurz nur, doch lang genug, um sich die beiden Gesichter einzuprägen für alle Ewigkeit.

Dann sah sie zu ihrem Mann. Wie ein Häuflein Elend hockte er da, in sich zusammengesunken, voller Angst. Er schaute zu ihr auf.

»Lass mich gehen«, sagte er. »Lass mich das Geld holen.«

Doch in seiner Stimme lag nichts als Verzweiflung und Angst.

Sie strich ihm übers Haar. Es war immer noch dunkel, trotz seines Alters. Er hatte es nie färben müssen. Es war voll und fest. Sie hatte sein Haar immer geliebt. »Nein«, sagte sie. »Du bleibst hier. Ich mache das.«

Sie beugte sich zu ihm hinunter, küsste sein Haar, nahm sein Gesicht zwischen beide Hände, küsste ihn auf die Augen, die Nase, den Mund. Sie versuchte, die Tränen zurückzuhalten, aber ganz gelang ihr das nicht.

»Ich gehe jetzt auf die Toilette und mache mich kurz zurecht. Dann können wir.«

Der Ältere nickte seinem Kumpan zu. Dann folgte er Lisbeth und wartete vor dem Gäste-WC. Die Wohnzimmertür ließ er offen, sodass ihm nichts entgehen konnte.

Der Blonde hatte sich die Schneekugel wieder aus der Hosentasche genommen. Er spielte damit herum und hielt gleichzeitig Karl Hörmann in Schach, hörte die Klospülung und das Wasser ins Waschbecken rauschen.

Lisbeth öffnete den schmalen Spiegelschrank, so leise es nur ging. Da lagen eine Nagelfeile, eine Nagelschere, ein Deospray stand neben einem Raumluftspray. Auch ein Kamm mit spitzem Stiel. Den würde sie nehmen. Dann aber sah sie die große Haushaltsschere liegen, die mit dem blauen Plastikgriff. Die hatte hier eigentlich nichts verloren. Doch die nahm sie. Nahm sie in die zur Faust geballten Hand, führte lediglich den Zeigefinger durch einen der ringförmigen Griffe.

Sie hatte gespürt, dass weder Karl noch sie diese Nacht überleben würden. Sie hatte den beiden Verbrechern noch einmal in die Gesichter gesehen, und ihr war unwiderruflich klar geworden, dass diese Männer sie töten würden. Egal ob sie ihr Geld bekämen oder nicht. Hinter der Fassade war die Brutalität nur schlecht verborgen.

Der Abschied von ihrem Mann war ein Abschied für immer gewesen. Sie wusste, dass sie ihn soeben zum letzten Mal gesehen hatte. Sie war ins WC getreten, hatte sich angezogen auf den Klodeckel gesetzt und ein kurzes Gebet gesprochen. Sie war wieder aufgestanden, hatte, um kein verdächtiges Geräusch nach draußen dringen zu lassen, die Spülung betätigt, sodass sie nun einige Augenblicke hantieren konnte, ohne dass dieses Schwein dort draußen Verdacht schöpfen würde.

Jetzt beugte sie sich nah an den Spiegel, die Schere vor der Brust. Dass sie die Männer nicht überwältigen konnte, das war ihr bewusst. Wahrscheinlich würde sie nicht einmal den einen, der vor der Tür stand, außer Gefecht setzen können. Aber wenn sie schon sterben mussten, sie und ihr Mann, der keiner Fliege je etwas zuleide getan hatte, dann sollte wenigstens der dort draußen, der Dunkle mit der Pistole, seinen Preis dafür bezahlen.

Lisbeth lehnte sich an die Wand neben der Tür. Sie drückte die Stirn gegen die kalten weißen Fliesen. Die Schere hielt sie immer noch vor der Brust.

Und dann begann sie zu stöhnen.

Der Dunkle hörte ein Röcheln. Er glaubte, dass die Frau zusammenbräche, vielleicht irgendwas mit dem Herzen hatte.

»Was ist los?«, rief er und riss die Tür auf. Er hatte darauf bestanden, dass nicht zugesperrt wurde. »Was ist?«

Er sah die Frau direkt neben der Tür an der Wand. Und er merkte, dass es nicht gut um sie stand.

»Was ist los bei dir?«, rief der Blonde aus dem Wohnzimmer.

Der Dunkle reckte den Hals in den Flur, gab zur Antwort: »Weiß nicht. Die Alte hat irgendwas. Weiß nicht, was.«

Dann tat er einen Schritt ins WC.

Die Waffe hatte er gesenkt. Aber selbst wenn er sie im Anschlag gehabt hätte, wäre seine Reaktion nicht schnell genug gewesen.

Der Angriff kam völlig überraschend. Er hatte die Frau nicht für voll genommen, schon gar nicht jetzt, da sie abzunibbeln schien.

Den Fehler erkannte er, als sie sich auf ihn stürzte, als er ein Messer oder eine Schere im Licht der Toilette aufblitzen sah, als er merkte, dass er nicht mehr in der Lage war, auszuweichen, die Arme nicht mehr hochbrachte, sein Gesicht nicht mehr schützen konnte.

Das Auge. Lisbeth Hörmann, die nie im Leben mit jemandem

gekämpft, die niemanden je körperlich verletzt oder gar getötet hatte, fixierte das linke Auge des Mannes. Sie konzentrierte sich nur auf das linke Auge, sah nichts anderes mehr als dieses Auge, in das sie die Schere rammen wollte, nach Möglichkeit bis tief hinein ins Hirn.

Alle Angst war in diesem Augenblick von ihr gewichen. Kein Zittern mehr, keine Sorge mehr um sich oder ihren Mann. Nur noch Entschlossenheit. Und Leere.

Kein Gedanke mehr. Außer der Erkenntnis, dass sie es tun konnte. Dass sie, die brave Lisbeth Hörmann, in der Lage war, einen Menschen zu töten.

Geahnt hatte sie es immer. Wenn sie sich als junge Frau vorgestellt hatte, einem Vergewaltiger ausgeliefert zu sein, dann hatte sie sich immer ausgemalt, wie sie sich wehren würde. Nicht nur mit Kratzen und Beißen. Die Daumen würde sie dem Kerl in die Augen drücken, sie würde ihm die Finger in die Nasenlöcher rammen und versuchen, ihm die Nase aus dem Gesicht zu reißen. Und ohne mit der Wimper zu zucken, würde sie einem derart malträtierten Mann auch noch einen Stein auf den Kopf schlagen, um ihm den Rest zu geben. Einem Tier hätte sie nichts tun können, einem Menschen schon.

Sie erkannte das in dem Moment, als sie die Doppelklinge der Schere in Richtung des Auges stach. Sie sah die Überraschung und das Erschrecken des Mannes in diesem Auge. Dieses Auge erkannte in ihr den Tod. Und sie stach zu.

Hätte der Dunkle nicht noch eine kleine Bewegung geschafft, der Stich wäre wahrscheinlich tödlich gewesen. Lisbeth führte die Schere mit solcher Gewalt, dass sie ihm quer durchs Hirn und hinten wieder hinaus hätte gehen müssen.

Wegzukommen gelang ihm nicht mehr. Natürlich wollte er zur Seite springen, wollte sich wegducken, wollte schießen. Aber der Raum war viel zu eng. Und in seiner Bewegung holte die Schere ihn ein. Sie bohrte sich durch seine linke Wange, er hörte das Bersten von Zähnen, ein grauenvoller Schmerz schoss ihm bis unter die Schädeldecke. Er merkte, wie sich sein Mund von einem Moment auf den anderen mit Blut füllte. Dass auch die Zunge durchstoßen war, aufgespießt wie ein Fisch auf einer Harpune, spürte er im Schmerzchaos, das in seinem Kopf tobte, überhaupt nicht mehr. Das Blut drängte aus ihm heraus. Er machte den Mund auf, und ein Schwall ergoss sich auf den weißen Boden. Die Frau trat einen Schritt zurück. Sie hatte keine Waffe mehr in der Hand. Die steckte in seinem Gesicht.

Vor Schmerzen konnte er sich kaum mehr auf den Beinen halten. Aber er schaffte es noch, die Pistole zu heben und abzudrücken.

Lisbeth Hörmann sah den Blitz des Mündungsfeuers und spürte im selben Moment etwas Heißes in ihrem Körper. Sie konnte die Stelle nicht genau orten, sie glaubte, irgendwo unter der Brust.

Es war gar nicht schlimm.

Sie hatte sich das schmerzvoll vorgestellt, so schmerzvoll, dass sie schreien müsste. Aber dem war nicht so.

Sie lächelte.

Als der Mann zum zweiten Mal abdrückte, lächelte sie.

Die Kugel traf sie mitten ins Herz.

1

Als sie die Augen aufschlug, hatte sie nicht die geringste Ahnung, wo sie sich befand. Auch wusste sie nicht, ob sie lebte, ob sie träumte oder ob sie längst tot war. Ihren Körper spürte sie nicht. Wenn sie etwas spürte, dann am ehesten ihren Kopf. Ihr Kopf fühlte sich an wie ausgehöhlt. Erst nach und nach stellten sich weitere Empfindungen ein.

Die Zunge war ihr schwer, ihr Mund ganz trocken.

Die erste Frage, die sie sich stellte, war: Wo bin ich? Die Antwort, die sie sich darauf gab, hatte mit der Frage nur bedingt zu tun: Ich lebe. Ich lebe wirklich noch …

Sie lag zur Seite gedreht, lag in einem Bett. Ihr Blick fing ein Fenster; die Vorhänge, helle Vorhänge vor pastellfarbener Wand, waren zurückgezogen. Draußen ein Baum, herbstlich, das Laub braun, rot und gelb, aber viele Blätter schienen schon davongeweht worden zu sein.

Das Fenster war zu, es war warm im Zimmer. Aber vielleicht täuschte sie sich ja auch: Ihr Kopf fühlte sich heiß an. Ein Bild an der Wand, ein Gemälde, nicht sehr groß, in Messing gerahmt. Sie wurde nicht schlau aus dem Bild; zeigte es eine Landschaft, oder waren die hellen, freundlichen Farben nur so hingetupft? Oder einfach nur mit der Absicht, den Betrachter aufzuheitern, ihn in eine gute Stimmung zu versetzen?

Krankenhaus, dachte sie. Sie wusste nicht, wie sie darauf kam. Sie sah keine medizinische Apparatur, kein metallenes Nachtkästchen, keine Menschen in Weiß. Und doch war sie sich mit einem Mal gewiss, in einem Krankenhaus zu sein.

Aber warum? Wie war sie hierhergekommen? Und was war mit ihr geschehen? Ein Unfall? Immerhin wusste sie, wer sie war, wie sie hieß, wo sie wohnte: Marielle Czerny, Studentin der Sozialwissenschaften, nebenbei als Bergführeranwärterin tätig, Wohnsitz Innsbruck-Lohbach.

Als Kind – das fiel ihr jetzt ein – war sie einmal mit einer schweren Gehirnerschütterung ins Krankenhaus gebracht worden. Sie war damals acht oder neun gewesen, es war noch in Linz, und sie war von der Schaukel im Garten gestürzt und mit dem Hinterkopf auf dem Grasboden aufgeschlagen. Schmerzen hatte sie keine gehabt, zumindest zunächst nicht, aber sie hatte ihren Namen vergessen, wusste nicht mehr, in welche Klasse sie ging und in welcher Straße sie wohnte. Zum Glück kam alles binnen einer Stunde zurück. Die Ärzte stellten die Diagnose, behielten sie zwei Tage zur Beobachtung in der Klinik, verordneten weitere Schonung – und abgesehen von gelegentlichen Kopfschmerzen, die sie auf jenen Unfall zurückführte, erlitt sie keinerlei Folgeschäden.

Habe ich beide Arme? Beide Beine?

Panik stieg in ihr hoch und machte ihren Kopf noch heißer. Sie wollte rufen, wollte sich bemerkbar machen, wollte, dass jemand käme und ihr sagte, was es mit dieser Situation auf sich hatte. Wollte hören, dass sie Arme hätte, Arme und Beine. Aber die Zunge schien angeschwollen ihren Mund völlig auszufüllen, und die Lippen waren wie zugeklebt. Sie hörte sich sonderbare Laute ausstoßen, das war alles.

Dann vernahm sie eine Stimme. Hinter sich. Die Stimme eines Mannes. Ein leichtes Krächzen lag darin.

»Ganz ruhig«, sagte der Mann. »Sie müssen sich nicht echauffieren. Es ist alles gut.«

Und wenige Sekunden danach fügte er hinzu: »Warten Sie, ich komme zu Ihnen hinüber.«

Sie hörte das Quietschen von Gummi, hörte den Mann angestrengt atmen. Dann saß er vor ihr – im Rollstuhl.

Krankenhaus, Rollstuhl, gelähmt. Sie begann, sich ihre Situation zusammenzureimen. Sie glaubte allmählich, verstehen zu können. Es war ein Schock.

»Beruhigen Sie sich«, sagte der Mann, dem das Flackern in ihren Augen offenbar nicht entging. »Ich weiß, ich habe hier eigentlich gar nichts verloren. Aber weil ich schon mal hier war ... Ich dachte mir, schaust mal nach der Czerny ... Sie haben geschlafen ... Da habe ich mir die Karten auf Ihrem Nachttisch angesehen ... Sie müssen schon entschuldigen ...«

Sie kannte den Mann. Irgendwoher kannte sie ihn. Aber das war jetzt nicht die Frage. Die Frage war, ob sie ihre Beine noch hatte, ob sie sich überhaupt noch bewegen konnte. Oder ob sie ihr weiteres Leben im Rollstuhl verbringen würde.

Lieber tot, dachte sie. Lieber möchte ich weiterschlafen und nie mehr aufwachen.

»Ich habe alles in der Zeitung gelesen«, sagte der Mann. »Sie haben ganz schön was durchgemacht.«

Irgendwoher kannte sie diesen Mann. Selbst in ihrem diffusen Bewusstseinszustand bemerkte sie, dass er ungepflegt wirkte: die Haare wirr, dazu ein dürrer Bart, der ungestutzt bis über den Hals wuchs. Sein Erscheinen bereitete ihr noch zusätzliches Unbehagen. Einerseits. Andererseits war sie froh, nicht allein auf der Welt zu sein. Vielleicht konnte er ihr sagen, was mit ihr los war.

»Bitte ...«, presste sie zwischen kaum geöffneten Lippen hervor. »Meine Beine ... bitte ... sagen Sie mir ... was ist ...?«

»Ruhig«, sagte er. »Sie dürfen sich nicht aufregen.« Er rollte noch etwas näher an ihr Bett heran.

»Sie haben wirklich viel durchgemacht. Aber Sie werden schon wieder auf die Beine kommen. Zumindest hört und liest man das so.«

Sie hatte also ihre Beine noch. Auch wenn sie ihren Körper nicht spürte. Fast nicht. Sie merkte, dass sie auf ihrem linken Arm lag. Und sie fühlte, dass sie die Finger ihrer rechten Hand bewegen konnte.

»Was ist ... passiert?«

Der Mann schüttelte den Kopf und legte die Stirn in Falten. »Sie wissen es nicht? Sie wissen es wirklich nicht? Nein, das glaub ich nicht. Sie spielen mir was vor. Hab ich recht?«

Marielle Czerny hatte keine Ahnung, was das sollte.

Sie sah den Himmel im Fenster. Und sie sah das marmorartige Muster des Linoleumbodens. Sie konnte die Hand bewegen, den Arm und jetzt auch den Kopf. Den Kopf zu bewegen verursachte ihr Mühe. Und der dumpfe Schmerz nahm dabei zu.

Den Mann kannte sie, dessen war sie sich jetzt ganz gewiss. Sie hatte ihn gesehen, öfter als einmal, irgendwo. Wo, das müsste sich erst noch klären. Er war ihr nicht sympathisch. Wahrscheinlich war er ihr noch nie sympathisch gewesen.

»Wer sind Sie?« Ihre Worte kamen jetzt schon etwas deutlicher. Noch hatte ihre Stimme keine Kraft, aber es tat sich etwas. »Wer sind Sie? Und was machen Sie hier?«

»Sie haben recht«, sagte er. »Ich weiß so viel über Sie, und Sie wissen gar nichts über mich. Ich sollte mich wohl vorstellen.«

Sie drehte sich langsam, ganz langsam auf den Rücken. Bis jetzt wusste sie ja gar nicht, was sich sonst noch im Zimmer befand. Vielleicht war sogar noch jemand da, ohne dass sie es wusste.

»Also: Was wollen Sie wissen? Name, Adresse und so, nehme ich an. Da kann Ihnen geholfen werden. Paul Schwarzenbacher, sechsundvierzig, seit vier Jahren MS, was Multiple Sklerose bedeutet und die Krankheit ist, die mich von innen her schubweise zerstört und die mich irgendwann auf dem Gewissen haben wird. Klingt ganz schön sentimental, oder?«

Marielle sah die Kanüle in der Beuge ihres rechten Arms, und sie sah den dünnen durchsichtigen Schlauch. Eine farblose Flüssigkeit tröpfelte still und gleichmäßig hindurch. Sie drehte sich noch ein bisschen weiter und war froh, dass es gelang. Sie war nicht gelähmt. Sie konnte sich bewegen, wenn auch noch schwerfällig und nur unter großen Anstrengungen.

»Was wollen Sie hier? Was wollen Sie von mir?«, fragte sie weiter.

Sie nahm jetzt den Rest des Zimmers wahr. Eine Tür mit Milchglasfenster im oberen Teil. Ein Nachtkästchen, weiß lackiert und mit einem chromglänzenden Griff. Ein Strauß aus weißen und rosa Rosen stand darauf, daneben eine Tasse. Und um die Blumenvase war eine ganze Schar von Glückwunschkarten drapiert.

Sie wusste nicht, wann ihr Geburtstag war. Aber sie war sicher, dass sie nicht gerade jetzt Geburtstag hatte.

»Was wollen Sie von mir?«, fragte sie noch einmal, ohne den Mann namens Schwarzenbacher dabei anzusehen.

Diesmal kam die Antwort gleich: »Ihr Fall interessiert mich.«

An der Wand neben dem Bett entdeckte sie Druckknöpfe und Schalter. Bestimmt würde man mit irgendeinem davon nach einem Arzt oder einer Schwester läuten können.

»Wirklich, Ihr Fall interessiert mich sehr. Natürlich könnte man die Akte schließen, und wahrscheinlich wird es von Polizei und Staatsanwaltschaft auch getan. Aber da sind noch einige Fragezeichen. Da wüsste ich nur zu gerne Antworten darauf. Und Sie sind nun mal die beste Zeugin. Oder sehe ich das falsch?«

Marielle wandte ihm den Kopf zu. Mit ihrem Blick zielte sie auf seine Augen. Sie entdeckte ein Lächeln in den Augenwinkeln. Und dieses Lächeln war ihr überhaupt nicht angenehm.

»Sind Sie von der Polizei?«, fragte sie. Aber während sie die Frage aussprach, meldeten sich auch schon tiefe Zweifel. Dieser Mann, wie er da ungepflegt im Rollstuhl saß, konnte unmöglich von der Polizei sein. Aber was wollte er? Wer war er wirklich?

Sie sah wieder hinüber zur Tür und hoffte, dass jemand käme und sie erlöste. Sie streifte die Lichtknöpfe mit einem Blick. Wenn sie einfach alle drücken würde, dann würde gewiss etwas geschehen. Aber vielleicht würde sie dann nicht erfahren, zumindest jetzt nicht, was dieser Schwarzenbacher von ihr wollte.

Sie ließ es sein.

»Ich hab Ihnen gesagt, dass ich nicht weiß, was geschehen ist. Sie werden mir also schon erzählen müssen, was Sie damit meinen: mit meinem Fall.«

»So viele Fragen auf einmal«, sagte Schwarzenbacher. »Ob ich von der Polizei bin. Und ob ich Ihnen gleich auch noch erzähle, was Sie ja am besten wissen müssten ...«

Von irgendwo her – Marielle hatte nicht gesehen, wo er sie verborgen hatte – holte er eine zusammengerollte Zeitung und zeigte ihr die schon arg ramponierte Titelseite.

Er hielt ihr die Zeitung hin, aber Marielle machte keine Anstalten, sie entgegenzunehmen. Sie sah dicke Lettern mit dicken Balken unterstrichen, sah ein Foto, das sie selbst zeigte, wie sie von zwei Männern gestützt wurde.

»M-ö-r-d-e-r-i-s-c-h-e B-e-r-g-t-r-a-g-ö-d-i-e«, las Schwarzenbacher vor, und er schien dabei nicht nur jede Silbe, sondern tatsächlich jeden Buchstaben zu betonen.

»Junge Bergführerin entrinnt der weißen Hölle nur knapp – der Hüttenmörder stirbt in Lawine«.

Marielle machte die Augen zu. Ganz fest zu. Wollte nichts mehr sehen von dieser Welt. Aber sie konnte die Stimme des Mannes nicht abstellen. Seine Worte drangen in sie ein wie ein Lötkolben in Butter.

»Hören Sie auf«, sagte sie. Es klang wie eine Mischung aus Stöhnen und Flüstern. »Sie sollen aufhören ...«

Sie warf ihren Kopf auf dem Kissen hin und her und krampfte die Finger ins Laken. »Aufhören, aufhören, aufhören ...«

Der Mann faltete die Zeitung zusammen und legte sie zur Seite. »Wahrscheinlich glauben Sie, dass ich Sie quälen will. Da irren

Sie. Und zwar gewaltig. Ich würde Ihnen das gern ersparen. Aber es wird Ihnen nicht erspart bleiben. Wenn Sie je wieder ganz normal leben wollen, ohne Alpträume, meine ich, ohne Angst vor der Nacht, ohne Angst vor dem Winter, dann müssen Sie diesen Weg gehen. Und je früher Sie sich auf den Weg machen, desto besser ist es …«

Marielle schluchzte. Sie hatte ihr Gesicht wieder abgewandt von dem Mann im Rollstuhl. Sie hatte Angst vor ihm. Und zugleich spürte sie, dass sie keine Angst haben musste. Der Mann war nicht alt, und er war nicht jung – sechsundvierzig! Ihr fiel wieder ein, dass er sein Alter mit sechsundvierzig angegeben und sich als Paul Schwarzenbacher vorgestellt hatte –, sein Haar war lang, es fiel bis fast auf die Schultern, und es wirkte so ungepflegt wie seine ganze Erscheinung. Selbst wenn sie sich nicht vor ihm fürchten musste, so würde sie doch nie Sympathie für ihn empfinden können.

Marielle wischte sich mit der freien Hand Tränen aus den Augen und von den Wangen.

Sie entschied sich dafür, dem neuerlichen Impuls, nach Schwester oder Arzt zu läuten, zu widerstehen. Stattdessen wollte sie herausfinden, wer dieser Mann war und wie er hier hereinkam, in ihr Krankenhauszimmer, und vor allem: warum er hier war. Was wollte er?

»Was wollen Sie eigentlich von mir?«

Sie drehte sich zu ihm um und versuchte, ihre Stimme energisch klingen zu lassen, was ihr aber nicht gelang. Ihre Stimme war schwach, das merkte sie selbst.

»Bevor Sie noch lange drum herumreden«, sagte sie trotzdem mit Entschlossenheit, »sagen Sie mir jetzt, was Sie wirklich wollen.«

»Was ich will? Was ich wirklich will?«, sagte er, und es waren keine Fragen, die er da in den Raum stellte. Wieder schwang Zynismus mit in seiner Stimme.

»Gut. Dann will ich also nicht länger drum herumreden. Was ich eigentlich will, ist erstens …«, er wischte sich mit dem Handrücken die Nase, »ist erstens, dass Sie diese ganze Sache gut überstehen.«

Jetzt war nicht der leiseste Hauch von Zynismus mehr herauszuhören. Er schien es wirklich ernst zu meinen. »Aber das habe ich ja schon einmal gesagt. Und zweitens …« Wieder wischte er sich die Nase, doch nun erschien es Marielle weniger als unappetitliche Angewohnheit denn als Geste der Verlegenheit. »Und zweitens würde ich nur zu gern wissen, ob Sie mit dem Tod dieses Mörders irgendetwas zu tun haben. Nennen Sie es, meinetwegen, berufsbedingte Neugierde.«

»Ob ich? … Ob ich was …?«

»Sie verstehen schon richtig. Das mit der Lawine … Es liegt ja nahe … ist das Wahrscheinlichste … und doch … irgendwie sagt mir die Intuition ganz etwas anderes.«

Marielle warf sich herum. Sie spürte ihren Körper, die Arme, die Beine, ihren Rücken, ihr Becken. Und im Kopf spürte sie einen stechenden Schmerz. Sie schlug mit der Hand auf alle Schalter, die sie erreichen konnte. Immer wieder drückte sie darauf. Und dann begann sie zu brüllen – und ihre Stimme war plötzlich nicht mehr so schwach:

»Kommt jemand? Hallooo! Ich brauche Hilfe! Verdammt noch mal, so komm doch endlich jemand!«

Schwarzenbacher schien irritiert. Er rollte Richtung Tür.

»Regen Sie sich doch nicht so auf«, sagte er. »Ich will Ihnen nichts Böses.«

Aber es war vergeblich. Marielle hieb auf die Schalter ein und schrie Zeter und Mordio.

»Geschieht ihm doch ganz recht, dem Schwein.« Er schrie jetzt auch, um sich überhaupt verständlich machen zu können. »Freilich geschieht es ihm recht. Ich mach Ihnen doch gar keinen Vorwurf …«

Die Krankenschwester, die plötzlich die Tür aufstieß, war um die fünfzig. Sie übte ihren anstrengenden, verantwortungsvollen und ziemlich schlecht bezahlten Beruf seit etwa dreißig Jahren aus. In diesen rund dreißig Jahren, so zumindest war ihr Glaube gewesen, hatte sie schon alles erlebt. Streit zwischen Patienten zum Beispiel und Kranke, denen die Nerven durchgingen. Handgreiflichkeiten unter Rekonvaleszenten und sexuelle Handlungen zwischen verschiedenen und gleichen Geschlechtern. Das aber verschlug ihr, die an der Innsbrucker Uniklinik als durchaus resolut und gewiss nicht auf den Mund gefallen bekannt war, doch für ein paar Sekunden die Sprache.

Die junge Frau namens Marielle Czerny, die sie vor drei Tagen mehr tot als lebendig aus den Bergen gebracht hatten, hämmerte mit der Hand auf die Schalter ein, und dazu schrie sie, als ginge es um Leben und Tod. Neben dem Bett ein Rollstuhlfahrer, der nervös auf den Hinterrädern balancierte und der auch schrie und gestikulierte. Eine geradezu surreale Situation.

Die Krankenschwester wusste einen Augenblick lang nicht, was sie zuerst tun sollte. Dann aber traf sie eine Entscheidung. Sie tat drei, vier entschlossene Schritte ans Krankenbett, nahm Marielles Hand und drückte sie mit sanfter Gewalt von den Schaltern weg und auf die Bettdecke. Sie fasste die Patientin unter dem Nacken, nahm sie ein wenig empor, sprach beruhigend auf sie ein – und behielt dabei den Mann im Rollstuhl immer im Blick.

Erst als Marielle Czerny aufhörte zu schreien, als sie sich, von der Schwester in den Arm genommen, entkrampfte, nahm die sich des Rollstuhlfahrers an.

»Ich weiß nicht, wer Sie sind, was Sie hier wollen und wie Sie überhaupt hier hereingekommen sind. Aber ich rate Ihnen jetzt dringend, das Krankenzimmer ganz schnell zu verlassen.«

»Ich kann Ihnen das erklären«, sagte Schwarzenbacher. »Ich kann es Ihnen erklären.«

»Ihre Erklärungen interessieren mich nicht«, sagte die Schwester, die jetzt an ihn herantrat, den Rollstuhl griff und ihn ohne viel Aufhebens Richtung Tür dirigierte. »Wir fahren jetzt zum Arztzimmer«, sagte sie, »und da können Sie das alles ja dem Dr. Köck und der Frau Dr. Stangassinger erzählen.«

Schwarzenbacher wehrte sich, aber er wehrte sich nicht vehement. Er bremste seinen Rollstuhl ein wenig, ließ es dann aber wieder sein. Irgendwie schien er sich in sein Schicksal zu fügen. Allerdings gelang es ihm, praktisch auf der Schwelle vom Zimmer zum Flur noch einmal in aller Deutlichkeit zum Ausdruck zu bringen, worum es ihm ging. Und er wollte, dass Marielle es hörte.

»Sie muss sich erinnern! An jedes kleine Detail muss sie sich erinnern! Und sie sollte möglichst schnell damit anfangen. Weil nur das hilft. Und nicht diese Psychos, die man ihr schicken wird, um an ihr herumzutherapieren.«

»Ach, halten Sie doch den Mund«, sagte die Schwester. Und

dann war sie draußen mit dem Mann im Rollstuhl, mit diesem obskuren Paul Schwarzenbacher.

Es dauerte keine zwei Minuten, bis die Schwester in Begleitung der Ärztin Stangassinger wieder bei Marielle im Zimmer stand. Ohne viele Worte zu verlieren, machte sich die Ärztin daran, Marielle zu versorgen. Sie bekam eine Beruhigungsspritze – »etwas ganz Leichtes«, wie sie sagte –, die Schwester gab ihr Tee und bettete sie frisch auf. Die Spritze wirkte schnell.

»Wer ist dieser Mann?«, fragte Marielle.

Die Antwort der Ärztin hatte mit der Frage nichts zu tun.

»Ich bedaure das sehr«, sagte sie. »Wirklich sehr. Es ist mir ein Rätsel, wie er es überhaupt geschafft hat, hier hereinzukommen. Das gesamte Personal der Klinik ist gehalten, niemanden zu Ihnen durchzulassen, der nicht guten Grund dazu haben würde. Sie können sich ja vorstellen …« – die Ärztin, selbst noch sehr jung, vielleicht Anfang dreißig, vielleicht aber sogar noch nicht einmal ganz aus den Zwanzigern heraus, setzte sich auf die Bettkante und legte Marielle die Manschette zur Blutdruckmessung um den Oberarm – »… was hier los wäre, wenn jeder zu Ihnen vordringen könnte. Alle haben schon angefragt: ORF, die TT, Kronenzeitung, Kurier. Profil natürlich. Und die News … Aber am schlimmsten sind die Deutschen, die Privatsender. Die würden hier einbrechen, um ihre Story zu bekommen …«

»Und er … wer ist er?«

»Soweit ich weiß, ist er ganz harmlos. Ein armer Kerl. Früher war er Polizist, und er muss gut gewesen sein in seinem Metier. Sagt man zumindest. Dann kam die Krankheit, und von da an ging es komplett bergab mit ihm.«

»Polizist?« Es fiel Marielle schwer, ihre Gedanken zu sortieren. »Er ist Polizist?«

»Er war. Das muss mindestens fünf oder sechs Jahre her sein. Ganz genau weiß ich das auch nicht. Ich habe ihn nie selbst behandelt. Aber man hört halt so einiges im Kollegenkreis.«

Die Schwester, die noch mit am Krankenbett stand, bemühte sich zu betonen, dass ihr absolut unerklärlich sei, wie er hatte hereinkommen können. Doch die Ärztin winkte nur ab.

»Lassen Sie's gut sein«, sagte sie. »Wahrscheinlich war er wieder mal im Haus, um sich durchchecken zu lassen. Über unsere Frau Czerny hat er aus der Zeitung erfahren, klar. Und dass ihn das als alten Kriminalisten interessiert, ist ja ein gutes Stück weit verständlich.«

»Und doch bin ich fassungslos«, sagte die Schwester, »dass er es da hereingeschafft hat ...«

Marielle war eingeschlafen. Die Injektion hatte ihre Wirkung getan.

»Sie ist robust«, sagte die Ärztin. »Die kommt schnell wieder zu Kräften, Sie werden sehen. Körperlich wird sie alles gut überstehen. Psychisch ist es eine andere Frage ...«

Noch im Hinausgehen lamentierte die Krankenschwester wegen des Eindringlings. Aber auch hier ließ sich die Ärztin nicht beirren.

»Wissen Sie, so ein Mann im Rollstuhl wird hier im Krankenhaus anders wahrgenommen als ein Pressefotograf mit umgehängter Kamera – nämlich gar nicht. Der löst keine Verwunderung aus und bringt keine Alarmglocken zum Schellen. Da war es ihm sicher ein Leichtes ...«

Leise schlossen sie die Tür.

Aber Marielle Czerny, die junge Frau, die wie durch ein Wunder noch am Leben war, hörte von alledem ohnehin nichts. Sie schlief, und ihr Herz und ihr Gehirn kamen wieder zur Ruhe.

Aber ihr Schlaf war anders als sonst, war mehr ein völlig entspanntes Schweben, ein erfreuliches, losgelöstes Dahingleiten über der Welt. Sie fühlte sich in diesem Schlaf warm und geborgen. Sie hörte Stimmen, aber diese Stimmen hatten nichts Bedrohliches, waren im Gegenteil sanft und angenehm.

In ihrem Schweben konnte ihr nicht einmal die mehrfach wiederholte Aufforderung, sich zu erinnern, noch Angst machen. Da war kein Schmerz mehr, und alle Angst war weg.

Sie würde sich erinnern. Ja, sie war bereit dazu. Jetzt war sie bereit dazu. Und sie würde sich erinnern. An alles.

2

Der Morgen war kalt. Ein typischer Herbsttag im Gebirge. Die Almwiesen trieften vor Nässe; in den tieferen Lagen, wo sich die Wälder dunkelgrün hinbreiteten, zogen Nebelschwaden. Die Gipfel aber lagen schon in erstem Licht. Die Konturen zeichneten sich scharf gegen den mattblauen Himmel ab.

Kurz waren die Tage jetzt. Kurz, aber zugleich von ganz besonderer Intensität. Die Luft war reiner als irgendwann sonst im Jahr. Die Berge waren majestätischer als im Sommer. Der Fels war kalt, aber im Licht der tief stehenden Sonne konnte man Tritte und Griffe entdecken, die es zuvor nie gegeben zu haben schien. Und einsamer war es nun auch. Schon jetzt kehrte die Stille des Winters hier ein, auch wenn noch kein Schnee lag. Für Bergsteiger, die nicht nur ihr eigenes Tun, sondern auch die Natur wirklich liebten, waren das die besten Tage im Jahr.

Pablo und Marielle schleppten die Kletterrucksäcke den Felsen entgegen. Sie trugen warme Faserpelzjacken, hatten die Reißverschlüsse zugezogen bis oben hin, so kalt war es noch. Wenn sie stehen blieben, um kurz zu verschnaufen, konnten sie viel weiter unten die Hütte sehen, wo sie übernachtet hatten, wo ihnen die freundliche Wirtin ein einfaches Frühstück mit einem guten Kaffee bereitet hatte.

Sie waren hier so tief im Gebirge, dass kein Dorf und keine Straße zu sehen war. Nichts von alldem. Nur die Hütte und ein paar Wegtrassen an den schräg gegenüberliegenden Waldhängen.

Die beiden kannten sich gut aus in diesem Gebiet. Sie kamen mehrmals im Jahr. Im Frühsommer, wenn die Zustiege schneefrei waren. Dann im Hochsommer, wenn es sich in den nordseitigen Schattenwänden halbwegs kühl klettern ließ. Und noch einmal im Herbst, wissend, dass ihnen der Winter nun bald einen Strich durch die Rechnung machen würde.

Nicht etwa, dass sie für den Winter nichts übrig hatten. Beide liebten den Schnee, das Skifahren. Und sooft ihnen ihr Studium Zeit ließ, klebten sie die Felle an ihre Ski und stapften irgendwo hinauf, um dann durch kaum berührte Hänge wieder abfahren zu können. Aber nichts kam dem Hochgefühl des Kletterns gleich.

Sie hatten sich gleich im ersten Semester kennengelernt. Sie war von Linz nach Innsbruck gekommen, und sie wollte die Wochenenden nicht nur in der Stadt verbringen, sondern so oft wie möglich auch die Berge ringsum erkunden. Und daran, an lohnenden Bergzielen, herrschte hier gewiss kein Mangel.

Die Berge! Als Kind war sie mit ihren Eltern fast jeden Winter für ein oder zwei Wochen zum Skifahren in der Steiermark oder in Tirol gewesen. Aber ihre Eltern waren keine Bergsteiger. Von ihnen konnte sie die Leidenschaft fürs Hochgebirge nicht geerbt haben. Die Aufenthalte in den winterlichen Skiregionen – die waren dafür nach Marielles Erachten verantwortlich. Da hatte sie die Grandiosität der Natur verspürt. Schon als Zwölf- oder Dreizehnjährige hatte sie bei den Gondelfahrten die Nase gegen die zerschrammten Kunststoffscheiben gedrückt, um nur ja jeden Berg zu sehen, der wuchtig oder spitz am Horizont stand. Und immer, wirklich immer hatte sie davon geträumt, auf all diese Berge irgendwann einmal hinaufzusteigen. Da hatte sie noch nicht ahnen können, dass sich diese Wünsche erfüllen sollten – und dass sie eines Tages einmal einen Beruf, zumindest einen Nebenberuf daraus machen würde.

Jedenfalls hatte sie in Innsbruck rasch Gleichgesinnte gefunden: Pablo, der immer eine Strickmütze trug, und einige andere, die jede freie Minute beim Klettern verbrachten oder, wenn dies aus irgendeinem Grund nicht möglich war, wenigstens davon schwärmten; leidenschaftliche Skifahrer, Bergwanderer, Kletterer, Mountainbiker.

In nur einem Jahr war ihr das Gebirge vertraut. Richtig vertraut. Sie hatte in diesem einen Jahr so viel in den Bergen unternommen und dabei so viel erlebt, dass sie mit Fug und Recht behaupten konnte, das Gebirge zu kennen: Sie hatte ein Gespür dafür erlangt, welche Schneehänge gefährlich waren, sie hatte ein instinktives Wissen über Fels und seine Beschaffenheit erreicht, sie kannte die Wolken und wusste die Winde und auch die Farben des Himmels zu deuten.

Das Klettern erlernte sie in der freien Natur, am sicheren Seil guter Freunde, oft am Seilende von Pablo. Natürlich hatte sie es auch in der Kletterhalle probiert, dabei aber nie einen besonderen Genuss verspürt, nie den richtigen Kick bekommen. In der Halle, wo bunte Kunststoffgriffe den Weg wiesen, wo der Wind und das Wetter ausgesperrt waren, wo alles irgendwie so künstlich und steril wirkte wie Cybersex, da hatte es ihr nie besonderen Spaß gemacht. Aber draußen, draußen in der Natur – welch ein Hochgefühl! Da draußen, da vermochte sie es, ganz zu leben, mit allen Sinnen zu erleben, da war eine Intensität, die es für sie sonst kaum gab.

Es war schon fast ein Wunder, dass sie überhaupt noch Zeit für ihr Studium fand. Dabei kam ihr zugute, dass sie sich vom ersten Schuljahr an immer leichtgetan hatte, rasch begriff, leicht behielt, schnell verstand. Und dass sie in der Lage war, zu trennen: Am Wochenende oder in den Semesterferien konzentrierte sie sich ganz auf die Berge, auf die nächste Tour, auf den nächsten Griff, den nächsten Tritt, das nächste Seilkommando – »Pablo! Ich hab Stand!«. An den Tagen in der Stadt hingegen konzentrierte sie sich aufs Studium, ließ keine Vorlesung aus und legte sich bei der Lernerei voll ins Zeug. Dennoch fasste sie bald den Entschluss, nebenbei auch noch die Ausbildungen zur Berg- und Skiführerin zu absolvieren.

»Du bist ja verrückt«, hatten Freunde und Freundinnen von der Uni gesagt.

Aber sie hatte nur gelacht: »Man kann es doch mal probieren.«

In dieser Zeit hatten sich Pablo und Marielle in schöner Regelmäßigkeit zu einer Seilschaft zusammengebunden, waren nicht mehr nur in Klettergärten und an irgendwelchen kleinen Felsgipfeln (wie etwa der sogenannten Frau Hitt hoch über Innsbruck) geklettert, sondern immer öfter auch in richtig langen, alpinen Touren. Sie hatte die Angst vor der Tiefe mehr und mehr verloren, bis es ihr gar nichts mehr ausmachte, wenn sie in einer schwierigen Route zwischen den Beinen hindurchschauen konnte bis in ein dreihundert oder vierhundert Meter tiefer gelegenes Kar. Ihre Ziele waren immer spannender geworden, die Herausforderungen größer. Und sie fanden sie im Oberreintal im Wettersteingebirge, an den Lalidererwänden im Karwendel, an Fleischbank, Fleischbankpfeiler, Predigtstuhl und Totenkirchl im Wilden Kaiser und bald auch in den Dolomiten. Sie waren begeistert von den ausgesetzten Routen an den Sellatürmen, sie durchstiegen lotrechte Sechshundert-Meter-Routen am Sass Pordoi und einige Klassiker im gelben Fels der Drei Zinnen.

Marielle war ein Naturtalent. Und Pablo war der ideale Partner.

Jeder von ihnen führte ein Tourenbuch, in das sie mit allen kleinen Details, aber unter Auslassung aller persönlichen Gefühle ihre Berichte hineinschrieben. Bei Marielle sah das ungefähr so aus: *»6. August 08. Fleischbank-SO, ›Wiessner-Rossi‹, 11 SL, ÜL, rp, m. Pablo. VI+ (V+, A0)«.*

Was ins Allgemeindeutsche übersetzt hieß, dass sie am 6. August zusammen mit Pablo die von Fritz Wiessner und Roland Rossi erstbegangene Südostwand der Fleischbank durchstiegen hatte. Die Tour war elf Seillängen lang, sie wurde herkömmlich gemeistert, indem man einen Seilzugquergang vollzog und sich mehrfach an den Felshaken hinaufhangelte – ihnen aber war die Durchsteigung Rotpunkt gelungen, also ohne Nutzung der Haken und des Seiles als Fortbewegungshilfe.

Seite um Seite füllten sie ihre Tourenbücher mit Routen, die durch steile Wände oder über zerschrundene Gletscher, auf kleine und auf große Gipfel führten. Überall blieben die Gefühle ausgeklammert, unerwähnt. In Wirklichkeit aber waren sie beide glückselig. Sie konnten sich an den Augen des anderen berauschen, wenn sie nach einer schwierigen Tour auf einem Gipfel standen. Als sie dann das erste Mal miteinander schliefen, wussten sie längst, wie ein jeder von ihnen danach aussehen würde: strahlend, rotwangig, lachend und auch ein wenig abgekämpft.

Das Tourenbuch freilich war Marielle eine große Hilfe, als sie beim Tiroler Landesverband der Berg- und Skiführer vorstellig wurde. Was sie denn machen müsse, um Bergführerin zu werden?

Die Anforderungen waren hoch gewesen. In den kommenden Monaten hatte sie sich verschiedenen Eignungsprüfungen zu unterziehen, im Eisklettern, im Felsklettern und, was sie ulkig fand, »im mündlichen und schriftlichen Ausdruck«. Einer der Prüfer hatte ihr, der ehemals hervorragenden Schülerin und Maturantin, zugeraunt, dass man einfach ein anderes Berufsbild haben wolle als früher. »Früher hat jeder Depp Bergführer sein können, Hauptsach, er war gut zu Fuß, hat sich in seiner Umgebung auskennt und hat verstanden, mit dem Seil umzugehen. Heut ist der Bergführer mehr. Der reist in der Welt rum, führt Trekking in Nepal oder Inselwandern auf Madeira, hat Kunden aus aller Welt. Er muss Sprachen können, muss ein vernünftiges Benehmen haben und oftmals auch noch als Einzelunternehmer agiern. Da darfst kein Depp nicht sein.«

Marielle hatte geschmunzelt über die im letzten Satz verborgene doppelte Verneinung. Aber sie gab dem Mann recht – alle Prüfungen hatte sie bestanden, wenngleich in Sachen Klettern ihre Unsicherheit beim Rissklettern noch bemängelt worden war.

Und dann war da ja noch die Aussprache wegen ihres Tourenbuches erfolgt. Sie musste im Gespräch nachweisen, dass sie die verzeichneten Touren auch tatsächlich unternommen hatte. Da war ihr schon sehr genau auf den Zahn gefühlt worden. Doch alle Fragen hatte sie beantworten können, und bei den Prüfern war kein Zweifel geblieben.

Sie hatte die erste Hürde geschafft – und war nun berechtigt, die schwierigen Winter- und Sommerausbildungen zu durchlaufen, die Voraussetzung dafür waren, einmal staatlich geprüfte Berg- und Skiführerin zu sein. Aber bis sie dieses Ziel erreicht haben würde, mussten noch Jahre vergehen.

An diesem Morgen nun stapften Marielle und Pablo mit ihren Kletterrucksäcken der Großen Laaserwand entgegen. Diese Gebirgsgruppe lag versteckt in den Tuxer Bergen, von den meisten Bergsteigern unbemerkt und unbeachtet. Die Hütte lag abseits der Hauptrouten; ein größerer touristischer Ansturm, von dem beispielsweise die nahen Zillertaler Alpen überrollt worden waren, hatte hier nie stattgefunden. Das Laasertal und die Laaserwände waren ein Geheimtipp geblieben.

Die Zehmer-Daumhauser-Führe, die den rechten, stellenweise überhängenden Wandteil durchzog, war an diesem Tag ihr Ziel. Eine harte Nuss, aber zu knacken. Zum größten Teil handelte es sich um Wandkletterei an kleinen Griffen und Tritten. Die Schlüsselstelle aber war ein überhängender Schulterriss, etwa dreißig Meter gleichbleibend schwierig, ohne Möglichkeit, auch nur im Geringsten auszuruhen. Davor graute es ihr fast. Aber sie wusste auch, dass sie sich auf Pablo verlassen konnte. In seiner schmalen, schlanken Gestalt lag viel mehr Kraft als man zunächst vermutet hätte, und in seinem Wesen eine Riesenportion Gelassenheit.

Wie schnell alles gegangen ist, dachte sie beim Gehen auf dem schmalen Steig. Vor zwei Jahren habe ich in der Kletterhalle meine ersten Fünfer und Sechser geklettert, alles war Spiel, und jetzt mache ich so was. Und wenn ich Glück habe, bin ich in drei Jahren Bergführerin …

Sie sah während des Aufstieges immer wieder hinauf zur Wand. Sie mochte diese Schattenwände nicht besonders. Lieber kletterte sie an Südwänden in der Sonne. Das Licht schien ihr Kraft zu geben, der Schatten aber an ihren Kräften zu zehren.

Pablo blieb stehen, deutete hinab zur Hütte, die jetzt vom Licht der Morgensonne gestreift wurde.

»Schau«, sagte er.

Unterhalb der Hütte breitete sich wellige Waldlandschaft zum Horizont hin aus. Die Sonne vertrieb die Nebel, Licht und Schatten verliehen dem ganzen Gebirge und dem Gebirge dahinter und dem dahinter auch einen besonderen Zauber. Zwischen den dunkelgrünen Nadelbäumen leuchteten gelb Ahorne und Buchen auf.

Warum steigen wir eigentlich in diese kalte, schattige Wand ein?, dachte Marielle. Wir könnten genauso unter einem gelben Laubhimmel in der Herbstsonne liegen.

Die Antwort wusste sie: weil sie beide es nicht lange aushalten würden, wo doch die Felsen so nahe waren.

»Hast du Angst?«, fragte sie Pablo.

Er sah sie an. »Wie kommst du darauf?«

»Ich habe schon Angst. Nordwände machen mir immer ein bisschen Angst. Sie wirken so kalt … sind so kalt …«

»Aber die Angst vergeht, sobald wir am Einstieg sind.«

Marielle wusste, dass er recht hatte. Sobald sie auch nur ein paar Meter geklettert wären, würde es mit der Angst vorbei sein.

»Trotzdem«, sagte sie.

Sie gingen weiter; jetzt ging sie voraus. Sie hatte schon viel über die Wand gehört, vieles gelesen und mit Pablo schon oft darüber gesprochen. Früher war die Zehmer-Daumhauser ein gefahrvolles Unternehmen gewesen. Wenige Zwischensicherungen, nicht immer optimale Standplätze, ein riskantes Spiel. Die Erstbegeher mussten zwei gute Tage erwischt haben, als ihnen im Spätsommer

1984 ihr Anstieg gelang. Sie hatten ziemlich starke Nerven gebraucht. Mit minimalem Felshakeneinsatz waren sie dem Fels Seillänge um Seillänge zu Leibe gerückt. Es konnte kein reines Vergnügen gewesen sein, an kleinen Griffleisten im oberen sechsten Schwierigkeitsgrad herumzuturnen – und zu wissen, dass der letzte Zwischenhaken schon mindestens zwölf Meter unter einem steckte …

»Jetzt ist die Route saniert«, hatte Pablo ihr erzählt. »Gebohrte Ringhaken an den Standplätzen und auch die Zwischenhaken sind gebohrt. Und vor allem: Es sollen genug sein.«

Marielle wusste aber auch, dass diese Wand in Ketten gelegt worden war, weil sich zu viel Schlimmes ereignet hatte. Aus dem Riss waren immer wieder Kletterer herausgestürzt, die Bergwacht hatte schon so manchen Verunglückten mit dem Stahlseilgerät aus der Wand holen müssen. Es hatte Knochenbrüche gegeben, bei einem Bergsteiger hatte ein Schädelbruch schwere Folgen hinterlassen. Er konnte nie mehr bergsteigen, was aber nicht das Schlimmste war. Er erkannte auch seine Frau und seine Kinder nicht mehr, litt unter ständigen Kopfschmerzen und rechnete und schrieb wie ein Drittklässler.

Aber all das hatte noch nicht gereicht. Erst hatten zwei sterben müssen, ehe die Wand entschärft wurde.

Es war 1995. Der neunzehnjährige Sohn des damaligen Hüttenwirtsehepaares stieg zusammen mit einem etwa gleichaltrigen Freund in die Route ein. Beide hochbegabte und trotz ihrer Jugend schon sehr erfahrene Kletterer. Sie kamen im unteren Wandteil zügig voran. Die Wirtsleute standen bisweilen für einige Minuten vor der Hütte und spähten mit dem Fernglas zu den Jungen. Auch den Riss meisterte die Seilschaft bravourös. Erst weiter oben, wo die Hauptprobleme schon bewältigt waren, passierte das Unfassbare. Dem Voraussteigenden brach ein umzugskartongroßer Felsblock aus, an dem er sich gerade festgehalten hatte. Der Kletterer stürzte nach hinten aus der Wand, der ausgebrochene Block traf ihn schwer, wahrscheinlich bereits tödlich. Zwei Haken riss der Stürzende aus dem Fels, dann traf sein Sturz den Standplatz, wo der Seilzweite war, mit voller Wucht. Die beiden alten Messerhaken hielten das nicht aus. Wie Geschosse kamen sie aus den Mauerritzen, die gesamte Seilschaft stürzte haltlos ab.

Es waren etwa vierhundert Meter von da, wo der Block ausbrach, bis dort, wo die steile Felswand sich im Schotterkar verlor.

Die Wirtsleute standen vor der Hütte, als es geschah. Sie sahen ihren Sohn und seinen Freund abstürzen. Einige Hüttengäste, die bei einer Brotzeit auf der Terrasse saßen, sagten bei der späteren Befragung übereinstimmend aus, dass sich der Absturz lautlos vollzogen habe. Keine Schreie. Nichts. Nur den Block habe man donnernd am Wandfuß einschlagen hören und danach die Körper. Einer sagte, es habe geklungen, als ob man eine Wassermelone aus ein paar Metern Höhe auf den Asphalt hätte fallen lassen.

Die Wirtsleute hatten gesagt, sie würden im Herbst aufhören und nie mehr heraufkommen. Aber im nächsten Frühjahr waren sie wieder da. Es schien ein Fluch zu sein, dass sie lange nicht loskamen von diesem Flecken. Sie blieben noch mehrere Sommer, bis dann die jetzigen Wirtsleute die Hütte übernahmen.

Nach diesem tödlichen Unfall war die Bergrettung damit beauftragt worden, die Route sicherer zu machen, mit Bohrhaken auszustatten. Seither war nichts Nennenswertes mehr passiert in dieser Wand, die den Beinamen »Schattenwand« bekam. Einmal noch hatte sich einer bei einem kurzen Fall ins Seil ein Bein gebrochen, aber das war es dann auch schon gewesen. Die Wand war jetzt sicher, so sicher wie nur irgend möglich. Jetzt waren die meisten schwierigen Kletterstellen ein wahrer Genuss – man musste sich kaum noch fürchten. Und doch wurde die Schattenwand nie wirklich beliebt. Im Gegenteil: Waren im ersten Jahr der Sanierung noch mindestens zwanzig Seilschaften eingestiegen, so wurden es danach mit jedem Jahr weniger. Wurde schon an den Felsen ringsum nicht allzu viel geklettert, so geriet dieser Anstieg in der Nordseite der Großen Laaserwand immer mehr in Vergessenheit. Viel mehr als fünf oder sechs Seilschaften waren es in diesem Jahr nicht gewesen.

Marielle warf ihren Rucksack hin. Sie hatten den Anfang der Kletterei erreicht. Sie legte den Kopf in den Nacken und schaute am kompakten Fels entlang bis in den Himmel. Matt glänzten einige der Bohrhaken.

»Sieht gut aus, was?«, sagte Pablo, der ihrem Blick gefolgt war. »Aber lass uns erst noch mal stärken.«

Er hockte sich auf seinen Rucksack, während Marielle ihre Trinkflasche und für jeden eine Fruchtschnitte auspackte. Dann saßen sie da, kauten, tranken und schwiegen.

»Ist was mit dir?«, fragte Pablo schließlich.

Sie grinste, aber es wirkte nicht sehr fröhlich. »Eigentlich müsste ich noch mal … Aber kein Busch weit und breit.«

Pablo lachte. »Geht mir auch oft so, wenn ich unter so einem Koloss stehe. Musst halt hier ein paar Meter neben den Einstieg machen.«

»Nein«, sagte sie. »Ich kann's mir verkneifen.«

»Mach dir nicht so viele Gedanken«, sagte Pablo. »Die Schattenwand ist nicht anders als andere. Auch in der Fleischbank sind schon Leute abgestürzt. Und am Ciavazes. Und in den Laliderer-wänden.«

»Aber es ist ein komisches Gefühl«, sagte Marielle. »Es bedrückt mich heute mehr als sonst.«

Pablo reichte ihr die metallene Trinkflasche, die schon einige Beulen aufwies. »Da gibt es nur zwei Möglichkeiten: Wir seilen uns an und gehen los. Oder wir packen zusammen und steigen wieder ab.«

Marielle gab die Antwort, indem sie das blau-gelb gemusterte Seil aus dem Rucksack zog und damit begann, es langsam und gleichmäßig zu entrollen. Sie hatte einen weiteren guten Grund, in diese Wand einzusteigen: Wo würde sie ihre Fertigkeiten im Rissklettern mehr verbessern können als hier?

Marielle plagte sich den überhängenden Riss hinauf. Jeder Zentimeter schmerzte. Sie hatte die rechte Schulter in den Riss verkeilt, den Po hineingedrückt. Dazu, so weit es nur ging, das rechte Knie. Ihr rechter Fuß scharrte trittsuchend, während ihr ganzes linkes Bein draußen in der Luft schlenkerte.

»So ein Scheißdreck, so ein verdammter!«, schimpfte sie.

Sie verfluchte Pablo, weil er sie zu dieser Tour überredet hatte. Wie sie diese Männerrouten hasste. Männerrouten waren für sie Klettereien, wo es nicht um Ästhetik ging, sondern um Kampf. Männer brauchten das: dieses Gefühl, besonders stark, besonders mutig, besonders verwegen zu sein. Eine Frau brauchte das nicht. Marielle liebte es, schwer zu klettern, am liebsten so schwer, dass sie das Gefühl bekam, ganz nah an ihren Grenzen zu sein. Sie liebte Plattenklettereien, wo es eine Kunst war, die richtigen Bewegungsabläufe zu finden, um den Fels überlisten zu können. Oder Überhänge, bei denen es darauf ankam, Kraft und Beweglichkeit so aufeinander abzustimmen, dass sie für einige Sekunden einer Fliege am Plafond gleich an so einem Felsdach hängen und es schließlich überwinden konnte.

Aber sie hatte überhaupt keine Lust, zerschunden und zerstoßen aus so einem Riss hinauszurampfen. Nie hätte sie das vorsteigen wollen! Dafür bewunderte sie Pablo, und doch verfluchte sie ihn in diesem Augenblick. Zentimeter um Zentimeter drückte und schob sie ihren Körper im Riss empor, verkeilte die Schulter, den Po, das Knie – und hatte doch stets das Gefühl, jeden Moment aus dem Riss zu fallen.

Ihr Atem ging hart. Immer wieder stieß sie die Luft laut aus den Lungen. Dieser Riss verlangte ihr mehr ab als die ganzen Seillängen darunter. Sie fragte sich, wie irgendjemandem auf der Welt so etwas Spaß machen konnte.

Doch die Antwort kannte sie bereits: Sachsen. Kletterer aus der ostdeutschen Sächsischen Schweiz. Leute wie der alte Hasse. Sie hatten ihn im Altmühltal getroffen, an einem Wochenende im Frühjahr, als sie über die Ostertage in dieses bei Kletterern so legendäre deutsche Mittelgebirge gefahren waren. »War mal ein ganz Berühmter«, hatte ihr Pablo gesagt. »In den fünfziger und den sechziger Jahren.« Und er hatte Begriffe angefügt, die ihr damals noch so abstrus erschienen waren wie Sätze aus der Physik oder mathematische Formeln: »Hasse-Brandler, Zinnen-Nord«. Oder: »Rotwand-Direttissima im Rosengarten«.

Nach und nach hatte sie erfahren, dass dieser schon ziemlich alte Mann vor Jahrzehnten Klettergeschichte geschrieben hatte. Große, bedeutende Alpenrouten waren von ihm auf spektakuläre Art und Weise erstbegangen worden.

Und dann waren sie zu Zeugen eines ganz besonderen Schauspiels geworden. Sie hatten diesen Hasse, diesen großen alten Mann des Klettersports, beim Klettern erlebt! Er machte, so aus der Nähe gesehen, einen ziemlich ulkigen Eindruck mit seinen dünnen Beinen unter einem pummeligen Mittelteil. Aber schon nach wenigen Metern hatte sich dieser Eindruck verflüchtigt. Er kletterte in einem nicht allzu schwierigen Riss senkrecht empor – und hier erkannte man den wahren Meister. Wie er ohne Zögern die

Faust im Riss verkeilte, die Knie einsetzte, den Körper so geschickt zum Fels drehte, dass der Schwerpunkt eine ideale Position fand.

»Das ist der Schnippelriss«, sagte Pablo. »Weiter oben ein Siebener. Hängt total über. Ich würd da nicht raufwollen.«

Hasse aber schien es auch weiter oben große Freude zu bereiten. Er wand sich wie eine Schlange im Riss, da sah man kein Zaudern und kein Wenn und Aber, da sah man nur, dass eine Kletterei wie diese für ihn genau das Richtige war.

»Herrlich, dieser Riss«, rief er hinunter. »Musst nur den Arsch klemmen, dann kannste hier nicht rausfliegen.«

Er klemmte den Arsch und wand sich hinauf bis zum Ende des Risses, wo auch die Tour zu Ende war.

»Woher kann der das?«, fragte Marielle.

»Sachse«, sagte Pablo, als wäre mit diesem einen Wort schon alles erklärt.

Marielle wusste, dass sie es nie richtig lernen würde. Mehr noch, dass sie diese Art des Kletterns eigentlich richtiggehend hasste.

Aber irgendwie kam sie doch hinauf. Sie erreichte, völlig ausgepowert, den Standplatz oberhalb des Schattenwandrisses, wo sie Pablo grinsend sicherte.

»War doch gar nicht so schwer!«, sagte er.

Sie konnte nicht gleich antworten, viel zu sehr musste sie schnaufen. Als sie wieder Luft hatte, sagte sie nur kurz und trocken: »Du Arschloch.« Und dann drückte sie ihm einen kurzen Kuss auf die Wange. »Danke fürs Vorsteigen.«

Sie wusste, dass oberhalb des Risses die Gefahren noch nicht vorbei waren. Sie wusste auch, dass in diesem Gelände schon eine Seilschaft zu Tode gekommen war. Aber es war ihr Gelände: kompakter Fels, kleingriffig, Eleganz, Gelassenheit und Kühnheit erfordernd. Nun würde sie nichts mehr aufhalten können.

Jetzt war es für Marielle das pure Vergnügen, Genusskletterei in höchster Vollendung. Steil ging es empor, meist sogar senkrecht. Aber in dem auf den ersten Blick so abweisenden Fels verbargen sich gute Griffe. Und wenn man einer Stelle näher kam, die nun wirklich unlösbar erschien, so tauchten plötzlich zwei Trittleisten auf, ein Fingerloch – und schon war das Hindernis überwunden. Es ging vom Ende des Risses noch sechs Seillängen, etwa zweihundert Meter, in dieser Qualität empor.

Sie kletterten wie im Rausch. Abwechselnd übernahmen sie den Vorstieg. Die Karabiner klackten in den gebohrten Haken, die Ausgesetztheit beim Klettern war enorm – aber vor allem: Sie war großartig. Wenn Marielle so kletterte, konnte sie an den eigenen Knien vorbei bis zum Beginn der Wand hinabschauen. Was war das für ein Gefühl! Sie glaubte, die Schwerkraft beinahe überwinden zu können. Fühlte sich losgelöst vom Alltag. Fühlte sich so euphorisch wie …

»Das ist besser als bumsen!«, rief sie übermütig zu Pablos Standplatz hinunter.

»Wirklich?«, fragte der mit gespielter Bestürzung.

»Viel besser. Zumindest besser, als du es kannst.«

»Dafür kann ich besser rissklettern«, flachste er zurück.

Um halb drei am Nachmittag erreichten sie den Gipfel. Die letzten achtzig Höhenmeter waren von der Sonne beschienen, sie waren leicht, das Felsgelände hatte sich zurückgelegt, ein hochalpiner Spaziergang in den Himmel hinein.

Dann hockten sie neben dem kleinen, etwas windschiefen Gipfelkreuz, tranken ihre Flaschen leer, knabberten Studentenfutter und bekamen nicht genug von dem großartigen Panorama.

Bergkette reihte sich hinter Bergkette. In dunklem Blau und Grün die erste, dahinter die nächste und wieder die nächste und jede davon etwas heller, luftiger als die davor, bis sich die Bergspitzen am Horizont im Himmel verloren.

»Die Speikkögel.« Pablo zeigte mit der Hand in nordwestliche Richtung.

»Dann gehört der Eisbrocken dahinter schon zu den Stubaiern, oder?« Es war mehr eine Feststellung als eine Frage.

»Hmhm. Vermute, dass es das Zuckerhütl ist. Und da drüben der Habicht … und die Tribulaune … Weißt du noch, wie wir damals die Steinmandln auf dem Gschnitzer Tribulaun gebaut haben? Der Kalk war so ausgebleicht wie Knochen, die lange in der Sonne gelegen sind. Erinnerst du dich …?«

Mit wechselseitigem »Weißt du noch?« und »Erinnerst du dich?« verging diese besondere Stunde auf dem Gipfel. Diese Stunde war so entspannend, weil die Stunden davor so spannend gewesen waren.

Diese eine Stunde lang genossen die beiden ihre große Zufriedenheit.

Doch kurz bevor sie sich an den Abstieg machten, tauchte aus der Zufriedenheit ein anderes Gefühl heraus. Zuerst bei Pablo. Aber Marielle ließ sich widerstandslos anstecken. Es war das Gefühl des Getriebenseins: diese ganzen Berge nicht nur anschauen zu können, sondern überall auch noch hinaufzuwollen.

»Wenn übernächstes Wochenende das Wetter noch gut ist, könnten wir die Plattendirettissima an der Kleinen Halt gehen«, schlug Pablo vor. »Oder wir gehen über den Jubiläumsgrat zur Zugspitze. Das möchte ich schon lange.«

»Geht nicht«, sagte Marielle. »Ich mach doch bei diesem Bergfilm mit. Die Geschichte mit dem Strafgefangenen. Da bin ich wieder hier, dort drüben in der leichten Route.«

»Ach, stimmt«, sagte Pablo. »Ich hab das schon wieder verdrängt gehabt. Ich hab's nicht gern, wenn du mit andern Kerlen in die Berge ziehst ...«

Er grinste sie an, nahm sie in den Arm und küsste sie. Marielle schmeckte seinen von der Anstrengung schlechten Atem und dachte: Wahrscheinlich schmecke ich genauso.

»Dann gehen wir die Plattendirettissima und den Jubiläumsgrat halt ein andermal. Jetzt steigen wir erst mal zur Hütte ab. Und dann ins Tal. Und wenn du danach die Beine noch bewegen kannst ...«

»Was ist dann?«, fragte sie.

»Also wenn du dann noch halbwegs geschmeidig bist im Schritt, dann muss ich dir heute wieder mal was beweisen. Oder nicht?«

Sie blieb stehen, drehte sich zu ihm um, sagte: »Wie definiert man den Mann – viel Schwanz, wenig Hirn, oder?« Und dann begann sie zu grinsen. »Los, gib Gas. Ich will runter ins Tal!«

3

Richter Dieter Berger saß am Abend in seinem Büro in der Jugendstrafanstalt. Seit er geschieden war, zog ihn nichts mehr nach Hause. Es gab hier immer etwas zu tun. Freilich, es war Müll, Unrat, Abschaum, Hoffnungslosigkeit. Aber alles war ihm lieber als die Leere in den eigenen vier Wänden.

Er hatte sich die Akte Krupp geben lassen. Auch wenn er dem Anliegen der Gefängnispsychologin bereits zugestimmt hatte, so war ihm doch ein ungutes Gefühl geblieben.

Früher hatte er seinem Bauchgefühl trauen können; seit er allein lebte, traute er ihm nicht mehr. In den Wochen nach der Trennung hatte er sich damit herausgeredet, die schlimmsten Tage mit Alkohol überstehen zu müssen – und dass irgendwann alles wieder besser werden würde. Es war aber nicht besser geworden. Er hatte weiter getrunken. Und er hatte sich noch lange selbst belogen, und das sogar mit einigem Erfolg. Aber es gab einen Part in ihm, der ganz genau wusste, dass er trank. Dass er jeden einzelnen Tag nur ertragen konnte, wenn er bereits am Morgen etwas Hochprozentiges trank, wenn er tagsüber zweimal »nachfüllte« und wenn er abends den Schnaps als Schlaftrunk zu sich nahm. Und dieser Part in ihm wusste auch, dass er durch das Trinken viel seiner ursprünglichen Qualitäten, seiner Instinkte, seines Bauchgefühls eingebüßt hatte.

Krupp, dachte er.

Er hatte den jungen Mann am Vortag zu sich gerufen, hatte mit ihm fast zwanzig Minuten gesprochen und dabei ständig die lobenden Worte der Psychologin im Ohr gehabt.

Ja, verdammt noch mal, er hat einen guten Eindruck gemacht. Führt sich gut. Hält sein Zeug in Ordnung. Kommt gepflegt daher. Ich weiß, ich weiß, ich weiß.

Als er angefangen hatte in diesem Beruf, da waren seine Ziele ambitioniert gewesen. Die Gratwanderung zwischen notwendiger Bestrafung und noch viel notwendigerer Resozialisierung hatte er schaffen wollen. Und wie sicher war er sich gewesen, das in vielen Fällen auch hinbekommen zu können. Aber diese Euphorie war schnell gewichen. Sie hatte Ernüchterung und Fatalismus Platz gemacht und, seit er trank, einer schwer zu beherrschenden Wut. Alle, alle die Jugendlichen und jungen Erwachsenen, die hier ein paar Wochen abzusitzen hatten, waren ihm verhasst geworden. Er war die immer gleichen Delikte leid: Gewalttätigkeiten, Diebstahl, Raub, Bedrohung, Erpressung. Leid war er die immer wieder gleichen Geschichten und die immer gleichen Lügen. Und am allermeisten leid war er, dass ein hoher Prozentsatz derer, die durch seine Anstalt gegangen waren, kein bisschen geläutert worden war. Die meisten setzten ihren Weg auf der schiefen Bahn fort, um bald wieder einzusitzen. Dann jedoch für länger.

Am meisten hasste Berger die Gewalttäter, die Schläger. Denen es um nichts anderes ging, als ihre Aggressionen auszuleben – meistens an Opfern, die ihnen unterlegen waren. Prügeleien zwischen Jugendlichen, die hatte es immer gegeben, das war nicht das Problem. Das Problem war die mörderische Gewalt, mit der immer öfter vorgegangen wurde. Und dass es keine Gründe mehr brauchte, um jemanden ins Koma zu schlagen und zu treten. Gut, diese schlimmsten Schläger landeten normalerweise nicht bei ihm. Die wurden gleich zu längeren Haftstrafen verdonnert. Aber die, mit denen er es hier zu tun hatte, waren oft nicht besser. Sie hatten bislang nur Glück gehabt, dass sie niemanden erschlagen hatten …

Krupp, dachte er. Die Santner glaubt, dass er geeignet ist für das Fernsehprojekt. Wahrscheinlich ist er das ja auch, besser als alle anderen hier. Aber ich mag ihn nicht, diesen geschniegelten Arsch, der alles so gut macht, dass jedermann glaubt, er könnte in zehn Jahren Direktor der Raiba sein. Andererseits …

Andererseits: Was sollte schon schiefgehen? Krupp hatte vier Wochen Jugendarrest aufgebrummt bekommen – wegen eines heftigen Gewaltdelikts. Das Jugendstrafrecht war angewandt worden; er war zur Tatzeit gerade noch siebzehn gewesen, kam also mit Arrest davon. Zwei Wochen hatte er bereits hinter sich – Führung vorzüglich –, er war mittlerweile achtzehn geworden, war also auch unter dem Aspekt der Volljährigkeit der richtige Kandidat für diese TV-Geschichte.

»Eine interessante Konstellation: ein Raufbold und ein Alpinist!« Die Santner hatte richtiggehend geschwärmt von diesem Projekt. »Ich kann mir vorstellen, dass es bei beiden oft um Angst geht, aber auch um die Überwindung von Angst. Um Mut, um

Kraft, um Entschlossenheit. Ich kann mir wirklich gut vorstellen, dass sich die Einstellung dieses Jungen durch so etwas verändert. Vielleicht ändert sich ja auch bei dem Bergführer etwas an seiner Haltung gegenüber einem Jugendlichen, der wegen eines Gewaltdelikts straffällig geworden ist.«

Das stimmte. Die Psychologin hatte recht. Es gab nichts auszusetzen an diesem Versuch. Vor zehn Jahren noch wäre Berger von einer solchen Idee selbst begeistert gewesen. Aber heute? Jetzt?

»Sie sind nicht begeistert«, sagte die Santner. »Ich sehe es Ihnen an. Aber ich kann Sie wirklich beruhigen: Das wird keine dieser schrillen Doku-Soaps von diesen deutschen Privatsendern. Seeberger, er ist der Filmemacher, ist ein guter Mann. Dem geht's nicht um Voyeurismus und billige Sensationen. Der macht einen ernsthaften Film. Dreiviertelstunde. Und Auftraggeber ist der ORF. Also, ich glaube, wir müssen uns da keine Sorgen machen.«

»Ob ich begeistert bin oder nicht«, hatte Berger gesagt, »spielt keine Rolle. Ich halte diesen Krupp, wie gut er sich auch immer führen mag, für eine Verbrechernatur. Nein, sagen Sie jetzt nichts, liebe Frau Kollegin ... Ich glaube, der gehört zu denen, die das sozusagen genetisch verankert haben. Also würde ich ohne Weiteres einen Fünfziger darauf wetten, dass er spätestens im nächsten Jahr wieder auffällig wird. Ja, ja, ich weiß: Er ist nicht ungebildet, kann sich gegebenenfalls ganz ordentlich benehmen, und wenn er jemals die Kurve kriegen sollte, dann werden ihm diese Voraussetzungen dabei helfen. Aber das ist Fassade, sonst nichts. Im Inneren ist dieser Typ nicht anders als die Burschen vom Bahnhofsvorplatz.«

Die Psychologin versuchte einzuhaken, etwas einzuwerfen, aber Berger ließ es nicht zu.

»Wenn ich also mit meiner Vermutung richtigliege, dass uns dieser Krupp ohnehin wieder Ärger bereiten würde, dann wäre es doch eigentlich vernünftig, etwas ganz und gar Außergewöhnliches mit ihm zu probieren. Vielleicht behalten Sie recht, und dieser Kerl bekommt dadurch einen Blick durch ein Fenster, das ihm sonst verborgen bleiben würde. Und vielleicht erkennt er da eine andere, eine bessere Welt.«

Sie trafen sich alle im »Treibhaus«. Martin Seeberger hatte das Szene-Café in der Innsbrucker Altstadt empfohlen.

Der Richter Dieter Berger war mit der Psychologin Dr. Caro Santner aus dem Burgenland gekommen, der Bergführer Peter Strolz aus Natters saß im karierten Outdoorhemd da, mitgebracht hatte er die junge Kletterin Marielle Czerny. Seeberger, der Filmemacher, hatte Frank Walters dabei, seinen Kameramann.

Sie schoben zwei der runden Tische zusammen, angelten sich noch ein paar rote, blaue, gelbe Stühle aus der Umgebung, gaben bei einer Kellnerin ihre Bestellung auf – die Santner trank einen Roten, Berger aber nur eine Melange (er hatte sich auf der Toilette noch einmal heimlich »gestärkt«) –, dann begann Seeberger mit Esprit und mit Leidenschaft von seinem Projekt zu schwärmen.

»Was mich am meisten fasziniert, was zugleich aber höchste Anforderungen an uns alle stellen wird, ist die Unkalkulierbarkeit der ganzen Geschichte. Es gibt ja kein Drehbuch, das irgendwo einschränken, gar Grenzen setzen würde. Wir wollen mit der Kamera beobachten, was sich zwischen dem Bergführer und dem ... wie sagt man am besten ... dem Inhaftierten tut. Wollen spüren, was sich ereignet, nach Möglichkeit in kleinsten Nuancen. Also, ich finde dieses Projekt ungeheuer spannend!«

Er erntete allgemeines Kopfnicken.

Allerdings hatte die Psychologin auch einen gewichtigen Einwand. »Die Würde des jungen Mannes muss immer gewahrt bleiben. Das müssen Sie mir garantieren, Herr Seeberger ...«

»Zugesichert«, unterbrach sie Seeberger.

»Es ist auch für uns keine leichte Entscheidung«, fuhr sie fort. »Wir müssen Ihnen vertrauen können.«

»Das können Sie«, sagte Seeberger ernst. »Das können Sie wirklich.«

Berger schwieg. Aus versteckten Lautsprechern tönte leise die Musik von »The Cat Empire«.

»Aber wo könnte es so etwas wie ein Vertrauensproblem geben?«, meldete sich nun Walters zu Wort, der alles durch die Kamera beobachten würde.

»Ganz einfach«, sagte Dr. Santner. »Ich habe grundsätzlich Bedenken, einen jungen Mann via Fernsehen als Straftäter publik zu machen. Selbst wenn es einer ist, der sich glaubwürdig auf dem Weg der Besserung befindet, könnte er unter Umständen gehörigen Schaden nehmen. Jeder Nachbar, jeder Arbeitskollege, jeder mögliche Arbeitgeber könnte theoretisch wissen, dass er Dreck am Stecken hat. Ich war lange der Meinung, dass man das niemandem antun könnte …«

»Und Sie haben Ihre Meinung geändert?«, fragte Seeberger.

»Zumindest zum Teil.« Die Antwort kam von Richter Berger. »Der Junge ist volljährig. Er ist zweifellos intelligent, weiß, auf was er sich einlässt. Außerdem entspricht es ohnehin unserer Philosophie, dass der Entlassene, der zu seiner Haft steht, bessere Chancen haben müsste als der, der sich in Ausflüchte oder Lügen verstrickt. Nun hoffe ich, dass Ihr filmisches Experiment gelingt, dass die soziale Komponente zum Tragen kommt. Für ihn und für alle anderen. Wenn aufgrund Ihres Filmes jedes Jahr ein paar weniger straffällig werden würden, wenn es jedes Jahr also auch ein paar weniger Opfer von Gewalt gäbe, ich meine, dann wäre das ja auch ein Erfolg …«

»Ich glaube«, gab Walters zurück, »dass wir da alle im selben Boot sitzen. Man will zwar bei einer solchen Doku ganz unvoreingenommen alles zulassen, was geschieht. Aber im tiefsten Innern hat man doch so seine Idealvorstellungen. Also hier sehe ich die beiden jungen Männer, den Bergführer und den Knacki, pardon, wie sie langsam ein bisschen Vertrauen zueinander aufbauen. Ich sehe die beiden beim Klettern, sehe noch Angst beim Nichtkletterer, zunehmend aber strahlen seine Augen auch Fasziniertheit aus. Und dann, oben, sieht man ihm ehrliche Freude an, Stolz auf das, was er geschafft hat, all das. Und irgendwo sollte es gelingen, ganz ohne Worte rüberzubringen, dass der Sträfling jetzt etwas entdeckt hat, das ihn absolut begeistert und das sogar die Kraft haben könnte, ihn wegzuholen von der schiefen Bahn.«

»Ganz ohne Worte wird es wohl nicht gehen«, sagte Seeberger lächelnd. »Die Kameraleute würden am liebsten auf alles verzichten. Auf alles, außer auf die Bilder.«

»Nein, Spaß beiseite. Wir werden sehr behutsam an die Sache herangehen. Wir sind ja auch nur ein ganz kleines Team«, fuhr Walters fort. »Kein großer, schwerfälliger, seelenloser Apparat.«

»Nur Walters, ein Assistent und ich«, fügte Seeberger hinzu. »Und natürlich der Bergführer und seine«, er sah Marielle an, »charmante Helferin. Und natürlich Frau Dr. Santner – Sie werden ja alles unmittelbar miterleben können. Und genau darauf legen wir auch Wert: auf Ihr fachmännisches Urteil und auf Ihren Rat.«

Marielle hatte immer gedacht, dass beim Film riesige Teams am Werk wären. Seeberger schien es von ihren Augen abzulesen.

»Ein kleines Schiff ist wendiger«, lachte er. »Wir können auf Unvorhergesehenes einfach schneller reagieren. Beim Spielfilm und bei den ganzen TV-Novellen ist das anders, aber so, wie wir unterwegs sind, wäre ein großer Apparat einfach nur störend.«

Somit waren bei diesem Gespräch letzte Zweifel und Fragen ausgeräumt beziehungsweise geklärt worden, und man konnte sich jetzt den organisatorischen Fragen zuwenden.

Das Filmteam hatte mit einem Hüttenwirt im Laasertal – es ging um die Hütte unterhalb der Schattenwand – eine gute Vereinbarung treffen können. Die Hütte sei wegen Umbauarbeiten den ganzen restlichen Oktober über für die Öffentlichkeit geschlossen, erzählte Seeberger. Aber das Filmteam könne kommen, es müsse halt einige kleinere Unannehmlichkeiten in Kauf nehmen.

»Wir hätten einen Ort, wo wir ungestört wären«, sagte der Kameramann. Und der Bergführer fügte hinzu:

»Ein idealer Stützpunkt. Von der Hütte zu den Felsen ist es nicht mehr als eine knappe Stunde. Da braucht man die Kameraausrüstung und all das Zeug nicht ewig weit zu schleppen.« Peter Strolz war Mitte dreißig. Er wirkte aber jünger, und das nicht nur wegen seiner burschikos fröhlichen Augen. Er war nicht allzu groß, drahtig, lächelte viel. Doch er sprach wenig. Aber auch wer vom Bergsteigen nicht viel Ahnung hatte, merkte gleich, dass sich in seinem Gesicht, ja, in seinem ganzen Wesen das Gebirge, der Fels, die Sonne, der Schnee zu spiegeln schienen.

»Ich war noch nie in dieser Gegend«, sagte die Psychologin. »Erzählen Sie doch, wie es dort ist.«

»Herrlich ist es da«, schwärmte Strolz. »Wirklich herrlich: weite Almböden, an deren Ende sich die Felsen auftürmen. Die Wände sind zwischen zweihundert und sechshundert Meter hoch. Es gibt viele schwierige Klettereien, aber auch reichlich leichtere. Die Gipfel sind so um die zweifünf, die höchsten zweisieben. Beim richtigen Wetter hat man von dort droben einen wirklich unbeschreiblichen Ausblick. Aber was das Beste ist …«, er sah an den unruhigen Augen des Regisseurs, dass er zu einem Ende kommen sollte, doch wenn er nun schon mal am Reden war, wollte er sich auch nicht gleich wieder bremsen lassen, »... was das Beste ist: Das Gebiet ist nie in Mode gekommen. Es ist dort immer noch ziemlich still. Natürlich kommen Kletterer und Wanderer. Aber nicht wie im Kaisergebirg oder wie am Mieminger Plateau ...«

Jetzt hakte Seeberger ein: »Wir müssen jetzt Nägel mit Köpfen machen. Sie haben gesagt, dass Ihr Mann, wie heißt er doch gleich ...?«

»Krupp«, sagte der Richter. »Konrad Krupp.«

»Also, dass dieser Krupp noch zwei Wochen abzusitzen hat. Wir müssen die nächste Schönwetterphase nutzen.«

»Mit vier oder fünf Tagen bekommen wir wohl alles in den Kasten«, sagte Walters. Und der Bergführer schien das mit einem nachdenklichen Nicken bestätigen zu wollen.

»Wie ist der Typ, wie ist dieser Konrad Krupp?«, fragte der Kameramann. »Am liebsten würde ich mich jetzt schon mit ihm zusammensetzen und alles Mögliche mit ihm bereden. Aber wahrscheinlich wäre das für den Film das Falscheste, was wir machen könnten. Soll schließlich spontan sein, echt. Nicht abgesprochen. Aber als Filmmensch, da beginnt man jetzt wirklich kribbelig zu werden. Vielleicht wollen Sie ja noch bisschen was über ihn sagen?«

Die Psychologin Caro Santner erzählte, ohne in Details zu gehen, warum Konrad Krupp in den Jugendarrest gekommen war, wie er sich verhielt, welchen Eindruck sie von ihm hatte.

»Sie verstehen, wenn ich dabei an der Oberfläche bleibe; ich bin da ans Arztgeheimnis gebunden, und das ist auch gut so.« Sie war auf ihrem ureigenen Terrain und strahlte Sicherheit aus. Bis Walters sie unterbrach.

»Hat er was? Ist er eine Type? Das ist uns wichtig.«

Sie brauchte einen Moment, um sich klarzumachen, worauf der Kameramann hinauswollte.

»Er sieht gut aus, wenn Sie das meinen. Er ist intelligent, kann sich gut artikulieren – aber er ist wohl auch nicht ganz ungefährlich, hat auch so seine dunklen Seiten. Markant genug?«

Später saß Berger der Psychologin an seinem penibel aufgeräumten Schreibtisch gegenüber.

»Bevor wir den Burschen losschicken«, sagte er, »sollten wir beide noch einmal hinterfragen, ob es auch wirklich okay ist. Er führt sich gut, er ist intelligent genug, um in diesem Film bestehen zu können – kein Idiot wie Staudinger oder Holaczik oder der Türke, der vorgestern gekommen ist.«

Die Santner wollte etwas sagen, wollte relativieren, aber Berger sprach einfach darüber hinweg.

»Er wird nicht davonlaufen. Warum sollte er? Nach den Filmarbeiten hat er noch eine gute Woche, deshalb riskiert keiner neuen Ärger. Er ist weltabgeschieden auf der Berghütte – was soll er groß anstellen können? Sie sind dabei und außerdem ein paar gestandene Kerle – es gibt eigentlichen keinen Anlass zur Sorge.«

Er machte eine kurze Pause, schlug die Akte Krupp an beliebiger Stelle auf und gleich wieder zu.

»Aber eines muss ich schon sagen: Wenn ich seinen Fall zu verhandeln gehabt hätte, wäre er nicht mit Jugendstrafe davongekommen, das kann ich Ihnen garantieren.«

Wiederum ließ er keinen Zwischenruf zu.

»Ich glaube, ich weiß, was Sie sagen wollen: All die anderen hier sind auch keine Lämmchen. Da gebe ich Ihnen recht. Aber eigentlich ist es mir schon fast zuwider, diesem Krupp die wenigen Wochen seiner Strafe auch noch durch einen Ausflug in die Berge zu versüßen.«

»Als Psychologin darf ich die Angelegenheit etwas anders sehen. Gewiss, Krupp hat sich schuldig gemacht ...«

»Sie wissen, was er getan hat.« Es war keine Frage. »Er hat einem anderen jungen Mann aus nächster Nähe mit einem Gasrevolver ins Gesicht geschossen. Aber wissen Sie denn auch, was das bedeutet? Die meisten Leute meinen ja, so ein Gasrevolver wäre ziemlich ungefährlich und es würde nichts weiter passieren, als dass die Augen tränen und schmerzen. Wissen Sie, wie eine Gaspatrone beschaffen ist? Die ist mit Wachs verschlossen. Wird die Patrone abgeschossen, verflüssigt sich das Wachs und gibt das Gas frei. So weit klar?«

Er wartete gar nicht erst auf eine Antwort. Und das Nicken der Psychologin interessierte ihn nicht. Er sah aus dem Fenster, das genauso vergittert war wie die Fenster in den Zellen der Jungen, und starrte in den hellblauen Himmel mit seinen verstreuten weißen Wölkchen, als gäbe es etwas ungemein Interessantes zu beobachten.

»Wissen Sie auch, was passiert, wenn man den Lauf auf einen Menschen richtet und die Waffe einen halben Meter vor seinem Gesicht abdrückt?«

Er sah Dr. Santner an. »Wissen Sie, was da passiert?«

Er machte eine kurze Pause.

»Natürlich wissen Sie es. Sie haben die Akte ja auch gelesen. Aber bisweilen glaube ich, dass Sie, Frau Kollegin, und all die anderen Psychologen und Therapeuten und Sozialarbeiter all das, was zwischen die Aktendeckel gepresst wird, mit etwas zu viel Wohlwollen lesen. Ich will nicht von der rosaroten Brille reden. Aber ich will schon betonen, dass es mir schwerer fällt, all diese Trostlosigkeiten schönzureden.«

Er faltete die Hände locker vor seinem Mund und rieb sich mit den Fingern über die Nasenspitze.

»Ich will Ihnen noch einmal sagen, was passiert ist. Krupp hat die Waffe auf das Gesicht seines Gegners gerichtet. Das heiße Wachs ist dem Jungen in die Augen geschossen. Es hätte offenbar nicht viel gefehlt, und er hätte sein Augenlicht verloren. Er ist operiert worden. Ich glaube, zweimal. Und irgendwie haben die Ärzte das hinbekommen. Verstehen Sie, warum mir Krupp unsympathisch ist? Und warum ich damit hadere, dass er nicht für mindestens zwei Jahre hinter Schloss und Riegel gekommen ist?«

Caro Santner verstand ihn. Natürlich konnte sie seiner Argumentation folgen. Aber ihre Sicht war schon von Berufs wegen eine andere. Sie hatte den Jungen geprüft, ihn beobachtet, war heimlich, während er auf Hofgang war, in seiner Zelle gewesen. Der Aufsatz, den er wie jeder andere Neuankömmling am ersten Tag hier zu schreiben gehabt hatte, war ihr sehr überzeugend erschienen.

»Warum bin ich hier?«

Das war die Frage, die seit vielen Jahren von Amts wegen jedem neuen Arrestanten gestellt wurde.

Sie hatte unzählige dieser Aufsätze gelesen, seit sie Gefängnispsychologin war. Die meisten waren ihr schon wegen der sprachlichen Unzulänglichkeiten unangenehm gewesen. Viele andere wegen der völlig fehlenden Einsicht oder Reue. Aber es gab auch Ausnahmen. Und Krupps Text war sogar noch die Ausnahme von der Ausnahme. Aufrichtig, schonungslos gegen sich selbst, kritisch gegenüber der Justiz, zuversichtlich für die Zukunft.

Der Aufsatz war ihr Trumpf. Sie schob ihn über den Tisch.

»Das hier ist Krupps Aufsatz. Den sollten Sie noch einmal lesen, unbedingt. Ich kann Ihre Bedenken nachvollziehen. Aber ich glaube, dass wir gerade bei Konrad Krupp gute Chancen haben, ihn zu einem vernünftigen und für die Gesellschaft wertvollen Menschen zu machen. Bitte, Herr Berger, lesen Sie das. In aller Ruhe.«

Berger nickte. Er lächelte dabei. Aber dieses Lächeln hatte so gar nichts Heiteres.

»Ich gebe Ihnen in vielen Punkten recht, Herr Berger«, sagte Caro und wurde sich in diesem Augenblick wieder einmal bewusst, dass sie es nie geschafft hatten, sich zu duzen. Sie arbeiteten schon lange zusammen, hatten gute und schlechtere Gespräche geführt, waren aber immer beim Sie geblieben. Es lag wohl daran, dass Berger ein etwas unnahbarer Typ war. Nicht unattraktiv, das nicht. Auch nicht uninteressant. Aber er ließ niemanden nahe an sich heran. Von seinem Privatleben wusste sie nicht viel. Und das, was sie wusste, war auch nur Oberfläche. Einen Blick hinter die Kulissen hatte Berger ihr nie gewährt.

»Ich stimme in einigen Punkten mit Ihnen überein. Aber Krupps ganze Einstellung lässt mehr als bei vielen anderen hoffen, dass sein Leben eine gute Wendung nehmen kann.«

Berger nickte. Ganz leicht nur, aber doch unübersehbar.

»Vielleicht haben Sie recht, liebe Kollegin. Vielleicht haben Sie ja wirklich recht.«

»Sie stimmen also zu?«

»Wie schon gesagt: Ein paar Zweifel bleiben. Aber das bringt wohl mein Beruf mit sich.« Berger lächelte die Psychologin an. »Um mich ganz klar auszudrücken: Ja, ich gebe meine Zustimmung.«

Berger saß an diesem Tag noch lange in seinem Büro im Jugendgefängnis. Die Dämmerung hatte schon lange eingesetzt, die Straßenbeleuchtung konkurrierte mit dem schwächer werdenden trüben Blau des Himmels. Es war ein milder Abend.

Berger sah hinaus. Sein Büro lag hoch genug, dass er über die Mauer des Gefängnisses sehen konnte. Er trank einen Schluck von seinem Whiskey. Eigentlich bevorzugte er diese irische Sorte mit einem Eiswürfel, aber woher hätte er hier in der Anstalt Eiswürfel nehmen sollen? Es war schon schwierig genug, jede Woche eine neue Flasche hereinzubringen und eine leere wieder mit hinaus, ohne dass irgendjemand vom Wachpersonal darauf aufmerksam wurde.

Er genoss diese Abende, an denen er hier allein sein konnte.

Er stellte sich an das vergitterte Fenster und sog die kühle Luft von draußen ein. Von der nahen Straße drang das Motorengeräusch der Autos zu ihm herauf, er hörte von weit her Hupen und von irgendwo her laute, rhythmisch stampfende, nicht näher zu definierende Musik.

Er war im Gefängnis. Hinter Gittern. Und obwohl er jederzeit kommen und vor allem wieder gehen konnte, fühlte er sich doch eingesperrt. Oder anders gesagt, er fühlte sich ausgeschlossen vom Leben dort draußen.

Als seine Frau gegangen war, hatte er geglaubt, bald wieder eine Beziehung eingehen zu können. Alleinsein war seine Sache nie gewesen. Aber es stimmte nicht. Nach fast zwanzigjähriger Ehe schien jegliche Zweisamkeit plötzlich schal geworden. Er sah sich Frauen an, in der Trambahn, im Fernsehen, in einem Lokal, er versuchte, mit seinem geradezu kriminalistischen Instinkt bis tief hinein in ihre Seelen sehen zu können. Er versuchte sich vorzustellen, wie jede von ihnen so wäre, im Gespräch, im Alltag, im Bett, im Leben an seiner Seite, und dann verging ihm wieder jedes Interesse.

Berger wusste mittlerweile, was er tat. Dass er zu trinken begonnen hatte. Zwei Flaschen Whiskey während der Woche. Eine im Büro, eine daheim. Alles war genau geregelt.

Nur am Wochenende war es anders. Da brauchte er manchmal mehr, bisweilen aber blieb er auch fast abstinent.

Berger lächelte hinaus in den pastellfarbenen Abend. Er war zu einem Trinker geworden. Wenn ihm das jemand vor fünf Jahren gesagt hätte!

Er nahm einen kleinen Schluck und genoss, wie der Alkohol in seinem Magen brannte, einen Moment lang aufzukochen schien, um dann ein wohliges Gefühl durch die Adern strömen zu lassen.

Einige Minuten lang hörte er sich das abendliche Knastkonzert an: Die Jugendlichen standen jetzt an den Fenstern ihrer Zellen und riefen ihre Mitteilungen nach draußen. Einfach nur nach draußen, für alle zu hören, dabei hoffend, dass sie den richtigen Adressaten auch erreichen würden. Da wurde viel dummes Zeug gerufen, aber eben auch verschlüsselte Knastinformationen, Gerüchte, Drohungen, Geschäfte.

Die Wärter hatten es längst aufgegeben, gegen diese Form der Kommunikation vorzugehen. Das war in jedem Gefängnis so, egal wo Berger bislang hingekommen war. Eine unausrottbare Unsitte. Und vielleicht war es gut so, dass man ihnen diese kleine Freiheit ließ.

Berger schloss das Fenster und setzte sich wieder an seinen Schreibtisch. Er nahm den Aufsatz von Krupp. *»Warum bin ich hier?«* Berger streckte seine Finger aus, drehte die Hände hin und her, hielt sie sich im Abstand von zwanzig, dreißig Zentimetern vors Gesicht. Kein Zittern. Seine Hände zitterten nicht.

Ein gutes Zeichen.

Er trank einen kleinen Schluck, nahm den Aufsatz von Konrad Krupp erneut und begann zu lesen. Auch die Aufgabenstellung, die er auswendig hätte aufsagen können, las er, Zeile für Zeile, Wort für Wort:

Sie sind in der Jugendstrafanstalt eingetroffen. Aufgrund eines richterlichen Urteils haben Sie hier mindestens eine, höchstens vier Wochen zu verbringen. Bitte machen Sie sich bewusst, dass Ihr Aufenthalt hier keine Bestrafung ist, sondern Ihnen vielmehr die Möglichkeit geben soll, darüber nachzudenken, wie Sie Ihr künftiges Leben gestalten wollen.

Nachdem Sie nun Ihre Zelle eingerichtet haben, ist gleich am Tag Ihrer Ankunft ein Aufsatz zu schreiben, der von der Anstaltspsychologin und ggf. auch vom zuständigen Richter gelesen wird. Ihnen stehen vier DIN-A4-Seiten zur Verfügung – weniger als zwei ordentlich beschriebene Seiten erfüllen die Aufgabenstellung nicht.

Bitte beantworten Sie in Ihrem Aufsatz die folgenden Fragen:
Wie kam es, dass Sie verurteilt worden sind?
Wie haben Sie die Gerichtsverhandlung erlebt?
Was sind Ihre ersten Eindrücke im Jugendarrest?
Welche Pläne haben Sie für die Zeit nach Ihrer Entlassung?

Bitte schreiben Sie gut leserlich. Sollten Sie der deutschen Sprache nicht hinreichend mächtig sein, informieren Sie das Wachpersonal.

Wir machen Sie nachdrücklich darauf aufmerksam, dass Nichtabgabe des Aufsatzes etwaigen Haftverbesserungen entgegenwirkt.

Die Anstaltsleitung.

Berger vermied es in der Regel, die schlechten Aufsätze der Neulinge zu lesen. Wenn sich etwas für ihn Wichtiges darin verbarg, so wurde er von der Psychologin, die für schlechtes Deutsch, dürren Wortschatz, lustloses Geschreibe mehr Verständnis aufbrachte als er, darauf hingewiesen. Oft genug hatte er als Anfang gelesen: *»Warum ich hier bin, weiß ich nicht.«* Oder: *»Ich bin hier, habe mir aber nichts zuschulden kommen lassen.«* Oder auch: *»Es glaubt mir einfach keiner, dass ich unschuldig bin. Das ist das Problem.«*

Die Aufsätze, die er gelesen hatte, waren allesamt unstrukturiert gewesen. Kaum einer übertraf qualitativ die sechste Klasse an einer Hauptschule. Es gab keinen richtigen Anfang, keinen Schluss; da waren nur die Seiten gefüllt worden, weil es unvermeidbar war. Kaum einer hatte sich wirklich Gedanken gemacht.

»Warum mir die Ungerechtigkeit des Gerichts ganz recht geschah« – so lautete die Überschrift von Konrad Krupps Aufsatz. Und sie beeindruckte Berger auch beim zweiten Lesen nicht nur wegen ihrer durchaus provokanten Art, sondern auch wegen des – beabsichtigten oder zufälligen – Spiels mit den Begriffen Recht, Unrecht und Gericht.

Berger las den ganzen Aufsatz noch einmal:

Die Begebenheit trug sich vor ungefähr einem Jahr zu. Ich war damals knapp achtzehn. Nach Jahren auf dem Gymnasium, schließlich wieder auf der Hauptschule, hatte ich einige Tage vorher alles hingeworfen. Ich hatte genug von den Lehrern, genug vom manchmal demütigenden Druck, den sie auf mich – und nicht nur auf mich – ausübten. Natürlich war ich erst einmal froh, dass jetzt hinter mir zu haben. Aber dann stieg in mir so ein böses Gefühl auf: Das ich ein Nichts und ein Niemand sei, einer, der es nie zu was bringen würde. Heute weiß ich, das es vor allem Angst war. Ich trank jeden Tag Alkohol, und zwar viel. Und ich verkehrte nicht in den besten Kreisen.

Dass alles soll mein Verhalten nicht entschuldigen. Was passiert ist, ist schlimm genug. Und ich bedaure sehr, das ich mich habe hinreißen lassen. Aber ich will eins nach dem anderen erzählen.

Bemerkenswert, dachte Berger. Für ihn war es in der Tat schon mehr als beachtlich, wenn einer seiner Häftlinge einen zusammenhängenden Satz grammatikalisch richtig und einigermaßen fehlerfrei zu Papier bringen konnte. Über die Schwächen bei »dass« und »das« konnte man nun wirklich hinwegsehen. Dieser Krupp war sogar in der Lage, zusammenhängende Gedanken in aufeinanderfolgenden Sätzen klar zu umreißen.

Die Situation dürfte bekannt sein und in den Akten erfasst sein. Am 18. Juli des vergangenen Jahres kam es in einem Lokal in Wien bei einer Auseinandersetzung zwischen zwei jugendlichen Gruppen zu Raufereien, die schließlich in einem von mir abgegebenen Schuss mit einem Gasrevolver ihren tragischen Höhepunkt fanden.

Ich will das an dieser Stelle nicht verschweigen: Ich war zu dieser Zeit auf dem besten Weg, auf die sogenannte schiefe Bahn zu kommen. Seither ist mehr als ein Jahr vergangen. In diesem Jahr hat sich bei mir sehr viel getan. In meinem Alter ist ein Jahr noch eine sehr lange Zeit, in der sehr viel geschehen kann. In diesem einen Jahr habe ich mich sehr verändert. Mein Leben hat einen Sinn bekommen, eine Richtung. Und ich glaube nicht, das ich nach der Zeit in der Jugendstrafanstalt noch einmal »hinter Gitter« muss.

Berger schenkte sich das Glas wieder halb voll. Er nahm einen großen Schluck. So war alles ein wenig erträglicher. Der Aufsatz machte ja einen guten Eindruck. Was heißt guten – einen sehr guten. Aber der Stil hatte für ihn schon fast etwas Arrogantes, zumindest Überhebliches. Aber vielleicht bin ich in letzter Zeit auch wirklich überreizt, dachte Berger. Vielleicht muss ich zumindest im Denken wieder großzügiger sein.

Ohne mein Verhalten schönreden zu wollen: Die anderen, die Mitglieder dieser mir bis dahin unbekannten Jugendgang, hatten nicht nur den Streit vom Zaun gebrochen, sie gingen auch mit großer Aggression gegen uns vor. Als ich die Waffe zog, tat ich das aus keinem anderen Grund als aus purer Angst.

Es hat Zeit gebraucht, das zu erkennen. Noch schwieriger war es, es mir selbst einzugestehen. Aber ich glaube, dass war auch die Voraussetzung, um einen anderen Weg gehen zu können.

Ich habe geschossen, um mit dem Gas die Rauferei zu beenden. Es war nicht in meiner Absicht, jemanden zu verletzen. Ich wollte freikommen und ich habe in meiner Angst falsch reagiert. Alles ging ganz schnell. In dem Augenblick, wo ich abdrückte, war kein Gesicht vor der Waffe. Aber im nächsten Augenblick. Es war meine Schuld. Aber nicht meine Absicht.

Berger sah das Mündungsfeuer der Waffe, er roch das Gas, und er spürte das glühende Wachs auf seiner Haut. Und plötzlich schienen ihm die Augen auszulaufen. Er sah alles milchig grau, tauchte in dreckiger, trüber Brühe und sah gar nichts mehr. Er wollte schreien, vor Schmerz und vor Verzweiflung. Aber als er den Mund aufmachte, floss die Dreckbrühe in ihn hinein und verstopfte ihm die Nase und den Mund.

Als Berger aus einem kurzen Schlaf im Bürosessel erwachte, versuchte er seinen Alptraum zu verscheuchen. Er legte Krupps Aufsatz zur Seite.

Am Waschbecken, das sich in einer Ecke seines Zimmers befand, wusch er sich das Gesicht mit kaltem Wasser, danach seifte er sich bald zwei Minuten lang die Hände ein. Das tat er immer, bevor er ging. Es war ein festes Ritual. Als könnte er damit den Schmutz von den Händen waschen, in dem er tagtäglich zu wühlen hatte, ohne je auf Grund zu stoßen.

Er schraubte die Whiskeyflasche zu, spülte das Glas aus und sperrte alles in den Schrank, zu dem nur er und niemand sonst einen Schlüssel hatte.

Als er sein Büro abgeschlossen hatte und hinunterging zu den Wächtern am schweren, stählernen, videoüberwachten Haupttor, da war es Viertel nach neun.

»Gut Nacht, Herr Berger«, sagte einer der Aufseher.

»Gute Nacht«, sagte der andere.

Als sich das Tor hinter Berger schloss, sagte der eine: »Der findet auch nie ein End, der Berger.«

»Der geht zugrund an seiner Aufgab«, sagte der andere.

»An der Aufgab und am Saufen.«

4

Der Winter würde früh kommen in diesem Jahr. Das munkelten die Menschen, die in den Ortschaften am Fuß der Berge lebten.

Aber es ist doch erst Oktober, Gott bewahre, gaben manche zu bedenken. Die Sonne schien, und der Herbst war in den prächtigsten Farben gemalt.

Aber es gab Hinweise!

Einige Bauern spürten es am Verhalten ihres bereits von den Almen heruntergetriebenen, auf den Talwiesen weidenden Viehs. Der Jäger sah es im Augenspiel der Füchse. Ein alter Mann spürte an seinen Schmerzen im Beinstumpf den Winter nahen. Und einige wollten in den letzten Tagen den Schnee schon gerochen haben, und das, obwohl selbst die Bergspitzen in dieser Region noch völlig aper waren.

»Denkts nur an den Winter zweiundsechzig«, sagte eine alte Frau beim Einkaufen im Bäckerladen. »Da ist der Schnee schon Mitte Oktober kommen, ein Meter hoch. Und bis April haben wir keinen Frieden mehr bekommen.«

»Ja«, sagte eine andere. »Ich erinner mich. War zwar noch ein Kind. Aber ich erinner mich. Wir waren abgeschlossen von der Außenwelt. Niemand ist rausgekommen, niemand rein.«

Zustimmendes Nicken von allen anderen, die damals schon gelebt, das Damals schon miterlebt hatten.

»Bei den Bauern hinten am End vom Pflerschertal«, sagte einer und zeigte dabei südwärts, gleichsam über den Brennerpass hinüber, »da war es so schlimm, dass sie vom Haus zum Stall einen Tunnel im Schnee graben mussten. Meterhoch waren die eingeschneit. Ihr werdet sehn, heuer kommt es wieder genauso.«

Die Meteorologen auf der Gipfelstation der fast dreitausend Meter hohen Zugspitze hätten diese Unkenrufe nicht bestätigt. Ihre Messdaten, mehrmals täglich eingeholt und ausgewertet, vermochten die nächsten Tage klimatisch gut vorherzusagen. Aber ob der Winter milde oder rau werden würde, das ließ sich wissenschaftlich nicht bestimmen, zumindest nicht mit unverrückbarer Gültigkeit. Schmerzende Amputationsstummel, unruhiges Vieh oder das Verhalten der Füchse – all dies gehörte für Meteorologen ins Schattenreich der Mystik und des Aberglaubens.

»Es wird ein Winter kommen«, sagte die alte Berling, »wie es seit hundert Jahr keinen geben hat. Die Krähen werden steifgefroren von die Telefonleitungen fallen. Die Wölf werden wieder kommen. Es wird viel Schlimmes passieren ...«

Das aber hielten selbst die Abergläubischen für übertrieben. Die Berling galt schon immer als ein wenig verrückt. So schlimm, wie sie es hohlmäulig prophezeite, würde es nicht kommen, aber schon schlimm genug.

Es roch nicht nach Schnee an diesem Morgen. Nach faulem Laub roch es. Seit fast zwei Wochen zogen Nebel durchs Wipptal, das Innsbruck mit dem Brenner verband. Nicht etwa, dass es grau und nebelig gewesen wäre ohne Unterlass. Im Gegenteil, oft beschien die tief stehende Herbstsonne die Weiler an den Osthängen des Tales, brachte Höfe und Kirchlein zum Leuchten und machte manchen Betrachter ob des ausklingenden Herbstes wehmütig. Aber kaum ein Tag verging, an dem nicht dichte dunkelgraue Wolkenschwaden ins Tal hereinzogen, sich festsetzten, die Landschaft verdunkelten, sie schwermütig und trostlos erscheinen ließen. Wer dann aus dem Haus ging, war binnen einer Viertelstunde nass – obwohl es nicht regnete. Aber die Luft schien nur noch aus winzigen Wasserpartikelchen zu bestehen. Und so warm man sich auch anzog, es fror einen genauso wie im Hochwinter, wenn das Thermometer heftige Minusgrade anzeigte.

Es waren diese Nebel und diese Nässe, die den Herbst im ganzen Tal förmlich vermodern ließen. Die Lärchen, die vor Kurzem noch gelb und ocker geleuchtet hatten, standen jetzt in ein rostiges Braun gehüllt. Das gelbe, rote, braune Laub der Buchen und Ahorne, von den Föhnstürmen verweht, färbte sich innerhalb weniger Tage schwarz, verfaulte auf den Wiesen und den Wegen und gab der ganzen Landschaft den Geruch eines Friedhofs im späten November.

Manche Menschen, die hier lebten, wurden schwermütig. In den Wirtshäusern wurde noch mehr getrunken als sonst. Bei den Eheleuten nahmen die Streitigkeiten zu, und Männer schlugen ihre Frauen. Wenn der Nebel sich besonders hartnäckig hielt, verzweifelte manch einer so sehr am Leben, dass er sich einen Kälberstrick oder ein Kletterseil nahm und sich irgendwo an einem kahl werdenden Baum erhängte.

In den Tälern war es keine gute Zeit.

Kalt war es. Eine Kälte, die durch die Mauern und durch die Kleidung drang – bis auf die Haut und bis in die Herzen.

Marielle kam mit dem Zug. Treffpunkt: der Bahnhof von Matrei. Dorthin hatte der Bergführer das Filmteam bestellt und die Psychologin samt ihrem Schützling – den Hauptdarsteller des Films, Konrad Krupp. »Wir treffen uns gegenüber vom Bahnhofsgebäude«, hatte Strolz gesagt. »Da ist zwar kein richtiger Parkplatz, aber für eine Viertelstunde wird man sich da schon arrangieren können.«

Und weil Strolz in Natters lebte, ein gutes Stück oberhalb der Landeshauptstadt, hatte er Marielle gebeten, auf eigene Faust anzureisen, am besten wohl mit dem Zug. Es seien ja nur zwanzig Kilometer von Innsbruck aus.

Marielle hatte sich während der Fahrt die Gegend angesehen. Es herrschte glücklicherweise kein Nebel an diesem späten Vormittag. Die Dörfer und Weiler am Osthang des Wipptales lagen in mildem Licht. Marielle versuchte, eine mögliche Radroute auszumachen. Irgendwann einmal wollte sie zusammen mit Pablo von Innsbruck nach Bozen radeln, weiter nach Trient und vielleicht bis Verona, und das natürlich abseits der für Radfahrer unerträglichen Alten Brennerstraße. Dort droben, so dachte sie, musste es schön sein. Da müsste es eigentlich gehen.

Sie träumte von dieser Radtour über den eintausendvierhundert Meter hohen Brennerpass, vom Draußenschlafen im Schlafsack, vom Erreichen des Südens, wenn gleich hinter Brixen die Weinberge begannen und die spitzen Zypressen das Land, wo die Zitronen blühten, ankündigten.

Und wenn sie nicht tagträumte, dann beobachtete sie die Leute im Zug: junge und alte, die älteren schon wieder auf dem Rückweg aus der Stadt, die jungen vielleicht auf dem Weg nach Bozen, wo sie studierten. Und dann noch diese Frau mit den zwei kleinen, ständig quengelnden Kindern und den traurigen Augen.

Als Marielle dann in Matrei den Zug verließ, mit geschultertem Rucksack durchs kleine Bahnhofsgebäude ging, auf der anderen

Straßenseite den Kleinbus des Bergführers erkannte, am Zebrastreifen die viel befahrene Brennerstraße überquerte – da kam die Begegnung mit dem jungen straffällig gewordenen Mann fast wie unvorbereitet.

Sie hatte sich in den letzten Tagen immer wieder Gedanken gemacht: wie er aussehen würde, wie er sich benehmen würde, wie er klarkommen würde mit den Leuten vom Film und mit Peter und mit ihr. Alle mögliche Szenarien hatten sich vor ihrem inneren Auge abgespielt. Und jetzt war doch alles anders, war überraschend, und sie fühlte sich unsicher wie bei einer Schifffahrt bei bewegtem Seegang.

Sie begrüßte Strolz, die Psychologin Dr. Caro Santner, den Filmemacher Seeberger, den Kameramann Walters und einen weiteren zur Crew gehörenden Mann namens Günni.

»Und das ist Konrad«, sagte die Psychologin. »Konrad Krupp.«

Marielle hielt ihm die Hand hin. Konrad war jünger als sie, das wusste sie, aber allzu viel jünger sah er nicht aus. Er war groß, schlank, aber nicht dünn, hatte blondes Haar, blaugraue Augen.

Er gab ihr die Hand, sagte: »Hi«, und zeigte ein kleines Lächeln.

Dieses Lächeln war Marielle unangenehm. Es war kein Lächeln aus Freundlichkeit, auch keines, das eine gewisse Schüchternheit verraten hätte. Dieses Lächeln spielte sich nur um die Mundwinkel ab.

»Passt das so?«, hörte sie Caro Santner fragen.

Krupp war berggemäß eingekleidet worden – und sah ein wenig aus wie ein kunterbunter Papagei. Ein orangefarbener Anorak, eine graublaue Berghose mit verstärkten Knie- und Gesäßbereichen, rotbraune Wanderstiefel – und der Rucksack war rot. So rot wie das Rot der SPÖ.

Walters rümpfte kurz die Nase, sagte aber nichts.

Strolz bat darum, den Rucksack inspizieren zu dürfen. Alles, was er an Kletterausrüstung darin fand – eine Faserpelzjacke, ein Klettergurt, Kletterschuhe und der Helm –, entsprach offenbar seinen Vorstellungen. Caro Santner hatte also alles gemäß seinen Vorgaben organisiert.

»Und jetzt?«, fragte er Walters.

Die Antwort kam von Seeberger: »Also, am liebsten würde ich jetzt gleich dorthin fahren, wo unser Weg anfängt. Da könnten wir sozusagen beim Zusammenpacken ein paar Bilder einfangen. Wir waren ja vorgestern schon bei der Strafanstalt, haben da von außen gefilmt und ein erstes Statement von Frau Dr. Santner«, er lächelte der Psychologin zu, »und Konrad eingeholt. Ich denke, jetzt sollten wir in die Natur.«

»Gute, symbolhafte Bilder«, ergänzte der Kameramann. »Das Gefängnisgebäude von außen, vergitterte Fenster, das schwere Tor, durch das Konrad die Haftanstalt verlässt. Starker Kontrast zu dem, was jetzt kommt.«

Marielle fuhr bei Peter Strolz mit. Dahinter kam die Psychologin mit ihrem silbernen Mazda 323. Und den Schluss machten die Filmleute mit ihrem vollgepackten schwarzen VW-Bus.

Wenn die Entfernung auch nicht allzu groß war, so brauchten sie doch noch mehr als eine Dreiviertelstunde, um ihr vorläufiges Ziel zu erreichen. Hinter Steinach wurden die Straßen schmaler. Bald wand sich ihre Route in engen Serpentinen in die Höhe. Dann führte sie einspurig tief hinein ins versteckte Laasertal. Die Straße war eng, begrenzt von Steinmäuerchen und Leitplanken aus Holzbalken. Ausweichstellen waren rar. Aber es kam ihnen nicht ein einziges Fahrzeug entgegen.

Als sie den Parkplatz bei der Materialseilbahn erreichten, dort, wo auch der wildromantische Steig zur Hütte seinen Anfang nahm, standen da nur zwei Fahrzeuge. Es waren die Lieferwagen der Monteure, die an der altmodischen Materialseilbahn arbeiteten.

Hier allerdings, am Ende der Zufahrt, war nichts mehr vom milden Licht zu sehen und zu spüren, das Marielle bei ihrer Anfahrt mit der Bahn noch genossen hatte. Dieser Flecken, so schien es, hatte seit Wochen kein Licht und keine Wärme mehr abbekommen. Hier war es feucht, kalt und klamm.

»Ja, ist verdammt kalt«, sagte der Kameramann und schlüpfte schnell in seine dicke Jacke.

»Nur hier unten«, beruhigte der Bergführer die Gruppe. »Wenn wir erst mal ein Stück in die Höhe kommen, wird es angenehm, glaubt mir.«

»Hoffentlich«, sagte Seeberger mit einem gequälten Lächeln. Er wusste ja auch nur zu gut, dass es noch eine ganze Weile dauern würde, bis sie hier wegkämen. Eine Stunde Minimum.

Nicht nur, dass erst einmal alle Bergsachen und das Filmequipment zusammenzupacken waren. Seeberger wollte auch, Kälte hin oder her, hier am Start der Tour noch ein Statement einfangen. Ein paar Sätze von Krupp. Sein Vorschlag war, dass Krupp gefilmt und befragt werden würde, während im Hintergrund Strolz das Kletterzeug in den Rucksack sortierte. Das Kletterzeug war natürlich längst im Rucksack verstaut, das hatte Strolz daheim gemacht, im Keller, wo er als erfahrener Bergführer sein Depot hatte. »Mein Basecamp«, wie er zu sagen pflegte.

Aber für den Film wurde der Rucksack noch einmal auf den Kopf gestellt, und Strolz begann, Karabiner zusammenzuhängen, das Seil aufzuschließen und alles zusammen im Rucksack zu verstauen. Dreimal musste er das machen, ehe Seeberger und sein Kameramann zufrieden waren. Krupp hatte seine Bergstiefel zu schnüren und nebenbei eine Antwort auf die lapidare Frage zu geben, was er sich denn von diesem »Ausflug ins Gebirge« erwarte.

Marielle stand daneben, hüpfte, wenn sie damit nicht gerade die Dreharbeiten störte, von einem Bein aufs andere und bewunderte die Cleverness der Filmleute. Sie drehten mehrfach ohne Krupp, sie schienen ihr ganzes Augenmerk auf dem Bergführer und seiner Ausrüstung zu haben. Und erst als sie sich ganz sicher waren, dass es so und nicht anders sein müsste, holten sie Krupp dazu.

»Könnten Sie«, sagte Walters zu Marielle, »mal die Handwerker bitten, dass sie ein paar Minuten lang Ruhe geben? Wir haben sonst tausend Störgeräusche drauf.«

Marielle ging zu dem Schuppen, der die Talstation der Materialbahn beherbergte, und bat die Männer – es waren vier, allesamt in vor Dreck stehenden Overalls – um fünf Minuten Ruhe.

»Wissen Sie, die machen einen Film …«

»Was für einen Film denn?«, fragte ein junger Monteur.

Die Antwort rief sein Kollege herüber, der gerade mit einer riesigen Hydraulikpumpe zugange war: »Die drehen wahrscheinlich ›Nackt und heiß auf Mykonos‹. Stimmt's?«

»Nicht ganz«, gab Marielle zur Antwort, die von derbem Männerhumor nicht leicht aus der Fassung zu bringen war. »Wird mehr so eine Art Bergfilm. Und es braucht auch wirklich nur ein paar Minuten …«

»Ist kein Problem«, sagte der Älteste von den vieren. Er kam auf sie zu, wischte sich dabei mit einem öligen Lappen die verschmierten Hände ab. »Geben Sie uns halt Bescheid, wenn wir wieder können.«

Jetzt erst, da die Kamera eingeschossen war auf ihr Sujet und da die Monteure ihre Arbeit ruhen ließen, kam Konrad Krupp ins Bild, einen Fuß auf die Stoßstange des Mazda gestützt, die Schuhbänder bindend.

»Ich frag dich jetzt was«, sagte Seeberger, der ihn ohne Umschweife duzte. »Du gibst keine unmittelbare Antwort bitte. Sondern wenn es geht ein eigenständiges Statement. Okay?«

Krupp nickte. Marielle hätte nicht genickt. Sie war sich nicht sicher, was der Filmemacher genau meinte. Aber da kam auch schon die Frage:

»Was versprichst du dir von der Bergtour?« Nicht mehr und nicht weniger.

Krupp hielt im Schuhebinden einen Moment lang inne. Dann schaute er Richtung Kamera und machte, Marielle begriff es sofort, alles richtig:

»Wenn ich abends auf der Pritsche gelegen bin, habe ich in den letzten Tagen viel nachgedacht. Ich hatte ja Zeit genug. Was wird mir das bringen, raus ins Gebirge, bergsteigen, klettern. Ich meine, ich hab damit keinerlei Erfahrung. Ich kann schon laufen, also ich glaub, es macht mir nichts, da einige Stunden zu einer Hütte hinaufzusteigen und so. Aber im Gebirge war ich eigentlich nie so richtig. Wird spannend. Und ich glaube jedenfalls, dass es für mich eine besondere Erfahrung werden kann. Vielleicht etwas ganz Wichtiges ...«

Dann sah er wieder auf seine Stiefel und schnürte eine Doppelschleife. Walters ließ die Kamera noch laufen, nahm dann das Auge vom Okular und nickte zufrieden.

»Hervorragend«, rief Seeberger. »Das war wirklich gut so.« Marielle zeigte er an, sie könne den Arbeitern Bescheid geben, und an alle gewandt sagte er: »Und jetzt lasst uns das ganze Zeug zusammenpacken.«

Auch Strolz drängte zur Eile. »Um diese Jahreszeit kommt die Nacht früh.«

Nach weiteren zwanzig Minuten war es so weit. Alles war verstaut, die Autos waren abgeschlossen, die kleine Gruppe machte sich auf den Weg. Alle sieben Mitglieder waren schwer bepackt. Aber alle waren jetzt auch froh, dass es endlich richtig losging:

Martin Seeberger, der nie lockergelassen und es endlich geschafft hatte.

Frank Walters, der als Kameramann schon alles gefilmt hatte: Sport und Kriegsschauplätze, Flüchtlingselend und Naturkatastrophen.

Der Mann namens Günni, Assistent, Tontechniker, Mädchen für alles.

Caro Santner, die Psychologin, die froh war, bei diesem Experiment dabei sein zu können.

Konrad Krupp, ihr Schützling.

Peter Strolz, der erfahrene, stets ruhige, gelassene Bergführer.

Und natürlich Marielle, die sich darauf freute, wieder einige Tage in »ihren Bergen« verbringen zu können und dieses Mal etwas ganz Besonderes dabei zu erleben.

Günni freilich war nicht nur froh. Warum man sich nur eine Hütte ausgesucht habe, deren Materialseilbahn außer Betrieb war. Und dann auch noch so weit zu gehen …

»Ja, ja«, sagte Strolz. »Der Weg ist nicht kurz. Drei Stunden. Vielleicht sogar ein bisschen länger. Bei all unserem Gepäck.«

»Ich bin so froh, endlich mal rauszukommen«, erzählte Caro Santner Marielle, als sie sich auf den Weg gemacht hatten. Dass ihr in den letzten Wochen alles ein bisschen viel geworden sei, die Arbeit, zu Hause, alles einfach. Und dass sie sich schon so gefreut habe auf die Bergtour.

Trotz der feuchten Kälte war Caro froh, endlich draußen zu sein. Draußen aus der Strafanstalt, draußen aus der Stadt, draußen aus ihrem Alltag. Sie konnte durchschnaufen. Und das tat sie. Atmete die kalte Luft ganz tief ein. Durch die Nase. So fest, dass es in den Schleimhäuten schmerzte. Sie genoss jeden Schritt auf dem Weg, der zunächst noch als breiter Forstweg flach an einem Wildbach entlangführte.

»Ach, tut das gut«, sagte sie zu Marielle.

Marielle konnte sie gut verstehen. Sie war zwar in den Bergen daheim, verbrachte jede freie Minute hier, kannte diesen Weg hinauf zur Hütte und zur Schattenwand, und doch genoss auch sie den Augenblick in vollen Zügen.

Dass ringsum das Laub verfaulte und moderte, war ihr egal. Sie roch die Fäulnis nicht. Das war nicht Moder, das war ganz einfach Natur. Schwer von Nässe hingen die Farnblätter über den Wegrand. Die Schachtelhalme – es gab Unmengen dieser urzeitlichen Gewächse – schienen sich an der Feuchtigkeit zu berauschen. Das Wasser des Baches gischtete über blank gewaschene Steine und üppig grün vermoostes Schwemmholz. Vor Zeiten umgestürzte Bäume hingen schief über das Bachbett, ihre entrindeten Äste wurden vom Wasser umspült, an manchen hatten sich braune Flechten verfangen. Wie Hexenhaar trieben sie in der rauschenden Flut.

Der Wald roch nach Harz und Holz. Irgendwo waren vor Kurzem Bäume geschlagen worden, und aus den Wunden strömte jetzt der frische Duft der Tannen und der Fichten.

Sie waren noch keine zehn Minuten gegangen, als Strolz zu einer ruhigeren Gangart ermahnte.

»Geht nicht so schnell«, sagte er. »Der Weg ist noch weit. Das Wichtigste ist, einen Rhythmus zu finden, bei dem Gehen und Atmen zueinander passen.«

Marielle wusste das, machte es gewiss auch schon immer instinktiv richtig, aber sie wollte das ja auch als zukünftige Bergführerin vermitteln können. Also konzentrierte sich eine Weile ganz auf ihr Gehen.

Sie wollte jetzt gar nicht mit den anderen reden. Nur gehen und atmen und gehen und atmen.

Seeberger unterhielt sich mit Walters. Günni, der Assistent – und damit der am schwersten Beladene der Filmleute –, ging schwitzend hinter den beiden her. Strolz hatte sich zu Krupp gesellt und machte wohl schon erste Versuche, den Jungen ein wenig kennenzulernen. Caro Santner ging kaum einen halben Schritt dahinter. Es hatte den Anschein, als machte sie den Versuch, sich kein Wort entgehen zu lassen.

Marielle genoss es, eine Zeit lang ihre Ruhe zu haben. Die Natur zu atmen. Jeden Schritt zu spüren. Alles zu sehen, jedes Detail wahrzunehmen.

Der Mischwald ringsherum war voller Geheimnisse und voller verwunschener Gestalten. Nichts schien sich geändert zu haben seit ihrer Kindheit: Die Bäume konnten immer noch Fabelwesen sein, im Wurzelwerk umgestürzter Tannen entdeckte sie Gnomen und Zwerge, das satte und leuchtende Moos war wie ein edler Teppich für die Waldfeen, und in jedem Geräusch, jedem Knarzen aneinanderreibender Äste, jedem kehligen Vogelschrei, jedem fallenden Blatt, das raschelnd auf dem Boden landete, konnte sie, wenn sie wollte, die Stimmen verzauberter Wesen hören.

Atemberaubend schön war das alles. Und unheimlich. Denn in jedem Feengesicht verbarg sich zugleich die Fratze eines Untiers, jedes Brechen eines Zweigs konnte durch das sanfte Einhorn erfolgt sein oder aber durch einen lauernden Riesen, der die Eingeweide von kleinen Menschen verspeisen wollte.

Ja, sie war noch mit Märchen aufgewachsen. Hatte eine Kindheit gehabt, in der vorgelesen und erzählt worden war. Freilich, zu ihrem Aufwachsen hatte auch der Fernseher gehört und dann der PC. Aber lange Zeit über war ihr das Fernsehen reglementiert worden. Und ihre Eltern hatten immer Wert darauf gelegt, dass die Kinder – Marielle hatte noch einen »kleinen« Bruder, eineinhalb Jahre jünger als sie – zuzuhören lernten.

Ihre Phantasie war gefördert worden. Und das war der Hauptgrund dafür, dass sie nun in der Lage war, dem Wald seine Geheimnisse abzulauschen.

Krupp und Strolz unterhielten sich noch immer. Das war ein gutes Zeichen. Auf beide, nicht nur auf Krupp allein, würde es ja ankommen bei dieser Dokumentation.

»Sie glauben wirklich«, rief der Kameramann dem Bergführer zu, »dass das Wetter weiter oben besser wird?«

Strolz lächelte. »Es ist ja eigentlich schon gut. Wirklich nichts als ein bisschen Hochnebel. In spätestens einer Stunde sind wir da durch. Ihr werdet staunen.« Und er fügte hinzu: »Übrigens: Hier in den Bergen gibt es kein Sie. Da ist jeder per Du. Ich bin einfach der Peter.«

Marielle kannte Peter Strolz jetzt schon seit einigen Monaten. War einige Male sozusagen als Hilfsbergführerin mit ihm unterwegs gewesen. Bei Anfängerkursen im Eis, drüben in den Ötztaler Alpen. Bei einem Kletterkurs für Kinder. Und bei einem Alpentrekking auf dem sogenannten Adlerweg, der, von Hütte zu Hütte führend, Tirol durchzog.

Sie mochte ihn. Er hatte etwas Freundliches, Mildes. Er war

sehr besonnen, ernst, aber dabei immer guter Dinge. Allerdings ließ er niemanden leicht hinter die Kulissen schauen: Sein Innerstes verbarg er gern hinter der Fassade aus Freundlichkeit und beruflicher Tüchtigkeit. Sie war sich nicht ganz sicher, ob er bereit sein würde, vor der Kamera mehr von sich preiszugeben als ebendies.

Marielle dachte darüber nach, wie sie als Bergführerin einmal sein würde, sein wollte. Nicht was ihre bergsteigerischen Fähigkeiten anging. Da musste sie freilich auch noch viel dazulernen. Mehr ging es ihr um die Art und Weise, wie sie mit ihren Kunden umgehen würde.

Sagt man eigentlich Kunden?, überlegte sie. Oder Gäste? Ich werde Peter fragen.

Marielle ließ sich ein wenig zurückfallen. Sie wollte einmal die ganze Gruppe aus gewisser Distanz betrachten. Das hatte sie bei einem der Kurse gelernt: Setz dich in sicherem Gelände von deiner Gruppe ab und schau sie dir an. Du wirst sehen, wie sie als Team funktioniert, und du kannst gewisse Rückschlüsse auf die Stärken und Schwächen der Einzelnen ziehen.

Aber, das musste sie sich selbst eingestehen, dafür fehlte ihr noch die Erfahrung und das besondere Gespür.

»Alles okay?«, rief Strolz, als er bemerkte, dass sie ein Stück zurückblieb.

»Alles okay«, gab sie zurück. »Ich möchte einfach nur schauen. Ich komm gleich nach.«

Peter Strolz war nicht sehr groß. Höchstens einsachtundsiebzig. Er war schlank und sehr drahtig. Er trug eine lange blaue Berghose, feste Wanderschuhe, einen dunkelblauen Anorak. Und natürlich einen voluminösen Rucksack. Marielle hatte gesehen, wie er sich bei den Autos zu seiner persönlichen Ausrüstung und dem Kletterzeug auch noch etwas vom Filmequipment aufgepackt hatte.

Sein Gang war federnd. Trotz des sicherlich schweren Gepäcks. Jeder Schritt war kraftvoll und schien ganz leicht, ja spielerisch. Sie sah auf seinen kleinen Hintern, der bei jedem Durchstrecken eines Beines ganz kurz nachzubeben schien.

Krupp wirkte staksig dagegen. Er ging, als würden die neuen Schuhe nicht ganz passen. Ob sie ihn wirklich drückten? Aber er sprach sehr angeregt mit Peter. Falls ihn das Gehen quälte, war ihm das nicht anzumerken.

Sie überlegte, was sie von diesem Burschen halten sollte. Irgendwie war er ja attraktiv. Aber sein kurzes Haar war ihr viel zu geschniegelt. So was mochte sie nicht. Und dieses Lächeln …

Aber dann schüttelte sie diese Gedanken ab, wollte nicht in Vorurteile verfallen und Dinge auf Konrad Krupp projizieren, die gar nichts mit ihm zu tun hatten. Sie hörte das Grübeln auf und widmete sich wieder dem Gehen. Dem Atmen und dem Gehen.

Der Weg, der anfangs flach am Bachbett entlanggeführt hatte, wandte sich nun nach rechts. Und er wurde zusehends schmaler. Ein Steig, kaum einen Meter breit, der sich nun in engen Serpentinen bergauf schlängelte. Mit jeder Kehre gewann die sonderbare Gruppe deutlich an Höhe. Es roch immer weniger nach dem modernden Laub, nach der Nässe der Farne und Moose. Je höher sie kamen, desto dominanter wurde der Nadelwald. Die Stämme standen dicht, es war düster hier. Und doch war es nicht so feuchtkalt wie unten, als sie am Bach entlanggegangen waren.

Hier roch das Harz, das aus den Wunden der Fichtenstämme trat und das kristallin aussah oder auch wie erstarrter Karamell.

Jetzt gingen alle hintereinander. Vorneweg Günni, dann Seeberger und der Kameramann. Dahinter Caro Santner, gefolgt von Strolz und Krupp. Sie selbst bildete den Schluss.

»Konrad, wie geht es Ihnen?«, fragte sie Krupp.

»Das ist eine Frage!« Er drehte sich grinsend zu ihr um. »Gestern um diese Zeit saß ich noch hinter Gittern, heute bin ich hier. Wie soll's mir da wohl gehen?«

»Das meine ich gar nicht«, sagte sie. Und sie lächelte dabei in sein noch immer grinsendes Gesicht. »Sie waren ja früher nicht oder zumindest nicht viel in den Bergen. Und jetzt? Gefällt Ihnen das?«

»Ich mag die Berge«, sagte er.

Mehr sagte er dazu nicht.

Er stakste den Weg bergan, und es war unschwer zu bemerken, dass er noch nicht viel im Gebirge unterwegs gewesen war. Doch zumindest schien es ihm konditionell nichts auszumachen, bergauf zu steigen und einen gar nicht so leichten Rucksack zu schleppen.

Natürlich wäre es auch Marielle lieber gewesen, wenn die Materialseilbahn gefahren wäre und sie damit das gesamte Gepäck hätten nach oben transportieren können. Aber die war außer Betrieb, wurde komplett überholt.

»Da wird alles auseinandergenommen«, hatte Strolz berichtet. »Auf der Hütte haben wir keine Seilbahn, und wahrscheinlich sind wir die meiste Zeit auch ohne Strom und Telefon.«

»Aber man kann ja mit dem Handy …«

»Null Chance. Dort oben ist kein Empfang. Da müsste man schon auf einen Gipfel steigen, dann ginge es.«

Das werden abenteuerliche Tage, hatte sie gedacht. Und sie hatte sich darauf gefreut, wieder zur Hütte zu kommen und diesmal dort so einfach zu leben, wie das die Bergsteiger früherer Generationen auch getan hatten. Unerreichbar, weit ab vom Schuss.

Nach etwa vierzig Minuten war das erste Steilstück überwunden. Strolz ließ bei einer Hütte auf einer Waldlichtung Halt machen. Es war keine Hütte, wie sie sich der Bergwanderer üblicherweise vorstellte. Eher ein Stadel, ein Verschlag. Wahrscheinlich nur ein Werkzeuglager von Waldarbeitern.

Aber zumindest zog sich eine verwitterte Holzbank an der Stadelwand entlang. Gelegenheit für eine kurze Rast. Für einen Becher heißen Tees aus den Thermosflaschen. Für ein Verschnaufen. Denn Frank Walters, der Kameramann, schleppte schwer an seiner Ausrüstung, und er gab auch zu, das Berggehen überhaupt nicht gewöhnt zu sein.

»Macht sich gut, der Junge«, sagte Seeberger leise zu Caro Santner, die von ihrem dampfenden Tee schlürfte. »Ist kein Idiot, mit dem kann man arbeiten. Nur …«

»Nur was?«, fragte sie.

»Nur – ich hätte mir fast gewünscht, ein Gesicht zu bekommen, das auch nach Knacki aussieht. Verschlagen. Zerschlagen. Irgendwie so. Krupp ist mir fast ein bisschen zu kultiviert. Nach Gewalttäter sieht er nicht aus.«

Caro wärmte sich die Hände am Becher. »Hat er Ihnen … ach, wir sind ja alle per Du am Berg … Hat er dir erzählt, weswegen er bei uns ist?«

»Nein. Bist jetzt war ja auch noch gar keine richtige Gelegenheit, ihn zu fragen.«

»Tu es!«, sagte sie. »Frag ihn! Du wirst dich wundern. Ganz so harmlos, wie er aussieht, ist er nicht.«

Als sie nach zehn Minuten weitergingen, gesellte sich Seeberger zu Marielle. Der Weg war hier wieder flacher und breit genug, dass man nebeneinander gehen konnte. Sie gingen eine Weile schweigend. Auch die anderen waren ziemlich still. Das Gehen strengte sie an, wahrscheinlich alle außer den Bergführer und sie selbst.

Nebelschwaden waren ins Hochtal hineingezogen, zunächst fast unbemerkt. Doch plötzlich waren sie eingehüllt von einem schweren, kalten Grau.

»Hoffentlich bleibt das nicht so«, sagte Marielle.

»Was?«, fragte Seeberger, der irgendwelchen Gedanken nachhing.

»Das Wetter. Wäre ja für Ihren Film auch nicht das Richtige, oder?«

»Ich mach mir da gar keine Sorgen. Ich hatte fast immer Glück mit dem Wetter. Wir haben mal eine Dokumentation über das Leben in verschiedenen Alpenregionen gemacht. Ist schon zehn Jahre her. Jedenfalls waren wir überall: in den kleinen Vorbergen bei Wien und auch in den einsamen Bergregionen Sloweniens. Wir haben in den Dolomiten gefilmt und in der Schweiz und in Frankreich. Fast dreißig Tage Dreharbeiten. Fast immer draußen. Und nur eineinhalb Tage war das Wetter so, dass wir unser Zeug zusammengepackt haben und das Filmen lieber sein ließen. Wir haben immer das beste Wetter gehabt. Und damit meine ich nicht einfach nur strahlend blauen und wolkenlosen Himmel. Ich meine, dass das Wetter immer so war, wie es für die Geschichte sein musste.«

Marielle schaute ihn fragend an. Gutes Wetter war gutes Wetter: Sonnenschein und Wärme. Was meinte er also?

»Ein Beispiel«, sagte er. »Wir waren in Grindelwald, unterhalb der berühmten Eiger-Nordwand. Ein Almbauer und seine Art, dort zu leben, standen für uns im Blickpunkt. Wir wollten natürlich auch die Nordwand filmen. Nicht als Bergsteiger, nur vom Hubschrauber aus. Am Morgen, als wir starten wollten, dichte Wolken. Keine Chance. Wir mussten warten. Aber nach einer Stunde hat es aufgerissen. Der Pilot hat gesagt, wir könnten es versuchen. Er ist ganz nah an die Wand herangeflogen. Wir haben die Details sehen können, die in die Alpingeschichte eingegangen sind: die berühmten Eisfelder, die Spinne und die Ausstiegsrisse. Aber was das Beste war – die ganze Zeit sind Wolkenfetzen durch die Wand gezogen, haben sie immer wieder verfinstert. Was hätten wir uns mehr wünschen können, als den Eiger in einer solchen Stimmung zu erwischen! Nicht als Berg im strahlenden Sonnenschein, sondern als mystischer, gefährlicher Berg, an dem schon viele gestorben sind.«

»Sie machen viel in den Bergen?«

»Du. Wir sind doch per Du, oder? Das gilt für alle«, sagte Seeberger lächelnd. »Aber zu deiner Frage: Ich mache einiges in den Bergen. Aber nicht nur. Irgendwann bin ich in diese Schublade hineingeraten. Und wenn man da mal drin ist ...«

»Es gibt wahrscheinlich schlechtere Möglichkeiten, sein Geld zu verdienen, oder?«

»Das stimmt. Aber es ist wirklich nicht so einfach ...«

»Ich stelle es mir auch schwierig vor, so einen Film zu machen«, hakte Marielle ein.

»Das Filmemachen ist nicht so schwer, wie das Geld dafür aufzutreiben. Da ist man meist auf Gedeih und Verderb den Fernsehsendern ausgeliefert. Und da hocken, mit Verlaub, vor allem Arschlöcher.«

Sie hätte ihn gerne gefragt, wie er denn dieses neue Filmprojekt finanzierte. Welche Arschlöcher ihm da vielleicht eine Tür aufgemacht hatten. Aber ihr Gespräch wurde unterbrochen. Strolz rief:

»Schaut mal, schaut mal da vorne!«

Und sie alle blieben stehen und schauten nach vorne. Was sie sahen, war nicht übermäßig beeindruckend. Mattgrüne Wiesen zur Linken, zur Rechten sich lichtender Wald, alles glanzlos im fahlen Licht. Und in der Mitte der leicht gewundene Weg, der weit vorne im Nebel verschwand.

»Ihr müsst schon eure Köpfe heben, wenn ihr in den Bergen was sehen wollt«, sagte der Bergführer.

Und dann sahen sie es. Über den Wipfeln der Bäume begann sich der Nebel schon wieder zu lichten. Da war ein diffuses Licht. Und es sah so aus, als hätte ein Aquarellmaler ein paar zarte Töne von Gelb, Blau und Violett mit ganz viel Wasser einfach so hingehaucht. Dort oben, vielleicht noch eine Viertelstunde, höchstens eine halbe Stunde entfernt, würden sie aus dem Nebel herauskommen. Und schon das feine Farbenspiel, das sie da wie auf einer Leinwand erlebten, verkündete einen ganz besonderen Nachmittag.

Dazwischen aber lag noch ein weiterer Steilaufschwung, lagen enge Serpentinen, ein schmaler Steig, bei dem nun auch schon Acht gegeben werden musste. Zwar standen immer noch Bäume in diesem Hang, aber sie standen licht und oft nur noch vereinzelt. Da wäre es fatal gewesen, auszurutschen. In der steilen, nebelnassen Bergwiese hätte es leicht kein Halten mehr gegeben.

Und dann erreichten sie flaches Weideland. Ein Hochtal, grün, das zu beiden Seiten von fast baumlosen Wiesenflanken gebildet wurde. Überall waren Kuhfladen, aber Kühe waren keine zu sehen.

»Die sind schon hinuntergetrieben worden«, sagte Strolz. »Wenn erst der Schnee kommt, dann ist es zu spät. Da kann einfach zu viel passieren.«

Günni, der schnauzbärtige Kameraassistent, sagte schwer schnaufend: »Eh ein Wunder, dass hier heroben noch Herbst und nicht schon Winter ist.«

»Es ist sonderbar heuer«, sagte Strolz. »Das Wetter mag sich nicht entscheiden. Alles macht den Eindruck, als könnte mit jedem Tag der Schnee kommen. Andererseits kann es auch passieren, dass wir es hier im Gebirge noch bis weit in den November sonnig und mild haben.«

»Ich dachte immer, Bergführer wüssten genau übers Wetter Bescheid«, warf Caro Santner ein. »Ich dachte, ihr braucht bloß in den Himmel zu schauen, und schon wisst ihr, was morgen das Wetter macht.«

Strolz gab nur ein Lächeln als Antwort.

»Und was ist«, fragte Caro nun, »wenn uns der Winter dort oben überrascht? Ich meine, nicht nur ein paar Schneeflocken, sondern richtiger Winter?«

»Wahrscheinlich ist es hier dann so grausam wie in den Cevennen«, sagte Günni.

»Das ist doch in Südfrankreich«, sagte Caro. »Gibt es da überhaupt richtige Winter?«

»Oh ja«, sagte Günni. Und er erzählte, dass er mit Walters vor

Jahren einen halben Winter dort verbracht hatte. In dieser Region, die so karg ist, dass kaum jemand bleiben will. Wo die Winter so hart sind, dass der Schnee meterhoch liegt. Und die doch zu jeder Jahreszeit von so ganz besonderem Reiz zu sein vermag.

»Wir haben damals eine Dokumentation gedreht über den Schriftsteller Jean Carrière und den Winter in diesem Bergland. Im Nachhinein erscheint mir manches als grandios. Aber während wir dort waren, habe ich die Lebensumstände vor allem als grausam empfunden.«

»Klingt alles andere als verlockend«, meinte Caro Santner. »Da fröstelt einen ja schon beim Zuhören.«

»Lasst uns den Winter vergessen«, sagte Strolz. »Der kommt noch früh genug. Und lasst uns einfach diesen herrlichen Tag genießen.«

Der Nebel hatte sich verflüchtigt. Sie waren aus der Enge des kalten Tales ins Licht hinausgetreten. Ein ganz besonderes Licht. Ein Licht, wie es im Sommer keines gibt. Es brachte die Farben wirklich zum Leuchten. Das Grüngelbbraun der Weiden. Das Gelbbraunrot der Laubbäume. Das Braun und das Grau der Baumstämme. Das Silber des Wassers. Das helle und zugleich kraftvolle Blau des Himmels. Und das Kalkweiß der Steinbrocken, die, oft mannshoch, wie eine Vorankündigung des Felsgebirges verstreut auf den Wiesen lagen.

Es war, als hätten sie eine andere Welt betreten. Eine prachtvolle, strahlende Welt. Fast unwirklich schön.

»Hier sollten wir eine Einstellung drehen«, sagte Walters. Und er wartete die Meinung seines Regisseurs gar nicht ab. Er nahm den Rucksack ab, packte die Kamera aus und ließ sich von Günni das Stativ aufstellen.

»Nimm sie frontal«, sagte Seeberger. Was nichts anderes bedeutete, als dass Krupp und der Bergführer Peter Strolz gemeinsam auf die Kamera zumarschieren sollten.

»Und wenn sie knapp an dir vorbei sind, mach einen Schwenk über die Landschaft.«

Strolz schaute auf die Uhr. Und er machte allen klar, dass nicht zu viel Zeit vergehen durfte. Sie hatten erst die Hälfte des Weges zur Hütte. Und ein Stück weiter oben würde es noch einmal steil und ausgesetzt.

»Könnten hier auch eine Fahrstraße raufbauen«, beschwerte sich Günni. »Dann könnte man sich die Hatscherei sparen.«

Krupp machte seine Sache wieder gut. Das konnten alle gleich sehen. Er ging, wie vertieft in eine ziemlich angeregte Unterhaltung, neben Strolz. Er vermied es, in die Kamera zu schauen – was Anfänger zumeist tun und was sie dann am Fernsehschirm ziemlich blöd wirken lässt. Er ging staksig wie zuvor, aber er wirkte dennoch unverkrampft. Vor der Kamera zu agieren schien ihm nicht viel auszumachen.

Die Kamera lässt ihn kalt, dachte Marielle. Sie warf Caro Santner einen Blick zu und glaubte, in ihrem Gesicht Freude und Stolz entdecken zu können.

Psychologen haben alle selbst einen Hau, dachte sie.

Sie schaute in den Himmel und dann wieder auf die Szenerie. Während der halben Minute, da die Kamera lief, mussten alle ganz leise sein. Marielle blieb ein gutes Stück hinter dem Kameramann stehen und machte keinen Mucks. Schaute sich nur um. Freute sich an der letztlich überraschenden Pracht des Nachmittags. Und darüber, dass das Abenteuer Film nun richtig beginnen konnte. Irgendwie war das ja alles verdammt aufregend.

Ja, darüber freute sie sich am meisten: dabei zu sein. Teil zu sein von dieser ganz besonderen Geschichte.

5

Strolz trieb zur Eile. Natürlich hätte er den Weg zur Hütte mit verbundenen Augen gefunden. Aber wie schnell konnte sich einer von den Filmleuten, die das Berggehen viel weniger gewohnt waren, im Halbdunkel einen Fuß verstauchen und keinen Schritt mehr weiterkommen.

Seeberger hätte gerne noch in der Schlucht gedreht, durch die sie hindurchmussten, bevor sie die Hütte erreichten. Aber hier drängte nicht nur Strolz. Auch der Kameramann wollte zumindest jetzt hier nicht drehen: Zwischen den eng beieinanderstehenden Felswänden war es so spät am Nachmittag zu düster, zu trist.

»Kein gutes Licht«, sagte er. Und Seeberger schien auf Walters' Gespür zu vertrauen.

Selbst Marielle war froh, dass sie sich nicht länger hier aufhalten mussten als unbedingt nötig. Diese Schlucht war für sie – trotz ihrer innigen Naturverbundenheit – etwas Unheimliches, Bedrohliches.

Auf dem Grund der Schlucht, die etwa einen Kilometer lang und an den engsten Stellen nur ein paar Meter breit war, wütete ein Gebirgsbach. Der Steig führte immer ein gutes Stück oberhalb des Baches an den lotrechten Felswänden entlang. Teilweise waren es Stege auf in den Fels gebohrten Eisenstiften, teils waren Gänge aus dem Gestein gesprengt. Überall waren Geländer aus Stahlseilen gespannt, damit nur ja niemand da hinabstürzen konnte. Es wäre nicht unbedingt die Höhe gewesen, die den Tod bedeutet hätte. Der Bach, der in seinen engen Windungen den Fels ausgehöhlt und ausgewaschen hatte, sodass er an manchen Stellen wie Marmor wirkte, tobte mit solcher Urgewalt, dass es wohl keine Überlebenschancen gegeben hätte.

Wenn es jetzt in der Gruppe etwas zu sagen gab, musste es schreiend geschehen, denn das Tosen des Bachs erfüllte die ganze Schlucht.

»Großartig!«, rief Seeberger der Psychologin zu, die vor ihm ging und sich bei jedem Schritt am Geländer festhielt. »Echt phantastisch!«

Für Marielle war unschwer zu erkennen, dass Caro Seebergers Euphorie nicht teilte.

Strolz, der in der Schlucht vorneweg ging, schien alles zu bemerken, was sich in seiner Gruppe tat. An einer etwas breiteren Wegstelle ließ er Günni und Walters vorbei und reihte sich vor Caro Santner ein.

»Hast du Angst?«, fragte er laut. Und er wartete gar nicht erst auf Antwort. »Kein Grund. Wirklich kein Grund. Der Weg ist sicher.«

»Das ist es nicht!«, schrie sie.

»Was ist es dann?«, brüllte er über das Brüllen des Wassers hinweg.

»Ich weiß es nicht«, kam als Antwort.

Er blieb jetzt bei ihr. Wo der Lärm des Wassers weniger heftig war, sprach er mit ihr. Dass es nicht mehr weit sei, bis sie das Schlimmste hinter sich hätten. Dass es danach nur noch über das wellige Gelände einer Hochalm dahingehe, problemlos, ja gemütlich. Und dass es dann auf der Hütte eine gute Stärkung gebe, einen warmen Ofen, etwas Gutes zu essen und dazu vielleicht ein Glas Wein, »eventuell sogar zwei …«.

»Du brauchst mich nicht zu behandeln, als wenn ich eine Hysterikerin wäre«, maulte sie ihn an. »Ich hab keine Panik. Aber ich fühle mich hier nicht wohl. Das ist alles.«

Und als er das hinnahm, hakte sie nach:

»Wie kommen denn eigentlich die Kühe da hinauf? Du hast gesagt, es wäre eine Hochalm dort oben.«

»Nicht auf diesem Weg. Die kommen von drüben, aus dem anderen Tal. Ein endlos weiter Weg.«

Alle waren schließlich froh, als die Schlucht hinter ihnen lag. Aber in der Gruppe blieb ein Gefühl von Anspannung. Dazu kam dann noch diese seltsame Begegnung, die so trefflich in diese gedrückte Stimmung passte.

Kaum dass sie aus der Schlucht draußen waren, trafen sie auf einen Jäger. Das heißt, zunächst trafen sie auf seinen Hund. Einen spitznasigen, stämmigen Jagdhund mit ziemlich kurzen Beinen, aber freundlichen Augen. Er blieb stehen, als er die Gruppe kommen sah, gab keinen Laut von sich, sah sich nur um. Und da kam auch schon sein Herr. Im grünen Jägerloden, das Gewehr über die

Schulter gehängt, einen Hut auf, dessen Form undefinierbar und dessen Farbe unbeschreiblich war.

Sein Gesicht war voll tiefer Falten, und es war Marielle nachher so, als hätte sie beim Vorbeigehen gesehen, dass diese Falten schwarz waren, schwarz wie von Ruß.

Der Mann war hager, fast dürr. Seine Augen waren hart und kalt, und sein kurzer Gruß war ohne Lächeln.

Er hatte ein grünes Cape um die Schultern gehängt. Aber dieses Cape konnte nicht verbergen, dass sein ausgewaschenes, mattgrünes Hemd auf der rechten Seite von Blut getränkt war. Es hätte auch Rotwein sein können. Aber Marielle war sich auf Anhieb sicher, dass es Blut war. Vermischt mit der Nässe des Schweißes wirkte der große Fleck wie die zerlaufenen Farben und Muster des längst aus der Mode gekommenen Batikstils. Genauso hatten die Stofftaschentücher ausgesehen, nachdem ihre Mutter sie in eiskaltem Wasser getränkt und ihr dann auf den Rücken der Nase gehalten hatte, wenn sie wieder einmal von Nasenbluten heimgesucht worden war. Da war sie zwölf, dreizehn, vierzehn gewesen – ihre Mutter war noch am Leben – und hatte von sich geglaubt, todkrank zu sein. Was sich zum Glück als falsch herausstellte. »Wachstumsstörung«, hatte der Arzt gesagt. »Haben viele.«

Das Schlimmste aber war der Spott der Mitschüler, wenn es sich während der Stunde ereignete. Natürlich spotteten nicht alle. Es gab genug, die Mitgefühl zeigten. Aber auch welche, die sagten, dass bei ihr die Periode wohl aus der Nase käme. Und an eine erinnerte sie sich noch genau, eine, die schon größer war als die anderen Mädchen in der Klasse, die schon einen richtigen Busen hatte und am Einlass von Discos problemlos als achtzehn durchging. Als Marielle wieder einmal den Kopf in den Nacken legen musste, damit ihr dickes Blut nicht auf Hefte und Bücher tropfte, und eine Mitschülerin dazu bestimmt wurde, auf der Toilette Papiertaschentücher mit kaltem Wasser zu tränken, da hatte diese eine, Linda hieß sie, hämisch gegrinst und gesagt: »Wenn die Periode aus der Nase kommt, dann wird sie auch mit der Nase ficken müssen. Ob das einer mag?«

Das Blut am Hemd des Jägers fand schnell eine Erklärung. Wortkarg, in kurzen Sätzen, erzählte er Strolz, woher er kam.

»Bin am Draiskopf auf Gams gestanden. Sind viele droben. Viel zu viele. Hab auch gut troffen. Eine junge. Aber das Mistviech ist noch mal auf die Haxen kommen und ins Steile hinein. Hab nachmüssen, sie holen. Gar nicht leicht in dem Gelände – kennst du es? Kennst es eh …«

So hatte er also die tote Gams über der Schulter aus dem steilen Geschröf getragen, und dabei hatte ihr Blut sein Hemd gefärbt. Jetzt trug er das Tier in seinem Rucksack, der sich unterm Cape wie ein großer, unförmiger Buckel abzeichnete.

Dass es möglich ist, eine Gams, und sei sie noch so klein, in einen Rucksack reinzukriegen, wunderte Marielle.

»Und ihr?«, fragte der Jäger.

»Wir gehen noch zur Hütte. Bleiben ein paar Tage«, sagte Strolz.

»Die ist aber zu. Offiziell«, gab der Jäger zur Antwort.

»Betonung liegt auf offiziell«, grinste Strolz. »Wir sind angemeldet. Wir können unterkommen, trotz der Arbeiten.«

»Dann schaut nur zu, dass ihr weiterkommt. Ich muss mich auch schleunen. Wird bald finster.«

Er grüßte, ging dann nickend an allen vorbei, schaute jedem ins Gesicht. Besonders den Frauen. Er kam so nah an Marielle vorbei, dass sie den Schweiß roch und den feuchten Loden, sogar das Blut glaubte sie riechen zu können. Er sah ihr so unverhohlen, geradezu unverschämt in die Augen, ein winziges Lächeln spielte dabei um seine Mundwinkel, dass sie sich gewogen, gemessen, ausgezogen und für gut befunden halten konnte. Ihr ekelte vor diesem Mann.

Aber als er dann weg war und sie weitergingen, war diese Begegnung für sie auch schnell wieder vergessen. Zum Glück. Hier gab es so viel Neues zu entdecken und zu erleben. Vielleicht wäre ihr daheim, in der Stadt, eine solche Begegnung in der Erinnerung unheimlich haften geblieben. Aber hier, in der Natur, unter freiem Himmel, verflüchtigte sich die Erinnerung an diesen Mann so schnell wie seine scharfe Ausdünstung. Mit jedem Schritt, den sie nun taten, verflog ihr Unbehagen, das sie eben noch empfunden hatte. Sie gingen auf weichem, federndem Wiesenboden. Der Anstieg war hier nur mehr mäßig steil. Es roch jetzt nach nassem Gras, nach Kräutern, die sie nicht so ohne Weiteres hätte bestimmen können, und sehr intensiv nach feuchter Erde.

Sie gingen jetzt in zwei Grüppchen: ein paar Meter vorneweg

Strolz mit Günni und Walters. Dahinter Marielle, Caro Santner, Seeberger und Krupp. Zumindest in Marielles Gruppe ging es jetzt wortkarg zu. Vielleicht lag es an der Feierlichkeit, die in dieser Stunde zwischen Nachmittag und Abend lag. Die Sonne war verschwunden, irgendwo hinter dem nächsten oder übernächsten Höhenzug. Es war noch hell, taghell. Der graue Nebel hatte sich aufgelöst, abgesenkt, ins Tal gelegt, verschwunden war aber auch das leuchtende Blau, das sie zwischenzeitlich so begeistert hatte. Es war jetzt ein bleierner Schimmer am Himmel, und es wurde wieder kälter. Die Flugzeuge zeichneten mit ihren Kondensstreifen weiße Muster in das matte Silber des Himmels.

Der Weg machte einen Knick nach rechts – und plötzlich tat sich das Felsgebirge in seiner ganzen Dimension vor ihnen auf. Kalte graue, braune, gelbe Felstürme, kaum mehr einen Kilometer Luftlinie von ihnen entfernt. Am Ende der Bergwiesen führten steile Geröllflanken an den Beginn der Felswände. Eine markante Spitze reihte sich an die andere. Scharfe Kanten ragten himmelwärts. Die Gratschneiden, die Fels von Luft schieden, waren noch angestrahlt von der irgendwo schon tief stehenden Sonne.

Unten im Tal aber lag der Nebel. Weiß wallend wie ein gischtendes Meer, hüllte er alles ein, was tiefer lag. Und eine Viertelwegstunde voraus stand die Hütte: dem ganzen Gelände aus Fels und Geröll und Hochweiden vorgelagert auf einem felsigen Absatz. Es hätte ein extra dafür gefertigter Balkon sein können, auf dem das Berghaus stand, ja thronte. Aus den Fenstern drang schon Licht, einladendes, warmes, ins Ockerfarbene gehendes Licht.

»Was das für Berge sind«, sagte Strolz zu allen, die staunend stehen geblieben waren, »das sage ich euch morgen. Jetzt wirken sie düster, fast abweisend. Es sind eben Nordwände, und bei Abendlicht vermitteln sie viel Kälte. Und Details lassen sich auch nicht erkennen. Morgen früh aber …«

»Morgen drehen wir von früh bis spät«, sagte Walters. Er grinste übers ganze Gesicht.

Caro Santner stellte sich zu Krupp. »Eindrucksvoll, was? Und Sie klettern da in den nächsten Tagen irgendwo herum. Ich würde mich das nicht trauen.« Sie lächelte ihn an. Er lächelte zurück.

»Musst du ja auch nicht«, sagte er.

Marielle, die nur zwei Schritte entfernt stand und den kleinen

Dialog unmittelbar mitbekam, konnte förmlich spüren, wie das Du des Häftlings die Psychologin wie ein Stich traf. Nein, Stich war wohl nicht die richtige Bezeichnung dafür. Marielle konnte dieses Gefühl geradezu in sich selbst verspüren: als hätte sie etwas viel zu Heißes in den Mund genommen und nicht wieder ausgespuckt, sondern hinuntergeschluckt. Und dieser heiße Bissen brannte sich jetzt die ganze Speiseröhre hinunter, ohne dass sie irgendetwas dagegen tun konnte.

Caro Santner wollte schon scharf erwidern, wollte sich das Du verbitten, den jungen Mann in die Schranken weisen. Aber da fiel ihr ein, was der Bergführer am Anfang des Aufstieges gesagt hatte: dass es kein Sie gebe im Gebirge, dass alle hier per Du wären.

Das galt also auch für sie selbst. Und genauso für Konrad Krupp.

»Diese Berge hier schauen schon ganz schön gewaltig aus«, fuhr Krupp fort. »Aber ich glaube, dass der Bergführer weiß, was er tut. Der zieht mich überall hoch, wenn er will. Was meinst du?«

Caro sah ihn prüfend an. War das Du als Provokation gedacht? Klang da Hohn in seiner Stimme mit?

In seinem Gesicht war davon nichts zu lesen.

»Ich glaube auch«, sagte sie. »Peter Strolz ist hier zu Hause. Er weiß bestimmt, was er tut. Aber klettern möchte ich hier trotzdem nicht.« Und sie fügte hinzu: »Es genügt ja vollauf, wenn du das machst.«

Als sie wenig später die gemauerten Stufen zur Hütte hinaufstiegen, standen die Wirtsleute vor der Tür und begrüßten sie herzlich.

»Wir haben früher mit euch gerechnet«, sagte der Hüttenwirt. »Ist ja schon fast dunkel.«

»Hauptsache, ihr seid jetzt da«, fügte seine Frau hinzu.

Und während sie sich gleich wieder in die Küche begab, zeigte er den Ankömmlingen ihr Quartier.

»Dass es kein Luxus ist, wisst ihr ja«, sagte er. »Wir sind hier eine kleine Hütte. Haben nur einen großen Schlafraum für unsere Gäste. Haben aber zweiundzwanzig Leute drin Platz. Also zu eng wird es euch nicht werden. Seid ja die Einzigen …«

Nachdem sie alle im Eingangsbereich ihre Wanderstiefel ausgezogen und in ein grob gezimmertes Regal gestellt hatten, führte er sie über eine steile Treppe hinauf in den Schlafraum.

»Haben Sie … ich meine, hast du gewusst, dass es hier nur diesen einen Schlafraum gibt?«, fragte die Psychologin flüsternd bei Marielle nach. Aber die nickte nur grinsend und ging nicht weiter auf die Besorgnis ein, die sich in Caro Santners Gesicht spiegelte. Davon war sie wohl nicht ausgegangen, dass sie kein eigenes Zimmer haben würde. Dass sie die Nächte hier in einem Matratzenlager verbringen müsste, als Frau inmitten all der Männer.

Aber es half ja kein Lamentieren.

Die Frauen warfen ihre Rucksäcke auf die Lager. Die Männer verteilten sich, Platz war genug. Die Liegeflächen waren auf zwei Etagen zur Rechten und zur Linken eines breiten Ganges verteilt. Massive Holzeinbauten mit einer durchgängigen Sitzbank und Kleiderhaken an der Vorderfront. Jede Schlafstatt war gekennzeichnet durch ein rot-weiß kariertes Kissen und zwei sorgfältig zusammengelegte Wolldecken in Dunkelbraun.

Günni packte gleich neben dem Eingang alles Filmmaterial auf eines der Betten: Kamera, Stativ, Kassetten, Akkus, Mikrofone, den kleinen Koffer mit dem Werkzeug.

Strolz bugsierte Krupp nach vorne rechts, gleich beim Fenster, das übernächste Lager nahm er selbst: »So haben wir genügend Bewegungsfreiheit«, grinste er.

Marielle hatte sich für ganz vorne links entschieden. Genau wie Krupp war sie dadurch nahe beim Fenster, dem einzigen in diesem Raum.

Walters, der sonst nicht allzu viele Worte machte, forderte Günni lachend auf, gleich hinten bei seinem ganzen Zeug zu bleiben. Aber es war nicht nur eine spaßige Anmerkung, es war in der Tat eine Aufforderung, wenngleich mit verschmitztem Lachen vorgebracht.

»Vielleicht stört dahinten dein Schnarchen nicht gar so fürchterlich.«

Günni schien es nichts auszumachen. Er blieb bei der Technik, packte seine persönlichen Sachen gleich daneben aus und bezog somit ein Nachtlager mit deutlichem Abstand zum Rest der Gruppe.

Walters entschied sich für die rechte Seite, reservierte sich eins der Lager unweit von Strolz, sodass schließlich die Männer alle auf der rechten Gangseite Platz gefunden hätten und Marielle und die Psychologin die linke ganz für sich hätten haben können.

Nur Seeberger schien von der unausgesprochenen Abmachung nicht das Geringste zu ahnen. Er nahm sich den Schlafplatz gleich neben Marielle, ohne eine Bettstelle zwischen ihr und sich frei zu lassen. Das verwirrte sie. Aber sie versuchte, durch keine Bewegung und keinen Blick diese Verwirrung bemerkbar zu machen.

Wenigstens waren die Waschräume getrennt.

Die Frauen waren froh, aus ihren verschwitzten Klamotten zu kommen, sich zu waschen und frisch anzuziehen. Marielle zog sich ein T-Shirt über, eine leichte Jogginghose und eine Faserpelzjacke, denn jetzt, nachdem es draußen Abend geworden war, fröstelte sie ein wenig.

Aber als sie dann mit den anderen zusammen in der Gaststube saß, wurde ihr die Jacke schnell zu warm. Die Wirtin hatte ihnen einen Tisch direkt beim großen Kachelofen gedeckt. Es war der schönste Platz in der Hütte, warm und gemütlich. Denn ansonsten war die Hütte nicht gerade ein romantischer Bau: kein Holzhaus mit Schindeldach, sondern ein gemauerter und verputzter Zweckbau, errichtet wohl irgendwann in den sechziger Jahren. Die Fenster relativ groß, ohne Kreuze, alles auf den ersten Blick ein wenig schmucklos und kühl.

Auf den zweiten Blick aber konnte man feststellen, dass die Hüttenwirte dem Haus ein Leben eingehaucht hatten, das der Architekt nicht zu schaffen in der Lage gewesen war. Auf den Tischen aus hellem Holz, fünf oder sechs waren es, stand in der Mitte je ein kleiner Strauß aus Wiesenkräutern oder Latschenzweigen. An den Wänden hingen Bilder, aber nicht etwa die vergrößerten Farbfotografien vom Matterhorn und vom Montblanc und von den Drei Zinnen, wie sie auf so ziemlich allen Hütten zu finden waren, nein, in den leichten Holzrahmen steckten feine Bleistift- und Kohlezeichnungen. Alle zeigten sie Naturszenerien: Felsgebilde mit windgebeugten Bäumchen, märchenhafte Formen aus Stein, Schluchten im Mittelgebirge, steile Wegstücke, mit Treppen und Leitern gangbar gemacht. Alles schien irgendwo anders zu sein, nicht hier. Und doch passten diese Bilder auch hierher ganz genau.

Die Wirtin brachte jedem einen Teller mit sämiger Bohnensuppe und in zwei Körbchen Brotscheiben für alle. Sie hatte eine große Kanne Pfefferminztee vorbereitet – »Schwarzer ist ja für die

Nacht nichts mehr«, sagte sie –, brachte aber auch Bier und Radler und Spezi. Dem Tee nämlich sprach außer Marielle nur noch Frank Walters zu. Auch ihm schien noch immer ein bisschen kalt zu sein. Aber das Frösteln verging ihnen allen schnell: Der warme Ofen – flaschengrün waren die glänzenden Napfkacheln – und die kräftige Bohnensuppe weckten alle Lebensgeister neu, und so zog schon bald einer nach dem anderen die Jacke oder den Pullover aus.

Durch die Fenster, die mit rot-weiß karierten Vorhängen geschmückt waren, drang letztes Abendlicht in die Gaststube herein. Ein Schimmer von mattem Gold und fahlem Rosa. Die schmiedeeisernen Lampen über den Tischen waren eingeschaltet, auf ihrem brannte zudem noch eine dicke rote Kerze. Im Herrgottswinkel hing ein großes geschnitztes Kruzifix, das mit Latschenzweigen und Silberdisteln dekoriert war, wobei vom Querbalken des Kreuzes auch noch zwei schöne reife Maiskolben herabhingen, Zeichen des Erntedanks, die der Gekreuzigte in den wunden Händen hielt.

Die ganze Gaststube duftete nach Suppe und nach dem Holzofen, nach Tannenzweigen und Kerzenwachs, nach Pfefferminztee und sogar nach einer Brise Bergluft.

»Irgendwie ist es richtig schön hier«, sagte Caro. Und sie erntete ein allgemeines Kopfnicken und vom Bergführer Strolz die Feststellung, dass diese Hütte einfach eine ganz besondere wäre, zu der er immer wieder gerne käme, seit seiner Jugend schon.

Der Wirt, der sich ihnen als Herbert Reimann vorstellte, setzte sich zu ihnen, trank aus einem kleinen Glas ein paar Schlucke Bier und entschuldigte sich, dass ihnen in den folgenden Tagen wenig Komfort geboten werden könnte.

»Eigentlich haben wir ja um diese Zeit schon zu«, sagte er. »Aber erstens bleiben wir noch da, bis die Arbeiten so weit erledigt sind. Und zweitens wollen wir den Film von Herrn Seeberger gerne unterstützen. Allerdings«, er legte die Stirn ein wenig in Falten, »wird es nicht ganz ohne Unannehmlichkeiten für euch abgehen. Wahrscheinlich haben wir ab morgen Nachmittag nur noch kaltes Wasser.«

Er sah Caro Santner und Marielle kurz und prüfend an. »Für die Frauen kann meine Frau auf dem Herd jeden Tag eine Schüssel voll Wasser warm machen, das geht schon. Aber wir Mannsbilder müssen uns kalt waschen. Es hilft nichts.«

Seine Frau servierte Schinkennudeln, jedem einen großen Teller voll, pikant gewürzt und mit einem Häubchen aus geriebenem Parmesan. Alle Bekundungen, dass doch die Suppe schon reichlich, gut und sättigend gewesen sei, halfen nichts. »Wer morgen rauswill und arbeiten und klettern und filmen, der muss richtig essen«, sagte sie. »Und außerdem: Eine Nachspeis gibt es auch noch.«

Die Nudeln waren köstlich. Eigentlich ein ganz einfaches Gericht. Ein Essen, das man sich daheim schnell mal zubereitete, wenn man keine Zeit oder keine Lust hatte, sich etwas Richtiges zu machen. Doch Walters sagte, dass er sich nicht erinnern könnte, jemals so gute Schinkennudeln gegessen zu haben.

Und Günni bekräftigte seine Meinung – mit vollem Mund: »Dasch schind die beschten Schinkennudeln von der Welt.« Er meinte das ernst. Und er war, weiß Gott, schon ganz schön herumgekommen auf der Welt.

Schweigend aßen sie alle ihre Teller leer. Niemand ließ etwas übrig. Danach, mit vollen Bäuchen, satt, wohlig gewärmt von außen wie von innen, lehnten sie sich auf der Ofenbank und in ihren Stühlen zurück. Jetzt war Zeit, den morgigen Tag zu planen.

»Das Wetter wird gut«, sagte Strolz.

»Das ist erst mal das Wichtigste«, sagte Walters.

»Ich möchte mit Konrad anfangen«, sagte Seeberger. »Ein Gespräch irgendwo da draußen, nicht weit von der Hütte weg, die Berge im Hintergrund.«

»Müssen nur aufpassen, dass wir von der Hütte her keinen Lärm drin haben«, sagte Günni.

»Lärm?«, fragte Walters.

»Ja«, sagte Günni. »Wenn die hier an der Materialbahn rumbauen.«

»Nein, keine Angst«, meinte Strolz. »Die arbeiten nur unten in den nächsten Tagen. Ich denke, wir sind ziemlich ungestört da heroben.«

Jetzt mischte sich auch Krupp ins Gespräch ein.

»Was soll ich machen? Gehen wir morgen schon bergsteigen?«

»Morgen noch nicht«, sagte Seeberger. »Ich möchte morgen ein Gespräch mit dir drehen. Woher du stammst, wie du in Schwierigkeiten geraten bist, wie du den Knast bisher erlebt hast. Und natürlich auch noch einmal, was du dir von diesem Trip in die Berge erwartest. Nun eben vor großer Kulisse.«

»Gut«, sagte Krupp.

»Und außerdem möchte ich solche Interviews mit Peter«, Seeberger deutete auf den Bergführer, »und mit deiner Psychologin führen.«

»Sie ist nicht *meine* Psychologin«, sagte Krupp. »Ich habe keine Psychologin. Ich brauche nämlich keine.«

»Okay, okay. Mit Frau Dr. Santner. Sie ist schließlich die Knastpsychologin. Und ihre Meinung ist für meinen Film sehr wichtig.«

»Okay«, sagte Krupp.

Die Wirtin unterbrach das Gespräch, als sie auf einem Tablett die Nachspeise servierte. Ein Stück Zwetschgenkuchen für jeden.

Eigentlich viel zu viel des Guten. Und doch so köstlich wie zuvor die Bohnensuppe und anschließend die Schinkennudeln. Strolz, Krupp und Günni aßen den Kuchen, als wenn sie zuvor nichts bekommen hätten. Die anderen ließen sich Zeit, mussten sich Zeit lassen, waren voll, wollten aber doch nicht auf diesen Genuss verzichten.

Marielle sah auf ihre Uhr. Es war sieben. Sie hatte sich hoffnungslos überfressen. Wahrscheinlich würde sie nicht gut schlafen können in dieser Nacht.

Ein wenig ärgerte sie sich über sich selbst. Es war schließlich nicht das erste Mal, dass sie für eine solche Völlerei mit einer schlechten Nacht und unschönen Träumen gebüßt hätte. Andererseits: Sie kannte die Wirtsleute, hatte sich auf Anhieb hier ausgesprochen wohlgefühlt. Und sie war schnell dahintergekommen, dass die Wirtin auch die hüttengemäße Hausmannskost überaus schmackhaft zuzubereiten verstand. Was hieß schmackhaft – sie kochte, dass alles einfach unwiderstehlich gut war.

Marielle mochte keinen Schnaps, trank selten Hochprozentiges. Einen Grog, wenn sie die Grippe hatte. Einen Whiskey on the Rocks, wenn es sich so ergab. Das letzte Mal hatte es sich vor drei oder vier Monaten so ergeben. Aber heute war das, was der Wirt auf einem kleinen Tablett auf den Tisch stellte, wahrscheinlich genau das Richtige. Acht durchsichtige Gläschen, fast randvoll gefüllt mit klarem Schnaps.

»Enzian«, sagte er. »Gut für die Verdauung.« Er schob jedem am Tisch ein Glas hin, setze sich zu ihnen und sagte Prost.

»Prost!« – »Prost!« – »Prost!«

Die Gläser wurden gegeneinandergestoßen.

Der Schnaps schmeckte bitter. Er schmeckte nach Erde und nach Wurzeln. Die Männer kippten ihre Gläser in einem Zug hinunter. Sogar die Psychologin zögerte nicht einen Augenblick. Marielle trank erst einmal nur die Hälfte, schon danach fühlte sich ihre Mundhöhle pelzig an. Sie hätte nicht behaupten können, dass ihr das Zeug schmeckte. Aber wenn es half …

Der Wirt blieb bei ihnen sitzen, erzählte von seinem Leben hier heroben am Berg, wie er und seine Frau Hüttenwirte geworden waren und wie sehr sie sich gewöhnt hatten an dieses Leben.

»Es gibt ja reichlich Berghütten, auf denen Betrieb herrscht wie in Hotels oder Ausflugsgasthöfen. Da werden am Mittag fünfhundert warme Essen auf den Tisch gebracht, und abends einen Haufen Leute unterzubringen ist eine logistische Großaktion. Das wäre nichts für uns. Eine Berghütte muss noch eine Berghütte sein, kein Selbstbedienungsrestaurant, kein Massenabfertigungsbetrieb. Da haben wir es hier schon viel besser.«

»Woran liegt das, dass es anderswo überlaufen ist, hier aber nicht?«, fragte Seeberger. Und Walters fügte hinzu: »Es ist doch wirklich schön hier.«

Der Wirt grinste. »Es ist ja nicht so, dass wir an Vereinsamung leiden. Es kommen genug Leute. Aber es sind andere Leute als auf den Fast-Food-Hütten. Für einen kurzen Ausflug in die Berge ist der Weg zu uns zu weit. Und wer von hier auf die Gipfel will, muss ein Gespür haben fürs Gebirge. Die Touren haben es alle in sich, auch die leichten. In den Kletterrouten stecken nur teilweise gebohrte, also richtig gute Haken, der Fels ist nicht ganz so fest, und nur wenige Anstiege gelten als wahre Genusskrettereien. Man muss nicht anstehen an den Einstiegen, wie das anderswo oft der Fall ist.«

»Ein kleines Wunder ist es trotzdem«, sagte Strolz. »Mittlerweile wird doch so ziemlich jeder Flecken in den Alpen vom Massenansturm überrollt. Man muss sich schon fragen, was das Geheimnis von diesem Ort ist.«

Herbert kratzte sich am Kopf. »Mögts noch einen Schnaps? Geht aufs Haus.«

Außer Strolz und Marielle nickten alle ihre Zustimmung.

Während Herbert an der Durchreiche die Flasche holte, verriet er, was er für das eigentliche Geheimnis der Hütte und der Berge ringsherum hielt.

»Der Weg, den ihr gekommen seid, ist nicht bequem genug. Für Halbtagstouristen zu weit, für Mountainbiker nicht ausgebaut. Der andere Anstieg, der von Südosten heraufführt, ist endlos weit und vor allem, du brauchst schon eine Ewigkeit, um zu seinem Ausgangspunkt zu gelangen. Eine endlose Kurbelei auf kleinen Sträßchen. Seilbahn gibt es weit und breit keine. Und die Berge, die sind zwar eindrucksvoll. Aber, wie ich schon gesagt habe, sie sind mit Vorsicht zu genießen. Was alles zusammen zur Folge hat, dass die Hütte in den Wanderführern, in diesen Büchlein mit den dreißig schönsten Touren hier, den fünfzig schönsten Touren dort, kaum auftaucht. Und was in diesen Büchern nicht drinsteht, existiert nicht. Zumindest nicht für die Million Menschen, die ins Gebirge will, aber alles vorgekaut haben möchte.«

Strolz lachte laut auf. Er wusste genau, wie Herbert das meinte. Die meisten Leute, die in die Berge gingen, waren nicht einmal mehr fähig, eine Karte zu lesen. Sie kauften sich diese handlichen Bücher, in denen für jede Tour auf zwei, drei Seiten alles Wichtige zusammengefasst war. Anfahrt, Parkplatz, Gehzeiten, Einkehrmöglichkeiten, Schwierigkeiten.

»Am liebsten hätten sie es«, sagte Herbert, »wenn auch noch drinstehen würde, wo sie unterwegs hinscheißen sollen.«

Er prostete den anderen zu und leerte sein Glas.

»Hier ist es anders«, sagte er. »Schöner. Ich möchte mit niemandem tauschen. Es sind andere Leute, die hierherkommen. Und die, die immer wieder kommen, die haben irgendwann gemerkt, dass es hier einzigartig ist. Stimmt doch, Peter, oder?«

Der Bergführer nickte zustimmend.

Als sie dann alle zeitig schlafen gingen – es war noch nicht einmal ganz neun –, freute sich Marielle schon auf die nächsten Tage. Sie sah es als Geschenk an, ihre Zeit in dieser viel beschworenen Einzigartigkeit verbringen zu können. Sie würde, da war sie sich ganz sicher, diese geschenkten Tage am Ende des Kletterjahres noch einmal mit allen Sinnen genießen. Würde all das in sich aufnehmen, was ihr die letzten Herbsttage noch bescheren wollten:

die Farben und die Ausblicke, die Düfte der Natur, den Wind auf ihrer Haut. Und natürlich freute sie sich auch auf den Fels und das Klettern, auch wenn es diesmal keine schwierige Route wäre.

Auch wenn sie sich darum kümmern musste, die Filmleute zu sichern, während Peter und der Knacki kletterten, so würde ihr doch immer ein bisschen Zeit bleiben, besondere Stimmungen in sich aufzunehmen. Die Filmerei ging ja langsam von der Hand.

Sie stellte sich das ganze Unterfangen als überaus spannend vor. Das Klettern würde leicht sein für sie. Aber es lastete durchaus Verantwortung auf ihren Schultern. Und natürlich war sie auch ein bisschen stolz darauf, bei den Dreharbeiten für einen Fernsehfilm mittun zu dürfen.

Sie ließ die Jogginghose und das T-Shirt an – eigentlich hatte sie ja ein Schlafgewand mitgenommen, aber jetzt genierte sie sich vor den anderen –, kroch in ihren dünnen Hüttenschlafsack und legte sich die Decken darüber. Dabei achtete sie penibel darauf, dass die Decken ihr Gesicht nicht berührten; nicht nur, weil sie kratzig waren, sondern vor allem auch deshalb, weil diese Decken wohl schon viele Menschen während der langen Bergsaison gewärmt hatten. Irgendwie grauste ihr immer ein wenig davor.

Sie sah, wie Seeberger in seinen Hüttenschlafsack kroch. Er trug nichts als seine Unterhose.

Na, wenn er meint, dachte sie.

Sie wünschte allen eine gute Nacht. Dieser Wunsch kam vielstimmig zurück. Und dann hörte sie noch die Ermahnungen von Walters und Seeberger an Günni, nur ja nicht zu schnarchen, weil sie ihn sonst hinaustragen und vor die Hütte legen würden. Und dass es ihnen völlig egal wäre, wenn er als Eiszapfen erwachte …

Dass diese Ermahnungen vergeblich waren, bekam sie nicht mit. Dass Günni die halbe Nacht lang schnarchte und die anderen sich unruhig auf ihren Lagern hin und her wälzten, blieb ihr verborgen.

Gegen ihre Befürchtungen, sich überfressen zu haben, war sie eingeschlafen, kaum dass sie sich zur Seite gedreht hatte. Und sie schlief so tief und fest und so erholsam in dieser Nacht wie schon lange nicht mehr.

Und wie lange nicht mehr …

6

Schon um neun, zu der Zeit, da die Sonne gerade erst über dem gebirgigen Horizont aufstieg und die kalte Nacht vertrieb, begannen die Dreharbeiten. Einige hundert Meter entfernt von der Hütte hatten Seeberger und Walters noch vor dem Frühstück ein ideales Plätzchen gefunden. Ein riesiger Felsblock, mindestens vier Meter hoch, zum Teil von Moos überwachsen und auf seinem Scheitel von einer runzligen und mickrigen Krüppelkiefer gekrönt, bot Windschatten und Lärmschutz zur Hütte hin. Auch war man so gegen neugierige Blicke weitgehend geschützt – wenn denn überhaupt jemand heraufkäme an diesem Tag.

Heute waren die Interviews an der Reihe, und am Spätnachmittag sollte dann noch gefilmt werden, wie Strolz seinem außergewöhnlichen Seilpartner die Grundlagen des Kletterns und des Sicherns vermittelte.

Eigentlich wäre Krupp gleich als erster Interviewpartner dran gewesen, als Erster im Licht des Morgens. Aber er war mit Kopfschmerzen aufgewacht. Vielleicht eine Folge der ungewohnten Höhe. »Oder auch der ungewohnten Freiheit«, wie Walters in einem unbelauschten Augenblick frotzelte. Jedenfalls hatte die Wirtin Krupp eine Aspirin verabreicht und ihm geraten, sich noch einmal für eine Stunde hinzulegen.

So machte Caro Santner den Anfang und trat als Erste vor die Kamera. Das heißt, sie wurde vor die Kamera gesetzt. Am Fuß des großen Felsblocks lag ein kleinerer, nicht höher als die Sitzfläche eines Stuhls. Eine zusammengelegte Faserpelzjacke diente als Kissen – der Stein war so eisig, wie es die Nacht gewesen war. Die Kamera stand auf dem Stativ, Günni hatte ein Mikrofon am langen »Galgen« – er konnte es mit dieser Teleskophalterung so in die Nähe der interviewten Person bringen, ohne dass die Technik selbst ins Bild kam, und Strolz bekam den Auftrag, mit einer silbern beschichteten Reflektorfolie Caros Gesicht noch etwas mehr Licht, noch etwas mehr Glanz zu verleihen.

Sie war nervös. Sie hatte wohl Vertrauen in die Arbeit von Seeberger und seinen Leuten. Und doch war es irritierend, dass die

Kamera jedes Wort von ihr, jede Bewegung, jede Geste aufzeichnen würde.

Am Morgen war das Wasser im Waschraum noch heiß gewesen; sie hatte sich die Haare gewaschen. Aber in Ermangelung eines Föhns – der ohnehin nicht funktioniert hätte, weil der Strom bereits abgeschaltet war – hatte sie ihre Haare lediglich mit dem Handtuch halb trocken rubbeln können. Sie war sich schmerzlich bewusst, zerzaust auszusehen.

Aber Walters sagte, es wäre gut so, wunderbar wäre es so und sie bräuchte sich überhaupt keine Sorgen zu machen.

Machte sie sich aber. Jetzt, wo sie vor der Kamera saß und auf die erste Frage wartete, wurde ihr überdeutlich bewusst, was alles schieflaufen konnte. Sie würde wahrscheinlich total blöd schauen. Oder keinen zusammenhängenden Satz herausbringen. Oder Aussagen treffen, die ihr hinterher peinlich waren.

»Worauf habe ich mich nur eingelassen?«, sagte sie zu Marielle, die sie als Verbündete auserkoren zu haben schien.

Sie sagte es mit einem trotzigen Lächeln. Aber Marielle spürte sehr wohl, dass Caro gar nicht wohl in ihrer Haut war.

Wäre mir auch nicht, dachte sie. Bin froh, nicht gefragt zu werden.

Seeberger stand aus der Perspektive der Interviewten links hinter der Kamera.

»Wenn ich dich jetzt frage, schau immer zu mir und nicht direkt in die Kamera. Okay?«

Sie nickte.

»Und noch etwas: Meine Fragen werden im Film nicht zu hören sein. Sie sind also nur Hilfsmittel. Du musst den Anschein vermitteln, nicht Fragen zu beantworten, sondern ganz eigenständige Statements abzugeben. Probieren wir es einfach.«

Er nickte ihr aufmunternd zu, schaute auf Walters und Günni, die ihm jeweils Zeichen gaben, dass sie bereit waren, und dann begann das Interview.

»Bitte sag mir, was sich die Leitung des Gefängnisses von diesem Experiment verspricht – einen jungen Häftling in die Natur hinauszuschicken, mit einem Bergführer. Bergsteigen, klettern, glaubst du, dass man damit einen Menschen besser machen kann?«

Caro legte sofort los. Und sie machte alles falsch. Das merkte auch Marielle. Dafür musst du echt kein Fachmann sein, dachte sie.

»Das glaube ich nicht«, begann die Psychologin. »Ich meine, darum geht es auch gar nicht, einen Menschen zu bessern. Aber es ist doch den Versuch wert, ihm ein neues Fenster aufzumachen und etwas zu zeigen, was er bislang nicht kennengelernt hat …«

Sie schaute, wenngleich nur für einen Moment, ins Objektiv der Kamera, wollte dann ihre Ausführungen fortsetzen.

Walters aber, der leicht gebückt hinter dem Stativ gestanden war, schüttelte den Kopf. »Das war nichts«, sagte er mehr zu Seeberger als zu Caro. Und Seeberger wusste natürlich, dass es nichts war, auch wenn er ihren Blick in die Kamera nicht wahrgenommen hatte.

»Caro«, sagte er, »ich brauch ein Statement von dir. Keine Fragenbeantwortung. Du musst anders anfangen. Du musst denken, ich wäre nicht da. Kein Regisseur, keine Fragen. Verstehst du?«

Natürlich verstand sie. Aber verstehen war das eine, umsetzen können das andere. Fünf Leute, die sie ansahen, dazu die erbarmungslose Kamera! Und ihre Sturmfrisur! Wie sollte sie da souverän bleiben?

»Ich bin so etwas nicht gewohnt«, sagte sie. »Entschuldigung.«

»Kein Problem«, sagte jetzt Walters, der sich wieder hinter die Kamera beugte.

Seeberger fragte erneut, ganz ähnlich wie zuvor. Aber diesmal hatte sich Caro im Griff. Sie schaffte ein Statement, mit dem alle auf Anhieb zufrieden waren.

»Es gehört längst zur Strafvollzugspraxis bei Jugendlichen, dass mit moderneren Maßnahmen agiert wird als ausschließlich mit Wegsperren. Vielleicht hat man bei uns – und ich meine damit Österreich im Allgemeinen – immer noch Nachholbedarf. Ähnlich wie in Süddeutschland hat man hierzulande allzu lange nur auf rigide Strafen gesetzt. Aber es hat sich einiges getan, und es wird sich noch mehr tun. Für mich als Psychologin ist es überaus spannend, wie mein Schützling in dieser neuen Umgebung, in dieser grundsätzlich anderen Situation klarkommt. Die Grundfrage ist ja: Findet er mit dem Bergsteigen und dem Klettern neue Wege, seine Aggressionen abzubauen? Und, was mir genauso wichtig erscheint, schafft er es damit, die Ängste, die ihn treiben, in den Griff zu bekommen, vielleicht sogar zu überwinden?«

Seeberger ließ ihr keine Pause.

»Was ist er für ein Typ? Wie würdest du ihn einschätzen?«

Die Kamera lief, aber mit dem ersten guten Statement hatte Caro an Sicherheit gewonnen. Sie ließ sich jetzt nicht mehr so sehr drängen von der Technik. Sie nahm sich die Zeit, einige Sekunden nachzudenken, bevor sie ihre Meinung kundtat. Und sie bemerkte das zustimmende und zugleich auffordernde Nicken von Marielle, die zwei Meter hinter dem Kameramann stand.

Und dann sagte sie etwas, was ihr erst neulich bewusst geworden war, als sie mit einem der Strafvollzugsbeamten über Krupp gesprochen hatte:

»Wir unterscheiden im Wesentlichen zwischen zwei Gruppen von Straftätern, die bei uns betreut werden. Da sind zum einen die Einbrecher, Betrüger, Diebe, also die jungen Leute, die sich auf unlauteren Wegen Besitz verschaffen möchten – und die das im Allgemeinen tun, ohne Gewalt gegen andere Menschen anzuwenden. Und zum anderen sind da die Gewalttäter: hauptsächlich jugendliche Schläger und Raufbolde. Zum Glück haben wir es vielfach mit minderschweren Fällen zu tun. Insgesamt also mit Jugendlichen, die noch relativ leicht zurück auf den richtigen Weg gebracht werden können.«

Sie machte eine winzige Pause, wie um neue Kraft zu tanken.

»Konrad gehört zu den Gewalttätern. Ein junger Mann, der sich irgendwann nicht mehr unter Kontrolle hatte. Für das, was er getan hat, ist die Form des Jugendstrafvollzugs durchaus angebracht. Früher war das oft eine Einbahnstraße. Wer mal im Strafvollzug gelandet war, kam meistens aus dieser Endlosschleife von Kriminalität und Bestrafung nicht mehr heraus. Bei unserem ›Bergsteiger‹ Konrad«, sie lächelte selbst über ihre gelungene Wendung, »bin ich besonders zuversichtlich, dass er nicht ins kriminelle Milieu abrutschen wird. Er hat meiner Ansicht nach gute Veranlagungen, ist intelligent, hat gute Umgangsformen, hat Chancen im Leben. Das hat nicht jeder …«

»Prima!«, rief Seeberger. »Das war wirklich gut. Trotzdem würde ich vorschlagen, wir machen das noch mal, nur zur Sicherheit. Und dann würde ich Frank bitten, gegen Ende des Statements von ihr aufzuziehen und den Blick der Kamera über die Berge schweifen zu lassen. Wir haben gerade wunderbares Licht.«

Frank Walters schaute sich die Berglandschaft an, nahm gleichsam mit den Augen Maß.

»Das will ich erst probieren«, sagte er. »Caro, ich probe nur, die Kamera ist aus.«

Er zoomte von ihrem Gesicht weg und begann die Kamera auf dem Stativ leicht nach oben zu kippen und sie dann entlang der zackigen Gipfelkette von links nach rechts zu schwenken. Ganz langsam, so als würde er jedem Grataufschwung und jedem Gratabschwung folgen. Das Licht war hart, es streifte den felsigen Höhenzug und verlieh ihm damit spannende Kontur.

»Das ist gut«, sagte Walters. »Das machen wir.«

Marielle bemerkte, dass nicht Seeberger das letzte Wort hatte, sondern immer der Kameramann. Aber ihr konnte es ja egal sein.

Caro Santner wiederholte ihr Statement von gerade eben – etwas weniger flüssig, etwas weniger kraftvoll, aber die Filmleute waren sehr zufrieden, vielleicht auch vor allem deshalb, weil der anschließende Schwenk übers Gebirge ein besonderer dramaturgischer Effekt werden konnte.

»So«, sagte Seeberger, »das genügt erst mal, Caro. Vielen Dank. Vielleicht brauche ich morgen oder übermorgen noch mal was von dir. Und natürlich möchte ich dich noch in deinem Gefängnis filmen. Aber im Moment ist es bestens so.«

Günni ließ das Band zurücklaufen und prüfte mit dem Kopfhörer, ob die Sprachaufnahme einwandfrei war. Seeberger genügte ein Nicken, um Bescheid zu wissen.

»Dann würde ich vorschlagen, dass wir uns als Nächstes Peter vornehmen.«

»Hier?«, fragte der Bergführer.

»Eigentlich lieber ein Stück weiter oben. Ich habe gedacht, dort droben, wo die richtigen Felsen anfangen.« Seeberger zeigte ein Stück den Berg hinauf.

»Gut«, sagte Strolz. »Aber ihr müsst bedenken, dass wir mindestens zwanzig Minuten bis dorthin brauchen. Und außerdem: Was machen wir mit Konrad?«

Sie entschieden, aufzusteigen und Konrad Krupp erst einmal schlafen zu lassen.

»Gönnen wir ihm noch ein bisschen Ruhe«, sagte Günni.

Der Steig war steil, felsig, sandig. Das war kein Wanderweg mehr, wie ihn Caro Santner und die Filmleute vielleicht noch gewöhnt waren. Das war ein richtiger Bergsteig. Man konnte hier zwar nirgends abstürzen – wer gestolpert und gefallen wäre, hätte sich die Knie aufgeschlagen oder den Hintern mit blauen Flecken verziert, mehr nicht –, aber man musste jeden Schritt achtsam und bewusst tun. Hier konnte man nicht mehr schlendern oder sich während des Gehens die Gegend ringsherum ansehen. Auf einem ebenen Weg war Gehen Gleichmaß. Hier aber wurde jeder Schritt mit einer neuen Herausforderung konfrontiert: kleine und große Stufen, nachgebendes Geröll, schiefe Tritte, starke Steilheit. Nichts blieb gleich, alles änderte sich ständig. Und so war das Gehen hier mühsamer als auf dem Anstieg zur Hütte, und zugleich war es kurzweiliger.

Am Fuß einer Felswand suchte der Bergführer eine Stelle, die für alle steinschlagsicher war.

»Da muss man verdammt aufpassen. Da braucht nur ein kleiner Stein von oben runterzukommen. Das kann ziemlich verheerende Wirkungen haben.«

»Schon mal so was erlebt?«, fragte Walters.

Strolz nickte. »Wenn man viel in den Bergen unterwegs ist, und ich bin das von Jugend an, dann kann das gar nicht ausbleiben.«

»Und, was passiert?«, fragte Günni. Sie hatten es sich in einer breiten Felsnische halbwegs bequem gemacht und legten eine kleine Pause ein, bevor die Dreharbeiten weitergehen sollten.

»Nein. Aber nur, weil ich immer Glück gehabt habe. Riesenglück sogar.«

»Erzähl«, sagte Walters.

»Da gibt es nicht viel zu erzählen. Wir waren noch ganz jung, mein Freund Martin und ich. Hatten eine Mitfahrgelegenheit in die südlichen Dolomiten. Die Dolomiten sind herrlich. Eine der schönsten Berglandschaften, die ich kenne. Und davon wieder gefällt mir die Pala am allerbesten. Fester Fels, tolle Kletterrouten, eine ganz und gar abenteuerliche Natur.«

Strolz holte seine Trinkflasche aus dem Rucksack.

»Wir hatten unser Zelt am Fuß der Cima Canali aufgestellt. Von da aus sind wir aufgebrochen, um die berühmten Pala-Touren zu klettern. Die Schleierkante, die Ostwand am Sass Maor, den

Buhlriss am Canali. Es waren großartige Tage, und wir waren super in Form.«

Er füllte aus der Flasche den Trinkbecher halb voll.

»Passiert ist es an der Pradidali. Wie so oft passierte das Unglück auch uns nicht in einer ganz großen Unternehmung, sondern bei einer Tour, die man so nebenbei macht, als Zugabe oder als Bewegungstherapie an einem Ruhetag.«

»Das klingt ja schräg«, sagte Caro Santner. »Entweder man macht einen Ruhetag, oder man macht keinen …«

Alle schmunzelten, auch Strolz.

»Das ist schon richtig. Aber wenn du dann vor dem Zelt in der Sonne liegst, wenn du lange ausgeschlafen und dich gut vollgefressen hast, dann schaust du hinauf zu den ganzen Felstürmen, und da fängt es dann doch wieder an, in den Fingern zu kribbeln. Also holst du den Kletterführer aus dem Rucksack und suchst dir eine nicht allzu lange, nicht allzu schwierige Tour. Eine, die genau richtig ist für den fast schon angebrochenen Nachmittag.«

»Mir wär's genug«, sagte Günni. »Ich bin froh, wenn ich gelegentlich alle viere von mir strecken kann. Da würde es mir nicht langweilig werden vor dem Zelt, das garantier ich euch.«

Strolz grinste. Er trank einen Schluck und verschluckte sich dabei. Als sein Hustenanfall vorüber war, erzählte er die Geschichte.

»Es war wirklich keine große Tour. Zwischen lauter namhaften Felsriesen ist die Cima Pradidali so was wie ein Zwerg. Aber es führt eine interessante Kante hinauf, vielleicht zehn Seillängen. Der Fels bombenfest. Du kletterst die ganze Zeit an Fingerlöchern empor, und es ist alles nicht sehr schwer. Fünf plus vielleicht. Wunderbare Kletterei. Ich empfand sie schöner als die Begehung der Schleierkante. Am Gipfel waren wir zunächst ganz allein. Es war eine traumhafte halbe Stunde. Als nach und nach zwei andere Seilschaften daherkamen, haben wir uns an den Abstieg gemacht. Und die Abstiege, die sind in der Pala so eine Sache für sich. Meistens Kletterei im zweiten, dritten Grad, mühsame Wegfindung, alles andere als harmlos. Selbst die Abseilstellen haben es in sich. So auch hier. Erst ging es zweihundert Höhenmeter sehr ausgesetzt hinunter. Das Gelände ist auf dieser Seite des Berges ziemlich brüchig. Dritter Schwierigkeitsgrad. Wir sind seilfrei abgestiegen. Nicht nur, weil wir unserer Sache in diesem Gelände sicher sein konnten, sondern auch, weil es in diesem Bruchgelände schwierig ist, Standplätze einzurichten und schulmäßig zu sichern. Alles ging gut.«

Marielle sah jetzt wieder Züge an ihm, die nur in gewissen Momenten auffielen – und die wahrscheinlich selbst dann von den meisten gar nicht wahrgenommen wurden. Peters burschikoses Wesen erwies sich als etwas Maskenhaftes, und es bekam ganz dünne Sprünge. Seine Augen schienen plötzlich tiefer zu liegen als noch vor einigen Minuten. Und um die Augenwinkel hatten sich wirklich unzählige kleine Fältchen gebildet. Lachfältchen? Nein, sein Gesicht spiegelte die ganze tödliche Ernsthaftigkeit, die dem Bergsteigen eben auch innewohnte.

»Dann erreichten wir das Vierzig-Meter-Band, das extrem ausgesetzt ist, aber unschwierig hinüberführt zu den Abseilstellen. Auch da gingen wir seilfrei rüber. Als wir aber in der Mitte des Bandes waren, hörten wir hoch über uns ein gewaltiges Tosen. Ich weiß gar nicht, wie ich das beschreiben soll: als würde ein Düsenjet über den Gipfel jagen? Nein, das trifft es nicht genau. Am besten sage ich es so: Es war, als würde ein riesiger Lastwagen seine Ladung aus Felsbrocken oben am Gipfel über den Abgrund kippen. Das war zweihundert Meter über uns, versteht ihr? Und doch hatten wir keine Chance, noch wegzukommen.«

»Was habt ihr gemacht?«, fragte Seeberger in die absolute Stille hinein, die Strolz mit seiner Schilderung erzeugt hatte. »Ihr habt es überlebt, sonst wärst du jetzt nicht da.«

Strolz zögerte einige Augenblicke lang. Es schien, als müsste er sich die Geschehnisse an diesem Pala-Felsen erst wieder in Erinnerung rufen. Als müsste er den gewaltigen Steinschlag noch einmal über sich hereinbrechen lassen.

»Nichts haben wir gemacht. Was hätten wir machen sollen? Wir haben da hochgeschaut und gesehen, dass eine Lawine aus Felsen und Staub auf uns zurast. Hinter uns ging es achtzig Meter ziemlich senkrecht runter. Nach links und nach rechts wären wir nicht mehr schnell genug davongekommen. Uns blieb keine Wahl. Und eigentlich blieben uns auch nur mehr ein paar Sekunden von unserem Leben.

›Krall dich ein!‹, hat mein Freund gebrüllt. ›Es darf uns nicht nach hinten aus der Wand reißen!‹

Ich wusste genau, was er meinte. Vielleicht zerschmetterte so ein Brocken einem von uns die Schulter. Dann durfte er nicht auslassen, sonst wäre er tot. Dann mussten sich seine Hände in den Griffen verkrampfen.

Wisst ihr, was ich getan habe? Ich habe gebetet. Und dabei habe ich dauernd das Gesicht meiner damaligen Freundin vor Augen gehabt. Ihre Augen, ihre zärtlichen Augen, ihren Blick. Um uns herum haben die Brocken eingeschlagen, es hat nach Schwefel gestunken, und vor lauter Staub blieb mir fast die Luft weg. Aber wisst ihr, was das Unglaubliche war? Wir sind unverletzt geblieben, absolut unverletzt. Wir waren verdreckt von oben bis unten, aber wir hatten nicht die kleinste Schramme. Es war ein Wunder. Es war ein wirkliches Wunder.«

Alle sahen ihn an. Alle blieben sie still. Dann begannen sie damit, an den Rucksäcken zu hantieren, Thermosflaschen auf- oder zuzuschrauben oder sonst irgendwas Nebensächliches zu tun. Aber alle schwiegen.

Es vergingen wohl fast zwei Minuten, bis Walters das Schweigen brach.

»Was hatte den Steinschlag ausgelöst? Der kam doch nicht nur so, aus heiterem Himmel, oder?«

»Da sind wir uns nicht sicher. Entweder brach weit oben ein morscher Felsturm in sich zusammen. Oder aber eine absteigende Seilschaft hat mit dem Seil einen großen Brocken losgelöst. Und dieser Brocken hat dann immer mehr Gestein und Geröll mitgerissen, bis diese Lawine daraus geworden war. Wir haben es nie erfahren, aber letztlich spielt es auch gar keine Rolle. Wir haben überlebt, und auch sonst scheint niemand zu Schaden gekommen zu sein.«

Die Psychologin schaute an der Felswand empor, die über ihnen aufragte. Sie zog die Schultern hoch, als wenn ihr kalt wäre. Aber selbst für Marielle war es im Moment kein gutes Gefühl. Nicht nach dieser Erzählung. Sie wäre jetzt lieber unten an der Hütte gewesen – nicht unter diesem riesigen Felskoloss.

Strolz schien die Besorgnis aller zu spüren.

»Keine Sorge«, sagte er. »Hier sind wir sicher. Hier fällt uns garantiert nichts auf den Kopf.«

»Was ich noch gern wissen würde«, schaltete sich Günni ein, der zwei Meter abseits saß und sich eine Zigarette drehte. »Habt ihr da überhaupt noch allein absteigen können? Ich mein, ihr wart unverletzt, aber wahrscheinlich trotzdem fertig mit der Welt, oder?«

»Das kannst du laut sagen. Wir waren fix und fertig. Ich weiß nicht mehr, wie wir das Felsband bis zu seinem Ende hinüberge-quert sind. Ist in meiner Erinnerung nicht mehr da. Weg, komplett weg. Aber ich weiß, wie wir uns an dem Ringhaken fürs Abseilen fertiggemacht haben. Meine Finger haben so gezittert, dass ich kaum den Abseilknoten in den Karabiner hineingebracht habe. Irgendwie sind wir runtergekommen. Und dann sind wir zu einer Hütte gelaufen, haben uns eine Flasche Rotwein gekauft und in einer halben Stunde ausgetrunken. Danach haben wir unser Zelt abgebaut, unsere Sachen gepackt und sind nach Hause gefahren. Wir haben die Schnauze richtig voll gehabt.«

»Ich glaube, ich hätte mit dem Bergsteigen aufgehört«, sagte Marielle. »Nach so einer Begebenheit …«

Strolz sagte nichts dazu. Günni zog noch einmal an seiner Kippe, dann drückte er sie mit dem Schuh aus und meinte, dass es höchste Zeit sei, das Interview zu drehen.

»In spätestens einer Stunde ist die Sonne hinter dem Klapf da drüben, und dann haben wir hier Schatten.«

Natürlich hatte er recht. Es war erst später Vormittag, aber wenn die Sonne hinter dem Berg verschwinden würde, wäre das Licht für die Filmarbeit nicht mehr das beste.

Strolz wurde vor der kantigen, von feinen Rissen durchzogenen Felswand in Szene gesetzt. Den Rucksack nahm er auf die Schultern, ein Seil hatte er sich über die Deckeltasche gebunden. So sah er aus, als würde er in wenigen Minuten in die schwierige Wand einsteigen. Auf seinem dunkelblauen Pullover prangte das Bergführerabzeichen: »Verband der Österreichischen Berg- und Skiführer«. In seinen Augen leuchtete die Begeisterung darüber, in den Bergen, in seinen Bergen, zu sein.

Marielle hielt die Reflektorscheibe, Walters stand hinter der Kamera, gebückt, und Seeberger stellte seine Fragen. Die Statements kamen sicher, ruhig, treffend.

»Wisst ihr, was scheiße ist?«, sagte Günni nach der letzten Einstellung. Und er gab die Antwort darauf gleich selbst: »Dass wir keinen Strom auf der Hütte haben. Da müssen wir mit den Akkus verdammt haushalten. Und was genauso schlimm ist: Wir können uns kaum was noch mal anschauen. Monitor hab ich erst gar keinen mitgenommen. Und es in der Kamera zu checken frisst viel Power. Aber es wär mir schon wichtig, einen Blick auf die Aufnahmen werfen zu können.«

»Mach dir keine Sorgen«, beruhigte ihn Walters. Und Seeberger war ein ruhiger, gelassener Regisseur, der sich auf seine Leute verließ und keine unnötige Panik machte.

Caro Santner hätte die Aufnahmen auch gern gesehen. Hätte zu gerne gewusst, wie sie im Film wirkte. Und wie Strolz zur Geltung kam. Seine Aussagen hatte sie noch ziemlich vollständig im Gedächtnis.

Dass er es als besondere Herausforderung erachte, einem straffällig gewordenen jungen Mann seine Welt zeigen zu können. Dass er ihm ganz neue Erfahrungen vermitteln wolle. Dass er ihm wohl sehr gut vorleben könne, was Freiheit bedeute, die Freiheit, die man draußen in der Natur zu entdecken und zu erfahren vermochte.

Und: dass er selbst am allermeisten gespannt darauf sei, wie der junge Mann, wie Konrad, den er ans Seil nehmen und mit dem gemeinsam er klettern wolle, wie der auf all das Neue reagieren würde.

Dieser Bergführer war ihr sympathisch.

»Irgendwie liebenswert«, sagte sie zu Marielle. »Für mein Gefühl ein bisschen zu viel Naturbursche vielleicht, ein bisschen zu sehr aufs Draußen fixiert. Aber sonst sehr sympathisch …«

Während der Drehpausen unterhielten sich die beiden Frauen über das Experiment und wie gespannt sie waren, ob Krupp und Strolz einen gemeinsamen Nenner finden würden. Marielle war keine Regisseurin, aber so viel verstand sie vom Film: dass man es spüren könnte, wenn sich zwischen den beiden etwas ereignen würde. »Und dass man es garantiert spürt, wenn der Funke nicht überspringt«, sagte Caro.

Als sie zur Hütte zurückkamen, saß Krupp allein auf der Terrasse vor dem Haus. Er trank einen großen Spezi und hielt sein Gesicht in die Sonne, die hier, wo es windgeschützt war, kraftvoll wärmte und auf der Haut angenehm kitzelte.

»Geht's besser?«, fragte Seeberger.

»Viel besser«, sagte Krupp. »Die Tablette hat geholfen. Und das Schlafen hat dann auch noch gutgetan.«

Krupp wirkte entspannt und zufrieden.

Ein eigentümliches Bild, dachte Marielle. Da sitzt einer, der für die Arrestanstalt bestimmt war, der hinter Gittern sein sollte oder wenigstens an irgendeinem Resozialisierungsprogramm teilnehmen sollte, sitzt da wie ein x-beliebiger Tourist, trinkt Spezi, sonnt sich und genießt das Leben.

Erst musste sie schmunzeln. Aber dann war sie irritiert von diesem Anblick. Sie wusste nicht gleich, was sie so verstörte daran. Es dauerte eine Weile, und sie wäre vielleicht überhaupt nicht darauf gekommen, wenn sich nicht etwas ereignet hätte, wovon wohl sonst niemand außer ihr Kenntnis nahm: Als Herbert, der Wirt, auf die Terrasse kam, um die Filmleute zu begrüßen und zu fragen, was sie essen und trinken wollten, da hob Krupp sein leeres Speziglas, damit Herbert es sehen konnte, und bestellte dann ohne Bitte und ohne Danke »noch mal dasselbe«.

Nein, er bestellte nicht, er ordnete es an.

Das war es, was sie irritiert hatte an diesem Bild: Krupp hatte mit einem Mal alles abgelegt, was daran hätte erinnern können, dass er hier eine besondere Bevorzugung genoss. Er benahm sich, als wäre er hier nicht »auf Bewährung«. In seiner Geste, mit der er etwas zu trinken nachbestellte, lag Überheblichkeit. Und mehr als das: Es war Respektlosigkeit. Wenn sie es genau bedachte, war schon sein Du, mit dem er jeden hier ansprach, auch den Regisseur, auch die Psychologin, eine ziemliche Respektlosigkeit.

Sie musste an Berger denken, sie wusste nicht, warum. Ihr fiel das Treffen zum Vorgespräch ein. Vor ein paar Tagen erst, in Innsbruck, im »Treibhaus«. Irgendetwas hatte dieser Mann ausgestrahlt, irgendetwas war in seinem Blick, in seiner Haltung gewesen …

Es dauerte eine ganze Weile, bis es ihr bewusst wurde: Hoffnungslosigkeit. Resignation und Hoffnungslosigkeit. Genau das war es gewesen, was von Berger ausgegangen war.

»Hast du was?«, fragte Seeberger, der plötzlich neben ihr stand. »Du wirkst so nachdenklich.«

»Ach, gar nicht«, log sie. »Vielleicht ein bisschen müde. Das viele Warten und Herumstehen heute, ich denke, davon kann man auch müde werden.«

»Und dir? Wie geht es dir?«, fragte Seeberger die Psychologin, die gerade dazukam.

»Auch müde vom Nichtstun«, gab sie lächelnd zurück. »Oder von der ungewohnten Höhe. Was weiß ich.«

»Das kann gut sein«, sagte Seeberger. »Wahrscheinlich muss man sich auch in solchen Höhen erst mal ein wenig akklimatisieren – nicht nur am Everest und am Nanga Parbat und wie diese Bergriesen alle heißen.«

Seeberger strahlte sie an. Er sah von Marielle zu Caro und wieder zurück.

Kann schon ein gewinnendes Lächeln aufsetzen, dachte Marielle. Dass er es vor allem der reiferen Caro Santner schenkte, die mindestens zehn Jahre älter war als er, entging ihr nicht.

»Wir machen jetzt alle eine Pause. Kleiner Imbiss. Bekommen Speck und Käse. Und danach machen wir das Gespräch mit Krupp. Da hätte ich dich gern in meiner Nähe …« Er meinte Caro.

»Bin ja eh da«, gab sie zurück.

»Schon. Aber ich hätte dich gern bei mir. Direkt neben der Kamera. Du solltest ihn so sehen, wie ihn die Kamera sieht. Und ich wäre dir dankbar für jeden Tipp. Psychologisch, meine ich. Wenn du mir zwischen den Fragen sagen würdest, wie du die Antworten empfunden hast. Wie Krupp bei seinen Statements auf dich wirkt. Das wäre prima.«

Sie sah ihm einen Moment lang voll in die Augen.

Dann sagte sie: »Ist in Ordnung.«

Insgeheim freute sie sich wohl, dass ihr Rat und ihre Erfahrung in den Film einfließen sollten. Marielle hatte die beiden stehen lassen und sich zu den anderen an den Tisch in der Sonne gesetzt.

Es war ein Genuss, so spät im Jahr noch draußen sitzen zu können. Sie erinnerte sich an das Grau in der Stadt und an die bittere Kälte, als sie gestern losgegangen waren. Hier an der Hauswand wurde ihr der Faserpelz schnell zu warm. Hier konnte man im T-Shirt sitzen.

Günni bestellte ein Weißbier.

Wie man nur um diese Tageszeit schon Bier trinken kann, dachte Marielle. Ich würde todmüde werden davon, wäre für nichts mehr zu gebrauchen. Sie saß auf der rauen Holzbank und hatte Krupp im Profil. Sie konnte ihn ein wenig beobachten.

Zumindest war sie der Meinung, dass sie ihn beobachten könnte.

Er sah gut aus. Die Haare kurz, gescheitelt, gepflegt. Er saß in aufrechter Haltung da und aß mit ordentlichen Manieren. Er verfolgte die Gespräche am Tisch, ohne sich viel einzumischen. Seine Augen waren wach, er ließ nichts einfach vorüberziehen.

Nein, ein Underdog war das nicht. Kein Junge, der aus den Glasscherbenvierteln einer Stadt stammte. Wahrscheinlich einer, der aus einem sogenannten guten Haus kam. Wo alles da war und alles im Überfluss. Alles außer Wärme, die Heranwachsende brauchen.

Marielle musste an ihre eigene Kindheit denken. Sie hatte Wärme erfahren, Zuwendung bekommen. Als ihre Mutter starb, war Marielle fünfzehn gewesen. Fortan hatte eine Lücke geklafft in ihrem Leben. Aber selbst nach dem Tod ihrer Mutter hatte sie zu Hause Wärme und Geborgenheit bekommen … Andere aber … Sie dachte an Pablo. Er hatte die Trennung seiner Eltern nicht schadlos überstanden. Er war vierzehn gewesen, ein schwieriges Alter … Aber welches Alter ist schon leicht …

Sie hörte nicht zu, was die anderen sprachen. Es drangen nur vereinzelte Satzfetzen in ihr Bewusstsein. »… alles gut im Kasten heute … Hauptsache das Wetter … genau weiß man nichts … ganze Seilschaft abgestürzt … abends machen wir euch Kaiserschmarrn …«

Es war ihr egal. Sie hing ihren eigenen Gedanken nach und schaute sich dabei diesen Konrad Krupp genauer an.

Das heißt, sie sah durch ihn hindurch, nahm ihn gar nicht wirklich wahr. Erst als sie seine Augen hart auf sich gerichtet sah, wurde ihr bewusst, dass sie ihn die ganze Zeit angestarrt haben musste.

Hart und kalt war Krupps Blick.

Marielle erschrak. Sie erschrak so sehr, dass sie zusammenzuckte. Zwar nur ein ganz kleines bisschen, aber doch genug, dass er es bemerken musste.

Sein Mund begann zu lächeln. Nur der Hauch eines Lächelns.

Und dieses Lächeln war nicht freundlich. Es war so kalt wie sein Blick noch in den Augenblicken zuvor.

In diesem Moment begann ganz tief in Marielles Innerem, gleichsam in ihrem Mark oder in ihrer Seele, so etwas wie eine diffuse Angst aufzusteigen.

Eine Angst, ganz klein, ganz unscheinbar, die sich jedoch nicht mehr verjagen ließ.

7

Pablo war täglich ins Krankenhaus gekommen. An den Tagen, da sie von Beruhigungsmitteln ruhiggestellt war, hatte er sich einen Stuhl neben ihr Bett gezogen und sich zu ihr gesetzt. Leise hatte er mit ihr gesprochen, einen zärtlichen Monolog: was er zu tun hatte, wie es ihm ging, wen er wo getroffen hatte, von wem alles er grüßen sollte – und wie er sich das Leben vorstellte, wenn sie wieder ganz genesen wäre.

An den anderen Tagen, da sie nur heulte oder ihn gar nicht sehen wollte, hatte er nur ihre Hand gedrückt oder sie auf die Wange geküsst, hatte eine Tafel Schokolade – weiße Schokolade mit Crisp! – auf das Nachttischchen gelegt und war still wieder gegangen.

In den ersten beiden Wochen hatte sie ihn nicht in ihre Geschichte hineingelassen. Hatte ihm gegenüber kein Wort verloren. Nichts erzählt. Nicht geklagt. Nichts von ihrem Trauma eingestanden.

Erst ganz allmählich hatte sie sich zu öffnen begonnen. Hatte ihm in kleinen Nebensätzen Dinge mitgeteilt, die er längst wusste. Schließlich waren die Zeitungen voll gewesen mit dieser schrecklichen Begebenheit. Und es hatten sich weiß Gott nicht nur die Boulevardblätter auf das Schicksal der Marielle Czerny gestürzt. Auch der »Standard« hatte gründlich recherchiert, und was da, basierend auf den Aussagen von Polizeisprechern, der Psychologin Dr. Santner, dem Bergführer Strolz berichtet worden war, klang zumindest plausibel.

Besser ging es erst, als Marielle die Torte wieder zu schmecken begann. Das klingt natürlich sonderbar, entsprach aber der Realität.

Irgendwann wachte sie nach einem mittäglichen Schlummer auf und verspürte einen Heißhunger auf Schwarzwälder Kirsch. Sie stand auf, zog sich den Bademantel über und verließ – zum ersten Mal ohne Begleitung und Hilfe – das Krankenzimmer, in dem sie aus nachvollziehbaren Gründen allein untergebracht war: abgeschottet gegen die Zudringlichkeit von Pressevertretern.

Die Stationsschwester entdeckte sie im Flur, kam auch gleich angerannt und wollte ihr behilflich sein. Aber Marielle sagte nur: »Ist schon gut. Ich kann allein gehen. Es geht mir viel besser, jetzt ...«

Die Schwester war skeptisch, das brachte ihr Beruf mit sich. Aber er brachte eben auch jene Erfahrung mit sich, die es ihr erst möglich machte, über die engen Regeln einer Krankenschwesternausbildung hinwegzugehen. Sie brauchte keine Psychologin zu sein, um zu wissen, dass es für die Patientin hilfreich, überaus hilfreich sein könnte, die Zügel locker zu lassen.

»Natürlich können Sie allein gehen«, sagte die Schwester zu Marielle. »Aber tun Sie mir den Gefallen und lassen Sie mich wissen, wohin. Einverstanden?«

Marielle schien einen Moment lang zu überlegen. »Ich will in die Cafeteria«, sagte sie dann. »So was gibt es doch bestimmt hier.«

»Ja«, sagte die Schwester. »Gibt es.«

Und sie beschrieb ihr den Weg, verwies auf den Aufzug und erinnerte sie an die eigene Station.

»Und noch einen Gefallen könnten Sie mir tun«, fügte sie hinzu: »Seien Sie doch bitte in einer Dreiviertelstunde wieder da. Dann brauch ich mir keine Sorgen zu machen.«

Als Pablo wenig später zu Besuch kam, wurde er von einer strahlenden Stationsschwester in die Cafeteria geschickt. Dort traf er seine Marielle, blass im weißen Bademantel, das Haar notdürftig zurechtgemacht, allein an einem der Tischchen sitzend. Sie hatte einen Cappuccino vor sich stehen, bereits halb getrunken, und als sie ihn sah, war sie gerade dabei, sich mit der Kuchengabel einen gar nicht so kleinen Bissen von der Schwarzwälder Kirschtorte in den Mund zu schieben.

Pablo war einen Moment lang fassungslos. Dann verstand er, dass sie im Begriff war, erste Schritte in ihr neues Leben zu tun. Erste Schritte heraus aus diesem ungeheuren Schock.

»Du bist mir vielleicht eine«, sagte er, als er zu ihr an den Tisch herantrat.

»Schwarzwälder Kirsch«, sagte sie. »Du weißt doch, wie gern ich die mag.«

Pablo hätte jubeln können. Für ihn waren das die ersten sinnvollen, hoffnungsvollen Worte aus ihrem Mund, seit sie aufgebrochen war zu diesen vermaledeiten Filmarbeiten.

Er holte sich einen kleinen Braunen am Tresen und setzte sich zu ihr. »Ich bin so froh, dass es dir heut besser geht«, sagte er. »Ich kann dir gar nicht sagen, wie froh ich bin.«

Die nun folgende kleine Unterhaltung wich den Vorfällen im Gebirge noch immer aus, umkreiste sie allenfalls, kam den Begebenheiten und Marielles Sicht darauf aber nicht näher. Doch Pablo hatte in den letzten Tagen und Wochen gelernt, geduldig zu sein, nichts erzwingen zu wollen.

Er kam weiterhin jeden Tag.

Und meist gingen sie nun gemeinsam in die Cafeteria, und irgendwann, dessen war er sich gewiss, würde sie von selbst auf dieses Thema zu sprechen kommen.

»Mir ist eingefallen, woher ich diesen schrecklichen Mann kenne«, sagte sie. »Mir ist es wieder eingefallen.«

Er dachte zuerst, sie spräche von ihrem Peiniger. »Als er im Krankenzimmer stand, da wusste ich, dass ich ihn irgendwoher kenne …«

»Im Krankenzimmer?«

»Ja. Ich hab dir doch von ihm erzählt. Ich weiß genau, dass ich dir davon erzählt habe.«

»Du hast mir nichts davon erzählt. Das weiß ich genau. Denn du hast mir überhaupt noch nichts erzählt.«

Marielle schaute ihn vorwurfsvoll an. Sie tat dann aber so, als hätte es seine Zwischenbemerkung gar nicht gegeben.

»Im ›Treibhaus‹. Ich habe ihn des Öfteren im ›Treibhaus‹ gesehen. Du kennst ihn sicher auch. Der im Rollstuhl. Hockt meistens an einem der Laptops, die man da benutzen darf. Surft wahrscheinlich stundenlang im Internet. Ein unmöglicher Typ.«

Pablo dachte nach. Er kannte die Innsbrucker Kultkneipe gut. Sie war einer seiner bevorzugten Treffpunkte – mitten in der Altstadt und doch abseits vom Touristentrubel zwischen Goldenem Dachl und Hofburg, abseits von Fiakerseligkeit und Tirolerkitschsouvenirläden.

»Innsbruck ist ein Dorf«, sagte Pablo. Und er sah in die fragenden Augen Marielles, die ja erst seit wenigen Jahren hier lebte. »Da kennt jeder jeden«, fügte er hinzu. »Gut, ganz so ist es nicht. Aber du weißt es ja selbst: Man trifft bei jedem Gang durch die Stadt zig Bekannte …«

»Du kennst ihn?«

»Was heißt kennen? Ich weiß nicht viel über den Mann. Nicht mehr als das, was damals in den Zeitungen stand. Wenn wir von ein und derselben Person sprechen, dann ist es ein früherer Kieberer. Soll ein guter Kriminaler gewesen sein. Ist dann erkrankt. Ich glaube, MS. Das muss ihn völlig fertig gemacht haben …«

»Du kennst ihn also wirklich?« Marielle schaute ihn fassungslos an.

»Warum fragst du? Ich kenne ihn nicht besser und nicht schlechter als die meisten anderen Gäste im ›Treibhaus‹. Er ist halt da, und man weiß ein bisschen was über ihn. Viel nicht, nur ein bisschen was. Und selten habe ich ihn in Begleitung gesehen. Bisweilen hockt sich ein halbseidener Geselle zu ihm, trinkt was mit ihm, sie flüstern miteinander. Aber wenn man dann zum zweiten oder dritten Mal zu seinem Tisch hinüberschaut, dann ist er wieder alleine. Schwarzenbeck heißt er. Oder Schwarzenberg oder so ähnlich. Aber warum willst du das von mir wissen?«

»Er heißt Schwarzenbacher. Nicht Schwarzenbeck oder Schwarzenberg. Er war in meinem Zimmer. Ich bin zu Tode erschrocken. Und er hat sonderbares Zeug geredet …«

»Wie ist er überhaupt in dein Zimmer gekommen? Ich dachte, du seist bestens gegen Zudringlinge abgeschirmt.«

»Ach, was weiß denn ich. Wahrscheinlich fällt ein Bulle im Rollstuhl weniger auf als ein Paparazzo mit dem Fotoapparat.«

»Er ist kein Bulle mehr«, sagte Pablo. »Was wollte er von dir?«

»Was er wollte? Du willst wissen, was er wollte? Wo ich es doch selbst nicht weiß! Er war plötzlich da, hat auf mich eingeredet, hat mich provoziert, hat versucht, Aussagen von mir zu bekommen …«

»Dabei ist doch eh alles klar«, unterbrach Pablo sie.

»Klar?«

»In den Medien bist du als Heldin gefeiert worden. Wahrscheinlich wirst du in Österreich die Frau des Jahres. Bestimmt lädt dich der Kanzler nach Wien ein. Vom Landeshauptmann ganz zu schweigen …«

»Der hat mir schon eine Grußkarte geschickt. Und einen Riesenblumenstrauß.«

»Siehst du. Ich weiß nicht, warum du dir Sorgen machst. Wenn du wieder gesund bist, kannst du deine Geschichte für einen Haufen Geld an eine Illustrierte verkaufen. Bin sicher, dass die ›News‹ sofort dabei wäre. ›Profil‹ genauso. Aber man munkelt, dass mit den Deutschen noch immer mehr Kohle zu machen wäre. ›Stern‹, ›Spiegel‹, ›Focus‹. Und natürlich Privatfernsehen. Und eine Talkshow mit diesem Beckmann …«

»Du bist wohl völlig übergeschnappt!« Marielle wurde so laut, dass sich andere Besucher der Cafeteria nach ihnen umsahen. »Du verstehst wirklich gar nichts«, zischte sie. »Ich liege hier in der Uniklinik, fühle mich völlig zerstört. Ich weiß nicht, ob ich jemals wieder in die Berge gehen mag. Dann kommt dieser … dieser Schwarzenbacher und drangsaliert mich. Und zu allem Überfluss habe ich einen Freund, der ein kompletter Depp ist.«

Pablo musste arg beträufelt dreingesehen haben, denn anstatt selbst loszuheulen, begann Marielle ihn zu trösten. »Es war nicht so gemeint. Es war wirklich nicht so gemeint. Aber ich glaube, du kannst dir nicht vorstellen, was ich durchgemacht habe. Und was ich immer noch durchmache …«, sagte sie jetzt viel leiser. Sie streichelte über die Faserpelzjacke an seinem Unterarm. »Alles, alles, einfach alles ist mir zu viel. Und schon gar dieser Schwarzenbacher.«

»Und du weißt wirklich nicht, was er von dir wollte?«

»Nein!«, schwindelte sie. »Wenn ich es dir doch sage!«

»Und er ist dann einfach so wieder gegangen?«

»Gegangen ist wohl das falsche Wort – er sitzt im Rollstuhl, falls du das vergessen haben solltest. Die Schwester hat ihn vertrieben.«

»Und das hat er so geschehen lassen?«

»Es ist ihm nichts anderes übrig geblieben.« Marielle versuchte zu lächeln, aber es gelang ihr nicht. »Beim Rausrollen hat er mir zugerufen, dass ich mich an alles erinnern müsse. Weil ich es sonst nicht schaffen würde.«

»Was nicht schaffen?«

»Wieder auf die Beine zu kommen, glaube ich. Wieder ein normales Leben zu führen.«

»Und, tust du es?«

»Was?«

»Dich erinnern?«

Sie zögerte einige Sekunden lang. Dann sah sie Pablo in die Augen und sagte: »Ich habe damit angefangen.«

***

In den Bergen hatten sie mit Krupp bis zum letzten Licht das Interview gedreht. Das Gebirge hatte sich nur mehr als scharf geschnittene, tiefschwarze Silhouette vor einem eisig blauen Himmel abgezeichnet.

»Ein grandioser Hintergrund«, zeigte sich Walters zufrieden. »Das werden tolle Bilder.«

Und Seeberger lobte die Psychologin für ihre gute Wahl.

»Das war stark. Krupp hat so richtig den Knacki rausgelassen. Ich hatte befürchtet, dass er ein Langweiler wäre. Zumindest einer, der nichts von sich preisgibt. Aber das war wirklich klasse.«

In der Tat hatte Konrad Krupp kräftig vom Leder gezogen. Caro Santner war immer dabeigestanden, hatte beobachtet und zugehört. Sie konnte sich nicht sicher sein, ob alles für bare Münze zu nehmen war oder ob sich Krupp einfach voll hineingelebt hatte in diese Rolle, von der er wahrscheinlich glaubte, dass sie von ihm erwartet wurde.

Was Krupp erzählt hatte, war bisweilen sogar zum Schmunzeln geeignet, vieles aber war erschreckend.

Dass er als kleiner Junge einen Boxkampf im Fernsehen gesehen habe – er sei damals nicht älter als sieben gewesen, und die Mutter habe dagegen gewettert, aber sein Vater habe es zugelassen. Das erste Mal habe er gesehen, wie man einem anderen mit der Faust ins Gesicht hauen kann, wie man sich gegen die feindlichen Angriffe decken und schützen muss und wie man dann, aus sicherer Deckung heraus, dem anderen die Fresse poliert.

So sei, genau genommen, dieser Boxkampf schuld daran, dass es ihn in die Haftanstalt verschlagen habe.

Mit breitem Grinsen hatte Krupp das erzählt.

»Nein, zu meinem Vater und meiner Mutter habe ich keinen Kontakt mehr. Schon lange nicht mehr.«

Und dass er schon in der zweiten Volksschulklasse Zwistigkeiten mit den Fäusten geregelt habe. Andere hätten miteinander gerauft, sich in den Schwitzkasten genommen, hätten sich ein Bein gestellt oder sich Tritte in den Hintern versetzt. Er aber habe immer gleich Deckung eingenommen, die rechte Faust nah am eigenen Kinn, die linke etwas vorgestreckt, und dann habe er nur noch gewartet, bis der Gegner günstig stand, um ihm eine rechte Gerade auf die Nase zu hauen.

»Das ist Macht, pure Macht! Es tut verdammt gut, stärker zu sein als die anderen. Und zu sehen, wie sie kuschen.«

Ja, seine Augen waren kalt. Das glaubte ihm Marielle aufs Wort, dass er seine Macht über andere genoss. Bis heute, immer noch, da mochte er erzählen, was er wollte. Sie stand bei diesem Interview sozusagen als Helferin des Filmteams immer ganz in der Nähe, bekam alles ganz genau mit.

»Ja«, hatte er gesagt, »ich war in einer Jugendgang. Aber das ist vorbei. Ich bin da mit vierzehn, fünfzehn reingekommen. Aber nach ein paar Jahren hatte ich genug. Wir haben alles Mögliche angestellt …«

Hier mischte sich Caro Santner ein, fiel Krupp ins Wort, nahm keinerlei Rücksicht auf die laufende Kamera, auf das leise surrende Tonaufnahmegerät.

»Hier muss ich Einspruch erheben, auf die Gefahr hin, die Arbeit hier gehörig zu stören. Aber ich muss Sie, Konrad Krupp, ich meine, ich muss dich darauf hinweisen, dass du nichts sagen solltest, was im Nachhinein gegen dich verwendet werden kann. Verstehst du? Was du jetzt erzählst, kann dir später unter Umständen schaden. Mach dir das bitte bewusst.«

»War's das?«, fragte Walters etwas genervt. »Können wir jetzt wieder?«

Die Psychologin nickte.

Krupp hatte daraufhin diese Warnung beherzigt. Hatte zwar erzählt, dass sie einiges angestellt hatten, aber ohne dabei ins Detail zu gehen.

»Irgendwann ist mir einfach alles zu blöd geworden. Die Gaunereien, die ewige Sauferei, die billigen Weiber.«

Genau das waren seine Worte gewesen.

Wie alt ist der Typ eigentlich?, hatte Marielle gedacht. Redet, als wäre er Ende dreißig. Und ist doch ein Junge mit nicht mal zwanzig Jahren auf dem Buckel.

»Aber es ist verdammt schwierig, von einem Gleis aufs andere zu kommen.«

Auch das waren seine Worte gewesen. Marielle war erstaunt. Und der Blick, den Seeberger der Psychologin zugeworfen hatte, signalisierte genau dasselbe: Erstaunen über einen so reifen, zu Ende gedachten Gedanken.

»Verdammt schwierig, von einem Gleis aufs andere zu kommen.«

Sie hörte Krupp gebannt zu. Seine Ausführungen über das Leben in den Vorstadtkneipen und den Wiener U-Bahnhöfen, über die Pöbeleien und Schlägereien hatten sie angewidert. Was er aber danach gesagt hatte, faszinierte sie. Interessierte sie schon deshalb, weil sie Sozialwissenschaften studierte, weil Psychologie kein beliebiges Nebenfach war und weil sie hier die Gelegenheit hatte, etwas gleichsam aus erster Hand zu erfahren, was die schlauen Lehrbücher und die ach so kenntnisreichen Dozenten selten so vermitteln konnten:

Da hatte einer ausbrechen wollen aus dem Kreislauf von Gewalt und Gegengewalt. Hatte das Gleis verlassen wollen, das mit ziemlichem Gefälle die schiefe Bahn hinunterführte. Und hatte es fast geschafft. Und dann passierte ihm so was.

»Ich war auf einem guten Weg«, hatte er vor der laufenden Kamera gesagt. »Habe nicht mehr viel getrunken. Und Schwierigkeiten bin ich aus dem Weg gegangen.«

Er war da wo hineingeraten. Die alten Bande waren stark. Bei einem Gruppendelikt war er mehr oder weniger Mitläufer gewesen, hatte nicht die Absicht gehabt, sich zu beteiligen an den Streitigkeiten, die ohnehin künstlich herbeigeführt worden waren. Dass er nicht davongegangen, sondern schließlich selbst »ausgerastet« sei, das hatte er eingeräumt.

»Das habe ich immer zugegeben. Vor Gericht und dann in dem Aufsatz, den man schreiben muss am ersten Tag in der Anstalt. Dazu kann ich auch hier stehen. Aber ich habe dem Kerl keinen Schaden zufügen wollen. Und ich will, dass ihr mir das glaubt, ihr alle, ihr Fernsehfritzen und die Leute, alle, die das anschauen. Ich habe in die Luft geschossen! Und plötzlich war dieses Gesicht da!«

Er war laut geworden, hitzig, voller Emotion. Caro Santner hatte schon wieder eingreifen wollen. Aber da war so eine ganz besondere Spannung bei den Männern vom Fernsehteam. Marielle spürte es, und Caro musste es auch spüren. Etwas, das nicht gleich beschrieben werden konnte. Etwas, das sie in Erstaunen versetzte. Und dann wurde ihr bewusst, was es war: Die Fernsehleute waren mit einem Mal wie Schatzsucher, die sich kurz vor Entdeckung einer lange gesuchten Fundstelle wähnten. Da konnte die Psychologin nicht unterbrechen.

Sag jetzt nichts, dachte Marielle. Sag nichts, lass weiterlaufen.

Und da konnte die Psychologin anscheinend gar nicht anders, als alle einfach gewähren zu lassen.

»Versteht ihr?«, hatte Krupp geschrien, und sein Gesicht war richtig rot geworden dabei. »Versteht ihr mich? Es war nicht meine Absicht! Nie! Es war ein Unglücksfall! Irgendwie war der doch auch selbst schuld, oder?«

Als das Interview abgedreht war, hatte Caro Santner ihren Schützling beruhigen müssen. Er atmete schwer, ging hektisch auf und ab, schwitzte und wollte allein sein.

Aber nach ein par Minuten hatte er wieder zu sich gefunden. Bereitwillig kehrte er mit Günni und Walters zur Hütte zurück.

Seeberger, Marielle und Caro Santner waren mit ein, zwei Minuten Abstand nachgekommen. Sie unterhielten sich über das, was sie gerade mit Krupp erlebt hatten.

»Das war stark«, sinnierte Seeberger. »Krupp hat so richtig den Knacki rausgelassen ...«

Als sie dann vor der Hütte standen, die anderen waren schon reingegangen, hatte Seeberger Marielle angelächelt und vorgeschlagen, dass sie gemeinsam, er und sie, nach dem Abendessen noch einen kleinen Spaziergang machen könnten.

»Wir hatten ja noch gar nicht Gelegenheit, uns etwas vertrauter zu machen.«

Vertrauter machen, dachte Marielle. Was für eine blöde Anmache. Wahrscheinlich hat der Herr Regisseur dicke Eier. Kommt bei der Psychologin nicht weiter, jetzt probiert er es bei mir.

»Hier ist das Gelände flach, der Weg ist breit«, lächelte Seeberger, der mit dem Verlauf der bisherigen Arbeiten sehr zufrieden schien. »Außerdem kommt wahrscheinlich bald der Mond raus, dann ist es auch in der Nacht noch hell genug. Was meinst du?«

Egal, hatte Marielle gedacht und genickt.

Dieser Abend war kalt, und Marielle zog ihren Anorak fest zu, als sie nach dem frühen Abendessen noch einmal nach draußen ging.

»Verdammt kühl«, sagte Seeberger, der sie begleitete. »Untertags so angenehm und abends so arschkalt, was?«

»Aber der Himmel ist schön«, sagte sie. Hier heroben, wo kein künstliches Licht war außer dem wenigen, das durch die Hüttenfenster drang, kam die ganze Pracht der Sterne zur Geltung. Manche funkelten richtig, und als sich ihre Augen nach einigen Minuten des Hüttenlichts entwöhnt hatten, konnten sie sogar die Milchstraße deutlich erkennen.

Sie gingen ganz gemächlich und entfernten sich nur einige hundert Meter von der Hütte. Unterhielten sich über ihre Tätigkeiten. Wie Seeberger zum Fernsehen gekommen war, was er alles schon gedreht hatte, was er als Nächstes plante. Und er wollte von ihr wissen, wie sie sich das Leben als Bergführerin vorstellte.

Sie erzählte es ihm. Sie hatte nicht vorgehabt, mehr von sich preiszugeben als unbedingt nötig. Aber es war ein besonderer Abend. Lag es am Sternenhimmel? Oder daran, dass ihr Seeberger jetzt zumindest ein wenig sympathischer erschien als bei der Rückkehr zur Hütte? Oder lag es daran, dass dem routinierten Fernsehmann die Gabe nicht abzusprechen war, den Menschen ihre Geheimnisse zu entlocken?

Es war wahrscheinlich eine Mischung aus allem.

Von ihrer Begeisterung für die Natur erzählte sie. Sie schwärmte von den Touren, die sie in den letzten Jahren unternommen hatte: Klettereien kreuz und quer in den Ostalpen. Lange Gletschertouren in den Stubaiern, den Ötztalern, den Zillertalern. Dass es aber gar nicht extrem zugehen müsse, um dabei Befriedigung zu erlangen.

»Wichtig ist eigentlich nur das Draußensein«, sagte sie. »Egal zu welcher Jahreszeit. Egal, wie das Wetter ist. Zumindest fast egal.«

»Deine Begeisterung fürs Bergsteigen kann ich nachvollziehen«, sagte Seeberger ganz sachlich. »Aber Bergsteigen als Hobby ist das eine, Bergführerin zu sein aber wahrscheinlich doch noch einmal etwas ganz anderes. Habe ich recht?«

»Das schon. Es ist etwas anderes. Es besteht ein großer Unterschied, ob man in seinen ›eigenen‹ Touren unterwegs ist oder ob man Gäste führt, Leute ausbildet, also Sachen macht, die letztlich doch mehr Job sind als nur Vergnügen. Doch wer so gerne in den Bergen ist wie ich ...«

»Und dein Studium?«, hakte Seeberger nach. »Willst du das danach gar nicht nutzen?«

Sie staunte über den Mann, und sie staunte über sich selbst. Jetzt, bei diesem Spaziergang in Sichtweite der einsamen Berghütte, wirkte er auf sie geradezu einfühlsam, sensibel, ja angenehm. Und unattraktiv war er auch nicht gerade ...

Manchmal kommt er mir ein bissel blöd vor, dachte sie. Aber die Art, wie er spricht ... und mehr noch, die Art, wie er zuhört ... dass er überhaupt zuhören kann ...

»Ob ich danach weitermache? Ich weiß es noch nicht genau. Am liebsten wäre mir, eins mit dem anderen verbinden zu können. Aber ...« – sie sah sich zur Hütte um, die nun schon ein gutes Stück weit entfernt lag, die Fenster waren nur mehr kleine Lichtflecken inmitten der dunklen Nacht – »aber ich befürchte, dass es nicht leicht gehen wird. Die Ausbildung, die mache ich auf alle Fälle. Die kann mir viel nutzen. Und es macht mir ja auch großen Spaß, mit Leuten unterwegs zu sein.«

Dann riet sie aber zur Rückkehr, erzählte dabei von ihren Erfahrungen in den Bergführerlehrgängen, wie sie als Frau in dieser Männerdomäne aufgenommen worden war und was sie im nächsten Jahr an Plänen hatte.

Und während sie so sprach, locker plaudernd erzählte, ertappte sie sich dabei, wie sie diesen Martin Seeberger in Gedanken maß und wog und schätzte – und ihn für gar nicht so übel befand.

Aber einfach um zehn Jahre zu alt, dachte sie. Was sollte ich von ihm wollen? Und was sollte er von ihr wollen?

Nichts will ich von ihm! Gar nichts!

Und doch hatte sie es genossen, sich mit ihm zu unterhalten. Ohne die anderen. Seine Stimme war ihr angenehm geworden an diesem Abend, sein Verständnis und irgendwie auch seine Nähe.

»Ich würde mich sehr freuen«, sagte Seeberger fast förmlich, als sie langsam wieder zur Hütte zurückkamen, »wenn wir nach den Dreharbeiten den Kontakt nicht verlieren würden.« Und als sie schon fast bei der Tür waren, fügte er hinzu: »Ich finde dich nämlich eine ... eine ganz faszinierende Frau.«

Auf der Hütte unter den Laaserwänden kehrte die Nacht schnell ein. Günni und Walters tranken ein paar Schnäpse, als gelte es, die Dreharbeiten des Tages noch ein wenig zu feiern.

Strolz sprach lange mit dem Hüttenwirt über die Berge ringsherum und über die Kletterer, die in der letzten Zeit hier unterwegs gewesen waren, und er war erstaunt zu erfahren, dass seine junge Kollegin sogar die »Schattenwand« schon geklettert war, diese kühne Route im zentralen Wandteil.

Seeberger setzte sich noch auf ein Bier zu Krupp, lobte ihn für seine Präsenz vor der Kamera und stimmte ihn schon ein bisschen aufs Klettern ein, das für morgen auf dem Programm stand.

Rita, die Wirtin, gesellte sich noch ein wenig zu Caro Santner, unterhielt sich mit ihr, fragte, wie sie mit dieser Horde Männer so zurechtkam. Jede von ihnen trank noch zwei Gläser Rotwein, und auch ihrer beider Abend klang mit ein wenig Gelächter und Gekicher aus.

Es gab heute keinen Grund, die Hüttenruhe einzuhalten, auf die von Wirtsleuten während der Saison ansonsten viel Wert gelegt wird. Niemand hätte um zehn oder halb elf zu Bett gehen müssen. Herbert und Rita hätten es sogar genossen, wären ihre Gäste an diesem Spätherbstabend noch länger in der etwas überheizten Wirtsstube geblieben.

Aber alle waren sie müde. Die ungewohnte Höhe, die reine Luft, die vielen Eindrücke des Tages. Sogar die bergerfahrenen Leute, Marielle und Strolz, konnten das Gähnen nicht mehr unterdrücken.

Schon um kurz nach zehn verkrochen sie sich auf ihren Schlafplätzen, und es dauerte nur ein paar Minuten, bis Günnis Schnarchen das Matratzenlager erfüllte.

Marielle schlief unruhig in dieser Nacht. Sie träumte viel unzusammenhängendes Zeug, sank nie in tiefen Schlaf, wurde aber auch nie ganz wach. Einmal glaubte sie im Halbschlaf, Seebergers Arm über ihre Schulter gelegt zu spüren. Und später, als sie mit angezogenen Beinen auf der Seite lag, schien Seeberger sich an sie hingelöffelt zu haben – durch ihre Trainingshose und durch das, was er anhatte, glaubte sie, sein hartes Glied an ihrem Po zu spüren. Aber selbst dieses Gefühl, von dem sie zwischen Trance und Wachzustand nicht wissen konnte, ob es sie erfreute oder erschreckte, weckte sie nicht wirklich auf.

Als sie am Morgen die Augen aufschlug, aufgewacht im allgemeinen Geraschel und Getuschel des Aufstehens, war Seeberger schon weg, das Lager neben dem ihren war leer.

Und doch war ihr erster Gedanke, dass sie jetzt zu Hause sein wollte, bei Pablo, unter der Decke. Dass sie nach seiner Schlafanzughose tasten und sein Glied greifen wollte, wissend, dass es kaum eine Viertelminute dauern würde, ehe es steif aus dem Hosenschlitz herausragte. Sie dachte daran, sich unter ihrer Decke hinzulöffeln und ihn zwischen ihren Schenkeln hindurch in sich eindringen zu lassen.

Und dann spürte sie wieder den Penis an ihren Pobacken. Und sie wusste noch immer nicht, ob es Traum gewesen war oder halb gefühlte Wirklichkeit.

Sie strich sich das Haar aus der Stirn, schlug energisch die Decke zurück und zwang sich, an etwas anderes zu denken. Sie fürchtete, die Männer ringsherum, die wie sie im Aufstehen begriffen waren, würden ihr die Gedanken von den Augen ablesen können. Sie sah Caro Santners Blick auf sich gerichtet und dachte, die Psychologin könne wahrscheinlich Gedanken lesen.

Etwas zu laut sagte sie zu allen: »Guten Morgen. Jetzt packma's also.« Und sie fügte hinzu: »Jetzt freu ich mich aber auf eine Tasse starken Kaffee.«

Doch im Stillen sagte sie sich, dass sie nicht hier war, um vom Bumsen zu träumen.

Du hast hier eine Aufgabe, sagte sie sich.

Verdammt noch mal, Mädchen, reiß dich zusammen.

8

Der Tag begann freundlich. Schon morgens um halb neun war der Himmel strahlend blau. Über Innsbruck, Hall, Schwaz und Kufstein genauso wie über den Bergen. Die Menschen in den Städten waren froh, dass über Nacht der Nebel verschwunden war, und hofften nun auf ein paar gute, mildere Herbsttage.

Die Menschen im Gebirge aber, die in den hohen Dörfern lebten oder in den noch viel höher gelegenen Bergbauernhöfen und die mit der Natur besser vertraut waren, ließen sich von dem Wetter nicht täuschen. Sie hielten es für kein allzu gutes Zeichen, dass der Nebel sich verflüchtigt hatte und die Sonne jetzt die Täler und die Orte mehr erwärmte, als es für diese Jahreszeit gut war.

»Nur ein Föhn«, hörte man sie beim Einkaufen sagen. »Ein Föhn, der bald zusammenbrechen wird.«

Und wenn dieser laue Südwind, der trügerisch um die Ecken blies, erst einmal vorbeigezogen wäre, dann würde der Winter kommen.

»So sicher wie das Amen in der Kirche.«

»Was für ein Tag«, sagte Frank Walters, als er vor der Hütte die kühle Morgenluft durch die Nase sog. »Wunderbar.«

Er sah schon die Bilder vor seinem geistigen Auge, die Bilder, die er an diesem Tag mit seiner Kamera einfangen würde.

Heute würde es ans Klettern gehen, Strolz würde Krupp ans Seil nehmen, und sie würden in die Felsen einsteigen.

»Nichts Schwieriges«, hatte Strolz gesagt. »Aber doch schon richtige Kletterei, wo es das Seil braucht und eine vernünftige Sicherung.«

Am Westrand der Laaserwände führte eine geneigte Felsrampe hinauf zum Morgenkopf. Vier Seillängen, also etwa hundertfünfzig Klettermeter, dritter Schwierigkeitsgrad: nicht schwer, aber auch nicht mehr ganz leicht. Seeberger, Walters und Marielle würden eine Seilschaft bilden, Strolz und Krupp die andere. Marielle würde den Filmemacher und den Kameramann so sichern, dass sie markante Kletterstellen filmen konnten, wenn Strolz und Krupp sie bewältigten.

Walters und Seeberger waren zwar keine begnadeten Kletterer, aber beide hatten sie im leichteren bis mittelschweren Gelände schon Erfahrungen gesammelt: Walters als junger Mann, als er in München an der Filmhochschule studiert hatte und, was damals für junge Leute, Intellektuelle noch dazu, eher ungewöhnlich war, mit Freunden ins Gebirge gezogen und gern auch auf die Felsklapfen der bayerischen Voralpen gestiegen war. Und Seeberger, weil er das Klettern bei seinen zum Teil abenteuerlichen Filmdokumentationen immer wieder gebraucht hatte.

Strolz hatte sie am Vortag geprüft. Als er Krupp eine Einführung ins Anseilen und ins Sichern gegeben hatte, testete er auch, was die beiden klettertechnisch draufhatten. Er merkte schnell, dass sie mit der Sicherungstechnik vertraut waren, dass sie sich im Fels vernünftig verhalten würden, dass er sie Marielle mit gutem Gewissen anvertrauen konnte.

»Atemberaubend schön ist das heute«, sagte Walters zu Marielle. Sie nickte nur, war jedoch nicht ganz bei der Sache.

Er zeigte auf die Wiesen, die so grün leuchteten, als stünden sie im Saft des Frühsommers. Er zeigte auf die gewaltigen Felswände, wo das seitlich einfallende Sonnenlicht harte Schatten und damit eine dramatische Stimmung erzeugte. Er, der Mann, der auf der Jagd nach guten Bildern war, konnte sich nicht sattsehen an dieser spätherbstlichen Morgenstimmung.

»Schaut mal da«, sagte Günni und zeigte auf eine der Holzbänke, die auf der Terrasse vor der Hütte standen. Alle gingen hin: Walters, Caro Santner, Seeberger, Strolz, Marielle und Krupp. Zwischen den Querstreben der Rückenlehne hatte eine Spinne ihr Netz gewoben. Der Raureif hatte es mit einer hauchfeinen, silbrig glänzenden Schicht überzogen. Im Gegenlicht entfaltete das Spinnennetz seine ganze kunstvolle Pracht. Walters ging in die Knie, um das feine Gewebe genauer zu inspizieren.

»Seht, da am Rand ist die Spinne. Schaut aus, als wäre sie tot. Festgefroren.«

»Die ist nicht tot«, meinte Günni. »Die lebt, das garantier ich euch.«

Auch er bückte sich nieder. Er ging mit dem Gesicht bis auf eine Handbreit an das Spinnennetz heran und pustete es leicht an. Das Netz geriet in Bewegung, die Fäden begannen sich zu dehnen, es schwang im kleinen Sturm, den Günni entfacht hatte. Aber es hielt, nichts riss. Und die Spinne war sofort zu Leben erwacht. Ob sie glaubte, dass sich ein Opfer in ihrer klebrigen Falle verfangen hatte oder dass irgendwo irgendetwas zu reparieren sei – wer hätte das wissen sollen? Jedenfalls krabbelte sie behände über das senkrecht verspannte Netz, nahm wohl alles in Augenschein und kehrte dann zu ihrer vorherigen Lauerstellung zurück.

»Die Natur ist voller Wunder«, sagte Strolz. »Und je mehr man sich auf sie einlässt, umso mehr gibt sie einem. Und man entwickelt ein Gespür dafür, wo es etwas Besonderes zu entdecken gibt. Ich zum Beispiel liebe die Bäume. Kann mich gar nicht sattsehen an ihrer Knorrigkeit, ihren Verwachsungen, ihren Farben zu den verschiedenen Jahreszeiten.«

»Dann lasst uns jetzt keine Zeit mehr verlieren«, sagte Walters. »Lasst uns die Wunder entdecken und mit der Kamera einfangen. Einverstanden?«

Es war alles in ihren Rucksäcken verstaut. Die Wirtsleute hatten ihnen Lunchpakete bereitet, sie hatten alles für die Dreharbeiten dabei und dazu noch all das Kletterzeug, das nötig sein würde an diesem Tag.

Der Plan war, dass Günni und Caro Santner mitgehen würden bis zum Beginn der Felsen. Dort sollte gefilmt werden, wie sich Strolz und Konrad Krupp anseilten und zu einer Seilschaft verbanden. Dann würde Marielle mit Seeberger und Walters die erste Seillänge hochsteigen; sie bis zum Standplatz, Walters und Seeberger, von oben gesichert, ein wenig über die Hälfte. So wären sie dann in einer guten Position, um die Seilschaft Strolz/Krupp auf sich zuklettern zu lassen, zu filmen, wie der junge Straftäter die Kletterstellen meisterte. Danach würde Marielle die beiden Filmleute wieder abseilen. Sie sollten dann von unten ein paar »Schüsse« machen, während die beiden anderen in der sogenannten Rampe weiterkletterten. Und dann würde Marielle mit den beiden am Seil auf einem schmalen Steig die Rampe umgehen, was leichter klang, als es sicherungstechnisch war. Schließlich musste sie dafür Sorge tragen, dass beide zumindest halbwegs gefahrlos hinaufgelangten zum Grat. Von dort aus nämlich wollten sie filmen, wie Strolz sich mit Krupp langsam ihrem Ziel, dem Gipfelgrat unweit des Morgenkopfes, näherte.

»Zum Schluss hätte ich gerne oben am Grat ein Gespräch mit den beiden«, sagte Seeberger. »Da möchte ich spüren, wie Krupp sich fühlt nach dieser Klettertour. Und ich möchte von beiden hören, wie es ihnen miteinander ergangen ist.«

»Dann lass uns losmachen«, drängte Walters einmal mehr.

»Eins noch«, sagte Seeberger. »Mir ist heute Nacht etwas durch den Kopf gegangen. Und das möchte ich euch mitteilen. Wenn ihr meiner Meinung seid, machen wir es. Wenn nicht – nicht.«

»Was nun schon wieder?«, murrte Günni.

»Unsere Marielle hier«, er lächelte sie einnehmend an, »ist eine ausgezeichnete Bergsteigerin. Vom Alter her würde sie natürlich besser zu Konrad passen. Ich meine ...«

Marielle glaubte, nicht richtig zu hören. Sie wollte widersprechen, wollte ein »Nein! Kommt gar nicht in Frage« in die Runde werfen, aber sie brachte keinen Ton heraus.

»Dazu kommt«, fuhr Seeberger fort, »dass durch diese Konstellation auch noch ... wie soll ich sagen ... gewissermaßen eine erotische Komponente dazukäme. Ist doch so, oder?«

Marielle sah das Grinsen in Günnis Gesicht, sie sah, wie Strolz die Stirn in Falten legte, sah bei Walters ein leichtes Kopfschütteln – und bei Krupp wieder dieses kalte Lächeln und seinen Blick auf sie gerichtet.

»Ich möchte nicht.« Fast tonlos sagte sie das. »Ich bin darauf wirklich nicht eingestellt. Also. Bitte ...«

Walters kam ihr zu Hilfe: »Das hätte dir schon früher einfallen müssen«, sagte er zu Seeberger. »Jetzt noch einmal umzustellen, das halte ich für Unsinn. Wir müssen den Tag nutzen. Und wir wissen nicht, wie viel Zeit uns noch bleibt.«

Die Psychologin hielt sich aus der Sache raus. Auch Strolz sagte gar nichts. Ebenso wenig wie Konrad Krupp.

Seeberger wollte einen weiteren Versuch starten, aber Walters schüttelte nur den Kopf, und das schien zu genügen.

»Gut. Dann machen wir es so wie geplant«, schloss Seeberger die Diskussion, die eigentlich keine war. »Es bleibt alles beim Alten. Und jetzt legen wir wirklich los.«

Seinem burschikosen Lächeln gelang es nicht, darüber hinwegzutäuschen, dass er gerade eine Niederlage erlitten hatte.

»Dann packma's?«, fragte Strolz.

Seeberger nickte, Walters nickte, Marielle nickte.

Die Gruppe machte sich auf den Weg.

Die Filmleute wirkten nervös. Doch das hatte weniger mit der Meinungsverschiedenheit zu tun. Es ging um das Herzstück des Films! Walters fieberte dem Moment entgegen, da seine Kamera erstmals laufen würde an diesem Tag. Und Seeberger war voll innerer Unruhe: Würde er in seiner Dokumentation die Spannung zustande bringen, die er sich in den letzten Monaten vorgestellt, ja die er geradezu körperlich durchlebt hatte?

Allen war klar, dass dies ein besonderer Tag werden musste.

Es wurde ein besonderer Tag. Aber es gab Hürden und Hindernisse zu überwinden, ehe man diesen Tag im Gebirge als gelungen bezeichnen konnte.

Es wurde Marielle schnell klar, dass die Sache nicht ganz so lief, wie sich Seeberger und vor allem auch Strolz das vorgestellt hatten. Die beiden hatten sich angeseilt, Strolz hatte einen Standplatz eingerichtet und den Halbmastwurfknoten in den Schraubkarabiner geklinkt, sodass Krupp ihn nun die erste Seillänge hinauf sichern konnte.

Es war ein Genuss gewesen, ihrem erfahrenen Kollegen bei dieser Kletterei zuzusehen. Sie selbst war schon ein Stück oben in der Wand, und Seeberger und Walters hingen, von ihr am straffen Seil gehalten, wenige Meter unter ihr schräg im Fels, jede Kletterbewegung der eigentlichen Seilschaft beobachtend und filmend.

Es mussten wunderbare Aufnahmen werden: wie Strolz den plattigen Fels in ganz flüssigen Bewegungen immer höher turnte, bisweilen ganz kurz stoppte, um zur Zwischensicherung einen Karabiner einzuhängen, und dann wieder geradezu rhythmisch, gleichmäßig, elegant weiterstieg. Er hatte nur wenige Minuten gebraucht, bis er bei ihr am Standplatz angekommen war, die nötigen Handgriffe getan und dann Krupp zugerufen hatte, dass er nun nachkommen könne.

Natürlich hatte Marielle gewusst, dass Krupp den Vergleich mit Strolz nicht würde halten können. Dass er, der Unerfahrene, nicht gerade elegant nach oben steigen würde. Dass er vielleicht ein wenig unsicher, unter Umständen sogar ein wenig ängstlich wäre.

Aber es war schlimmer.

Krupp war noch keine zehn Meter nach oben gestiegen, als ihr ganz unwiderruflich klar wurde, dass es ein Fehler gewesen war: Man hätte ihn für diese Aktion nicht auswählen dürfen!

Er, der sich so selbstsicher zu geben verstanden hatte, wirkte im Fels nicht nur ein bisschen verunsichert. Er war, das konnte sie selbst aus der Distanz sehen, ja geradezu spüren, voller Angst. Angst, die er nicht zeigen wollte und die doch so offensichtlich war. Angst, die er verbergen, verleugnen würde um jeden Preis. Und die er kompensieren würde mit …

»Steht auf wackeligen Beinen, was?«, raunte ihr Walters zu, als sie die beiden Filmleute weiter hinauf gesichert hatte. »Ein Peter Habeler wird das keiner.« Er grinste.

Aber Marielle war genauso wenig nach Grinsen zumute wie Caro Santner, die unten am Beginn der Kletterei stand. Marielle fühlte mit dem jungen Mann; auch wenn sie ihn nicht mochte, so hatte sie doch Mitgefühl für seine Situation. Als erfahrene Bergsteigerin konnte sie selbst auch auf Momente zurückblicken, in denen sie überfordert gewesen war.

Und die Psychologin, die etwas abseits der Kletterroute zusammen mit Günni wartete, dass alle wieder diese erste Seillänge herunterkämen?

Sie hätte, wäre sie dazu befragt worden, die Situation alles andere als komisch gefunden. Aber mit Günni sprach sie nicht darüber.

Doch als die beiden Filmleute wieder am Wandfuß standen, da nahm sie Seeberger zur Seite – ihm war ihre Meinung doch so wichtig! – und teilte ihm ihre Bedenken mit.

»Der Junge hatte pure Angst. Das konnte man selbst auf die Entfernung hin fast riechen. Aber Angst ist das Letzte, was einer wie er zugeben würde …«

»Vielleicht tut ihm ein bisschen Angst ja auch mal gut«, flüsterte Seeberger.

Sie hatte so viele kommen und gehen sehen, so viele Gewalttäter, Großmäuler, Schläger. Manchen war sie in ihrer Arbeit ein Stück nähergekommen, den meisten nicht. Aber allen, die wegen Körperverletzung eingesessen hatten, war eines gemeinsam: Sie waren voller Angst. Ihre Gewalt war die Reaktion auf ihre Angst.

Seeberger saugte die Lippen in den Mund, nickte, zuckte mit

den Schultern. »Machen wir das Beste draus«, sagte er. »Was Besseres wüsste ich nicht.«

Günni empfing den abseilenden Walters und fragte: »Wie läuft es dort oben? Kommt Krupp halbwegs klar?«

Walters ließ das Seil durch den heißen Abseilachter gleiten, rief nach oben zu Marielle, dass sie nun auch runterkönnte, legte seinen Rucksack, in dem die Kamera geborgen war, vorsichtig ab und sagte: »Ziemlich spannende Sache.«

»Wie meinst du das?«, fragte Günni.

»Ich meine, dass der Typ gehörig Schiss hat. Ist aber für den Film ganz gut. Wenn ich auf sein Gesicht zoome, ganz nah, dann kann man die Angst von seinen Augen ablesen. Kommt gut.«

Das bestätigte auch Seeberger.

Mehr noch: In ein paar Metern Abstand von der Psychologin zeigte er sich geradezu euphorisch. Ein typischer Dokumentarfilmer – nichts wäre ihm lieber gewesen, als so unmittelbar an den unverstellten Menschen heranzukommen. Ihn in Momenten zu beobachten und zu filmen, da jegliches Rollenspiel abfiel wie ein überflüssiges Gewand.

»Es waren großartige Einstellungen«, flüsterte er und konnte doch seine Begeisterung kaum unterdrücken. »Wirklich authentisch. Und dass Krupp sehr unsicher ist, macht die Sache doch erst richtig interessant.«

»Und wie geht's jetzt weiter?«, fragte Walters.

»Wir packen hier alles zusammen, steigen mit Marielle da drüben den schmalen Weg hinauf. Oben am Grat, hat Peter gesagt, sei eine markante Stelle: ein Gratturm, der spitz aufragt. Da wäre der Ringhaken, an dem wir uns wieder ein Stück hinunterlassen könnten. Und da warten wir dann auf die beiden Kletterer.«

Walters war ganz in seinem Element. Er hatte gute Bilder eingefangen und war sich ganz sicher, mehr davon, vielleicht sogar noch bessere bekommen zu können.

Er zog das Seil, an dem Marielle als Letzte heruntergekommen war, fast hastig ein. Und er trieb auch Seeberger an, der eigentlich gerne eine kurze Verschnaufpause gemacht, sich auf den ersten Lorbeeren ausgeruht hätte.

»Komm, mach zu«, maulte Walters. »Bis wir oben sind, das braucht auch seine Zeit.«

»Nur nichts überstürzen«, sagte Marielle. »Was wir jetzt schlecht vorbereiten, das haben wir später an Problemen. Und dort oben, am Grat, ist der Platz nicht so komfortabel wie hier.« Sie nahm Walters das Seil aus der Hand. »Ich möchte euch auch am Steig ans Seil nehmen. Wenn ihr auf die Idee kommt, von irgendeiner Stelle aus zu filmen, hinüber zu den Kletterern oder einfach in die Landschaft, dann kann ich euch damit fixieren, und die ganze Sache wird sicherer.«

Von oben hallte Strolz' Ruf: »Bei euch alles okay, Marielle?«

»Alles gut!«, rief sie mit weit in den Nacken gelegtem Kopf zu ihm hinauf. »Ich nehm die Männer ans Seil. Dauert ein paar Minuten. Dann gehen wir los.«

»Gut«, rief Strolz zurück.

»Günni und Caro steigen zur Hütte ab. Wie abgemacht.«

»Okay!«

Nebenbei hatte sie das Seil wieder auseinandergefädelt und reichte nun Seeberger und Walters je ein Ende, in das sie einen Anbindeknoten geknüpft hatte. Für sich selbst band sie in Seilmitte eine Schlaufe, die sie mit einem Schraubkarabiner in ihren Klettergurt einhängte.

»Weißt du«, sagte sie zu Walters, »wenn man ein Seil aufschießt, dann muss man sich die Mühe machen und es ordentlich tun.« Hier, im Fels, beim Klettern, war sie ganz in ihrem Element. Da konnte ihr niemand so leicht etwas vormachen. »Das Seil muss so zusammengelegt sein, dass es beim nächsten Einsatz wieder ganz von alleine nachgegeben werden kann und sich keine Krangel und Knoten bilden. Ich zeig euch das abends mal, wenn wir in der Hütte sind.«

Walters nahm seinen Rucksack mit der Kamera wieder auf, Seeberger ließ die Seile durch die Hand gleiten, und Marielle stieg zügig den steilen, exponierten Pfad hinauf. Nach fünfundzwanzig Metern legte sie eine Bandschlinge um einen Felszacken und ließ die beiden Filmleute gesichert nachsteigen. Ein mühsames, langwieriges Unterfangen, aber eben sicher. Im Schneckentempo schlurfte die Dreierseilschaft den Steig empor. Zwischenzeitlich wollte Walters ein paar »Schüsse« in die Wand machen, weil man Strolz und Krupp gerade an einem Standplatz ausmachen konnte. Und dazu noch eine Totale von der Szenerie am Fuß der Schattenwand: Geröllfelder, die hinabzogen zur Weidelandschaft. Riesige Findlingsblöcke standen verstreut und wie Grabmäler im fahlen, von der Bergwand beschatteten Grün. Auf die Hütte, die vorgelagert auf ihrem naturgegebenen Aussichtsbalkon stand, fiel ein herrlicher Lichtstreif. Und dahinter verloren sich bewaldete Bergkuppen in Blau- und Grüntönen allmählich dem Horizont entgegen.

Nach zwei Stunden erreichte Marielle mit Seeberger und Walters den Grat. Eine schmale Schneide aus Fels, die den Norden des Berges von seinem abgeflachteren Süden trennte. Oft war diese Schneide nicht breiter als einen Meter; nach Norden hin brach der Grat fast lotrecht ab, nach Süden weniger steil, aber immer noch tödlich.

Das war nun die schwierigste Aufgabe für Marielle: die beiden Filmleute sicher zu jener Stelle zu bringen, die Strolz ihnen genannt hatte – den markanten Gratturm, von wo aus sie sich ein Stück in die Wand ablassen konnten, um die Ankunft der Seilschaft wirklich spektakulär zu filmen.

Sie kannte diesen Berg. Und jetzt war sie besonders froh darüber. Mit Pablo war sie mehrmals an diesem Grat gewesen. Sie hatten sich nicht sichern müssen. Aber Marielle wusste dennoch, wo man sichern konnte, wo Haken steckten, wo Felsköpferl dazu einluden, eine Schlinge als Zwischensicherung darüberzulegen. Dennoch war die Aufgabe nicht einfach – würde einer der Männer am fast waagrecht verlaufenden Grat stürzen, egal ob nach Norden oder Süden, dann wäre mit einem gefährlichen Pendelsturz zu rechnen. Trotz der Zwischensicherungen: Ein Stürzender würde vom Grat kippen, in die Steilwand fallen und dabei wie ein Uhrpendel ausschlagen. In der Regel hatten solchen Stürze üble Folgen, Knochenbrüche waren dann keine Seltenheit, noch Schlimmeres war nicht ausgeschlossen.

Während Marielle die beiden zu sich herübersicherte, beobachtete sie jeden Schritt und jeden Griff von ihnen. Sie konzentrierte sich so stark dabei, als müsste sie selbst gerade die Schlüsselstelle einer überaus schwierigen Tour bewältigen. Natürlich war es Aberglaube, dass sie damit, mit ihrer Konzentration, die Sache für Walters und Seeberger leichter machen könnte. Tief im Innern wusste sie das auch. Aber es tat ihr einfach gut, ihre Klienten mit ihrer vollen Aufmerksamkeit zu begleiten.

Einmal – sie erschrak fürchterlich, mehr wohl als er selbst – brach Seeberger ein kleines Felsstück unterm Fuß weg. Es krachte kurz, sein Fuß rutschte ab, der Stein polterte südwärts den Berg hinab, Seeberger aber konnte sich fangen, fand gleich wieder Halt. Und wenig später stand er bei Walters und ihr am Ringhaken, der den Endpunkt ihrer Bergtour markierte.

Sie klopfte den Filmleuten anerkennend auf die Schultern; sie hatten sich wacker geschlagen hier oben, in dieser Ausgesetztheit. Seeberger blies die Backen auf; ihm sah sie die Erleichterung an, sicher am Ziel zu sein.

Walters hingegen schien ungerührt. Er wollte nur filmen. Schnell in die Wand abgelassen werden und filmen. Er war auf der Jagd, auf der Jagd nach Bildern.

»PETER!«, rief Marielle in die Wand hinunter.

»HÖRST DU MICH?«

Sie lauschte, hörte zunächst das Echo ihrer Worte, dann aber Peter, gar nicht mehr allzu weit entfernt, vielleicht noch fünfzig Höhenmeter. Sehen allerdings konnte sie ihn noch nicht; noch mussten er und Krupp hinter einer Felskante verborgen sein.

»ICH BIN SCHON OBEN!«

Wieder Stille, das Echo, ein zweites, ferneres. Dann die Stimme von Strolz:

»PRIMA! WIR SIND AUCH BALD DA.«

Jetzt konnte sie damit beginnen, die Vorbereitungen zu treffen, um die Filmleute in die Wand abzulassen. Was leichter ging als gedacht, denn Seeberger hatte für heute genug.

»Ich glaube, es genügt, wenn Frank runtergeht«, sagte er. »Der kann das auch ohne mich.« Und an Walters gewandt fügte er hinzu: »Du machst das schon, oder?«

Der nickte, ohne wirklich bei der Sache zu sein. Die Kamera hatte er schon wieder ausgepackt, sie hing an einer stabilen Bandschlinge über seiner Schulter und war zusätzlich noch vor der Brust am Sicherungsseil fixiert.

»Ich wär dann so weit«, sagte er.

Und Marielle begann, ihn vorsichtig, Schritt für Schritt, abzulassen.

»Mach's gut«, sagte sie. »Und mach gute Bilder!«

»Roger«, sagte Walters, und er schaffte es auch diesmal, fast ohne Lächeln auszukommen.

Vierzig Minuten später sahen Marielle und Seeberger, der die ganze Zeit über ziemlich still dagesessen hatte, Strolz die letzten Meter zur Gratschneide klettern – so locker, so flüssig wie zu Beginn der Tour und wie es von einem guten Bergführer nicht anders zu erwarten war.

Walters hing jetzt etwa fünfzehn Meter unter dem Ringhaken im straffen Seil, hatte die Beine gegen den Fels gestemmt und den ganzen Körper fast waagrecht hinausgelehnt. Das sah schon verdammt spektakulär aus. Die Kamera auf die linke Schulter gestützt, nichts als Luft unter dem Körper, drehte er den schwierigen Aufstieg des jungen Konrad Krupp.

Als Strolz den Ringhaken am Gratturm erreichte und daran Krupp am ganz straffen Seil zu sich herauf sicherte, stieg auch Walters parallel immer höher. Er filmte dabei unablässig, war jetzt ganz nah dran an der Hauptperson des Films, schien ihm durchs Objektiv direkt in die Augen zu sehen. So lange, bis er und Krupp fast gleichzeitig am Gratturm bei den anderen ankamen.

»Und? Wie war's?«, rief Seeberger ihnen zu. »Sagt was! Sagt uns etwas! Ganz spontan. Wie war es in dieser Tour? Wie ist's dir ergangen, Konrad? Und dir als Bergführer, Peter?«

Schweigen kann vielsagend sein. Auch wenn dieses Schweigen so kurz war wie bei Strolz und Krupp in diesen Augenblicken, da die Kamera auf sie gerichtet war und der Filmemacher Martin Seeberger Gehaltvolles von ihnen erwartete. Strolz fasste sich als Erster. Er war verschwitzt. Die Haare, die unter dem Helm hervorlugten, klebten nass auf seiner Stirn.

»Es war zäher als gedacht«, sagte er. »Der Fels ist halt nicht immer ganz fest, und weil da nordseitig in den letzten Wochen nicht viel Sonne hingekommen ist, war er auch gut kalt. Da tut man sich dann schon schwerer.«

Es war ganz offensichtlich, dass er nach Beschönigungen für seinen Klienten suchte. Nach Argumenten, die Krupp in ein besseres Licht rückten.

Marielle sah seinen Augen an, dass er nicht glücklich war mit dem Verlauf des Unternehmens. Die Begeisterung, die sie am Einstieg der Klettertour ausgestrahlt hatten, war weg. Sie waren leer. Ja, dachte Marielle, irgendwie sind seine Augen leer jetzt, leer und enttäuscht.

»Der Konrad? Der Konrad hat seine Sache aber gut gemacht. Wenn man bedenkt, dass er noch nie in den Felsen war …«, sagte er. Aber es fehlte den Worten eine wirkliche Überzeugungskraft.

Die ganze Gruppe wurde zurückgesichert zu jener Stelle, wo der Aufstiegspfad den Grat erreicht hatte und wo mehr Platz war als am Ringhaken. Dort machten alle eine Pause. Viel vom klimpernden Kletterzeug, das nun nicht mehr gebraucht wurde, kam in die Rucksäcke. Nicht mehr ganz heißer Tee wurde in die Becher der Trinkflaschen gegossen. Und immer kreiste die Kamera um die Gruppe, hing an den Lippen eines jeden, der etwas zu sagen hatte, und fing mit dem eingebauten Mikro – auf Günnis Aufnahmegerät hatte Seeberger in der Wand verzichten wollen – Stimmen und Stimmungen ein.

Krupp wirkte erschöpft. Er lehnte sich still gegen einen Stein, trank ein Paar Schlucke, kaute auf einem Müsliriegel herum.

»Konrad«, überwand sich Marielle und sprach ihn an. »Alles in Ordnung?«

Er schaute sie nur kurz an, blickte dann wieder auf seine Kletterschuhe.

»Ja, ja. Alles in Ordnung«, raunzte er mehr zu sich als zu den anderen.

Marielle bemerkte, dass Seeberger fragen wollte, sich mit der Maulfaulheit des jungen Mannes nicht zufriedengab. Sie legte ihm die Hand auf den Unterarm, zog die Stirn in Falten und machte ihm so ohne Worte klar, dass es besser wäre, Krupp noch Zeit zu lassen.

Fast wäre sie erschrocken über die Autorität, mit der sie hier heroben agierte, mit der sie den Filmemacher ausbremste. Doch zugleich spürte sie, dass sie seit heute nicht mehr das fünfte Rad am Wagen war. Nicht nur das Mädchen für alles. Und überhaupt: Hier, auf dem Grat, in der grandiosen und doch oft so feindlichen Welt des Gebirges, hier war ihr Zuhause.

Es waren stille, stumme Minuten dort oben am Grat. Still und stumm wie die wundervolle Landschaft zu dieser Jahreszeit. Nirgends waren mehr Menschen. Auf den Gipfeln in der Nähe standen die Kreuze in völliger Einsamkeit. Aus den Felswänden waren keine Seilkommandos von Kletterern zu hören. Nichts.

Nur die Dohlen krächzten bisweilen mit ihren heiseren Stimmen. Segelten um die Gruppe herum, landeten in einigem Abstand, besahen sich die Menschen und hüpften allmählich näher heran. Immer auf der Hut, immer bereit, mit zwei Flügelschlägen die Flucht zu ergreifen, immer aber auch hellwach, begierig alles im Blick haltend und nur ja nicht zu übersehen, wenn irgendwo ein Bröckchen oder ein Krümchen abfallen würde.

»Für mich sind das die Könige der Lüfte«, sagte Strolz. »Nicht die Adler.«

»Na ja«, half Walters jetzt mit, das Schweigen aufzubrechen. »Wir haben mal einen Film über Adler gemacht, in Kanada. Seeadler. Das sind schon wirklich majestätische Tiere. Und wenn die mit ihrer Riesenspannweite so dahingleiten … Unglaublich.«

Strolz nickte. »Klar«, sagte er. »Die sind schon toll. Und was das Majestätische angeht, sind sie meinetwegen auch die Könige. Aber was die Kunst zu fliegen angeht, da kommt doch kein anderer Vogel an diese frechen Dohlen heran.«

Er warf ein paar Brösel von seinem Brot hoch, und augenblicklich flatterten zwei, drei Dohlen auf, eine schaffte es sogar, ein Bröckchen noch in der Luft zu erwischen. Die anderen pickten ihre Beute vom Boden auf und flogen davon, allerdings nur zwei, drei Meter, um eine mögliche Nachspeise im Blick zu haben.

»Die Kerle beherrschen Tricks, da kann man nur mit den Ohren schlackern. Aber davon erzähl ich euch später. Erinnert mich dran, wenn wir auf der Hütte sind.«

Er schluckte den letzten Bissen seines Brotes hinunter, ließ für die Dohlen, die geradezu beunruhigt von einem Beinchen aufs andere hüpften, nichts mehr abfallen und machte sich dann ganz offensichtlich fertig für den Abstieg.

»Wir sollten allmählich aufbrechen.« Er zeigte nach Nordwesten, wo die Berge kleiner, niedriger, gefahrloser waren.

Das Blau, das so klar über den Bergen stand, reichte bis weit hinaus. Doch dort, ganz weit hinten, endete es. Da war eine Linie, wie mit dem Lineal gezogen. Und da war das Grau. Ein massives Grau von Nordwest bis Ost. So grau, dass man kein Meteorologe zu sein brauchte, um zu wissen, was das zu bedeuten hatte.

»Dahinten braut sich was zusammen«, sagte Strolz.

»Aber das ist doch noch unendlich weit weg«, meinte Walters.

»Stimmt«, gab Strolz zur Antwort. »Es ist weit weg. Aber es kann verdammt schnell da sein. Und in den Bergen ist es dann unangenehmer als irgendwo sonst.«

Es war kurz vor halb drei. Sie machten sich an den Abstieg zur Hütte.

Strolz und auch Marielle achteten darauf, dass keine übertriebene und damit gefährliche Eile aufkam. »Es ist kein Grund zur Hektik«, betonte er. »Aber es wäre ein Fehler, noch lange auf dieser Höhe zu bleiben, wo es nicht den geringsten Schutz gibt.«

Sie stiegen dort hinunter, wo zuvor Walters, Seeberger und Marielle heraufgekommen waren. Und alles ging gut.

Als sie wieder am Wandfuß und damit in sicherem Gelände waren, ließen sich Strolz und Marielle gegenüber den anderen etwas zurückfallen.

Sie hatte schon die ganze Zeit das Bedürfnis, ihn etwas zu fragen. Das brauchten die anderen nicht zu hören. Am allerwenigsten Konrad Krupp.

Ihre Frage war kurz: »Was ist mit ihm?«

»Ich denke, dass es gute Momente für den Film geben wird«, sagte Strolz. »Ich glaube …«

»Das meine ich nicht«, unterbrach sie ihn.

Er zeigte den Anflug eines Lächelns. »Ich weiß«, sagte er. »Aber so fängt meine Überlegung einfach an: Für den Film gibt es gute Einstellungen. Für die Fernsehzuschauer könnte das interessant, vielleicht ganz eindrucksvoll werden. Aber nicht für Konrad. Ihm ist die Kletterei schwergefallen. Er war unsicher, ängstlich, ist immer wieder mal von einem Tritt abgerutscht. Und in der vorletzten Seillänge hat er gänzlich den Halt verloren, ist bei einem Spreizschritt ausgeglitten und ins Seil gefallen. Nicht schlimm, keine Sorge. Vielleicht hat er sich das Knie angehauen, aber das war's auch schon. Körperlich hat er bestimmt keine nennenswerte Verletzung. Das würde ihn ja auch wohl am wenigsten stören. Die Verletzung sitzt tiefer …«

»Schämt er sich für seine Schwächen? Ist es das, was ihn jetzt so bedrückt und einsilbig macht?«

»Das kannst du laut sagen. Er schämt sich. Aber das täten viele.

Bei ihm ist das schlimmer. Ich glaube, er hasst sich dafür, Schwächen gezeigt zu haben. Ich habe das Gefühl, dass er sich im Augenblick aus tiefstem Inneren verachtet. Das ist meine Meinung. Aber vielleicht liege ich ja auch daneben ...«

Er deutete Marielles fragenden Blick falsch. Sie zweifelte nicht an seinem Gefühl. Im Gegenteil: Sie gab viel darauf, auf Gefühle, auf innere Stimmen zu hören. Was sie wollte, war lediglich, dass er dieses Gefühl deutlicher beschrieb.

»Du kannst das glauben oder nicht: Burschen in dem Alter sind so. Mädchen sind da wahrscheinlich anders. Aber Burschen ... Ich war genauso. Hab nicht umgehen können mit einer Schande. Was war ich manchmal wütend, wenn mir irgendwas schiefgegangen ist. Ich hätte auf die ganze Welt einschlagen können.«

Er sah Marielle prüfend an. »Wenn Krupp neben mir am Standplatz war, dann hab ich genau diese Wut spüren können. Du kennst das Gefühl, wenn du glaubst, jedes Wort auf die Goldwaage legen zu müssen, nichts Falsches sagen zu dürfen. Weißt du, was ich meine?«

»Ich denke schon«, sagte Marielle.

»Es war so ein Gänsehautgefühl.«

Er schaute Marielle fragend an, wollte ihre Reaktion erfahren, ihre Meinung zu der Sache. Aber sie sagte nur: »Scheiße.«

Und dann schwiegen sie, weil der Rest der Gruppe auf sie gewartet hatte. Sie wollten nicht, dass Krupp merkte, wie über ihn gesprochen wurde.

Als sie nach fast eineinhalb Stunden die Hütte erreichten, hatte sich der Himmel leicht bedeckt, so als wäre bei schönem Wetter eine Scheibe beschlagen. Aber es zeigte doch, dass die besten Stunden vorüber waren.

»Irgendwie ist das Wetter so ganz ideal«, flüsterte Strolz Marielle noch zu. »Wenn es noch länger schön bliebe, dann würden die noch tagelang filmen. Wetten? Dabei ist die Sache irgendwie ungut. Nur so ein Gefühl. Kann dir auch nicht sagen, woher es kommt ...«

Und dann fielen die ersten Regentropfen. Doch es machte ihnen nichts mehr aus, sie waren da, hatten gleich ein Dach über den Köpfen. Und die wichtigsten filmischen Momente waren eingefangen.

Wegen des Wetters brauchten sie sich also keine Sorgen zu machen. Dachten sie.

»Strom!«, rief Herbert, der Hüttenwirt. »Wir haben Strom. Aber wahrscheinlich nicht lange. Und wir können den Wetterbericht hören.«

Strolz, Seeberger, Walters, Marielle und der Hüttenwirt standen um die Küchentür und hörten Radio.

»Achtung, Autofahrer! Wegen der heftigen Regenfälle und der orkanartigen Sturmböen sollten Sie im gesamten Raum Westtirol und Vorarlberg die Fahrten einschränken. Fahren Sie nur, wenn es unbedingt sein muss. Zahlreiche Nebenstrecken sind durch umstürzende Bäume gefährdet. Tunnels und tiefer liegende Straßen sind oft wegen Hochwassers unpassierbar. Die Problembereiche geben wir Ihnen im Anschluss an die aktuelle Wetterdurchsage im Detail bekannt …«

Marielle dachte nur, dass die schönen Herbsttage nun wirklich vorüber waren. Jetzt würde bald der Winter kommen.

»Sturmwarnung für ganz Tirol, liebe Hörerinnen und Hörer, das ist die Hauptwettermeldung für diesen Abend und diese Nacht. Während der Nacht wird der Sturm zwar abklingen, aber dann wird der Regen in Schnee übergehen. Insbesondere in den Bergen ist zum Teil mit ergiebigen Schneefällen zu rechnen. Für Lagen oberhalb von zweieinhalbtausend Metern wird für die nächsten vierundzwanzig Stunden Neuschnee von mehr als eineinhalb Metern Höhe vorhergesagt. Und die Schneefälle sollen anhalten …«

Der Winter kam nicht erst, er war schon da.

Und der Strom war wieder weg.

9

Erinnern.

Erinnern, erinnern, erinnern.

Wie grausam das sein kann.

Du kommst an Kreuzungen, wo du geradeaus gefahren bist. Wärst du rechts abgebogen, wäre dein Leben anders verlaufen.

Wärst du links abgebogen, wärst du jetzt vielleicht tot.

Wenn ich nur nicht aufgebrochen wäre. Pablo lag krank in seiner Bude. Ich hätte mich um ihn kümmern sollen. Nicht in die Berge gehen. Nicht zu diesem Filmteam. Hätte, wäre, wenn und aber ...

Pablo war mit einer ziemlich starken Erkältung im Bett gelegen, hatte die Nebenhöhlen zu, heftige Kopfschmerzen und hielt zweimal täglich die rote Nase über einen dampfenden Topf mit Eukalyptusinhalat.

»Hascht du den Wetterbericht nich gehört? Es scholl bald schlechter werden, Schnee. Wär ja auch an der Zscheit.«

Aber Marielle hatte lachend den Kopf geschüttelt. »Mach du dir keine Sorgen. Leg dich auf das Sofa, schalt dir den Fernseher an, pack dich in warme Decken und kurier dich aus. Ich hab einfach verdammt Lust, noch einmal rauszugehen, bevor der Winter kommt. Außerdem: Job ist Job – und Liebe ist Liebe ...«

»Wie läuft dasch jetscht überhaupt?«, fragte Pablo, um gleich darauf einen Niesanfall über sich ergehen lassen zu müssen. Er brauchte mehrere Papiertaschentücher, um dieses Unbill wieder in den Griff zu bekommen. Und er warf die durchnässten und zusammengeknüllten Taschentücher zu den vielen anderen, die sich auf dem Fußboden neben dem Sofa angesammelt hatten.

Sie erzählte ihm noch einmal, wie der Ablauf geplant war und dass sie in fünf Tagen wieder bei ihm wäre. Dabei lächelte sie fast ein wenig verschmitzt, was daher rührte, dass sie von Jugend an der Meinung war, Männer würden ihre Wehwehchen und ihre Krankheiten viel schlimmer nehmen als Frauen, sie wären wehleidiger und im Regelfall auch kränker als unbedingt nötig.

»Es wird bestimmt toll«, sagte sie. »Und ich finde es ja auch schade, dass du nicht mitkannst. Rita und Herbert haben jetzt keine Gäste. Das wird bestimmt urig. Hütte zu, Hüttenruh …«

Pablo kannte ihre Klettersucht. Sie war verrückt nach den Felsen. Da gab es kaum etwas, das sie hätte zurückhalten können.

Doch zugleich war er immer in Sorge, wenn sie ohne ihn aufbrach. Natürlich hatte er mehrfach einräumen müssen, dass diese Sorgen letztlich unbegründet waren – und sinnlos. Denn als Bergführerin würde sie oft ohne ihn aufbrechen müssen. Und natürlich hatte er ihr zugestanden, dass sie eine fähige, umsichtige und eigenständige Alpinistin war.

Sie war ihm nicht böse, dass er sich sorgte. Im Gegenteil, sie betrachtete es als einen seiner besonders sympathischen Wesenszüge. Als einen Ausdruck ihrer besonderen Verbundenheit.

»Du brauchst dir keine Sorgen zu machen«, sagte sie. »Wirklich nicht. Ich sichere die Filmleute, wahrscheinlich eh nur in leichtem Gelände. Und mache mich nützlich, wo ich gebraucht werde. Strolz ist dabei. Du kennst ihn. Er ist ja wirklich ein besonders umsichtiger Bergführer.«

Er wusste, dass sie diese Aufgaben gleichsam im Schlaf bewältigen würde. Doch Unwägbarkeiten blieben.

»Aber dasch Wetter«, näselte er. »Soll Schnee kommn.«

»Ach was«, sagte sie nur. »Ist doch Föhn. Und bisher hat der Föhn immer noch einen Tag länger gehalten als gedacht.«

Sie hatte ja recht. Sie hatte so recht. Und außerdem: Wo sollte für sie das Problem liegen, wenn sie im Schnee von der Hütte wieder absteigen musste? Dann würde sie sich halt durchs knietiefe Weiß wühlen, nasse Füße bekommen und – wenn alles schiefging – eine Erkältung mit Begleiterscheinungen wie er sie derzeit selbst zu bieten hatte …

Sie packte ihre Sachen zusammen. Die warme Jacke, Regenbekleidung, den kleinen Fotoapparat. Die Trinkflasche und eine Box mit Brot, Wurst und Käse. Den dünnen Hüttenschlafsack. Zum Lesen Annie Proulx' »Postcards«, ein Taschenbuch, schon ein bisschen zerfleddert. Eine Mütze nahm sie mit und Handschuhe. Die Teleskopstöcke für den Fall, dass sie bei nassem Wetter wieder absteigen musste.

Ein paar T-Shirts, drei Garnituren frischer Unterwäsche, drei Paar Socken. Und natürlich die Extra-light-Version eines Waschbeutels: Da war eine Miniseife aus irgendeinem Hotel drin, eine winzige Zahnpastatube, ein Zahnbürstchen, von dem sie, wegen der Gewichtsersparnis, zwei Drittel des Griffs abgebrochen hatte, ein winziges Handtuch, zwei Tampons – es war zwar nicht mit ihren Tagen zu rechnen, aber sie hatte da schon die unangenehmsten Überraschungen erlebt – und außerdem noch ein Schächtelchen mit Ohropax. Das hatte sie immer dabei, damit sie im Notfall die Schnarcher, Grunzer und Pfurzer auf so einer Berghütte aus ihrem Schlaf und aus ihren Träumen aussperren konnte.

»Nischt«, protestierte Pablo, als Marielle ihn zum Abschied küssen wollte. »Nischt, sonscht wirscht du auch noch krank.« Aber es nützte ihm nichts, auch nicht, dass er sich wegzudrehen versuchte. Sie nahm seinen Kopf zwischen die Hände und drückte ihm einen Kuss mitten auf den Mund.

»Wenn ich deine Grippe hätte kriegen sollen, dann hätte ich sie schon.« Sie lachte. »Mach's gut. Und pass auf dich auf, ja?«

Dann war sie draußen. Sie warf die Tür ins Schloss, bevor sie sich noch einmal hätte umsehen können.

Am Schluss bekomm ich noch Mitleid, dachte sie, und sage die Tour ab … Doch was hätte es schon genützt, wenn sie jetzt zu Hause herumgesessen wäre und gewartet hätte, bis es ihm wieder gut ging. Nichts hätte es genützt.

Das war ihre Meinung an diesem Tag gewesen. Und an noch ein paar Tagen danach.

Aber dann …

Erinnerungen.

Bruchstücke, die wie Puzzleteile zusammengesetzt werden müssen.

Und die dann kein schönes Bild ergeben.

Gern habe ich Puzzles zusammengesetzt als Kind, dachte Marielle.

Schloss Schönbrunn. Tausend Teile. Oder waren es tausendfünfhundert? Lindau am Bodensee. Und das Riesenrad im Prater.

Kinderzeug. Das war vorbei. Ihr Puzzle war grausam. Es kostete sie Überwindung, ein Teil ans andere zu setzen. Viel Überwindung. Manchmal wollte sie alles hinwerfen, wollte die Teile mit der flachen Hand vom Tisch fegen, wollte aufgeben.

Aber das ging nicht.

Unzählige düstere Bilder schwirrten ihr durch den Kopf – und sie wollten zusammengesetzt werden, zusammengefügt zu einem einzigen großen schrecklichen Bild.

Ihr Vater war aus Linz angereist, kaum dass bekannt geworden war, Marielle sei geborgen, liege in der Uni-Klinik, würde die Sache überstehen. Bei seinem ersten Besuch war Marielle noch so schwach gewesen, dass sie gar nichts hätte erzählen können, selbst wenn sie gewollt hätte.

Bei späteren Besuchen – ihr Vater kam jede Woche ein Mal, dazwischen war auch noch ihr Bruder Karl da – wollte sie nicht sprechen. Nicht über die Geschehnisse am Berg, nicht über das, was sie durchgemacht hatte. Die dreieinhalb Wochen, die sie in der Klinik zubrachte, vermied sie es, über die Tragödie zu reden.

Die behandelnden Ärzte schickten ihr einen Psychologen und Traumatherapeuten, einen guten, erfahrenen Mann. Aber der war kaum bei der Tür drinnen, als sie ihn schon wieder hinausplärrte.

»Ich will keinen Psycho!«, schrie sie hysterisch. »Ich brauch keinen! Machen Sie, dass Sie rauskommen!« Woraufhin der Spezialist wohl beschlossen hatte, erst noch ein paar Tage zuzuwarten, ehe er einen neuen Anlauf unternehmen würde.

Pablo war der Einzige, den sie näher an sich heranließ.

Sie liebte ihn. Aber was ihr jetzt noch wichtiger war: Sie vertraute ihm.

Bisweilen ließ sie ihn ganz kurz auf ihr chaotisches Puzzle blicken. Ein kleiner Blick hinter den schweren schwarzen Vorhang. Mehr nicht. Aber nach und nach konnte er damit beginnen, selbst Puzzleteile zusammenzusetzen, sich ein Bild davon zu machen, was geschehen war. »Ich erinner mich an die Autofahrt von Matrei bis zum Parkplatz. Erinner mich an alles, an jede Kleinigkeit. An die Gesichter, an das Motorengeräusch, an Fahrzeuge vor uns, an das Autoradio.«

Als sie losfuhren, war Ö1, der Klassiksender, eingestellt. Schön, dachte sie. Die meisten anderen Sender fand sie mit ihrem Popgedudel und der Dummschwätzerei der Moderatoren einfach zum Kotzen. Nach ein paar Takten erkannte sie die Musik. Etwas aus

Edvard Griegs »Peer Gynt«. Schön, dachte sie wieder. Das passt doch.

Aber es dauerte kaum eine Minute, bis der Sender zu knacksen und zu rauschen begann und inmitten der Berge der Empfang immer schlechter wurde.

Es war vorbei mit dem Genuss.

Nur die Idiotensender kann man überall auf der Welt gut empfangen, dachte sie.

Strolz schaltete weiter. Und sie hörte einfach nicht hin, wenn der Sprecher seine infantilen Witzeleien absonderte, ließ sich bedudeln vom immer gleichen Popklangbrei, schaltete auf mentalen Durchzug bei den schrillen Werbeclips, bekam aber wenigstens die Nachrichten mit.

Nicht etwa, dass es sie interessiert hätte, was gerade wieder alles geschah auf der Welt. Ganz im Gegenteil: sie ging ja immer wieder ins Gebirge, um von dieser deprimierenden Informationsflut verschont zu werden. Sie ließ also österreichische Koalitionsstreitereien und amerikanische Imperialismuspolitik gar nicht an sich heran. Hörte kaum zu, als vom Kanzler die Rede war oder von einem Zugunglück in Indien.

Der Wetterbericht aber interessierte sie. Und Strolz drehte etwas lauter.

»... die Hochdrucklage hält sich in den nächsten Tagen über Tirol noch stabil. Es ist allerdings ab übermorgen mit Föhn zu rechnen, der eine gewaltige Kaltfront, die von Großbritannien kommend ostwärts zieht, noch abhält. Sobald aber der Föhn zusammenbricht, wird diese Kaltfront auf den Alpenhauptkamm vorrücken. Begleitet wird dieser Wetterumschwung von starken Schneefällen und stürmischen Winden ...«

Klingt nicht gut, dachte sie. Aber immer noch glaubte sie an die Kraft des Föhns.

Dann kamen Verkehrsdurchsagen, die sie zum Glück nicht betrafen, und dann auch schon wieder so ein Radioshowmasterfuzzi, der den Wetterbericht noch ergänzte und interpretierte, und zwar mit einer unerträglichen Würze, die er wohl für Humor hielt.

»Also, liebe Hörerinnen und Hörer von Welle siebensechs – wer jetzt noch keine Winterreifen draufhat, der sollte jetzt aber schnell zum Wagenheber greifen und die warmen Pantoffeln montieren. In

ein paar Tagen, vielleicht morgen früh schon, liegt der Schnee bis zur Fensteroberkante erster Stock. Spaß beiseite: Aber glatt könnte es werden demnächst auf den Straßen, und da ist Vorsicht geboten. Mein ganz persönlicher Tipp: Melden Sie sich krank, stehen Sie gar nicht erst auf, mummeln Sie sich hinein ins warme Federbett – und hören Sie Welle siebensechs. Wie immer die besten Informationen und die beste Musik. Und um die Herzen zu wärmen, spiele ich jetzt für Sie Chris Reas ›Your Warm And Tender Love‹. Und noch etwas: Wenn Sie unterwegs sind auf Tirols Straßen, dann rufen Sie mich doch hier im Studio an, melden Sie uns, wie bei Ihnen grad das Wetter ist …«

Sie war dankbar, dass Strolz das Radio abschaltete.

Die Schwester brachte Blumen. Kein Strauß im eigentlichen Sinn. Nur eine Gladiole mit vielen weißen Blüten und etwas luftig-leichtem Grünzeug drum herum.

»Ist abgeben worden für Sie.«

»Von wem?«

Die Schwester, eine junge Frau mit dunklem Teint, zuckte mit den Schultern. »Ist Karte dabei.«

Sie sah sich im Zimmer um und sagte dann: »Wenn recht, ich steck Blume zu andere Vase.«

Das Kuvert gab sie Marielle. Aber die wollte es nicht öffnen. Noch nicht.

Ob sie je wieder diesen Weg gehen würde? Diesen Weg, den sie liebte? Falsch: den sie so geliebt hatte und den sie so oft gegangen war? Durch die Klamm hinauf zu den Weideböden, zur Hütte, zu den Wänden, zur Schattenwand. Mit Pablo war sie da gewesen, beim Klettern. Allein war sie hinaufgelaufen, zur Hütte und wieder zurück.

Gern war sie auch allein in den Bergen gewesen.

Nicht mehr, dachte sie. Nicht mehr. Nicht mehr.

Alles war nur noch Erinnerung: Sie stellte die Teleskopstöcke auf die richtige Länge ein, legte ihr Handy, das unnütz wäre dort oben, ins Handschuhfach, sperrte das Auto ab – als wenn irgendwer einen alten, klapprigen Fiesta klauen würde – und machte sich mit Riesenschritten auf den Weg.

Sie zog ab wie eine Langläuferin, mit weit ausholenden Armbewegungen, kraftvollem Stockeinsatz, raumgreifenden Schritten. Sie brauchte nur wenige Minuten, um ihren Rhythmus zu finden. Einen Rhythmus, bei dem Atmen und Gehen in Einklang kamen und den sie nun mindestens eineinhalb Stunden so durchhalten konnte.

Marielle liebte das. Sie spürte ihren Körper ganz intensiv, die Kraft ihrer Muskeln, das unbändige Leben. Sie liebte es, sich zu verausgaben, sich dem Gehen, dem Laufen, dem Klettern ganz hinzugeben. Es hatte etwas geradezu Erotisches für sie, ihren Körper so zu belasten, dass sie sich überall spürte. Sie fühlte die kühle Luft in den Lungen, die Kühle auf ihrem Gesicht, sie spürte ihre Wadenmuskeln warm werden und wie der Schweiß an ihrem Rücken und zwischen ihren Brüsten hinunterlief.

Egal, was das Wetter machte. Sollte die Sonne herunterbrennen, sollte es regnen oder schneien! Egal. Es war ein Genuss, draußen zu sein, die Natur zu riechen, die Natur zu hören und dabei mit niemandem reden zu müssen, ganz den eigenen Gedanken nachhängen zu dürfen.

So groß kann die größte Liebe nicht sein, dachte sie, dass man nicht ab und zu ganz für sich sein muss.

Sie hatte nicht oft Gelegenheit dazu. Aber jedes Mal war es dann ein Gewinn gewesen, sie hatte sich erholt und gestärkt gefühlt. Sie konnte gar nicht verstehen, dass viele ihrer Bekannten das Alleinsein nicht aushalten konnten. Daheim schon nicht, geschweige denn beim Unterwegssein. Ihr machte es nichts aus. Erst recht nicht, seit sie mit Pablo zusammen war. Bei ihm fühlte sie sich geborgen. Alleinsein, dachte sie, ist schön, wenn man bald wieder zu jemandem zurückkehren darf.

Nach einer Stunde war sie bereits bei der Schlucht. Es war feuchtkalt und düster in der engen Klamm. Hier verlangsamte sie ihr Tempo. Sie wollte schauen, wollte die kleinen und großen Wasserkaskaden in sich aufnehmen. Alles war ihr ein einziges großes Wunder. Und sie war glücklich.

Am Ende der Schlucht, dort, wo der Steig schon wieder in grüne Vegetation einmündete, entdeckte sie einen Alpensalamander, ein Bergmandl, wie es im Volksmund hieß. Pechschwarz am ganzen Körper, sogar die kugeligen Augen schwarz. Marielle bückte sich zu dem Tier hinunter, das sich ganz langsam davonstehlen wollte. Sie nahm das Bergmandl behutsam auf und legte es sich in die linke Handfläche. Es schaute sie mit seinen großen Augen an und versuchte sich dann zu befreien. Aber sie hielt die andere Hand daneben und ließ es so immer wieder von Hand zu Hand zu Hand krabbeln. Kalt und feucht fühlte es sich an, dabei war es ein possierliches Tierchen. Es war lange her, dass sie das letzte Mal eines entdeckt hatte.

Nach ein paar Minuten legte sie das Bergmandl vorsichtig ins nasse Gras, woraufhin es so schnell verschwand, wie es ihm nur möglich war.

Wahrscheinlich war es ein verwunschener Prinz, hatte sie lächelnd gedacht.

Bestimmt war es ein verwunschener Prinz!

Ich hätte es küssen müssen, hatte sie gedacht. Ich dumme Gans. Hätte ich es nur geküsst.

Erinnerung.

Erinnerung an ein gar nicht fernes Damals, bevor das Fürchterliche geschah. An eine Zeit, da ihr die Berge noch so idyllisch waren. Idyllisch und lustvoll.

Die Blume war von Schwarzenbacher. Er hatte sie ihr gleichsam als Entschuldigung geschickt.

Liebe Marielle Czerny,
ich möchte um Verzeihung bitten. Es war ein Überfall, das weiß ich selbst. Vielleicht liegt es daran, dass das Sprichwort doch Gültigkeit hat: einmal Bulle, immer Bulle.
Es würde mich freuen, wenn Sie mir nach Ihrer Gesundung Gelegenheit geben würden zu einem unvorbelasteten Gespräch.
Bis dahin aufrichtig alles Gute!
Paul Schwarzenbacher

Das Kuvert knüllte sie zusammen und schleuderte es durchs Zimmer.

Die Karte aber hob sie auf, legte sie hinten in das Buch, das Pablo ihr gebracht und das sie bislang nicht angerührt hatte: »Es gibt keinen Weg. Nur Gehen« von einem gewissen Joachim-Ernst Berendt.

Sie hatte bislang nur den Umschlag angesehen, Baumwipfel gegen den Himmel und eine zwischen den Ästen sternförmig Strahlen werfende Sonne.

Bestimmt hatte sich Pablo etwas gedacht bei diesem Geschenk. Bestimmt hatte er eine gute Wahl getroffen. Und wahrscheinlich würde es ihr guttun, sich mit diesem Buch zu beschäftigen. Vielleicht waren Sätze darin, die ihr helfen konnten. Vielleicht brächten die Worte und die Gedanken dieses Autors sie selbst auf andere Gedanken.

Aber dafür war jetzt noch keine Zeit. Erst war ihre eigene Geschichte zu rekapitulieren. Was mit ihr und was durch sie geschehen war.

***

Nach der Rückkehr von der Kletterei und den Dreharbeiten hatten alle erst einmal mit sich zu tun: Die einen wollten sich frisch machen, die anderen etwas ausruhen, Günni und Walters kümmerten sich ums Equipment, Strolz ums Kletterzeug. Da blieb für Marielle eine gemütliche halbe Stunde bei Rita am Tisch in der Hüttenküche. Schließlich kannten sich die beiden Frauen nun schon einige Zeit, sodass Marielle das Privileg zuteil wurde, ins »Allerheiligste« vorgelassen zu werden.

Rita stellte ihr einen Teller Nudelsuppe hin. Suppe schien sie zu jeder Tages- und Nachtzeit fertig und heiß auf dem Herd stehen zu haben.

Die Wirtin fragte, wie denn die Arbeiten vorangingen – sie tat es mit ostdeutschem Akzent –, und Marielle erzählte von der Kletterei und von den Filmarbeiten. Und wie spannend es für sie sei, bei »so etwas« dabei zu sein.

Rita fand die Filmleute »erstaunlisch umgänglisch«, »gar nisch arrogant«, allenfalls der Regisseur kam ihr ein wenig »konfus und verplant« vor. Und dann war da ja noch »die Frau Dr. Santner, ‘ne rescht nette Psychologin«. Sie sagte wirklich »Psychologin«.

Marielle hatte den Teller erst halb leer gelöffelt, da schöpfte Rita schon nach. Es war eine richtig gute Suppe, keine Instantbrühe, sondern mit Fleisch und Gemüse drin.

»Was mich aber am meisten überrascht hat, ist der Sträfling.

Ein junger Mann, aber der wirkt gar nicht wie ein Knastbruder, wenn du verstehst, was ich meine. Eher sympathisch. Vielleicht ein bissel ruhig, bissel verschlossen, das schon. Aber nicht so, dass man sich als Frau fürchten würde, wenn sich der einem im Bus gegenübersetzt.«

»Trotzdem ist er ein bisschen komisch«, sagte Marielle. »Und auch ein komisches Gefühl, mit so einem Kriminellen unter einem Dach ...«

Aber Rita zog ihr diesen Zahn. »Ach, was heißt schon kriminell. 'n junger Kerl, der mal Scheiß gebaut hat, ist das. Das ist kein Verbrecher, weißt du. Der hat was ausgefressen, und jetzt haben sie ihm mal einen Schuss vor den Bug verpasst. So wie ich den einschätze, wächst sich der noch gut aus. In zehn Jahren hat der eine Frau, eine ganz ordentliche Wohnung und dazu noch ein oder zwei Kinderlein ...«

Marielle genoss es, hier in der Küche zu sitzen. Es gab ihr ein Gefühl von daheim. Als wäre sie noch ein Kind und grade von der Schule heimgekommen und bekäme zu essen und es würde erzählt und es wäre warm und alles wäre gut ...

»Ich würde mich ja gerne ein bisschen zu dir setzen, aber die werden bestimmt bald kommen, und dann muss ich etwas vorbereitet haben. Und Herbert ist mir zurzeit keine große Hilfe. Der ist anderweitig beschäftigt. Aber was anderes: Was hat der Junge eigentlich ausgefressen? So genau weiß ich das noch gar nicht.«

Marielle lehnte sich auf der Eckbank zurück. Sie war gestärkt von der Suppe und hatte ein knallrotes Gesicht von der Wärme in der Küche.

»Schlägereien. Schießerei. Mit einer Gaspistole. Einer ist schwer verletzt worden. Angeblich aber mehr so eine Art Unglücksfall.«

»Na ja, allzu schlimm kann es ja nicht gewesen sein«, sagte Rita, »sonst hätten sie ihn richtig verknackt, nicht nur für ein paar Wochen.«

Sie wischte sich die Hände an einem nassen Küchenlappen ab.

»Wenn das ein richtiger Verbrecher wäre, ein Mörder oder ein Vergewaltiger oder gar einer, der Kindern was antut, dann hätte ich dieses Spiel hier garantiert nicht mitgemacht. Das kannst du mir glauben.«

Sie brachte drei Stangen Lauch an und sagte: »Magst du mir ein bisschen helfen? Könntest den Lauch in feine Ringe schneiden. Reden können wir ja nebenbei.«

Marielle bekam ein Brett und ein scharfes Messer und legte los, bis ihr fast die Tränen in die Augen stiegen.

»Mich würde aber schon interessieren«, sagte Rita, »ob so was einem jungen Burschen wie dem da wirklich helfen kann. Ob es ihn auf andere Gedanken bringt. Verstehst du?«

Marielle ließ sich Zeit mit ihrer Antwort. Sie schnitt den Lauch, fuhr sich ab und an mit dem Ärmel über die Augen und dachte über Ritas rhetorische Frage nach. Sie erinnerte sich an die Risskletterei, an das Kämpfen, an die Gefahr.

Vielleicht müsste ich ein Mann sein, um diese Frage zu beantworten, dachte sie. Männer sind anders. Wahrscheinlich alle Männer. Sie brauchen immer etwas, gegen das sie ankämpfen können. Sie brauchen Kriege oder Berge oder Feinde. Das muss genetisch in ihnen verankert sein. Sogar Pablo, der sonst so zärtlich und so sanft sein konnte, hatte etwas überaus Kämpferisches, wenn er in einer schwierigen Wand unterwegs war.

»Ich glaube«, sagte sie zu Rita, »dass es schwer ist, jemanden umzupolen. Aus einem Raufbold einen Bergsteiger zu machen. Wahrscheinlich wäre es umgekehrt leichter.« Sie lachte, und Rita lachte mit einem fragenden Gesichtsausdruck mit.

»Männer haben eine Vorliebe fürs Schlagen. Ist es nicht so? Sie schlagen sich schon im Kleinkindalter. Später schlagen sie sich als Soldaten die Schädel ein. Im Berufsleben schlagen sie um sich, wollen die Größten und die Stärksten sein. Die Versager unter ihnen schlagen ihre Frauen. Und dieser Sträfling hat anscheinend anderen Leuten ins Gesicht geschlagen, während mein Pablo eben Haken in die Wand haut. Für mich ist das alles miteinander verwandt.«

»Könnte was dran sein«, sagte Rita. »Irgendwo haben alle eine lockere Schraube. Aber mal Spaß beiseite: Du kletterst, bist dauernd in den Bergen. Kann man damit was, wie sagt man, kann man damit was kompensieren? Eine Wut, Aggressionen?«

Jetzt kam Marielles Antwort schnell und eindeutig. »Da bin ich mir sicher. Das Klettern macht mich jedes Mal frei, lässt den Stress von mir abfallen, der sich in meinem täglichen Leben so aufbaut. Aber es ist bei mir nicht nur das Klettern. Es sind die Berge, die

Natur im Allgemeinen. Immer wenn es mir im Leben mal richtig mies gegangen ist, hat mir am besten geholfen, in die Natur zu gehen, durch die Berge zu streifen. Viele Menschen flüchten sich in solchen Situationen in Medikamente, Alkohol, jedenfalls in irgendwelche Exzesse. Die meisten können dann das Alleinsein nicht ertragen. Ich hab dann immer die Stille gesucht ...«

»Das hört sich aber gerade so an, als hättest du einen Schicksalsschlag nach dem anderen erlebt«, sagte Rita. »So alt bist du doch noch gar nicht ...«

Marielle lächelte. »Was sind Schicksalsschläge? Natürlich gibt es genügend Leute, denen es wirklich dreckig ergangen ist. Brauchst du ja nur jeden Tag die Zeitung aufzuschlagen. Aber es nützt dir nichts, dass es andere im Leben schlimmer erwischt. Wenn es dir die Beine wegzieht, dann läufst du nicht weiter.«

»Das stimmt«, sagte Rita, die jetzt doch den Herd verließ, einen Stuhl heranrückte und sagte, ein paar Minuten könne die Kocherei ja noch warten.

»Erzähl«, forderte sie Marielle auf. »Mach keine Geheimnisse draus. Manchmal tut es doch auch verdammt gut, wenn man jemandem sein Herz ausschütten kann. Wenn man nicht nur still und alleine durch die Berge rennt.«

Marielle erzählte vom frühen Tod ihrer Mutter. Wie sie jahrelang darunter gelitten, ja bis heute nicht aufgehört hatte, sie zu vermissen. Und davon, dass sie lange Zeit kein Glück in ihren Beziehungen gefunden hatte. Nie hatte einer wirklich zu ihr gepasst. Immer wieder war sie mit Enthusiasmus in eine Liebe hineingestürzt, um nach kurzer Zeit schon wieder auf hartem Grund aufzuschlagen.

»Das Schlimme ist«, sagte sie, »dass die Leute den Liebeskummer von Jugendlichen nicht ernst nehmen. Du heulst dir die Augen aus, kannst nächtelang nicht schlafen, kannst nichts mehr essen, bist fix und fertig, und jeder verdammte Idiot über fünfundzwanzig wird dir sagen, dass das nun einmal dazugehört, wenn man jung ist.«

»Frei nach dem Motto: Der Kummer vergeht, ehe du Großmutter bist, oder?«

»Ganz genau. Dabei ist es so ziemlich das Schwierigste, in diesem Alter jemanden zu finden, der einen mag. Nicht nur fürs Bett, meine ich. Sondern einen, der dich richtig mag. Ich bin damals wirklich verzweifelt. Hab geglaubt, mein ganzes Leben würde so sein. Immer nur ein schäbiger Kompromiss …«

»Männer sind doch immer irgendwie ein schäbiger Kompromiss«, sagte Rita mit einem sarkastischen Lächeln.

***

Als Marielle wieder einmal allein durch die Klinik streifte, nun schon körperlich stabiler, ausdauernder, fasste sie für sich einen wichtigen Beschluss. Heute ist Mittwoch dachte sie. Ich werde den Ärzten morgen bei der Visite sagen, dass ich das Krankenhaus verlassen möchte. Egal, was die sagen, ich werde gehen. Am Montag, spätestens am Dienstag.

Sie entschied, auf keinen Fall länger zu bleiben.

Sie würde sich von Pablo abholen lassen und die nächsten Tage bei ihm in der kleinen Wohnung verbringen. Dadurch änderte sich ja nicht viel: Sie wohnten eh meistens bei ihm, und ihre kleine Studentenbude stand leer.

Und dann würde sie all das in Angriff nehmen, was bis jetzt nicht möglich gewesen war. Sie würde mit der Polizei sprechen und Aufklärung erbitten über das, was in ihrem Puzzle fehlte. Sie würde sich mit diesem Schwarzenbacher treffen, um herauszufinden, was er wirklich von ihr wollte. Sie würde sich Zeit nehmen für Freunde und Bekannte, die sie bestimmt gerne in der Klinik besucht hätten, die aber nicht vorgelassen worden waren.

Und dann, in zwei oder drei Wochen, würde sie zu ihrem Vater fahren. Allein. Ohne Pablo. Und sich dort, fern von Innsbruck, fernab der Berge, erholen. Und sich Zeit lassen mit allem.

Irgendwie musste sie das Leben neu anfangen, das wusste sie.

Und wenn dem schon so war, dann wollte sie den ersten Schritt auch mit dem richtigen Fuß tun.

10

In der Hütte bullerte der Kachelofen, das Essen war gut und reichlich, und weil es einer der letzten Hüttentage in diesem Jahr sein sollte, ließ Herbert großzügig die Flaschen kreisen, servierte einen Roten – etwas dünn zugegeben –, schenkte Bier aus auf eigene Rechnung und offerierte eine Flasche Obstler, die regen Zuspruch fand.

Was kein Wunder war, schließlich hatte so ziemlich jeder an diesem Abend einen guten Grund, ein Glas mehr zu trinken als sonst.

Der Wirt, weil er auf eine gute, gesunde, unfallfreie Saison auf seiner einsam gelegenen Hütte zurückblicken konnte.

Die Wirtin, weil sie es ähnlich sah.

Das Filmteam, weil die schwierigsten Aufnahmen im Kasten waren.

Die Psychologin, weil sie die richtige Wahl getroffen hatte – bei allen kleinen Ungereimtheiten während der Dreharbeiten.

Und Krupp, weil er sich beschissen fühlte, es aber schaffte, das niemandem zu zeigen.

Selbst Marielle genoss den Alkohol, trank zwei Weißbier und schwenkte dann, weil das Bier sie dauernd dazu zwang, zum Pinkeln auf die Toilette zu rennen, zum Obstler um – ohne zu wissen, warum, es ergab sich so. Es wurde eingeschenkt, geprostet, getrunken, gelacht, nachgeschenkt.

Und dann war da noch der Jäger, diesmal in einem unblutigen Hemd. Er war bald nach den Filmleuten bei der Hütte eingetroffen. Müde und mürrisch. Jetzt saß er mit ihnen am Tisch, den Hund, dessen feuchtes Fell muffig stank, zu seinen Füßen, und kippte ein Glas Obstler in einem Zug hinunter. Für ihn gehörte der Alkohol wohl zum Leben. Er wirkte, als würde er regelmäßig und oft auch zu viel trinken.

»Der säuft«, flüsterte Rita Marielle im Vorbeigehen zu. Marielle saß nicht mehr in der Küche, sondern nun mit Herbert an einem der Gasttische. Am Nachbartisch, bei den Filmleuten, wurde die Stimmung immer ausgelassener. Nur der Jäger schien mit jedem Glas, das er trank, immer noch mürrischer zu werden.

Es kam eine Stimmung auf, die Marielle nicht behagte.

»Ich geh mal raus, bisschen frische Luft schnappen.«

Sie stand auf, schlüpfte in ihre Faserpelzjacke und ging in dicken Bergschuhstrümpfen hinaus. Sie schloss die Tür zum Flur hinter sich und trat, strumpfsockig, ganz hinaus ins Freie. Sie sog die kalte Luft ein und genoss es, im Licht der Kerzen, das schwach und flimmernd durch die Fenster drang, Schneeflocken tanzen zu sehen. Es waren nur wenige, aber sie waren groß. Und sie kamen wirklich daher wie die Bettfedern von Frau Holle im Märchen.

Marielle lehnte sich gegen die Wand bei der Tür. Sie horchte. Kam noch jemand heraus? Sie ertappte sich dabei, auf Seeberger zu warten. Aber er kam nicht. Auch sonst kam niemand durch die Tür. Und als es ihr nach ein paar Minuten kalt zu werden begann, ging sie wieder hinein. Gerade rechtzeitig, um den Jäger, diesen widerlichen, alternden Mann, lauthals schimpfen zu hören.

»Eine Berghütte ist eine Berghütte!«, schrie er. »Kein Gefängnis, versteht ihr? Eine Berghütte ist nicht was für die Zuchthäusler, versteht ihr? Seit wann bringt man die Zuchthäusler auf die Berghütten unter?«

Marielle wäre am liebsten wieder rausgegangen. Aber Herbert winkte sie zu Rita und sich an den Tisch, stand dann aber auf und versuchte, den Jäger am Nebentisch zu beruhigen.

»Was ist denn los?«, fragte sie die Hüttenwirtin.

»Weiß auch nicht so genau«, gab die zur Antwort. »Erst haben sie sich unterhalten, ich glaube, über die Filmarbeit. Und dann hat der Jäger angefangen rumzustänkern. Wahrscheinlich hat er wieder mal zu viel getrunken.«

»Alle haben zu viel getrunken«, sagte Marielle. »Wir alle.«

Sie schaute, wie Krupp sich verhielt. Zwischen den Schultern von Günni und Walters hindurch konnte sie sein Gesicht sehen. Es war starr. Die Augen waren auf den Jäger gerichtet. Starr, fast ohne zu zwinkern. Wie ein ... ja, wie ein Raubvogel, dachte sie. Wie ein Raubvogel, der seine Beute im gnadenlosen Blick hat und sich ihrer ganz sicher ist. Plötzlich wird er zustoßen.

Red dir doch so etwas nicht ein, sagte sie zu sich. Krupp wird niemandem etwas tun. Sind ja genug Männer da, die ihn in die Schranken weisen würden.

Herbert packte den Jäger etwas unsanft bei den Schultern und fuhr ihn an: »Jetzt gibst aber mal Ruhe! So kannst dich hier nicht aufführen! Verstehen wir uns da richtig?«

Der Jäger murmelte etwas Unverständliches vor sich hin. Sein Hund war unterm Tisch in Habachtstellung gegangen, hatte die spitzen Ohren aufgestellt und wartete, was sein Herr ihm anschaffen würde. Aber der schaffte ihm nichts an. Grummelte angesoffen in sich hinein.

»Ich glaub, ich verzieh mich«, sagte Marielle. »Mir wird's hier zu ungemütlich.«

»Da kann ich dir nur beipflichten«, sagte Caro Santner, die Marielles Unmut mitbekommen hatte. »Ich trink noch aus, und dann leg ich mich auch schlafen.«

Rita sagte: »Wir machen jetzt alle bald Schluss. Männer und Alkohol, das ist so eine Mischung, die einfach immer Ärger mit sich bringt.«

Als die beiden Frauen nach draußen gingen, stolperte Marielle am Fuß der Treppe, die zum Schlafraum führte, über Herberts Werkzeugkiste.

»Au! Verdammt!«

»Ist was passiert?«, fragte Caro Santner.

»Nicht wirklich. Hab mir nur das Schienbein angehauen. Was muss das blöde Ding auch hier im Weg stehen.«

»Wenn wir Licht gemacht hätten ...«

»Geht doch nicht«, sagte Marielle. »Warum, glaubst du, sitzen wir alle bei Kerzenlicht rum?«

»Das schon. Aber ich habe ja eine Stirnlampe da.« Caro Santner holte sie aus der Jackentasche, knipste sie an. Im hellen Schein der LED-Lampe sahen sie den offenen Werkzeugkasten. Er quoll nicht nur über vor Geräten und Material, das Zeug lag auch noch daneben auf dem Boden.

»Was ist denn das?«, fragte Caro.

»Kabelbinder«, gab Marielle zur Antwort. »Damit bindet man Kabelstränge zusammen, kann aber auch sonst allerlei damit befestigen. Die Polizei nimmt das sogar als Handschellenersatz.«

»Stimmt«, sagte Caro. »An das hab ich gar nicht gedacht. Müsste mich eigentlich schon von Berufs wegen damit auskennen.«

»Damit auch?«, fragte Marielle und deutete auf das Gewehr,

das mit der Mündung nach oben an einem Kleiderhaken im Flur hing.

»Damit nicht«, lachte Caro. »Ich bin weder Jägerin noch Verbrecherin. Nur Knastpsychologin.«

Dann stiegen sie im Schein der Stirnlampe hinauf zu ihrem Nachtquartier.

***

Angst.

Angst, sich dieser Nacht zu nähern.

Erinnerungen können stärker schmerzen als die Qualen, die man in der Realität erlebt hat.

In dieser Nacht kippte das Wetter, kippten die Berge, kippte Marielles Leben.

Sie suchte nach Auswegen. Suchte nach Fluchtwegen. Fand immer wieder neue Gründe dafür, sich nicht erinnern zu müssen.

Und zugleich wusste sie – und gab damit diesem unmöglichen Schwarzenbacher recht –, dass sie sich erinnern musste, haarklein, an alle Details, an alles, was vorgefallen war.

Sie würde das Krankenhaus verlassen.

Und bis dahin würde sie diese Tragödie noch einmal durchlebt haben.

Marielle biss die Zähne zusammen. Ihr liefen Tränen über die Wangen. Und sie bekam Angst davor, einzuschlafen.

Aber ihr Wille war groß. Und ihr Kampfgeist war zumindest teilweise wieder erwacht. Jetzt musste sie die Hand ausstrecken und sie in die Flamme halten.

Danach konnten die Wunden zu heilen beginnen.

Anderenfalls würden sie zu eitern und zu stinken beginnen. Anderenfalls.

***

In den Bergen war es mehr als nur ein Wintereinbruch. In den Bergen entfesselte die Natur in dieser Nacht ein Inferno.

Der Schnee fiel unablässig. Sturm peitschte ihn horizontal durch die Täler. Die Straßen waren innerhalb kurzer Zeit nicht mehr befahrbar, die Wege, die hinauf zu den Hütten und Gipfeln führten, waren noch vor Mitternacht unter einer dichten, dicken weißen Decke begraben, so als hätte es sie nie gegeben. Die Fensterläden schlugen gegen die Hüttenwände, und den Rauch des Ofens drückte es durch den Kamin ins Haus zurück. Der Wind pfiff, rauschte, fauchte, stöhnte, brüllte und weinte. Da half selbst Marielles Ohropax nicht mehr viel.

Der Sturm tobte so heftig, dass sie Angst bekam, das ganze Haus könnte aus seiner Verankerung gerissen und über den Abgrund hinabgeweht werden.

Lächerlich, dachte sie. Das ist doch lächerlich. Das ist ein fest gemauertes Haus. Das weht der Wind nicht davon. Und außerdem hat es in all den Jahren bestimmt schon so manchen Sturm überstanden.

Sie wunderte sich, dass von den anderen niemand wach geworden war. Günni schnarchte. Walters oder Peter, einer von beiden, schnarchte ebenfalls. Seeberger schnarchte nicht. Er schlief unruhig. Aber zumindest drückte er sich in dieser Nacht nicht mit seiner ganzen Manneskraft an sie.

Sie schaltete ihre Taschenlampe an und leuchtete durch den finsteren, muffigen Raum. Alle schliefen den Schlaf der Gerechten; der Alkohol tat wohl ein Übriges. Nur die Psychologin, die in der Matratzenreihe ein Stück weiter vorne lag, reagierte auf das umherstreifende Licht. Sie setzte sich auf und blinzelte in Marielles Lichtstrahl hinein.

»Hmmm?«, machte sie verschlafen.

»Hörst du den Sturm?«, fragte Marielle. Sie versuchte zu flüstern, gleichzeitig laut genug, dass Caro sie verstehen konnte, und leise genug, dass die anderen davon nicht gestört wurden.

»Hmmm«, machte Caro wieder. Diesmal war es zustimmend, nicht fragend. Und dann verkroch sie sich wieder in ihren Schlafsack.

Marielle war mit ihren Gedanken allein.

Sie dachte über den Tag nach, der hinter ihnen lag. Über Krupps Schwierigkeiten beim Klettern. Über die miese Stimmung am Abend. Sie ärgerte sich darüber, dass sie sich zum Mittrinken hatte hinreißen lassen.

Wieder schlug der Sturm mit voller Wucht gegen das Haus. Marielle erschrak fürchterlich. Aber im Haus selbst blieb es ruhig. Wenn Gefahr bestehen würde, dann wären doch die Wirtsleute …, dachte sie.

Sie drehte sich zur Seite, sodass sie in etwa einem Meter Abstand Seebergers Gesicht betrachten konnte. Sie steckte die Taschenlampe in ihren Schlafsack und ließ nur ganz wenig Licht heraus. Gerade genug, um ihm beim Schlafen zusehen zu können.

Er hat ein schönes Gesicht, dachte sie. Und jetzt liegt er da wie ein kleiner Junge. So unschuldig. Als könnte er kein Wässerchen trüben.

Es gefiel ihr, wie seine vollen Lippen ganz leicht, fast unmerklich vibrierten, wenn er atmete. Die Bartstoppeln standen ihm ihrer Meinung nach gut, machten ihn männlicher. Und dass sein Haar im Schlaf ganz zerstrubbelt worden war, passte wunderbar dazu.

Sie widerstand dem Reflex, ihm mit der Hand durchs Haar zu fahren.

Spinnst du?, dachte sie. Spinnst du jetzt ganz?

Sie knipste die Taschenlampe aus und drehte sich zur anderen Seite.

Woran es lag, dass sie sich oft so alt fühlte? Älter, als sie war?

Ihr fiel ein, dass sie gar nicht auf die Uhr gesehen hatte. Aber egal. Jetzt hatte sie auch keine Lust mehr, wieder nach der Lampe zu greifen.

Sie dachte an Pablo und wie es ihm wohl ging. Ob die Grippe abgeklungen war, ob er wieder Luft bekam, der Husten sich gebessert hatte. Sie würde sich nach ihrer Rückkehr gern mit ihm zusammen in die heiße Badewanne setzen. Aber nicht in ein Erkältungsbad, sondern in eines, das auf alle Körperteile, vor allem die zwischen den Beinen, besonders anregend wirkte.

Über dieser Vorstellung schlief sie allmählich ein.

Sie fühlte sich warm und geborgen und begann davon zu träumen, Pablo an ihr und auf ihr und in ihr zu spüren. Warm.

Und dann erwachte sie von einem Knall, der bis in ihr Innerstes drang und der sie glauben machte, der Sturm habe das Blechdach vom Haus gerissen.

Sie fingerte nach der Lampe, die sich irgendwo im Schlafsack verkrochen hatte. Sie spürte, dass jetzt alle wach waren und durcheinanderredeten. Sie spürte auch, dass ihm Schlafsaal eine panische Atmosphäre herrschte.

»Was war das?«, fragte einer. »Keine Ahnung«, kam von irgendwo her eine Antwort. »Das war der Sturm«, sagte wer. »Der hat was zerfetzt.«

»Quatsch.« Das war eindeutig die Stimme von Günni. »Das war nicht der Sturm, das war ein Schuss.«

Plötzlich war es still. Als würden alle einer unausgesprochenen Regieanweisung folgen.

Marielle hörte das Knistern der synthetischen Schlafsackmaterialien, sie hörte Seeberger neben sich schnaufen, sie hörte, dass jemand aus einem der Lager strumpfsockig auf den Boden stieg.

Sonst nur Stille. Einige endlos lange Sekunden nur Stille. Kein Wort.

Und dann dieser fürchterliche Schrei. Die Stimme Ritas.

»Er hat ... er hat ... den Jäger erschossen! Das ganze Hirn raus ... überall pappt das Hirn und das Blut! Der Verbrecher! Der Verbrecher hat geschossen!«

Ihre Stimme kam von unten, wahrscheinlich aus dem Wirtsraum. Und dann hörte Marielle Schritte auf der steilen Stiege, die zum Nachtlager heraufführte. Harte Schritte. Aber auch schleifende, schwere Schritte.

Marielle überlegte einen Moment lang, unter das Holzgestell des Lagers zu kriechen, sich zu verstecken. Es musste etwas Furchtbares geschehen sein.

Aber es wäre ohnehin zu spät gewesen. Im Licht einer flackernden Stirnlampe sah sie Krupp den Schlafraum betreten. Er hatte Herbert, den Hüttenwirt, hart am Arm gepackt. In der anderen Hand hielt er ein Gewehr, und er drückte den Lauf mit der Mündung unter Herberts Kinn.

Herbert schlurfte neben Krupp her. Die Waffe bog ihm den Kopf nach hinten, Krupp hatte den Finger am Abzug. Herbert atmete schwer.

Als die beiden in den Schlafraum kamen, wichen alle, die schon aufgestanden waren, zurück.

Es war ein Schuss gewesen, der vorhin durchs Haus gehallt war. Ein Schuss! Jetzt war es für alle klar. Und ein Stockwerk tiefer lag ein Toter, wenn man der Wirtin glauben konnte, die wimmernd irgendwo dort unten sein musste.

Es war ein Schock. Die ganze Mannschaft, die dort oben versammelt war, stand unter Schock.

Keine Helden, dachte Marielle, ohne sich bewusst zu machen, was sie da dachte. Keine Helden.

Es dauerte, bis ihr Unbewusstes ihre Wahrnehmung erreichte. Sie bemerkte, dass Seeberger und Walters sie ansahen und Strolz und dann die Psychologin, fragend, hilfesuchend. Sie sah die verstörten Gesichter. Im flackernden Batterielicht wirkte die Szenerie besonders bizarr. Alle erwarteten eine Initiative. Irgendeine, von irgendwem.

Die Psychologin! Sie musste was tun! Freilich, sie war mit Krupp gekommen. Sie hatte ihn für das Filmprojekt ausgewählt. Sie trug die Verantwortung. Wer denn sonst?

Sie trägt die Verantwortung, dachte Marielle. Und sie sah es in den panischen Blicken der Männer: Sie ist verantwortlich!

Und dann lappte bei Marielle wieder dieser Gedankenfetzen darüber: keine Helden!

Sie ist die Psychologin … sie muss etwas tun … kennt ihn … muss wissen, was getan werden kann … wahrscheinlich kann sie was tun … ein Machtwort … dem Spuk eine Ende bereiten … wenn, dann sie …

Doch von diesen Gedanken ging keinerlei Kraft aus. Leere, nichts sonst.

Und dann Entsetzen: Da unten lag einer, dem der Kopf weggeschossen worden war.

Sie spürte, dass sie am ganzen Körper zitterte. Warum bellt der Hund nicht?, dachte sie als Nächstes.

»Leg die Sachen aufs Bett«, hörte sie Krupp sagen. »Los, mach!«

Sie sah, dass Herbert, der Hüttenwirt, etwas in der Hand hielt, konnte aber nicht erkennen, was es war.

»Wenn sich einer von euch von der Stelle rührt, dann jag ich dem da eine Ladung Schrot in sein bisschen Hirn. Habt ihr verstanden?«

Es blieb still. Nur Herberts gequältes Schnaufen.

»Ob ihr verstanden habt, ihr Arschlöcher!«, schrie Krupp los. »Macht's Maul auf, verdammt noch mal!«

Das Gemurmel, das entstand, ließ Krupp als Bejahung gelten. Sie hatten verstanden. Auch Marielle hatte verstanden. Allmählich setzte bei all ihrer Angst doch auch verstandesmäßiges Denken ein.

Krupp hatte gemordet. Warum, war ihr unerklärlich. Aber dass er wieder töten würde, ohne jeden Skrupel, das stand zweifelsfrei fest. Ihrer aller Überlebenschancen waren nicht sehr hoch. Sie konnte diesen Gedanken denken, ohne ohnmächtig zu werden. Das war doch schon mal was.

Irgendwer muss mit ihm sprechen, dachte sie. Und zugleich wusste sie, dass jetzt niemand mit ihm sprechen konnte. Dass er wahrscheinlich so unter Adrenalin stand, dass er niemanden mit sich sprechen lassen würde. Den Mund aufzumachen konnte einem Todesurteil gleichkommen.

Ihr fiel der deprimierte Gefängnisleiter wieder ein, den sie beim Vorgespräch kennengelernt hatte. Berger. Er hieß Berger. Er hatte etwas davon gesagt, dass die Gewalt immer sinnloser, grundloser geworden war.

»So, jetzt legt ihr euch alle auf eure Plätze!«, befahl Krupp. »Und zwar ganz langsam. Wenn einer von euch nämlich zu zappeln anfängt, könnte ich wirklich ganz, ganz schnell nervös werden. Und das würde bedeuten, dass dieser Typ da keinen Kopf mehr auf dem Hals hat.«

Sie krochen alle auf ihre Schlafplätze. Walters legte sich auf den Rücken, Seeberger ebenfalls. Günni legte sich auf den Bauch. Strolz und die Psychologin verharrten in halb kauernder Stellung auf ihren Matratzen. Marielle wollte sich auch erst auf den Bauch legen, drehte sich dann aber auf die Seite. Wenn schon Verderben drohte, dann wenigstens sehenden Auges. Schon als Kind hatte sie nie auf den Arzt gehört, wenn der bei der Impfung sagte, sie solle einfach nicht auf die Nadel schauen …

»Ihr sollt euch hinlegen!«, schrie Krupp. »Auf den Bauch. Alle. Und die Hände auf den Rücken.«

Alle drehten sich auf den Bauch. Auch Marielle.

»Du nicht!«, schrie er sie an. »Du nimmst die Kabelbinder. Und fesselst jedem die Pfoten auf den Rücken. Hast du kapiert?« Er deutete auf das Lager, wo Herbert alles hingelegt hatte.

Es war nicht schwer zu verstehen, was er wollte. Sie krabbelte wieder von ihrem Lager. Holte die Kabelbinder, die am Abend aus Herberts Werkzeugkiste gefallen waren. Ihre Hände zitterten fürchterlich. Sie sah Herbert in Todesangst.

Bei Günni fing sie an. Sie kniete neben ihm und führte den dünnen Plastikstrang um seine überkreuzten Handgelenke.

»Tut mir so leid«, sagte sie. »Es tut mir so leid ...«

»Du sollst keine Volksreden schwingen!«, schrie Krupp. »Sonst macht er das ...« Er meinte Herbert. »Und du kannst seinen Platz dafür einnehmen.«

Marielle schaffte es nicht, das Ende des Kabelbinders durch die Öse zu führen. Es war zu wenig Licht da, und außerdem zitterte sie so.

Sie versuchte es, versuchte es wieder und wieder. Aber es gelang ihr nicht.

»Was soll das?«, fauchte Krupp sie an.

»Es ist zu dunkel. Ich kann überhaupt nichts sehen.«

Krupp wies Strolz an, ihr zu leuchten. Seine LED-Lampe war hell genug, um auch auf ein paar Meter Entfernung hinreichend Licht zu geben. Marielle zitterte nicht weniger als zuvor. Aber nun, mit etwas Licht, gelang es ihr, Günnis Handgelenke aneinanderzubinden. »Es tut mir so leid.« Sie weinte dabei.

»Du sollst dein Maul halten!«, brüllte Krupp wieder. »Hör auf mit deinem blöden Gesülze. Und zieh die Dinger richtig zu. Wenn ich das nachher prüfe, und irgendeiner ist nicht richtig verpackt, dann servier ich dir dem sein Hirn im Suppenteller.«

Nach und nach fesselte Marielle alle Anwesenden, zuletzt kam Caro dran. Marielle hörte die Männer, deren Hände bereits gebunden waren, schwer atmen. Sie spürte Caro Santners heiße Handgelenke, fühlte das kalte Plastikband in ihren Händen und hörte das leise Arretieren des Verschlusses.

Wenn Marielle bei »Wetten, dass ...?« gefragt worden wäre, ob sie es schaffen würde, nur mit ihrer Körperkraft so eine Fessel zu sprengen, sie hätte bis vor Kurzem klar und entschieden mit »Ja« geantwortet. Sie hatte ja vom Klettern her enorme Kraft in den Händen und den Fingern. So ein Kabelbinder, hatte sie gedacht, war doch nur einen halben Zentimeter breit. Und dick war er auch nicht.

Aber jetzt, da sie spürte, wie das Teil sich um die Handgelenke legte, wie gnadenlos der Verschluss arretierte, wie die Bänder in die Haut schnitten, da wurde ihr sofort bewusst, dass sie kaum eine Chance haben würde, sich aus dieser Fesselung zu befreien.

Sie spürte, dass Caro Panik überkam. Sie konnte die Hände nicht mehr bewegen, lag auf dem Bauch, das Gesicht auf dem rauen Bezug der Matratze. Anscheinend hatte sie Staub in den Hals bekommen, denn sie verschluckte sich, hustete, spuckte, bekam schwer wieder Luft.

»Ruhig«, flüsterte Marielle. »Beruhige dich.«

Als ob ich in der Situation wäre, jemandem Mut zusprechen zu können, dachte sie.

Aber ihr Verstand sagte ihr auch, dass Krupp sie nicht töten würde. Wenn er das gewollt hätte, dann wären sie alle schon tot. Er hätte sie abschießen können wie vor Angst zitternde Karnickel.

Krupp würde sie nicht töten!

Er ging, das Gewehr weiterhin auf den Hüttenwirt gerichtet, durch den Raum. Alle waren jetzt gefesselt: Strolz und Walters, Seeberger, Caro und Günni. Nur sie selbst war noch frei. Tränen liefen ihr übers Gesicht, aber sie gab keinen Ton von sich.

Alle lagen jetzt hilflos auf den Lagern. Unten in der Wirtsstube musste Rita sein, aber von ihr war wohl kaum Hilfe zu erwarten. Herbert, der Wirt, steckte in einer hoffnungslosen Situation.

Die Einzige, die sich noch ein bisschen bewegen konnte, war sie selbst.

Ihre Hände waren frei.

Wenn jemand noch etwas tun konnte, dann war sie es.

Aber wenn sie etwas tat – was war dann?

War sie dann tot? Oder Herbert? Oder sie beide? Oder würde er dann alle erschießen, sie und Herbert und die Gefesselten im Matratzenlager und beim Hinausgehen auch noch Rita?

Und wenn sie nichts tat – wäre das nicht noch schlimmer?

Aber dann sagte sie sich wieder: Wenn er uns hätte töten wollen, dann hätte er es schon getan. Wir bleiben am Leben. Bestimmt bleiben wir am Leben.

Sie riskierte noch einen Blick: ob sie vielleicht an Krupp vorbeistürmen und die Treppe erreichen könnte, über die Treppe hinunter und hinaus ins Freie.

Aber was hätte das geholfen: Ohne Schuhe, ohne Überhose, ohne Anorak würde sie in einer solchen Nacht erfrieren. Chancenlos war sie. Und wahrscheinlich würde Krupp Herbert noch für ihre Flucht erschießen.

Aber was wollte er dann? Würde er sie jetzt fesseln? Was hatte er vor?

»Du kommst mit«, sagte Krupp.

»Nein, lass mich. Bitte, lass mich …« Ihre Stimme klang erstickt, tonlos.

Aber es half Marielle nichts.

»Los! Komm hierher! Und mach jetzt keinen Fehler, Mariele.«

Er sagte nicht Mari*elle*, französisch ausgesprochen. Er sagte, und er tat das grinsend, M*ariele*: ein le an Marie angehängt, also die Verniedlichungsform von Marie. So war sie als Kind bisweilen gehänselt worden und hatte sehr darunter gelitten. Hätten mich mein Vater und meine Mutter nicht Anna oder Kathrin taufen können?, hatte sie damals gedacht.

Dann hörte sie die Stimme der Psychologin. Unterdrückt, gepresst.

»Krupp«, sagte sie. Aber es kam so leise, dass er es gar nicht hörte.

»Krupp«, sagte sie noch einmal.

Jetzt hörte er sie. Er riss die Waffe herum und richtete sie auf ihre dunkle Ecke.

»Was?«

Allein in dem einen Wort war zu hören, dass es keinen Sinn mehr hatte. Dass man Krupp, egal was er nun wirklich vorhatte, nicht mehr würde aufhalten können.

»Was?«, schrie er noch einmal.

Und dann sagte sie etwas von solcher Belanglosigkeit, dass selbst Krupp nicht widerstehen konnte:

»Könntest du wenigstens das Fenster aufmachen? Bitte.«

Wie in so vielen Berghütten, die nicht allmählich in Komfortbehausungen mit Hotelcharakter umgewandelt worden waren, hatte auch der Schlafraum auf der Laaserhütte nur ein kleines Fenster. Als sie abends schlafen gegangen waren, angetrunken die meisten, war niemand mehr auf die Idee gekommen, das Fenster aufzumachen. Die Luft war stickig. Es roch nach schlechtem Atem, ungewaschenen Socken und noch einigem mehr, was in keinem Kochrezept auftaucht.

Seit sie sich aber in Krupps Gewalt befanden, war es schier unerträglich in diesem Raum. In die unangenehme Ausdünstung hatte sich jetzt der saure Angstschweiß aller gemischt.

Die Psychologin hatte recht: das Fenster aufmachen.

Marielle spürte und roch es jetzt auch. Ihr war übel. Vor lauter Angst. Aber auch wegen des Gestanks.

Krupp ging die paar Schritte an das Fenster und machte es auf. Sofort spürte Marielle die Kälte der Nacht. Begierig sog sie die frische Luft ein.

Luft! Luft! Draußen die Kälte, der Schnee, die Freiheit.

Hier herinnen das Elend. Der Tod.

Es stank sogar nach Urin jetzt. Aber das war nicht weiter verwunderlich. Bestimmt hatte sich wer in die Hosen gemacht. Und wahrscheinlich wäre es ihr gar nicht anders ergangen, wenn sie gefesselt dagelegen wäre.

Aber sie musste ja noch agieren, musste sich bewegen, musste denken und planen und hoffen. Ihr waren die Hände nicht gebunden …

Krupp sammelte überall die Lampen ein.

Dann schob er Marielle und Herbert vor sich zur Tür. Einmal konnte sie sich noch umsehen, einmal noch sah sie zurück zu diesem Raum, der jetzt in fast völliger Dunkelheit lag. Sie konnte die Menschen darin nicht mehr erkennen, hätte sie nicht unterscheiden können, hätte nicht gewusst, wer wo sein Lager hatte. Sie hörte sie atmen, keuchen, stöhnen. Und dann, als sie auf der Treppe waren, hörte sie, wie von weit her, Ritas gotterbärmliches Jammern. Sie musste den Teufel gesehen haben.

Was kam nun? Was würde noch geschehen in dieser Nacht?

Marielle war mit all ihren Sinnen ganz wach. Wacher als wach, so als hätte sie in einer halben Stunde fünf Tassen Kaffee getrunken und alles in ihr hätte zu vibrieren begonnen.

Da unten musste irgendwo ein Toter liegen. Mit einer Schrotflinte erschossen. Sie war nie ein Fan von Action- und Gewaltfilmen gewesen, aber so viel wusste sie trotzdem: Einer, dem man aus nächster Nähe Schrot ins Gesicht oder den Bauch schießt, sieht entsetzlich aus …

Die Übelkeit, die nach dem Öffnen des Fensters in der Schlafkammer etwas zurückgegangen war, kam wieder stärker auf.

Lieber Gott, dachte sie, die sonst nicht viel mit Kirche und Beten zu tun haben wollte, gib, dass ich jetzt nicht kotzen muss. Ich will nicht kotzen! Ich darf nicht kotzen!

Egal, was ich sehe. Egal, was geschieht.

Nicht kotzen.

11

Krupp saß in der Küche. Er hatte die Eckbank mit einem Handstreich leer geräumt und sich dort hingesetzt. Marielle musste neben ihm sitzen; den Wirt hatte er mit einem Kabelbinder an der Trockenstange des alten Holzherdes festgebunden. Die Waffe lag vor ihm auf dem Tisch, griffbereit. Und irgendwo in einer Ecke der Küche kauerte Rita, das Gesicht in den Händen vergraben, sodass ihre Laute nur erstickt zu hören waren.

Krupp löffelte einen Teller mit Suppe. Er schien tief in seinen Gedanken versunken zu sein.

Marielle beobachtete ihn aus den Augenwinkeln. Tränen verschleierten ihren Blick, aber sie wusste, dass sie aufhören musste zu weinen, wenn sie überleben wollte.

Sie schätzte die Lage so ein: Die droben im Lager, die Filmleute, waren keiner größeren Gefahr mehr ausgesetzt – solange sie sich ruhig verhielten und nicht versuchten, sich zu befreien. Der Jäger war tot. Sie hatte seine Leiche am Fuß der Treppe gesehen. Die Wirtin war völlig durchgedreht, und dieser Verbrecher schenkte ihr keine Beachtung mehr. Er würde sie über den Haufen knallen, wenn sie ihm Scherereien machte. Wenn nicht, ließ er sie vielleicht in Ruhe.

Wirklich gefährdet waren Herbert und sie selbst. Was hatte er mit ihnen vor? Warum hatte er ihn gefesselt? Warum ließ er sie neben sich am Tisch sitzen? Wer war dieser Mann, und warum machte er das? Er hatte den Jäger umgebracht. Hingerichtet, ja, hingerichtet war das richtige Wort dafür. Wahrscheinlich aus keinem anderen Beweggrund als jenen Boshaftigkeiten, die der angetrunkene Alte am Abend von sich gegeben hatte. Der konnte nicht wissen, dass er damit sein eigenes Todesurteil gesprochen hatte. Ein Todesurteil, dachte Marielle.

Krupp kratzte den Teller leer.

»Hol Brot«, sagte er zu ihr und deutete auf die Anrichte, wo Brotscheiben in einem Körbchen lagen. »Und mach einen Kaffee. Aber einen richtigen. Stark.«

Sie spürte seinen lauernden Blick in ihrem Rücken, als sie aufstand und das Brotkörbchen holte. Sie wusste, wo die Kaffeemaschine stand. Aber dann fiel ihr ein, dass es keinen Strom gab.

»Kann keinen Kaffee machen«, sagte sie. »Der Strom …«

»Musst den Herd nachheizen«, sagte Herbert. Mit dem Kinn zeigte er auf die Kiste mit Holzscheiten. »Glut ist bestimmt noch drin. Und in ein paar Minuten ist die Platte heiß genug, dass du in einem Topf Wasser kochen kannst.«

Töpfe standen genug herum. Sie schob Holzscheite in die Schüre, füllte Wasser in einen Topf.

»Und Filtertüten?«

»'ne Kanne steht da drüben«, sagte Herbert. »Und Filterpapier ist da in der Schublade.«

Marielle ging zur Anrichte, zog eine Schublade auf.

»Nee«, sagte Herbert. »In der anderen.«

Sie öffnete die andere Schublade. Die war voll bis obenhin. Briefe, Schreibzeug, eine kleine Zange, ein kleiner Schraubenzieher, eine Lupe, Filterpapier und …

Sie hatte die Packung Filterpapier schon in der Hand, da sah sie, was eigentlich gar nicht zu sehen war.

Zwischen irgendwelchen Papieren lugte am Grund der Schublade das Ende einer Klinge heraus. Nur einen Zentimeter, nicht mehr. Auf den zweiten Blick sah es aus wie die Klinge eines Teppichmessers. Ein kleines, ja winziges Messer. Ein Messer, von dem Krupp nichts wusste.

Umständlich fingerte sie die Filtertüte aus der Schachtel, ließ sich Zeit, die große Kaffeebüchse zu finden, zählte gehäufte Löffel in den Filter, eins … zwei … drei … und war mit ihren Gedanken nur bei der Klinge. Wie konnte sie es anstellen, sie an sich zu bringen? … vier … fünf … sechs.

Sie brauchte die Klinge, musste sie haben. Aber der Kerl durfte es nicht bemerken.

Sie legte die Filtertütenpackung wieder in die Schublade zurück, stand dabei so, dass er fast nur ihren Rücken sehen konnte. Sie tat so, als würde die Schublade nicht zugehen. Zog sie wieder auf, versuchte umständlich, den ganzen Ramsch darin so zu verteilen, dass sich die Lade wieder schließen ließ. Sie erwischte die Klinge, lupfte sie mit einem Fingernagel, hielt sie einen Moment lang zwischen Daumen und Zeigefinger und schob sie dann unter das eng anliegende Wristband an ihrem linken Handgelenk. Unter dem rot-schwarz gestreiften Schweißband, mehr modisches Accessoire denn sportliche Notwendigkeit, spürte sie nun das kalte Metall an der Stelle, wo ihr Puls schlug.

Sie hatte die Klinge, fünf Zentimeter lang und hoffentlich scharf genug, um diesem Schwein die Kehle durchschneiden zu können.

Marielle hatte verschiedene Vorstellungen, was alles passieren konnte in den nächsten Stunden. Grauenvoll allesamt. Aber jetzt fühlte sie sich besser. Jetzt war sie nicht mehr ganz so wehrlos.

Der Mann war brutal, ein Mörder, der keinerlei Skrupel kannte. Vielleicht ein Irrer. Aber, das wusste sie, der Überraschungseffekt lag jetzt auch auf ihrer Seite.

Als sie den Kaffee gebracht und wieder bei Krupp Platz genommen hatte, dachte sie nicht an Pablo, dachte sie nicht an den Mann, den sie liebte. Sie musste an Christian denken. Auch so eine schiefgelaufene Beziehung von früher. Doch irgendwie gab ihr das in diesem Augenblick Kraft. Kraft und Selbstvertrauen.

»Wenn dich einer vergewaltigen will«, hatte er ihr mal gesagt, »dann musst du dich wehren. Wenn du dich wehrst, spürst du keine Angst und keinen Schmerz mehr. Und noch was, Mädchen: Wenn du dich wehrst, musst du auch bereit sein, das Schwein zu töten … Sonst tötet er dich.«

Damals hatten ihr Christians Worte nur Angst gemacht. Jetzt fühlte sie sich stärker werden durch die Erinnerung daran.

Christian, das war doch ein verrückter Kerl. Seine Kraft war immer irgendwie auch zum Fürchten gewesen. Und seine Entschlossenheit.

Aber bestimmt hatte er recht: Wenn, musste sie töten.

***

Pablo holte sie aus dem Krankenhaus ab. Er hatte, wie ihr Vater, gegen ihre Entscheidung protestiert, vorzeitig die Klinik zu verlassen. Aber Pablo war sich, wie ihr Vater, im Klaren darüber, dass man ihr so einen Entschluss nicht mehr ausreden konnte.

Mit den Ärzten war vereinbart, dass nichts über die Entlassung Marielle Czernys nach draußen sickern durfte – sie sollte wenigstens noch ein paar Tage Ruhe vor den zudringlichen Presseleuten haben.

Daheim bei Pablo angekommen, war sie völlig erschöpft.

Er bereitete ihr einen Tee. Dazu gab es Schwarzwälder Kirsch, die er schon zuvor im Café Munding gekauft hatte.

Sie lächelte dankbar, schaffte aber nur die Hälfte ihres Kuchens und zog es dann vor, sich eingemummelt in zwei Wolldecken aufs Sofa zu legen.

»Mach bisschen Musik«, sagte sie.

Er legte eine Coldplay-Scheibe ein, von der er wusste, dass sie nichts dagegen haben würde. Und er tippte den Volume-Knopf nur ein paarmal an. Die Musik kam laut genug, um sie gut zu hören – und leise genug, um darüber einschlafen zu können.

***

Marielle schlief am Tisch ein, den Kopf auf die Arme gelegt. Herbert, der Wirt, war neben dem Herd in sich zusammengesunken. Rita hatte sich in den hintersten Winkel der Küche verkrochen, sie schlief nicht, aber sie jammerte auch nicht mehr. Doch in der Stille der Nacht – außer dem gelegentlichen Klappern der Fensterläden, dem seltener werdenden Pfeifen des Windes im Schornstein, dem Knistern der Holzscheite im Ofen tat sich nichts – war zu hören, dass sie sprach. Ganz leise. Hätte sich jemand die Mühe gemacht zu horchen, was sie da von sich gab, er hätte ihr Gemurmel als unablässiges Gebet erkannt, in dem sich Zeile an Zeile reihte, ohne der Betenden Zeit zum Atemholen oder gar Nachdenken zu lassen.

Als Marielle einen groben Schlag gegen ihre Schulter verspürte, wusste sie einige Sekunden lang nicht, wo sie sich befand. Aber die Erkenntnis kam ihr viel schneller, als ihr lieb war. In der Küche war es hell. Die Kerzen brannten. Aber es war anders als zuvor. Jetzt sah sie, dass durch die Fenster ein blasser Grauton hereinschimmerte. Die Nacht war vorbei, der Morgen kam.

Rita betete noch immer.

Vielleicht, dachte Marielle, habe ich ja nur ganz kurz geschlafen. Aber sie wusste, dass sie sich irrte. Mindestens zwei Stunden mussten vergangen sein. Und Rita schien gefangen in ihrem Gebet. Herbert stand wieder am Ofen, festgebunden, hilflos.

»Auf«, sagte der Mann zu ihr. Der Mörder. Konrad Krupp.

Sie erinnerte sich an die Klinge unter ihrem Schweißband. Und an Christians Gesicht. Es hatte manchmal ebenfalls etwas Brutales gehabt: der Knick in der Nase, seine schmalen funkelnden Augen, die markanten Zähne, die er zu fletschen schien, wenn er in Wut geriet. Zu ihr war er nie grob gewesen. Nein, er hatte sie nie geschlagen. Und doch hatte sie sich vor ihm manchmal ein bisschen gefürchtet. Anfangs kaum, aber dann immer mehr. In ihm war so eine ungeheure Aggressivität gewesen. Als Jugendlicher hatte er geboxt, im Verein. War dann aber aus der Mannschaft geflogen. Sie hatte nie so genau verstanden, warum. Wegen irgendeiner Geschichte, wo er einem aus seiner Mannschaft das Nasenbein gebrochen hatte. Aber gehörte das nicht irgendwie dazu beim Boxen?

Vom Körperbau her hatte er nicht nach Boxer ausgesehen. Nicht auffällig breit oder besonders muskulös. Aber an seinen Händen konnte man die Kraft sehen. Und in seinen Augen. Und manchmal, wenn er abends Gymnastik machte und vor dem Spiegel ein wenig schattenboxte, dann sah sie, wie sich bei ihm Kraft und Schnelligkeit verbündet hatten.

Seine Schläge, auch wenn sie nur durch die Luft sausten und kein reales Ziel hatten, waren präzise. Wie gestochen. Mit tödlicher Kraft.

Wenn Christian jetzt hier wäre, dachte sie.

»Wach auf!«, fauchte Krupp sie an.

Marielle sah ihm fragend ins Gesicht. Sie hatte die Klinge am Puls. Sie war nicht mehr kalt, aber sie spürte, dass sie da war.

»Wir gehen«, sagte er. »Du kommst mit mir.«

»Wohin?«

»Das siehst du noch früh genug.«

Er stand auf, die Waffe schon in der Hand, den Lauf auf Herbert gerichtet, der jetzt nur noch wie unbeteiligt am Herd stand, wo ihm die Hände angebunden waren.

»Geh«, sagte der Mörder zu Marielle. Für einen Moment zeigte er mit dem Gewehr zur Tür. »Geh.«

Als Marielle hinaustrat in den Flur, sah sie die Leiche des Jägers.

Sah sie nicht wie in der Nacht, nicht nur im flirrenden Licht der

Taschenlampe, wodurch der Horror zumindest um Nuancen gemildert worden war.

Nein, sie sah den Toten im Licht des aufkommenden Tages. Es war noch nicht hell, aber schon hell genug, um zu sehen, dass der Jäger kein Gesicht mehr hatte. Die Augen, die Nase, der Mund und fast das ganze Kinn waren weggeschossen. Da war nur noch ein blutiger Klumpen Fleisch. Als hätte eine Raubkatze ihm den halben Kopf weggefressen. Und noch etwas sah sie jetzt, was bisher unbemerkt geblieben war: Der Hund des Jägers lag zu Füßen seines Herrn. Er lag da mit ausgestreckten Beinen, mit hochgezogenen Lefzen, und sein Leib hob und senkte sich unrhythmisch bei seinen hechelnden Atemzügen. Als wäre er vergiftet worden. Oder halb totgetreten. Und jetzt verendete er qualvoll.

Marielle wandte sich ab, um sich nicht übergeben zu müssen. Sie musste wegsehen und an etwas anderes denken. Dachte:

Die Klinge. Ich spüre sie. Sie hilft mir. Macht mich stark. Und Christian. Ich spüre seine Kraft, seine Furchtlosigkeit. Und ich spüre Pablos Liebe.

Krupp war direkt hinter ihr. Mit dem Lauf des Gewehrs stieß er sie in den Rücken.

»Geh nach oben«, sagte er. »Los, geh nach oben.«

Als sie am oberen Treppenabsatz ankam, roch sie den Gestank aus dem Schlafraum. Es stank nach Urin, wahrscheinlich auch nach Kot. Mittlerweile mussten alle vor Angst und aus der Not heraus in die Hosen gemacht haben.

»Pack deine Sachen«, sagte Krupp.

»Was für Sachen?«, fragte sie. Der Anblick der Gefesselten, die schwer Luft bekamen, die verkrümmt auf den Matratzen lagen, gedemütigt und entwürdigt, war für sie fast so schlimm wie der Anblick des erschossenen Jägers.

»Welche Sachen?«, schrie Krupp. »Welche Sachen! Welche Sachen! Dein ganzes verdammtes Zeug sollst du zusammenpacken! Und dann raus hier aus dem verpissten Schweinestall! Die Säue stinken ja wie die Pest!«

Sie stopfte alles in den großen Rucksack, schlüpfte in die Faserpelzjacke und in den dicken Anorak, der am Haken über ihrer Schlafstatt hing. Krupp machte sich an seinem eigenen Rucksack zu schaffen, ließ sie aber keinen Moment lang aus den Augen. Und das Gewehr hatte er immer so, dass es keine drei Sekunden dauern würde, bis er auf sie hätte zielen und abdrücken können.

»Los jetzt«, sagte er dann. »Lass uns verschwinden.«

Marielle glaubte zuerst, nicht richtig gehört zu haben. Er hatte ja bislang kaum etwas mit ihr gesprochen. Nur ein paar herausgebellte Befehle. Jetzt hatte er gesagt: »Lass uns verschwinden.« Und er hatte sie damit ein klein wenig zur Komplizin gemacht.

Ganz offensichtlich spielte sie in seinen Plänen eine Rolle. Die anderen dagegen nicht. So wie es aussah, würde er die – gefesselt – hier liegen lassen. Aber mit ihr hatte er etwas vor.

Hoffnung und Verzweiflung lagen in diesem Moment für sie unmittelbar beieinander. Hoffnung, vielleicht doch fliehen zu können, Krupp zu entkommen. Und Verzweiflung, weil sie lieber gefesselt bei den anderen läge, wenn Krupp aufbrechen und sich davonmachen würde.

Und dann meldete sich noch eine weitere Stimme in ihr: Marielle wollte alles lieber als die Komplizin des Mörders sein. Sie wollte ihm nicht helfen, bei nichts.

Andererseits: Solange er sie brauchte, war sie sicher. Das ließ ihre Überlebenschancen steigen. In den nächsten Stunden, da glaubte sie sich gewiss sein zu können, würde er ihr nichts tun.

Aber was hat er mit mir vor? Wo will er hin?

Sie warf einen letzten Blick auf die Gefesselten, sah nahe dem Fenster die Psychologin. Sie hatte die Augen aufgeschlagen, und aus diesen Augen sprach nichts als Angst. Sie lag da wie ein verängstigtes, in die Enge getriebenes Tier, das sich vor seinem Schlachter klein zu machen versuchte.

Marielle nickte ihr fast unmerklich zu. Ob die Psychologin das überhaupt sehen konnte?

Und dann war sie von Krupp auch schon aus der Tür und zur Treppe bugsiert worden.

Die Treppe stolperte sie mehr hinunter, als dass sie ging. Wieder musste sie an dem Toten vorbei. Kein Gesicht!

Wenn sein Gesicht noch da gewesen wäre, hätte sie zumindest vermuten können, wie er den letzten Augenblick seines Lebens wahrgenommen hatte. In Panik oder in flehender Angst oder in Überraschung. Oder vielleicht auch in tiefer, unverrückbarer Erkenntnis.

Sie hatte die Bilder von abgestürzten Bergsteigern gesehen, in einem Buch, das sie abstoßend fand und das sie doch nicht aus der Hand hatte legen können. Die Körper beim Aufschlag nach vielleicht zweihundert Metern mehr oder weniger freiem Fall völlig verdreht.

Die Gliedmaßen widernatürlich in alle Richtungen abstehend – als handle es sich um Marionetten, die irgendwer, vielleicht ein böses Kind, auf den Boden geknallt hatte. Die Köpfe tief hineingepresst in die Kletterhelme oder blutüberströmt. Die Aufnahmen waren alle in Schwarz-Weiß gewesen. Das Blut war nicht rot, sondern dunkelgrau. Und doch hatte sie es fast noch mehr schockiert, als wenn es Farbbilder gewesen wären. Sie hatte sich das so erklärt: Farbfernsehen, zig farbige Kanäle, bluttriefende Kriegs- und Katastrophenbilder rund um die Uhr. Wer hätte da noch aufhören müssen mit dem Abendessen, nur weil der Bildschirm rote Flecken bekam. Zu viel Farbe, war ihre Erklärung gewesen. Die Schwarz-Weiß-Bilder aber waren wie ein Schock. Vielleicht hätte sie mit dem Bergsteigen aufgehört, wäre nicht auch etwas Versöhnliches in den Aufnahmen zu entdecken gewesen. Etwas, das man erst einmal übersah, überblätterte. Um dann umso erstaunter zu sein.

Unter den vielen Toten – Abgestürzte, von Steinen Erschlagene, von Lawinen Erdrückte – gab es einige, deren Gesichter so etwas wie Gelöstheit zeigten. Ja, Gelöstheit! Keine Furcht, kein Entsetzen und keine Schmerzen. Gelassenheit, ja, es war so etwas wie Gelassenheit, die aus diesen Gesichtern sprach. Und Erkenntnis: Das war es … kein Grund, unglücklich zu sein … es war gut … und es wird wieder gut sein … Das Nirwana?

Der Jäger hatte kein Gesicht mehr, und Marielle musste wieder ganz schnell wegsehen. Eine Kugel hätte ein Loch gemacht, vielleicht auf der Stirn oder an der Schläfe. Hätte dort, wo sie aus dem Schädel austrat, ein größeres Loch gerissen. Grausig. Diese Ladung Schrot aber … aus der Nähe abgefeuert … Sie hatte sich früher nicht vorstellen können, was diese kleinen Kügelchen, die man Hasen aufs Fell brannte, für verheerende Wirkung haben konnten.

»Zieh die Schuhe an«, sagte Krupp.

Im Flur bei dem Toten war das Stiefelregal, wo alle Hüttenbesucher ihre Bergstiefel abzustellen hatten. Marielle zwängte sich in die Schuhe, wandte dem Toten den Rücken zu.

»Und dann hol was zu essen.«

In der Küche hatte sich etwas verändert: Rita kauerte nicht mehr am Boden, sie saß jetzt auf einem Stuhl. Auch hatte sie aufgehört zu beten. Sie schaute durch alles hindurch, nahm von Marielle keine Notiz, auch nicht von Krupp, der ihr auf den Fersen folgte.

Herbert stand da und schien ganz wach. Er sah sich alles mit weit offenen Augen an, so als wollte er sich nicht die kleinste Kleinigkeit entgehen lassen. In seinem Gesicht war nichts außer dieser Wachheit, dieser gespannten Aufmerksamkeit. Keine Angst, keine Wut, keine Verzweiflung.

Marielle packte einen Laib Brot in ihren Rucksack. Auf der Anrichte lag offen auf einem Brett geräucherter Speck. Bestimmt eineinhalb Pfund. Sie fragte nach nichts. Nahm sich ein Stück Zeitungspapier und eine Plastiktüte und wickelte den Ranken ein. Sie nahm ein paar Äpfel, eine Tafel Nussschokolade und ein abgepacktes und in Folie eingeschweißtes Stück Käse.

»Hast du ein Messer?«, fragte sie Krupp.

»Ein Messer? Ich hab die Flinte hier …«

»Willst du den Speck und den Käse klein schießen?«

Er trat zu ihr an die Anrichte heran, zog die Schubladen auf, nahm aus dem Besteckkasten ein Küchenmesser, nicht groß, aber groß genug.

»Zufrieden?«, sagte er zu Marielle. Und er schob das Messer in eine Jackentasche.

Sie gab keine Antwort. Aber sie stellte eine neue Frage: »Trinken?«

»Natürlich. Wasser, Saft, so was.«

Marielle schaute den Wirt fragend an. Der zeigte mit dem Kinn auf einen kleinen Verschlag am anderen Ende der Küche. Hinter einer Lattentür lagerten Bier- und Limonadenkästen, dazu Säfte und Weine.

Marielle holte zwei Flaschen Apfelsaft heraus und zwei leere Orangensaftflaschen aus Kunststoff. Die füllte sie mit Wasser, das eiskalt aus der Leitung kam.

»Genug jetzt«, maulte Krupp. »Gib zwei Flaschen mir. Die anderen nimmst du. Und jetzt gib Gas.«

Marielle schaute ihn an. Die Angst begann wenigstens etwas nachzulassen. Sie hatte das Gefühl, dass sie das hier, wie es auch immer ausginge, überleben könnte.

»Wo gehen wir eigentlich hin?«

Doch mit dieser Frage machte sie Krupp wütend.

»Du sollst nicht fragen!«, schrie er sie an. »Du hast hier nichts zu fragen! Verstehst du? Schau, dass du rauskommst!«

Als sie den Rucksack übergeworfen und in den Flur gegangen war, hörte sie aus der Küche zwei dumpfe Schläge. Und unmittelbar danach das würgende Stöhnen von Menschen.

Dann kam Krupp.

»Die schlafen eine Weile«, sagte er, jetzt wieder ganz ruhig. »Die lassen uns in Ruhe.«

Und dann traten sie hinaus in einen fürchterlichen und zugleich atemberaubenden Wintermorgen.

***

»Ich möchte, dass du mir ein Treffen mit Schwarzenbacher vereinbarst«, sagte sie zu Pablo.

Er sah sie sprachlos an.

»Schau nicht so«, sagte sie.

»Aber … du hast doch selbst gesagt, dass er ein unmöglicher Typ ist. Dich belästigt hat. Was willst du von ihm?«

»Ich kann dir nicht sagen, warum es so ist. Aber er war es, der mich mehr als jeder andere dazu gebracht hat, diese ganze Sache noch einmal zu durchleben. Jetzt will ich wissen, warum ihm so daran gelegen war.«

»Ich weiß nicht«, sagte Pablo. »Mir ist unwohl dabei.«

»Red keinen Unsinn«, sagte sie. »Ich bitte dich wirklich um nichts Besonderes. Wenn du am ›Treibhaus‹ vorbeikommst, schau, ob du ihn siehst. Und wenn du ihn siehst, bestell ihm einen Gruß und meine Bitte, ihn zu treffen. Wann und wo, das kann er bestimmen. Ich hab ja momentan viel Zeit.«

»Ich weiß nicht«, sagte Pablo. Aber er wusste natürlich, dass er ihrer Bitte nachkommen würde.

***

Es hatte, zumindest für den Moment, aufgehört zu schneien. Einen halben Meter hoch war die Schneeschicht, die alles bedeckte. Vielleicht sogar mehr. Bei ihrem ersten Schritt versank Marielle bis zu den Knien. Bei ihrem zweiten Schritt spürte sie den Schnee in ihren Schuhen.

Noch zehn Schritte, dachte sie, und ich bin nass bis auf die Haut. Und in zwei Stunden beginnen die Füße zu erfrieren.

»Was soll das eigentlich?« Sie drehte sich zu Krupp um. »Wo willst du eigentlich hin?«

Er drückte ihr den Gewehrlauf in den Rücken. »Weg. Ich will weg von hier. Und du wirst mich aus dem Scheißgebirge rausbringen.«

»Ich kann dich nicht rausbringen. Schau dich doch mal um. Wir ersticken im Schnee. Wir schaffen das nie …«

»Wenn wir es nicht schaffen«, sagte Krupp, »dann krepierst du eben mit mir. Also, stell dich nicht an.«

Und dann geschah etwas, was Krupp sicherlich nicht erwartet hatte – und was auch Marielle von sich selbst nicht erwartet hatte. Sie schrie ihn an, mit all der Kraft ihrer Stimme:

»Du bist doch völlig wahnsinnig! Du hast keine Ahnung! Arschloch, blödes! Du weißt nicht, wie die Berge sind. Bist ein blöder Arsch aus der Stadt. Kennst du die Kälte? Kennst du nicht! Oder Lawinen? Mir wäre es egal, wenn du dran erstickst. Nein, es wäre mir nicht egal – es wäre das Beste, was passieren könnte. Je eher, desto besser. Verstehst du? Aber ich …!«

Sie musste Luft holen, so sehr hatte sie sich in Rage gebrüllt.

»Aber ich hab nicht die geringste Lust, wegen dir Idioten in einer Lawine zu ersticken!«

Krupp grinste. Sie wusste, dass er sie jetzt vielleicht über den Haufen schießen würde. Aber Angst spürte sie in diesem Augenblick keine. Und er grinste nur. Und dann schlug er ihr so schnell, dass sie den Schlag gar nicht kommen sah, mit dem Handrücken ins Gesicht. Der Schlag war hart. Sie spürte, wie ihr die Tränen in die Augen schossen. Und dann warmes Blut, das aus ihrer Nase über ihre Lippen lief. Ein paar Tropfen fielen in den Schnee.

Sie hatte sich immer davor gefürchtet, von einem Mann geschlagen zu werden. Aber es war ihr noch nie passiert. Vielleicht wäre es geschehen, wenn sie länger mit Christian zusammengeblieben wäre. Vielleicht.

Der Schmerz breitete sich vom Nasenrücken zur Nasenwurzel übers ganze Gesicht aus und fraß sich dann in ihren Kopf hinein. Sie musste an den Jäger denken, an den Klumpen, der von seinem Gesicht noch geblieben war.

Er hätte auch schießen können, dachte sie. Dann wäre mein Gesicht jetzt weg. Und ich wäre tot.

Einen Moment lang fragte sie sich, ob das nicht besser wäre. Aber dann erinnerte sie sich an die Klinge. Und noch etwas wurde ihr bewusst: In der Natur, die sich über Nacht in eine menschenfeindliche Wildnis verwandelt hatte, war sie ihm überlegen. Sie liebte die Berge. Für einen, der nicht an sie gewöhnt war, waren sie Feinde. Zumindest unter diesen Bedingungen.

Marielle wischte sich mit dem Handrücken das Blut von der Nase und den Lippen. Die Oberlippe brannte; sie musste aufgeplatzt sein. Sie schmeckte den metallenen Geschmack ihres eigenen Blutes im Mund. Aber sie wusste, das war alles nicht so schlimm.

»Geh jetzt«, sagte Krupp. »Und reiß dein Maul nicht wieder so weit auf.«

»Ist ja gut«, sagte sie beschwichtigend. »Aber du musst mir sagen, was du vorhast. Wohin willst du?«

»Raus aus diesem verdammten Gebirge.«

»Du kennst den Weg durch die Schlucht.« Es war mehr eine Feststellung, weniger eine Frage. »Du hast gesehen, wie es dort aussieht?«

Krupp nickte.

»Durch die Schlucht hast du keine Chance. Da können die Berghänge oberhalb abgehen. Die Lawinen fetzen da voll rein.«

»Es soll noch einen anderen Weg geben«, sagte Krupp. »Einen, der auch ganz woanders rauskommt.«

»Stimmt«, sagte Marielle. »Der ist endlos lange, und ich glaube nicht, dass wir das bei diesen Bedingungen schaffen.«

Krupp schien nachzudenken. Marielle spürte die Nässe in ihren Stiefeln.

»Wenn jemand den Jäger vermisst oder aus anderen Gründen unbedingt zur Hütte will«, sagte er, »welchen Weg würde er jetzt nehmen?«

»Den langen. Mit dem Jeep käme er vielleicht ein Stück weit

oder mit einer Schneekatze. Es ist der einzige Weg, der vielleicht gangbar wäre.«

Am liebsten hätte sie sich auf die Lippen gebissen. Aber die schmerzten auch so schon genug. Sie hatte Krupp bestätigt, was er befürchtet hatte: Der lange Weg würde ihn unter Umständen direkt in den Knast führen. Wenn, dann kam von dort die Hilfe für sie und die Wirtsleute und die Gefesselten im Schlafraum.

»Den Weg gehen wir auch nicht«, sagte er. »Gibt es noch andere Wege?«

»Nein«, sagte Marielle.

Aber sie sagte es so schnell, dass Krupp die Lüge witterte. Er hob seine Hand. Marielle hatte Angst vor dem nächsten Schlag.

»Nein, ich glaube nicht«, schickte sie schnell nach. »Ich bin zumindest noch nie einen anderen gegangen.«

»Aber es gibt einen, oder? Und du weißt, wo er ist.«

Jetzt zögerte sie einen Moment zu lang.

»Es gibt keinen ... zumindest keinen richtigen.«

Zum zweiten Mal traf sie die Rückhand mitten ins Gesicht.

Sie fiel in den Schnee. Nicht weil der Schlag so fürchterlich war, aber er brachte sie doch aus dem Gleichgewicht.

»Der Weg ist kein richtiger Weg«, schniefte sie. »Im Sommer ist er ein Pfad. Den ersten Teil kennst du eh: Wir sind ihn gestern abgestiegen, nach deiner Kletterei.« Fast hätte sie gesagt »nach deiner verkorksten Kletterei«. Aber das verkniff sie sich. Von den Schlägen hatte sie genug. »Dieser Steig führt über die Berge hier. Hinüber ins nächste Tal.« Sie hielt sich eine Handvoll Schnee an die Nase und versuchte, die Blutung zu stillen. »Und dann noch mal rauf und über Berge. Und dann kommt man irgendwo raus. Aber ich war da noch nie.«

»Den Weg«, sagte Krupp.

»Wir haben keine Chance«, sagte Marielle. »Nicht die geringste.«

Aber das war ihm egal. Er zog sie an einem Arm aus dem Schnee und befahl ihr wortlos, endlich loszugehen. Es war ein Weg ohne Horizont, das wusste sie.

***

»Er sagt, er freut sich auf das Treffen«, sagte Pablo. »Er war im ›Treibhaus‹, wie so oft. Da hab ich ihn angesprochen.«

Sie lag im abgedunkelten Zimmer auf der Couch. Draußen war der Tag schön und kalt. Drinnen war es warm, aber dunkel und deprimierend. Pablo wollte die Rollläden an den beiden Fenstern hochziehen, aber Marielle bat ihn, es bleiben zu lassen.

»Ist mir lieber so.«

Er sehnte sich nach einem Lächeln von ihr. Mehr wagte er gar nicht zu wollen. Aber ein Lächeln war schon zu viel.

Es wäre besser gewesen, sie wäre in der Klinik geblieben. Er dachte das nicht zum ersten Mal, seit er sie bei sich zu Hause hatte.

Ein Lächeln. Endlich wieder ein Lächeln.

»Wenn es dir recht ist, hat Schwarzenbacher gesagt, könntet ihr euch morgen um vier im Café am Landestheater treffen. Du weißt schon, in dem Glaswürfel, wenn man von der SOWI vorgeht zur Hofburg.«

Er reichte Marielle einen Zettel.

»Er hat mir aber auch noch seine Handynummer gegeben. Damit du dich gegebenenfalls mit ihm in Verbindung setzen kannst.«

»Ist gut«, sagte Marielle. »Ich danke dir. Für alles.«

Er konnte ihren Dank geradezu spüren. Aber das ersehnte Lächeln blieb auch jetzt aus.

***

Krupp und Marielle bahnten sich einen Weg durch den Schnee, der da, wo er es gut mit ihnen meinte, nur bis zu den Knien reichte. Oft aber versanken sie bis an die Hüften. Jeder Schritt war eine Qual. Besonders für Marielle. Denn Krupp dachte gar nicht daran, vorauszugehen und die mühevolle Spurarbeit zu übernehmen.

Es war auch kein Weg, der auf diese Art und Weise entstand, nur eine schmale Rinne im Schnee. Und diese Rinne führte auf die Laaserwände zu, jenes Felsmassiv mit den großen, schwierigen und gefährlichen Kletterrouten. Es war noch gar nicht lange her, dass Marielle hier mit Pablo die »Zehmer-Daumhauser«-Route geklettert war. Wie hatte sie über den verdammten Riss geflucht, war aber auch da irgendwie hochgekommen und hatte sich diese

Tour abends stolz in das Büchlein geschrieben, in dem sie alle ihre alpinistischen Unternehmungen vermerkte.

Die obere Hälfte der Wand war in dichten Wolken. Die untere war frei. Keine Wolken, kein Nebel. Graues Licht, als wenn es keine Sonne gäbe.

Der Fels war mit Schnee verklebt. Der Sturm der Nacht hatte den Schnee gegen das Gestein gepresst, sodass nun alles wie ein Kuchen aussah, der lieblos und schlampig mit Zuckerguss glasiert worden war.

Beängstigend sah das aus. Solche Bilder kannte sie aus Bergsteigerzeitschriften – irgendwelche wahnwitzigen Expeditionen im sturmgepeitschten Südpatagonien oder an Granitpfeilern im Karakorum. Nie, wirklich nie würde sie sich in ein solches Abenteuer begeben.

Es war schon ihr »Weg« schlimm genug. Sie mussten dort hinaufspuren, wo sich der Einstieg zur Rampe befand, die Krupp am Vortag geklettert war. Sie fragte sich, ob die Geschehnisse anders verlaufen wären, ob sich diese Tragödie auf der Hütte vielleicht gar nicht ereignet hätte, wenn dieser Krupp nicht so untalentiert im Fels gewesen wäre. Wenn er sich wenigstens ein bisschen hätte freuen können an dem Erlebnis des Kletterns.

Mühselig ging es den tief verschneiten Steig hinauf. Wo sie normalerweise eine halbe Stunde gebraucht hätte, schuftete sie jetzt fast drei Stunden. Sieben, acht, neun, höchstens zehn Schritte, dann musste sie kurz rasten. Sie beugte sich nach vorne, stützte sich mit den Händen auf den Knien ab, atmete schwer, keuchte und hustete. Als sie am Einstieg der Rampe ankamen, war Marielle völlig fertig.

Sie hatte sich Zeit lassen, möglichst langsam sein wollen, denn sie hatte die Hoffnung, dass aus dem Tal irgendwann Hilfe käme.

Denn es war ihr bewusst, dass dieser Weg sonst ins Verderben führte. So oder so. Dass sie heute nirgendwohin kämen, an kein Ziel. Erfrieren würden sie. Oder eine Lawine würde sie begraben. Es gab genug Möglichkeiten, hier zu Tode zu kommen.

Aber sie hätte gar nicht viel langsamer vorankommen können. Gut, manchmal streckte sie die Atempausen noch etwas länger, als es unbedingt notwendig war. Wenn jemand ihr und Krupp zugesehen hätte, dann wäre ihm sicher der Verdacht gekommen, dass dort Menschen unter Valiumeinfluss hinaufstapften, schneckenlangsam und dabei chancenlos, irgendein Ziel zu erreichen.

Sie sah immer wieder zurück zur Hütte und in die Richtung, aus der sich der lange Weg heraufwand – wenn man ihn gesehen hätte. Alles war einfach nur weiß. Aber wenn, dann müsste von dort jemand kommen. Aber es kam niemand. Und auch vor der Hütte rührte sich nichts. Die anderen hatten sich ganz offensichtlich nicht befreien können.

Und Rita, die arme Rita, dachte sie, steht so unter Schock, die würde nie an dem Toten vorbeigehen …

Die Chancen, lebend aus dieser weißen Hölle herauszukommen, standen mehr als schlecht. Nichts tat sich. Niemand kam. Und wenn jemand gekommen wäre, wenn irgendjemand aufgetaucht wäre auf dem Weg dort unten, der zur Hütte führte, was hätte sie zu erwarten gehabt?

Ihr Anstieg würde hinaufführen zum Grat. Im Sommer ein steiler Steig, felsdurchsetzt, schmal, enge Serpentinen und ausgesetzte Wegstücke.

Gestern war noch Sommer, dachte sie. Gestern war dieser Anstieg kein Problem. Jetzt ist alles anders.

Wenn sie es da überhaupt hinaufschaffen würden – was wäre erreicht?

Oft war sie da oben am Grat gewesen. Gestern. Vor zwei Wochen und davor schon immer wieder. Über die verschiedensten Routen war sie hinaufgeklettert. Mittlerweile kannte sie jeden Kletterweg, der durch die gigantische Schattenwand führte. Von der leichten Rampe bis zur »Zehmer-Daumhauser«. Vom dritten Schwierigkeitsgrad bis zum überhängenden Sechser. Sie hatte sich diese Berge vertraut gemacht. Ihr waren sie nicht mehr fremd oder gar unheimlich gewesen. Pablo erging es da ganz ähnlich. Sie hatten sich an die Art, hier zu klettern, gewöhnt. An die Beschaffenheit des Steins, an die Kühnheit vieler Routen. Die Gefährlichkeit, die hier herrschte, hatten sie für sich relativiert.

»Wenn du etwas gehst, was ausgesprochen schwer und ausgesprochen gefährlich ist«, hatte Pablo gesagt, »und du dir das ganz bewusst machst, dann lässt du es entweder sein oder aber deine Sinne stellen sich ganz darauf ein. Dein Inneres ist dann so geeicht, dass es dich über alle Höhen und Tiefen trägt.«

Ganz schön poetisch, hatte Marielle gedacht, als sie damit noch weniger Erfahrung gehabt hatte. Als es ihr noch am liebsten gewesen war, in sogenannten Plaisirrouten zu klettern, wo alle zwei Meter ein Bohrhaken steckte, kein Steinschlag zu befürchten war und immer die Sonne schien. Den Adrenalinschub, der sich einstellte, wenn man zehn Meter bis zum nächsten Haken klettern musste und die Angst einem zuerst einmal zittrige Beine machte, den lernte sie erst später kennen.

Und irgendwann begriff sie, dass sie genau danach süchtig war.

Oft war sie schon dort oben am Grat gesessen, berauscht vom Adrenalin, stolz auf sich selbst, glücklich. Und immer auch mehr oder weniger erschöpft. Bestimmt schon ein Dutzend Mal.

Ohne je dorthin gekommen zu sein, wusste sie, was sich jenseits des Höhenzugs befand: ein karges, einsames, fast unberührtes Tal. Mit schroff abfallenden Flanken, mit Bergen ohne ästhetischen oder alpinistischen Reiz. Auch das ein Satz von Pablo: »Das da drüben sind nur Dreckhaufen. Nichts, was mich lockt.«

Und in der Tat gehörte dieses Gebiet zu den allerletzten weißen Flecken auf den Landkarten der Alpen: touristisch unerschlossen und unbedeutsam. Selbst die Bauern hatten dort ihre Hochleger aufgegeben. Es war eine Ödnis, von der Welt vergessen.

Aber, dachte Marielle, bis dahin werden wir ohnehin nicht kommen.

»Weiter, weiter«, maulte Krupp und stieß sie mit dem Gewehrlauf an.

Marielle grub sich im Schnee voran. Unten bei der Hütte tat sich nichts. Auf dem Weg zur Hütte tat sich auch nichts. Nur am Himmel tat sich etwas: Ein kleines Wolkenloch ließ einen blauen Schimmer durch. Ringsum war es grau in grau. Aber dieser winzige hellblaue Fleck gab ihr ein bisschen Hoffnung.

Sie konnte nicht genau sagen, was sie davon hätte, wenn sich das Wetter bessern würde. Es war nur so ein Gefühl. Sie lechzte nach diesem Stückchen Himmelblau wie eine Verdurstende in der Wüste nach einem Schluck Wasser. Wenn sie etwas fürchtete in den Bergen, dann war es der Nebel. Der ließ einen die Orientierung verlieren. Das Gefühl für die Himmelsrichtungen kam einem abhanden. Sie hatte das einmal erleben müssen, bei einer Gletschertour mit einer Studentengruppe. Gar nichts Schwieriges.

Aber plötzlich waren sie als Seilschaft allein gewesen, abgeschnitten von der Welt, verloren im Niemandsland. Sie war in Panik geraten, hatte fürchterliche Angst davor gehabt, sich in den bedrohlichen Gletscherbruch zu verirren oder irgendwo in steiles Eisgelände zu geraten.

Es war gut gegangen, weil einer ihrer Begleiter mit dem Kompass und dem Höhenmesser umzugehen verstand und so auch bei null Sicht die richtige Richtung und den Weg zurück gefunden hat. Das war noch vor dem Start in ihre Bergführerausbildungen gewesen. Mittlerweile verstand sie sich selbst auf Karte, Kompass, Höhenmesser.

Aber die Angst war geblieben. Nichts fürchtete sie so sehr wie den Nebel. An diesem Tag noch mehr als sonst. Und das blaue Himmelsfetzchen war ihr ganzer Hoffnungsschimmer.

Aber wie bei den Verdurstenden auch ist die Rettung am Horizont oft nur ein Trugbild, nichts weiter als eine Fata Morgana.

12

Marielle spürte die Kälte nicht mehr. Sie spürte gar nichts mehr außer dem brennenden Schmerz in den Augen. Nicht einmal mehr die Angst war da. Sie presste die Lider zusammen, ließ nur einen winzigen, millimeterbreiten Sehschlitz. Doch ihre Augen tränten, und sie konnte immer schlechter sehen.

Schneeblind. Ich werde schneeblind, dachte sie. Stapfe durch den Schnee, irgendwo an einem Berg. Und hinter mir keucht mein Mörder. Wenn ich mich umdrehe, kann ich ihn kaum mehr sehen. Nur einen Schatten, der sich bewegt. Aber ich höre ihn. Höre, dass er da ist.

Sie ließ sich in den Schnee fallen.

»Ich kann nicht mehr«, sagte sie. »Ich sehe kaum noch was.« Sie drückte ihr Gesicht auf den nassen Ärmel und schluchzte. »Lass mich hier liegen. Bitte. Ich geh nicht mehr weiter.«

Krupp sank neben ihr in den Schnee. Er keuchte schwer.

Er hustete, spuckte aus, rieb sich die Augen. Die Waffe lag neben ihm im Schnee. Sein Hustenreiz war so heftig, dass es ihn würgte und er sich fast übergeben hätte. Minuten vergingen so. Als sich dann sein Zustand besserte, fuhr er, keuchend noch immer, Marielle an:

»Wo bringst du mich hin, du verdammte Schlampe? Das ist kein Weg. Das führt nirgendwohin. Glaubst du, ich merk das nicht? Glaubst du, ich bin blöd?«

Ein neuerlicher Hustenanfall erstickte seine Schimpftirade.

Marielle dachte, er würde sie erschießen. Aber diese Vorstellung machte ihr nichts aus. Sie spürte ja nichts mehr, keine Angst und keine Schmerzen. Nur die Augen.

Sie war nie zuvor schneeblind geworden. Ein paar Mal hatte zwar nicht viel gefehlt. Auf Viertausendertouren in der Schweiz, endlos langen Anstiegen über Gletscher, hatte sie zum Fotografieren einmal die Gletscherbrille allzu oft abgenommen. Um dann bald ein leichtes Stechen in den Augen zu bemerken. Da hatte sie gewusst, dass sie in Gefahr war. Sie hatte über die Schneeblindheit gelesen, vor allem in Büchern über den Himalaya. Dass die Schmerzen nicht das Schlimmste seien, sondern die Erblindung, die zwar behandelt und geheilt werden konnte, aber was nützt das, wenn man hilflos im ewigen Eis herumtapst?

»Das ist der Weg«, sagte sie. »Der Weg, den du gehen wolltest. Ich hab dir gesagt, dass wir keine Chance haben. Nicht unter diesen Umständen. Und jetzt …« Sie hielt einen Moment lang inne. »Jetzt ist eh alles aus …«

Er stieß sie mit der Faust hart gegen die Schulter. »Hör auf mit deinem blöden Geschwätz. Noch ein Wort, und ich schlag dir den Schädel ein.«

Er hatte das Gewehr genommen und hielt es mit beiden Händen quer vor seiner Brust.

»Du bringst mich hier raus. Das ist deine Chance, verstehst du? Du hast nur die eine. Wenn du mich hereinlegen willst, bringe ich dich um. Wenn irgendwo die Bullen auftauchen, dann gehst du mit mir hops. Wenn uns dieser beschissene Winter mit Schnee erstickt, dann erstickst du an meiner Seite. Es liegt bei dir, einen Weg aus dieser Scheiße zu finden.«

»Warum sollte ich?« Marielle sah ihn blinzelnd an. »Warum sollte ich dich aus diesem Gebirge herausführen wollen? Du bist ein dreckiger, mieser Mörder. Und wenn ich dich in Sicherheit brächte, würdest du mich genauso umbringen wie den Jäger.«

Blitzschnell nahm Krupp die Linke vom Lauf des Gewehrs und fasste Marielle mit seiner eiskalten Hand ins Gesicht. Wie eine Zange packte er zu, auf ihrer linken Wange den Daumen, auf der rechten die anderen vier Finger. Er drückte zu, bis sie zwischen Wangenknochen und Oberkiefer heftigen Schmerz verspürte. Sie wollte etwas sagen, brachte aber kaum etwas heraus. Mehr noch, jeder Versuch, Silben zu formen, machte die Schmerzen noch schlimmer.

»Du solltest dein kleines Maul nicht ganz so voll nehmen«, sagte Krupp.

Er ließ sie los und forderte sie auf, eine der Trinkflaschen rauszuholen.

Er trank gierig, kämpfte den wiederaufwallenden Husten nieder, trank weiter, reichte dann Marielle die Flasche.

Ihr ekelte vor diesem Mann. Unter anderen Umständen hätte sie ganz gewiss nicht aus derselben Flasche getrunken. Aber sie wollte diese verdammte Sache überleben. Wollte nicht hier sterben. Nicht an Erschöpfung, nicht durch Erfrieren, nicht durch Lawinen oder Absturz. Und schon gar nicht durch Krupp. Eben noch wäre sie am liebsten einfach liegen geblieben. Jetzt aber war ihr Kampfgeist wieder zurück. Geschwächt natürlich, angeknockt, aber immer noch nicht gebrochen.

Sie musste trinken. Der Schnee, von dem sie sich ab und an eine Handvoll in den Mund geschoben hatte, konnte den Durst nicht lange löschen. Im Gegenteil, der Schnee steigerte nur noch das Verlangen nach Flüssigkeit.

Sie wischte mit dem nassen Ärmel ihrer Jacke über die Öffnung der Flasche und trank.

Was für eine verrückte, grauenvoll verrückte Situation, dachte sie. Sitze ich hier im Schnee mit einem Mörder. Sie schaute ihn über die Flasche hinweg an. Sie wollte ihn beobachten, ohne dass er es merkte. Mit ihren halb geschlossenen Lidern musste das ja möglich sein. Sie wollte sehen, was in ihm vorging. Würde er sie töten?

Klar, dachte sie. Ich kenne ihn, weiß, wie er aussieht, kann ihn ganz genau beschreiben, ihn identifizieren. Er lässt mich nicht am Leben.

Aber dann dachte sie, dass die anderen, die er gefesselt auf der Hütte zurückgelassen hatte, ihn auch erkennen würden. Er hatte die Filmleute nicht umgebracht, die Hüttenwirtin nicht, den Wirt nicht. Vielleicht ließ er auch sie am Leben. Es weiß doch eh ein jeder, wer er ist und was er getan hat.

Sie sah sein Gesicht, seine Mimik, seinen Mund. Sie suchte nach seiner Brutalität und woher sie kam. Wenn sie ihn auf der Straße getroffen hätte, irgendwo in der Stadt, sie hätte ihn nie für einen Verbrecher gehalten. Ein kalter Typ, das ja, arrogant und nicht sehr sympathisch, auch das. Einer, der sich Frauen nahm, ohne ihnen Gefühle entgegenzubringen. Der ihnen seinen Willen aufzwingen konnte. Was ihn vielleicht fast schon wieder anziehend gemacht hätte.

Selbst jetzt, in seinem abgekämpften Zustand, nass, schneeverklebt, verschwitzt und frierend zugleich, wirkte er nicht wie ein Gewaltverbrecher.

»Wie machen wir weiter?«, sagte Krupp.

Marielle setzte die Flasche ab.

»Ich meine es ernst: Es gibt kein Weiter. In den letzten drei Stunden ist mindestens ein Viertelmeter Neuschnee gefallen. Ich kann kaum mehr was sehen. Und selbst wenn ich richtig sehen könnte – wir haben unter diesen Bedingungen nicht die geringste Chance, da drüben ins Tal hinunterzukommen.«

»Wenn es die einzige ist, dann müssen wir da runter. Oder wir verrecken hier.«

»Wie spät ist es?«, fragte Marielle.

Krupp schob den nassen Ärmel hoch. »Halb vier.«

»Halb vier.« Marielle wiederholte seine Worte fassungslos. »Weißt du, was das heißt? Weißt du, was das heißt? Wir haben für dieses Stück Weg, das man normalerweise in zwei oder drei Stunden geht, einen Dreivierteltag gebraucht. Der Schnee bringt uns um!«

Der Himmel war bleigrau gefärbt. Nirgends auch nur eine Andeutung, wo die Sonne stand. Ein einziges graues und trübes Meer. Und die Landschaft darunter war von der Farbe des Himmels kaum zu unterscheiden. Der Schnee, der ihnen hart in die Gesichter peitschte, schien nicht weiß, sondern grau zu fallen.

»Wir müssen von diesem Grat hier weg«, sagte Marielle. »Ein Stück drüben hinunter. Wir müssen Windschatten finden. Und einen halbwegs ebenen Platz. Das ist alles, was wir heute noch tun können.«

»Und dann?«, fragte Krupp.

»Eingraben«, sagte Marielle. »Wir können nur hoffen, dass der Schnee nass genug ist, damit wir uns eine kleine Höhle bauen können. Wenn nicht, erfrieren wir. Aber wahrscheinlich erfrieren wir sowieso in dieser Nacht.«

»Wir erfrieren nicht«, sagte Krupp und rappelte sich auf. Das Gewehr in der einen Hand, forderte er Marielle auf, sich auf den Weg zu machen. »Los! Lass uns keine Zeit mehr verlieren.«

Sie wollte nicht mehr weiter.

Aber sie musste.

***

»Ich muss das Treffen verschieben«, sagte Marielle am Telefon. Schwarzenbacher hatte sich nach zweimaligem Signalton gemeldet. »Das Treffen heute … ich hätte es gerne wahrgenommen. Aber es gibt noch etwas, was ich zuvor erledigen möchte.«

»Kein Problem«, sagte er. Seine Stimme klang rau, ein wenig heiser. Genauso hatte sie auch geklungen, als er bei ihr im Krankenzimmer gewesen war. »Darf ich wissen, was das ist?«

»Was?«

»Was Sie zuvor noch erledigen müssen.«

Da war er wieder, der ehemalige Kieberer. Der Fuchs, der witterte. Sie spürte Gefahr. Und aufsteigende Wut. Was ging ihn das an? Gar nichts ging ihn das an!

»Die Kripo hat mich angerufen«, sagte sie. Warum sie ihm die Antwort gab, hätte sie nicht sagen können. »Sie haben mich zu einem Gespräch gebeten, bei dem ich ihnen alles noch einmal aus meiner Sicht schildern soll.«

Stille am anderen Ende der Leitung. Nein, nicht Stille, aus dem Hintergrund war Musik zu hören. Musik, die sie nicht kannte. Die ihr aber auch ganz egal war.

»Sie wissen, dass Sie da nicht hingehen müssen …«

Was will er damit schon wieder sagen?, dachte Marielle, die aus diesem verfluchten Bullen einfach nicht schlau wurde.

»Wer will Sie sprechen?«, fragte Schwarzenbacher weiter.

»Ein Herr Hosp, wenn ich es richtig verstanden habe. Außerdem wird Richter Berger dabei sein. Den kenne ich. Der war auch dabei, als die Vorbesprechung zu den Filmarbeiten stattfand.«

»Hosp.«

Sie konnte nicht heraushören, was Schwarzenbacher mit der Wiederholung des Namens ausdrücken wollte. Ob er ihn kannte. Ob er ihn gut fand oder, im Gegenteil, ein Hauch Verachtung mitschwang.

»Und Sie wollen diesen Termin wahrnehmen?«

»Hmmm.« Es war eine Zustimmung.

»Sie sind sich ganz sicher? Sie müssten nicht. Auch wenn Sie nicht mehr im Krankenhaus sind, so sind Sie doch im Krankenstand.«

»Ich weiß nicht, was das soll«, sagte Marielle. »Hosp hat mir gesagt, er bräuchte das Gespräch, um dann die Akte schließen zu können. Formsache, nicht mehr. Und ich glaube, ich bin alt genug, um das bewältigen zu können. Und was die Gesundheit angeht: Da bin ich wieder stabil genug, da wäre jede Sorge unbegründet.«

»Wie Sie meinen«, sagte Schwarzenbacher. Und nach einer kurzen Pause, in der weder er noch Marielle etwas sagten und während der sie nur die Musik aus dem Hintergrund hörte – eine besondere Musik, wie sie ihr überhaupt nicht vertraut war –, fügte er hinzu: »Ich würde Ihnen aber Reuss empfehlen. Es kann nichts schaden, einen guten Anwalt zu haben.«

Sie hatte sofort das Gefühl, sich setzen zu müssen.

Ein Anwalt! Sie wollte keinen Anwalt! Sie wollte in Ruhe gelassen werden. Sie hatte sich erinnert, sie war Schwarzenbachers Aufforderung gefolgt und hatte sich erinnert, zumindest an fast alles. Jetzt wollte sie die Sache nur hinter sich bringen und dann vergessen können. Wenigstens anfangen mit dem Vergessen.

Ich brauche keinen Anwalt. Ich brauche Schlaf, ganz viel Schlaf. Ganz langen, langen Schlaf. Und wenn ich aufwache, möchte ich nichts mehr wissen von dem, was war.

»Er ist ein guter Anwalt. Und eine außergewöhnliche Persönlichkeit. Er verdient viel Geld, ist aber kein Schwein. Und ich glaube, er könnte enorm hilfreich für Sie sein ...«

»Sie sind im falschen Film!«, erregte sich Marielle. »Das ist wirklich der falsche Film! Ich brauch keinen Anwalt und schon gar nicht Ihren Herrn Reuss, den ich mir nie im Leben leisten könnte. Also, was soll der Scheiß ...?«

»Es ist ein Vorschlag. Mehr nicht. Und ich gehe davon aus, dass Reuss in Ihrem speziellen Fall nichts verlangen würde. Und wenn Sie sich jetzt nicht unnötig einspreizen, dann ruf ich ihn an und sag ihm, er soll Sie zur Polizei begleiten ...«

Marielle wollte widersprechen, aber Schwarzenbacher ließ sie nicht zu Wort kommen.

»... außerdem könnte sich Reuss um Ihre Medienangelegenheiten kümmern. Ihre Geschichte wird so oder so ausgeschlachtet, mit oder gegen Ihr Einverständnis. Reuss sorgt dafür, dass Sie eine entsprechende Gegenleistung erhalten. Und er kann dafür sorgen, dass jeder, der Unsinn über Sie publiziert, gehörigen Ärger bekommt.«

Marielle hätte am liebsten aufgelegt. »Ich habe nicht vor, nur dass das klar ist, nicht vor, aus dieser Mordgeschichte auch noch

Kapital zu schlagen! Sie sind, ich hab es schon einmal gesagt, im völlig falschen Film.«

»Reden Sie mit Reuss darüber«, sagte Schwarzenbacher. »Ich sag ihm, er soll Sie anrufen. Vielleicht sind Sie mir noch dankbar.«

»Kein bisschen dankbar bin ich Ihnen«, sagte Marielle. »Nicht so viel.« Und dabei bildete sie mit Daumen und Zeigefinger ein lichtes Maß von circa fünf Zentimetern – jene Handbewegung also, mit der man oder frau zum Ausdruck bringen kann, dass sie diesen oder jenen für einen Schlappschwanz erachtet.

»Er braucht mich gar nicht anzurufen!«, schrie sie ins Telefon. »Und unser Treffen – das können wir uns auch sparen.«

Schon wollte sie auflegen. Aber Schwarzenbacher konnte ihr kleines Zögern noch dazu nutzen, sie für eine Woche später an denselben Treffpunkt zu bestellen.

»Um vier im ›Café Pavillon‹, beim Landestheater. Ich warte auf Sie …«

***

Sie fanden eine geeignete Stelle. Marielle fand sie. Sie waren den steilen Hang mehr hinuntergerutscht als -gestiegen. Und irgendwo im grauweißen Niemandsland hatte sie die Stelle bemerkt. Eine Art Balkon im Steilgelände. Annähernd quadratisch. Etwa drei auf drei Meter. Also fast schon komfortabel.

Das Problem war, der Schnee war nicht nass genug. Er gab kein gutes Baumaterial ab. Das wusste sogar Krupp, der nichts mit den Bergen im Sinn hatte, dass es zum Iglu- wie zum Schneemannbauen nassen Pappschnee braucht. Pulverschnee kann man minutenlang in den Händen pressen – und es wird trotzdem kein Schneeball daraus. Ein Iglu würden sie nicht hinbekommen. Wie auch. Dazu hätte man eine Schaufel gebraucht.

»Wir müssen den Schnee zur Seite schieben«, sagte Marielle. Sie hatte so eine Art »zweite Luft« bekommen, hatte irgendwo in ihrem zierlichen Körper Energiereserven angezapft. Sie war jetzt kraftvoller als noch vor einer Stunde. Kraftvoller und entschlossener. »Wir müssen Mauern aus dem Schnee machen, Schutzwälle. Damit die wenigstens den Wind abhalten.«

Sie hatte natürlich recht. Aber wie sollte das bewerkstelligt werden? Mauern, Wälle bauen – mit bloßen Händen? Im Schnee graben mit Fingern, die längst kein Gefühl mehr in sich hatten, Erfrierungserscheinungen aufwiesen? Ohne Schaufel, ohne Werkzeug?

»Das schaffen wir nicht«, sagte Krupp, der mittlerweile mit seinen Kräften am Ende war. Er, der das Gebirge nicht kannte, der es nicht gewohnt war, bergzusteigen, zu klettern, sich gar durch hüfthohen Schnee bergauf und wieder bergab zu quälen, litt unter den Anstrengungen weit mehr noch als Marielle, die ihm körperlich und von der Kraft her ansonsten unterlegen gewesen wäre. »Wie sollen wir das schaffen? Wir haben nichts, womit wir schaufeln könnten.«

»Dann nimm deine Hände«, fauchte Marielle ihn an. Ihre Angst, ihre Panik, ihre Erschöpfung hatten sich in ihr zu etwas Neuem geformt. Wie bei einer chemischen Reaktion, bei der der Inhalt eines Reagenzglases zum Inhalt eines anderen gekippt wird – und plötzlich fängt es zu dampfen, zischen, brodeln an, giftig gelber Rauch steigt auf. Oder es geht alles in die Luft.

Bei Marielle war Wut entstanden. Eine Wut, die sie jetzt dringender brauchte, als sie es sich selbst hätte eingestehen können. Die Wut würde ihr vielleicht die Kraft geben, lebend aus diesem Fiasko herauszukommen.

»Und es ist mir verdammt noch mal scheißegal, ob deine Hände schon halb erfroren sind. Meine sind es auch. Und wenn wir jetzt nicht alles tun, dann verrecken wir hier in den nächsten paar Stunden …«

Sie grub sich förmlich ein in den Schnee, schob mit dem bisschen Kraft, das noch in ihr war, Schneehaufen auf, versuchte sie sodann mit Händen, Armen und Füßen zu festen Wällen zu pressen. Krupp blieb gar nichts anderes übrig, als die Waffe zur Seite zu legen und mit anzupacken. Allmählich kapierte er, welches Ziel Marielle verfolgte. Und dann schob auch er Schnee zusammen und trampelte mit durchnässten Schuhen und von der Kälte tauben Füßen den Untergrund fest.

Es war Nachmittag, aber es war spürbar, dass die Nacht schnell kommen würde. Seit der Schneefall wieder eingesetzt hatte, war der Himmel schwer und trüb und so dunkel, wie er bei Tag nur sein konnte.

Berge waren nicht mehr zu sehen. Es war eigentlich überhaupt nichts mehr zu sehen. Während der letzten zwei Stunden hatte die Sicht meist nicht weiter als zehn, fünfzehn Meter gereicht. Ein ganz diffuses Licht hatte genügen müssen, um nicht gänzlich im Nirgendwo verloren zu gehen.

Aber Marielle war sich selbst nicht sicher, wo genau sie sich befanden. Dass die Richtung stimmte, daran glaubte sie fest. Aber ob sie noch in der Nähe des Steiges waren, der vom Gratverlauf der Laaserwände hinabführte ins jenseitige Tal, das war mehr als zweifelhaft. Und wenn sie sich nicht mehr in unmittelbarer Nähe befanden, dann bestand die Gefahr, dass sie sich bei diesen Sichtverhältnissen in steileres Gelände verirrten.

Sie arbeitete wie besessen. Wenigstens wurde ihr so am Körper wieder etwas warm. Die Füße spürten nichts mehr. Und die Hände waren taub. Bisweilen brannten die Fingerkuppen, dann wieder war jedes Empfinden daraus gewichen.

Sie fürchtete sich vor der langen Nacht.

Ein Biwak mit einem Mörder, dachte sie.

Sie gruben fast eine Stunde an ihrem Notunterschlupf. Immer wieder mussten sie Pausen einlegen. Sie waren völlig erschöpft. Dann, endlich, war alles geschafft, was unter diesen Umständen überhaupt möglich war. Sie hatten eine gut eineinhalb auf eineinhalb Meter große Kuhle in den Schnee gegraben. Die Seitenwälle reichten Krupp bis zur Mitte des Oberschenkels.

»Wir hätten eine Höhle graben müssen«, sagte er. In seiner Stimme lag nicht nur Wut. Marielle spürte noch etwas anderes: Verzweiflung. Sie hörte es und wusste nicht, ob das gut oder schlecht für sie war.

»Verdammt, wir brauchen was über den Kopf!«, schrie er. »So erfrieren wir doch!«

Egal, dachte sie. Es ist egal, ob wir erfrieren in dieser Nacht oder ob wir morgen hinunterstürzen. Morgen werde ich nichts mehr sehen können, schneeblind. Was will dieser Arsch?

Sie schaute ihn durch ihre blinzelnden, halb geschlossenen Lider an. Er hatte sich verändert seit dem Morgen. In diesen Stunden hatte er sich verändert. Die Strapazen dieses einen Tages hatten ihn zu einem anderen werden lassen. Am Morgen war er ein Killer gewesen, ein kalter Mann ohne jedes Gefühl. Da hatte er die Situation beherrscht, jetzt beherrschte sie ihn. Aus dem gemeingefährlichen Kampfhund war ein räudiger, geprügelter, geschundener Köter geworden. Aber einer, der zubeißen würde in seiner Not. Der einem an die Kehle ginge, wenn er keinen Ausweg mehr sah.

»Wir können hier nicht bleiben«, lamentierte Krupp. »Wir verrecken hier. Wir sind nass bis auf die Haut. Es schneit. Es wird eiskalt. Wir müssen weiter! Verstehst du?«

Marielle versuchte, ihre Augen wenigstens ein bisschen weiter aufzubekommen. Die Haut an ihren Wangen brannte dabei vom Salz der Tränen, die ihr immer wieder übers Gesicht gelaufen waren, ohne dass sie es bemerkt hatte. Sie fühlte sich innerlich ganz ruhig. Keine Angst mehr. Der Köter, mochte er auch die gelben Zähne noch so sehr fletschen, konnte ihr keine Furcht mehr einflößen.

Krupp schien das zu spüren, schien es an ihrer Stimme zu bemerken.

Er ließ sie gewähren, als sie ihn mit einer Schimpftirade überzog.

»Weißt du, wie egal es mir ist, ob wir hier verrecken, du blödes Arschloch, du! Ich hab keine Angst vorm Sterben, ich nicht. Und ob du verreckst, ist mir so was von egal. Nein, egal ist es mir nicht. Ich wäre froh, wenn du verrecken würdest! Ja, ich wünsche mir, dass du heute Nacht hier erfrierst, ganz erbärmlich erfrierst. Oder dass du weitergehst und über die Felsen hinunterstürzt oder hinuntergerissen wirst von einer Lawine. Genau das wünsch ich dir. Aber wahrscheinlich hast du ja recht. Wahrscheinlich überleben wir die Nacht nicht. Du jedenfalls nicht, du bist nicht geschaffen für die Berge. Ein Stadtmensch bist du, sonst nichts. Der sich hinterm Ofen verkriecht, wenn es kalt wird. Aber hier gibt es keinen Ofen. Hier ist nur Schnee und Eis. Und wir werden ganz jämmerlich eingehen. Wenn du mich fragst, dann wäre es besser, du würdest mir dein blödes Schießgewehr in den Mund stecken und abdrücken. Und dann bei dir dasselbe tun. Und weißt du, was verdammt lustig wäre? Wenn es bei dir dann nicht funktioniert, das Gewehr. Wenn du dich erschießen willst, aber nichts mehr funktioniert. Ich würde mich totlachen, wenn ich dann nicht schon tot wäre …«

Und dann hatte sie keinen Atem mehr, um in ihrem verbalen Tobsuchtsanfall noch weiter fortfahren zu können. Sie japste nach

Luft und wartete darauf, im nächsten Moment von Krupp ins Gesicht geschlagen zu werden. Aber der stand nur vor ihr, die Hände auf die Knie gestützt, und starrte sie an. Ungläubig, wie es ihr schien. Ungläubig und irgendwie ratlos.

Urplötzlich herrschte Stille. Fast absolute Stille. Sie sagte nichts mehr, und er sah sie schweigend und staunend an. Kein Wind war zu hören. Nichts. Der in großen leichten, geradezu schwebenden Flocken niedergehende Schnee schien den letzten Rest jedes Tons und jedes Klangs förmlich zu ersticken.

Nichts. Überhaupt nichts. Als Marielle dies bewusst wurde, fühlte sie sich völlig herausgehoben aus der realen Welt. In einen Traum versetzt. Oder nicht mehr ganz am Leben.

Sie hatte einmal ein Buch in Händen gehabt, bei dem es um sogenannte Nahtoderfahrungen gegangen war. Fallbeispiele von Menschen, die aufgrund von Unfällen oder Akuterkrankungen das Diesseits schon verlassen zu haben geglaubt und einen vermeintlichen Blick ins Jenseits getan hatten. Anfangs war das ganz interessant gewesen. Aber nach dreißig oder vierzig Seiten hatte sie das Gefühl bekommen, dass der Autor, dem Klappentext nach »ein internationaler Experte für Nahtoderfahrung und Trauerarbeit«, an einer schweren psychischen Störung leiden musste. Warum konnte niemand solch geistig Verwirrten verbieten, ihr krudes Zeug zu veröffentlichen? Es müsste Gesetze geben, um die epidemische Ausbreitung des Irrsinns zu verhindern. Wahrscheinlich war so was ja nicht weniger ansteckend als Aids …

So hatte sie damals gedacht und keinen Grund gehabt, ihre Meinung jemals zu revidieren.

Aber jetzt, in diesem Moment der Stille, gehüllt ins undurchdringliche Grau, wie schwebend auf einer Wolke in einem unfreundlichen Himmel, da fühlte sie sich dem Dasein enthoben, einem friedlichen Tod ganz nah. Selbst die Schmerzen in den unterkühlten Füßen und den Fingerkuppen schienen sich zu verflüchtigen.

Sie war tot. Fast schon tot, zumindest.

Sie brauchte sich nur noch umsinken zu lassen in den weichen Schnee, mitten hinein in die Kuhle, die sie gegraben hatten. Sie brauchte eigentlich nur noch zu sagen: »Das war's«, und die Augen zu schließen für immer.

Aber die Augen, die schmerzten noch. Das war die Realität. Ihre Augen brannten, und bei jeder Bewegung der Lider glaubte sie feinen Sand zu spüren, der wie Schleifpapier über die fürchterlich empfindlichen Augäpfel rieb.

Sie war nicht tot. Sie lebte. War immer noch am Leben. War nicht fortgekommen aus dieser grauenvollen Wirklichkeit.

Jetzt waren auch wieder Geräusche da. Das Rascheln des Anoraks, wenn Krupp sich bewegte. Ihr Hüsteln und Keuchen. Wahrscheinlich habe ich mir das alles nur eingebildet. Wahrscheinlich habe ich phantasiert, dass jemand diesen Horrorfilm angehalten, am DVD-Player auf Pause gedrückt hat. Und jetzt geht der Horror weiter …

Sie hörte ihn atmen, den Mörder, der neben ihr stand. Er lebte. Und sie lebte. Wie lange noch? Wie lange würde das noch gehen? Hatte sie eine Chance, die Nacht zu überstehen?

»Was machen wir jetzt?«, keuchte Krupp. »Wenn du so schlau bist und dich so gut auskennst im Gebirge, dann sag, was wir jetzt machen. Sag es!«

Sie wollte es nicht sagen, denn sie wollte es nicht wahrhaben. Sie wollte die Nacht nicht so verbringen. Nicht eng an einen Mörder geschmiegt, der vor kaum mehr als zwanzig Stunden einem Mann das Gesicht zu einem Blutklumpen geschossen hatte.

Sie mochte es nicht einmal, mit fremden Menschen in einem vollen Matratzenlager zu schlafen. Geschweige denn den Atem eines Fremden im Gesicht zu spüren. Aber dieser Fremde hier … Sie war voll Ekel und voll Wut.

***

Sie traf Reuss am Eingang zur Bundespolizei in der Kaiserjägerstraße. Damit sie ihn erkennen konnte, hatte er ihr am Telefon einige persönliche Merkmale durchgegeben: »Groß, halbwegs schlank, hohe Stirn – ich meine: sehr hohe Stirn –, rundherum einen dunklen Haarkranz. Ich habe eine Brille mit dunklem Gestell und trage einen Bart – wie soll ich sagen –, ja, so eine Art Leninbart. Ich werde pünktlich da sein.«

Reuss brauchte vier Minuten, um Marielles Misstrauen aufzulösen, und noch einmal fünf Minuten, um die Situation kurz und präzise zu bereden. Sie standen dabei unter dem gläsernen Vordach des Gebäudes, das in seinem schmutzigen Grün, in seiner Wucht und Unfreundlichkeit von jeher eher bedrückend auf Marielle gewirkt hatte. Als alles besprochen war, gingen sie hinein.

Erwartet wurden sie von einem Kriminalhauptkommissar namens Hosp, von seinem Assistenten Wasle, außerdem von Richter Berger, den Marielle ja bereits kannte.

Dieser Hosp kam ihr bekannt vor. Sie war sich nicht sicher, aber sie vermutete, dass er der Beamte gewesen war, der sie nach ihrer Bergung vernommen hatte. Aber das war weit weg, war für sie nur mehr verschwommen in Erinnerung. Und letztlich war es ja auch egal, ob es Hosp oder ein anderer gewesen war.

Hosp führte die ganze Gruppe in ein Besprechungszimmer, das weniger polizeilich wirkte als die Büroräume. In einer Thermoskanne stand Kaffee bereit, auf einem Teller waren Plätzchen aus einer billigen Supermarkt-Gebäckmischung angerichtet.

»Bitte nehmen Sie Platz, Frau Czerny, Herr Dr. Reuss.«

Dass der Anwalt Ansehen und Respekt genoss, war aus jedem Wort und jeder Geste der Polizeibeamten herauszuhören und herauszulesen. Das Gespräch verlief sachlich und unaufgeregt, und nicht ein Mal wurde die Frage laut, warum Marielle in Begleitung des namhaften Juristen gekommen war.

Es war Richter Berger, der die Gesprächsleitung übernahm. »Es geht«, sagte er, »eigentlich nur mehr darum, von Ihnen einige Vermutungen bestätigt zu bekommen. Sozusagen als letzten dicken Punkt hinter die Aussagen der Leute, die dieser Krupp als Geiseln genommen hatte.«

Reuss hatte ihr draußen noch geraten, den Spieß umzudrehen und selbst einige Fragen zu stellen: In der Tat wusste sie ja nicht, wie ihre Rettung ins Rollen gekommen war, wann die Geiseln entdeckt worden waren und wann sie hatten befreit werden können.

Der Kommissar machte sich nur einige Notizen, überließ das Reden aber dem Richter. Schließlich war es er gewesen, der die Aktion »losgetreten« hatte.

»Polizeiarbeit und genauso richterliches Handeln ist natürlich vernunftbestimmt, muss auf Fakten basieren. Aber, und da werden mir die Kollegen von der Kripo zustimmen, Bauchgefühl gehört auch dazu. Oder sollte ich besser sagen, Instinkt?«

Er goss Marielle, dem Anwalt, Wasle und dann sich Kaffee in die Tassen. Hosp hatte dankend abgelehnt.

»Es war der Wetterbericht. Ich war bis spät in meinem Büro in der Anstalt. Habe Akten durchgesehen, dabei den Radio laufen gehabt. Der Wetterbericht, der dann kam, war für diesen Landesteil so verheerend schlecht – insbesondere für den Zentralalpenraum –, dass ich begonnen habe, mir ernstlich Sorgen zu machen.«

Er nahm noch einen dritten Zuckerwürfel und rührte ihn in seinen schwarzen Kaffee.

»Ich habe damit begonnen, herumzutelefonieren. Meine Kollegin, Frau Dr. Santner, war am Handy nicht erreichbar. Die Berghütte ebenfalls nicht. Daraufhin habe ich die Polizeidienststelle in Steinach verständigt.«

Er nippte am Kaffee und sah über den Tassenrand hinweg in die Runde.

»Es gab eigentlich keinen Grund, keinen Verdacht, wenn Sie verstehen. Es war nur so ein Gefühl. Langer Rede, kurzer Sinn: Am nächsten Morgen haben sich die Beamten vor Ort auf den Weg gemacht, unterstützt von der Bergwacht, soweit ich weiß.«

Kommissar Hosp nickte.

»Irgendwie haben sich die Leute zur Hütte durchgekämpft. Näheres dazu steht im Protokoll. Und dort fanden sie den Toten, und sie fanden die Geiseln in erbärmlichem Zustand. Was aber für Sie, Frau Czerny, das Wichtigste war: Die Beamten erfuhren damit, dass Krupp Sie in seiner Gewalt hatte und wohl irgendwohin zu fliehen versuchte. Alles Weitere werden Sie wissen: Hubschrauber wurden eingesetzt, sobald die Witterung es wieder zuließ. Und glücklicherweise konnten wir Sie noch retten. Aber ich glaube, viel hätte nicht mehr gefehlt …«

Jetzt schaltete sich Hosp ein.

»Und genau hier brauchen wir von Ihnen noch ein paar Antworten. Die erste Frage: Hat Krupp Sie während der Flucht körperlich malträtiert? Hat er sich also – ich bin ganz offen: körperlich oder sexuell an Ihnen vergangen? Sie müssen mir diese Frage natürlich nicht beantworten – auf Ihren Wunsch hin würde ich selbstverständlich eine Kollegin hinzuziehen.«

Marielle antwortete nicht. Der Beamte verstand. Zuerst wollte sie alles wissen, was sie beantworten sollte.

»Die zweite Frage ist«, fuhr der Kommissar fort, »ob Sie überhaupt eine Erinnerung an den Lawinenabgang haben. Und drittens: Gibt es Ihrer Meinung nach eine Chance, und sei sie noch so gering, dass Konrad Krupp noch am Leben ist?«

Marielle beantwortete alle Fragen sehr sachlich, ruhig und mit für die Beamten erstaunlicher Emotionslosigkeit. Sie sprach, als wäre es nicht ihre eigene Geschichte, als berichtete sie über etwas, was sich fernab ereignet hatte.

Ihre Aussage – denn natürlich war es eine polizeilich relevante Aussage, um die es hier hing – war umfassend, und es bedurfte kaum der Nachfragen durch die Beamten.

Als alle Fragen beantwortet waren, Hosp zufrieden nickte, Wasle seinen Block, auf dem auch er sich Notizen gemacht hatte, zuschlug, meldete sich Berger noch einmal zu Wort:

»Eines, Frau Czerny, sollten Sie unbedingt wissen: Ich bedaure zutiefst, was Ihnen widerfahren ist. Auch wenn es keine Schuld im juristischen Sinne ist, so plagt mich doch seither das Gefühl, dies alles mitverschuldet zu haben. Schon allein dadurch, dass meine Einschätzung des Strafgefangenen nicht richtig war.«

Er machte eine winzige Pause, die aber genügte, dass jeder im Raum ihm seine emotionale Angegriffenheit anmerken konnte.

»Ich hoffe, Sie können mir verzeihen. Und ich hoffe, dass Sie eines Tages das alles überwinden können.«

13

»Wir kauern uns gemeinsam in unsere Grube«, sagte sie, und jedes Wort kostete sie Überwindung. »Wir kauern uns da hinein. Und du musst mich mit deinem Körper wärmen und ich dich mit meinem. Nur wenn wir beide am Leben bleiben, haben wir eine Chance.«

Sie nahm den Rucksack ab, öffnete ihn, löste das Rückenpolster aus Schaumstoff heraus und legte es als Sitzpolster in den Schnee. »Du kannst dich da draufsetzen.«

Den Rucksack, der nicht allzu viel enthielt, nahm sie für sich und legte ihn neben Krupps Platz.

»Los«, sagte sie. »Setz dich hin.«

Krupp hockte sich nieder, das Gewehr neben sich im Schnee. Er winkelte die Knie an und umfasste sie mit den Unterarmen. Marielle setzte sich neben ihn und rückte an ihn heran, bis sie durch ihren Anorak hindurch seinen linken Ellbogen in ihrer rechten Seite spürte.

»Leg den Arm um meine Schultern«, sagte sie.

Als Krupp ihrer Aufforderung nicht gleich nachkam, fuhr sie ihn an: »Hörst du nicht? Du sollst deinen Arm um meine Schultern legen.«

Dann tat er es. Und sie umfasste seine Hüfte. Sie hielt den Mörder im Arm und wurde von ihm im Arm gehalten.

Ich habe keine Wahl, dachte sie. Ich will, dass er stirbt. Denn solange er lebt, muss ich fürchten, von ihm umgebracht zu werden. Aber diese Nacht muss er leben. Nur diese eine Nacht noch …

***

Auf den Stufen vor dem Bundespolizeigebäude gab ihr Dr. Reuss seine Karte. »Reuss, Kranebitter & Meier« stand darauf, und die Adresse war wirklich nobel: Bienerstraße. Eine der Gründerzeitvillen im stillen Viertel zwischen Messegelände und dem Südufer des Inns.

»Ich hätte Sie gerne noch auf einen Tee oder was auch immer eingeladen«, hatte Reuss gesagt. »Aber dieser Termin kam nun ja doch sehr kurzfristig. Ich muss leider gleich weiter. Aber ich kann Sie noch ein Stück mitnehmen.«

Als sie dann wieder aus dem Wagen stieg – sie hätte nicht sagen können, um was für ein Modell es sich dabei gehandelt hatte; mit Autos kannte sie sich nicht wirklich gut aus; aber so viel war klar, es war ein klasse Modell, schwarz mit beigen Ledersitzen und einem ungemein angenehmen Fahrgefühl –, da hatte ihr Reuss noch geraten, sich auf jeden Fall mit Schwarzenbacher zu treffen. »Ist ein sehr guter Mann. Meint es gut mit Ihnen. Glauben Sie mir. Und auch wir sollten in Kontakt bleiben.«

***

»Wir dürfen nicht einschlafen«, sagte Marielle. »Unter keinen Umständen. Wenn wir einschlafen, erfrieren wir. Wir bleiben jetzt ungefähr eine Viertelstunde so hocken. Dann stehen wir auf, trampeln auf der Stelle, bewegen die Arme, es muss Blut reinfließen. Danach wieder eine Viertelstunde sitzen. Und wenn du merkst, dass ich einschlafe, weckst du mich auf. Ich mach es umgekehrt genauso.«

»Und wann können wir weiter?«, fragte Krupp.

»Wenn es hell wird«, gab sie zur Antwort.

»Wann, habe ich gefragt.«

»Halb sieben vielleicht oder sieben. Wenn wir es dann noch schaffen, einen Fuß vor den anderen zu setzen.«

Krupp nahm den Arm von ihrer Schulter, schob den nassen Ärmel zurück und hielt seine Armbanduhr nah vors Gesicht. »Sechs. Es ist erst sechs! Dreizehn Stunden sollen wir es so aushalten!«

Sie konnte seinem Tonfall nicht entnehmen, ob es eine Frage war oder eine entsetzte Feststellung. Was aber auch egal war.

»Es bleibt uns nichts anderes übrig«, sagte sie. »Es bleibt uns wirklich nichts anderes übrig.«

Sie saßen schweigend. Still war es jetzt trotzdem nicht mehr. In dieser ersten Viertelstunde rutschte jeder auf seiner Unterlage hin und her, um die beste Sitzposition zu finden. Aber es gab keine beste Sitzposition für mehr als fünf Minuten. Von unten her drang die Kälte in ihre Körper, und zwar so intensiv, dass sie froh waren, endlich aufstehen und sich bewegen zu können.

Aber auch dies brachte nur kurzzeitige Linderung. Schon nach wenigen Minuten hatten sie nur mehr ein Bedürfnis: sich wieder in den Schnee zu setzen, nichts tun zu müssen. Am liebsten hätten sie einfach nur geschlafen.

So kauerten sie neuerlich im Schnee, sich eng umfasst haltend, hin und wieder das frisch niedergegangene Weiß von den Kragen, den Haaren, den Ärmeln schüttelnd. Die Nacht kam sternenlos, und doch wurde es nie schwarz. Schwarz wäre Marielle lieber gewesen als dieses fürchterliche Dunkelgrau. Schwarz war nun einmal der Grundton einer richtigen Nacht, schwarz hatte sie schon als Kind den Himmel gemalt, wenn ihr Bild vom Abend erzählen sollte.

Jetzt aber beherrschte ein anderer Ton die Nacht. Als hätte man in einem Aquarellkasten alle Farben von Gelb über Rot und Blau bis Grün und Braun und Schwarz ineinandergemischt. Das Ergebnis: Dreck. Die undefinierte Farbe üblen, doch ebenso undefinierten Drecks. Flüssig gewordene Scheiße, die schon lange im Rinnstein vor sich hingestunken hatte.

Ja, genauso fühlte sie sich: wie in flüssig gewordener, graubrauner Scheiße gefangen.

»Der Winter ist gar nicht weiß.«

»Was?«, fragte Krupp.

»Hmmm?«, machte Marielle.

»Was hast du gesagt?« Krupp musste laut werden, um eine halbwegs vernünftige Antwort zu bekommen.

»Nichts. Hab nichts gesagt.«

»Doch. Du bist eingeschlafen. Verdammt noch mal, du bist eingeschlafen! Steh auf! Beweg dich! Du darfst nicht schlafen.«

Marielle wusste, dass er recht hatte. Sie hatte vielleicht nicht wirklich geschlafen, aber sie war auf dem Weg dorthin gewesen. Und sie musste sich bewegen. Aber sie wollte ja nicht. Sie wollte hier sitzen, gegen den Rand der Mulde gelehnt, und sich aus dem Leben ganz unspektakulär verabschieden.

Die Nacht wird nie vergehen, dachte sie, während sie in der Schneemulde von einem Bein aufs andere trat, gerade so, als würde sie Weintrauben stampfen. Aber ihre Füße waren ohne Gefühl.

Eigentlich war alles an ihr gefühllos. Sie spürte nichts mehr außer der fürchterlichen Müdigkeit.

Krupp klopfte ihr auf den Rücken. Wieder und wieder. Es tat nicht weh. Im Gegenteil: Es war gut. Es schien ein paar winzige Lebensgeister in ihr zu wecken.

»Du musst wach bleiben!«, befahl er ihr. »Hörst du? Du musst!«

»Dann musst du mir was erzählen«, sagte sie mit schwerer Zunge. »Irgendetwas. Erzähl mir ...«

Sie dachte lange nach, und Krupp glaubte schon, dass sie im Stehen eingeschlafen war. Aber dann sprach sie doch weiter:

»Erzähl mir was über dich. Und sag's mir: Hast du früher schon jemand umgebracht?«

Jetzt, da sie sich dem Tod näher fühlte als je zuvor in ihrem Leben, verlor der Mord, der gestern geschehen war, an Schrecken. Marielle war zu leer, um noch Mitgefühl aufbringen zu können für den Getöteten. Und Krupp gegenüber hatten sich Angst und Ekel mehr und mehr verflüchtigt, waren einer Apathie gewichen, die irgendwie an ihren ersten Rausch erinnerte.

Da war sie fünfzehn gewesen, noch nicht einmal ganz fünfzehn. Klassenparty. Alle, zumindest fast alle, bei einer Freundin in der leer geräumten Garage des elterlichen Anwesens. Gemischte Klasse, Mädchen und Jungs. Kein Alkohol, war die Devise, von den Eltern ausgegeben. Und sie hatten sich eine ganze Zeit daran gehalten. Nur Limo und Cola. Alcopops gab es noch nicht. Wozu auch: Einer der Jungs hatte eine Flasche Wodka organisiert. Und den mischten sie jetzt ins Cola. Am Anfang war es ein gutes Gefühl gewesen. Bis ihr flau wurde und sie den Eindruck hatte, dass es ihr von der Musik – Metallica, Nirvana, Red Hot Chili Peppers – speiübel wurde. Aber an der Musik lag es nicht. Sie war aus der dröhnenden Garage gestolpert, hatte sich über den Gartenzaun gebeugt und das pappige Cola und den scharfen Wodka erbrochen. Zweimal. Danach hatte sie sich ins Gras gesetzt. Ihrem Magen war es besser gegangen, aber ihr Kopf fühlte sich an, als habe ihr jemand mit einem Tennisschläger zwanzigmal draufgeschlagen. Ihr Kopf hatte vibriert. Und sie hatte geglaubt, so jetzt sterben zu können. Wunschlos, inhaltslos, mit nichts als dem widerlichen süßsauren Nachgeschmack ihrer grauenvollen Übelkeit.

»Erzähl was ...«

Krupp lachte. Ein Lachen, das nicht fröhlich klang. Höhnisch vielleicht? Oder sarkastisch?

»Ich hab den Bullen nichts erzählt, hab dem Richter nichts erzählt. Da werd ich es kaum dir erzählen.«

»Warum?«, sagte sie. »Warum nicht? Wir werden hier eh nicht mehr rauskommen. Morgen sind wir tot. Also: Was soll's?«

Krupp schwieg. Er schwieg auch, als sie sich wieder hinsetzten, als sie die Arme wieder umeinanderlegten.

Marielle zitterte vor Kälte. Und auch Krupp zitterte.

»Ich verstehe nichts von deiner Welt hier«, sagte Krupp und stupste dabei mit der Nase den trüben Nachthimmel. »Und du würdest nichts von meiner Welt verstehen. Also lassen wir das.«

Marielle schüttelte seinen Arm ab und ließ ihn los.

»Wer hat mich in diese Bredouille gebracht? Du doch. Oder täusche ich mich da? Sag, täusche ich mich? Wegen dir hocke ich hier im Schnee und erfrier mir die Füße und die Zehen und wahrscheinlich auch noch den Arsch. Und höchstwahrscheinlich ist das hier die letzte Nacht in meinem Leben. Und wenn ich die schon ausgerechnet mit dir absitzen muss, dann will ich wenigstens wissen, wer du bist. Also, erzähl!«

Nach einem kurzen Schweigen sagte Krupp: »Ein Verbrecher halt ...«

Dann war es wieder still. Bis Marielle fragte: »Einfach so?«

»Einfach so. Wie man Bergsteiger wird oder Briefmarkensammler oder was weiß denn ich. Ist auch nur ein kleiner Schritt.«

Sie kauerten sich wieder enger aneinander, angewiesen darauf, sich gegenseitig wenigstens ein bisschen zu wärmen, und hoffend, die Auskühlung dieser Nacht zu überstehen.

»Es ist anders«, sagte sie. »Du wirst gesucht, gejagt. Und irgendwann kriegen sie dich. Und dann sitzt du jahrelang im Gefängnis. Ich aber ...«

Sie dachte einen kurzen Augenblick lang nach.

»Ich aber mache das, weil ich nach mehr Freiheit suche, als mir das Leben sonst geben kann. Dich sperren sie ein.«

»Da müssten sie mich aber erst kriegen ...«

»Die kriegen dich«, sagte sie. »Wie heißt es: tot oder lebendig.«

In diesem Augenblick, da Marielle »tot oder lebendig« sagte, fiel ihr etwas ein, was scheinbar nichts, aber auch schon gar nichts mit dieser Sache hier zu tun hatte. Es war weniger ein Gedanke als vielmehr eine optische Wahrnehmung. Sie sah das! Sah es im undurchdringlich trüben Nachthimmel und durch den dicht fallenden Schnee wie durch eine Gardine. Und was sie sah, versetzte ihr einen Stoß ins Herz.

Ein roter Fuchs! Er war vorbeigehumpelt auf einknickenden Vorderläufen, einfach so, und er hatte sie, einen Moment lang nur, angeschaut aus flehenden Augen. Sie hatte die schmalen senkrechten Pupillenschlitze gesehen, schmelzende Schneeflocken in seinem Fell und für einen Augenblick auch seine langen Eckzähne.

Sie versuchte aufzustehen, versuchte herauszufinden, was es mit dem Fuchs auf sich hatte. Woher er gekommen war – und wie sie ihn überhaupt hatte sehen können …

Aber Krupp hielt sie fest, zog sie herunter, schüttelte sie.

***

Der Entschluss, Schwarzenbacher zu treffen, war das eine. Ihn wirklich zu treffen, war etwas ganz anderes. Um die SOWI, die Fakultät für Sozial- und Wirtschaftswissenschaften, machte Marielle einen großen Bogen. Sie wollte nach Möglichkeit keine Kommilitonen treffen und tausend Fragen beantworten müssen. Sie hatte einen halblangen Steppmantel an, den Kragen hochgeschlagen und einen Schal drumherum gebunden, sodass ihr Gesicht schon bis zur Nasenspitze verborgen war. Die Haare, die ihr lang geworden waren, hatte sie hinten zusammengeknotet und zudem eine Schirmmütze aufgesetzt und tief in die Stirn gezogen.

Sie ging am Ferdinandeum vorbei, bog am Burggraben rechts ab und durchschritt den Torbogen zwischen Hofburg und Volkskunstmuseum. Sie sah den Quader mit der Glasfassade, sah ihn gleich neben dem Landestheater. Die Bäume des Hofgartens, die hinter dem »Pavillon« aufragten, waren kahl. Auf ihren sich schwarz gegen den Himmel abzeichnenden Ästen saßen schwarze Krähen.

Es waren nur noch hundertfünfzig Meter bis zum vereinbarten Treffpunkt. Aber es war ihr, als wäre sie auf dem Rückweg von einem hohen, hohen Berg: Mit jedem Meter, den sie dem Ziel näher kam, wurden ihre Beine schwerer. Es kostete sie große Überwindung, weiterzugehen.

Und sie musste jetzt ihren ganzen Willen zusammennehmen, um sich auf dieses Treffen einzulassen.

Das habe ich jetzt davon, dachte sie. Ich hätte Pablo mitnehmen sollen. Wenigstens bis dorthin. Aber ich habe ja unbedingt allein gehen wollen, es unbedingt allein schaffen wollen.

Sie schnäuzte sich in ein zerknäultes Papiertaschentuch.

Dann nimm jetzt auch dein Herz in die Hand, Mädchen, dachte sie. Geh die paar Schritte dort hinüber. Was soll dir noch passieren? Wovor solltest du dich fürchten?

Du hast doch das Schlimmste hinter dir.

Dann überquerte sie die Universitätsstraße, wo in der Kurve die Fiakerpferde ihren Atem in die kalte Luft dampften, und ging mit großen Schritten auf das »Pavillon« zu.

***

Krupp zog sie herunter und drückte sie in den Schnee.

»Hey, was ist los mit dir? Du kannst hier nicht weg. Ich lass dich nicht weg. Würde dir so passen, mich hier in der Scheiße hocken zu lassen.«

Sie wusste überhaupt nicht, was mit ihr los war. Brauchte einige Zeit, um herauszufinden, wo sie sich eigentlich befand.

War alles nur Traum? Zumindest der Fuchs? Aber sie hatte nicht geschlafen, dessen war sie sich gewiss. Genau, eben noch hatte sie mit Krupp gesprochen, hatte herausfinden wollen, warum er zum Verbrecher geworden war. Irgendetwas hatte sie gesagt, und daraufhin war ihr der Fuchs erschienen.

Tot oder lebendig. Genau! Sie hatte »tot oder lebendig« gesagt.

Der Fuchs! Die Erinnerung! Viele Wochen war sie davon gequält worden, aber jetzt auch schon lange nicht mehr.

Krupp merkte, dass Marielle wieder zur Ruhe kam. Er hatte auch gar nicht geglaubt, dass sie wirklich abhauen wollte. Aber sie hatten begonnen, hysterisch zu reagieren.

»Okay?«, fragte er.

»Hmm«, sagte sie.

»Ich hab dich was gefragt!«, schnauzte er sie an.

»Okay! Okay! Okay!«

»Dann gib jetzt Ruhe! Klar?«

Marielle nickte. Sie war mit ihren Gedanken noch nicht wieder ganz im Hier und Jetzt angekommen. Da war immer noch der Fuchs, der sich verendend vorwärtsschleppte. Ja, sie hatte ihn gesehen. Wiedergesehen, wenn sie es genau nahm. Natürlich war alles nur eine Einbildung gewesen, Folge der Erschöpfung und der seelischen Anspannung. Das wusste sie schon auch. Aber er war ihr so real erschienen, so greifbar nahe, so echt ...

Pablo und sie hatten ihn erschlagen. Was war ihnen anderes übrig geblieben? Noch Wochen später hatte sie sich so schlecht gefühlt wie selten zuvor im Leben.

»Du hast im Leben viele Türen, durch die du gehen kannst«, sagte Krupp plötzlich. »Hinter jeder Tür entdeckst du was anderes.«

Er nahm eine Handvoll Schnee und schnäuzte hinein.

»Ist es nicht so?«

Eine Antwort erwartete er nicht.

»Hinter der einen Tür erwartet dich ein Paradies, hinter einer anderen die Hölle. Es steht meistens sogar außen an jeder Tür dran, was dahinter ist. Du bist also gewarnt oder vorbereitet. Aber angenommen, du bist ein neugieriger Mensch, dann willst du auch da reinluren, wo vorne das Giftzeichen drauf ist.«

Er lachte. Ein Lachen, das hier in der Stille der eisigen Nacht krank und bedrohlich klang.

»Gut«, sagte er weiter. »Es soll ja Leute geben, die nie eine verbotene Tür aufmachen. Die ersticken dann an sich selbst. Aber jeder, der richtig tickt, will hie und da mal wissen, was es sonst noch so gibt im Leben. Oder?«

Marielle zitterte am ganzen Körper. Die Kälte drang erbarmungslos durch die Kleidung. Die vom Aufstieg nassen Hosenbeine waren längst gefroren.

»Aber es gibt ein Problem«, fuhr Krupp fort. »Wenn man eine Tür aufmacht und schaut, was dahinter ist, sieht man erst einmal gar nicht viel. Es ist mehr eine Ahnung, so eine Art Versprechen. ›Treten Sie näher‹, sagt eine Stimme aus dem Off. Es ist, als wärst du auf dem Wiener Prater, wo dich die Schausteller hineinlocken wollen in ihre Zelte. ›Hereinspaziert! Hereinspaziert! Kommen

Sie, verehrte Damen, werte Herren ...‹ So klingt das in deinen Ohren.«

Er fragte sie, ob sie schon einmal auf dem Prater gewesen war, wartete ihre Antwort aber gar nicht erst ab.

»Egal.«

Er schüttelte den Schnee von seinen angewinkelten Knien und von den Schultern.

»Du gehst da also rein, machst ein paar Schritte ... und plötzlich fällt die Tür hinter dir zu, und das war's dann. Sie geht nicht mehr auf. Du bist jetzt da drin ...«

»Quatsch«, sagte Marielle. »Man hat im Leben unzählige Male Gelegenheit, in ein anderes Zimmer zu gehen.«

»Du vielleicht«, sagte er. »Du vielleicht schon. Weil du die Türen mit dem Totenkopf vorn drauf wahrscheinlich gemieden hast. Bis jetzt. Hast vielleicht nur mal den Kopf reingesteckt. Warst neugierig. Hast dich aber nicht getraut, reinzugehen. Ist es nicht so?«

»Ich bin noch überall hingekommen, wohin ich unbedingt wollte ...«

»Dann hast du Glück gehabt. Bist nirgends rein, wo die Türen von innen nicht mehr aufgehen. Wo du wie in einem Gefängnis sitzt. Lebenslänglich. Einmal drin, nie mehr raus.«

»So ein Quatsch«, sagte sie wieder. Aber es brauchte nur mehr eine halbe Minute, um sie von der Haltlosigkeit ihrer Bemerkung zu überzeugen.

»Quatsch?«, sagte er. »Du hast keine Ahnung. Wenn du einmal einen totgeschlagen hast, dann bist du ein Mörder. Und zwar für immer. Ob sie dich kriegen oder nicht, du bist und bleibst ein Mörder. Die Tür ist zu.«

Marielle rappelte sich auf. Jetzt ließ es Krupp geschehen. Jede Bewegung fiel ihr schwer. Die Kälte zehrte sie aus. Und die Nacht war noch so elendig lang.

»Ich muss mich bewegen. Ich halt das nicht aus«, sagte sie.

Es fiel ihnen beiden jetzt noch schwerer als beim letzten Mal, sich hochzurappeln. Die Muskeln schienen völlig erschlafft. Als sie endlich standen, waren ihnen die Knie weich, und ihre Beine zitterten. Sie begannen, in den Schnee zu stampfen. Kraftlose Bewegungen beim nicht allzu vielversprechenden Versuch, die Blutzirkulation wieder besser in Gang zu bringen und damit Wärme in den Körper zu pumpen.

»Hast du einen totgemacht?«, fragte Marielle. »Ich meine, früher … vorher … du weißt schon …«

Aber Krupp schwieg. Er schlug die Arme um seine Brust, als wollte er mit den Händen um seinen Rücken herumlangen. Er trat auf der Stelle. Er versuchte gleichmäßig zu atmen. Und er schwieg.

»Du hast einen totgeschlagen«, sagte Marielle. Und es war keine richtige Frage.

»Was bist du für ein Mensch?« Jetzt war es eine Frage.

Aber auch die ließ Krupp unbeantwortet. Zumindest zunächst. Und als er später vielleicht doch so etwas Ähnliches wie eine Antwort darauf gab, da war Marielle schon viel zu weggetreten, um Wahrheit und Traum noch auseinanderhalten zu können.

14

»Ich freue mich, dass Sie kommen«, sagte Schwarzenbacher, der seinen Rollstuhl zwischen den hohen Bistrotischen und den Barhockern hindurch an den Relaxbereich im kleinen feinen »Café Pavillon« herangefahren hatte. »Wenn ich könnte, würde ich aufstehen.« Er lächelte fast ein wenig spitzbübisch. »Nehmen Sie doch Platz, Marielle.«

Sie rollte ihren langen Schal ab, nahm die Mütze vom Kopf, strich ihr verlegtes Haar glatt, schlüpfte aus dem Mantel und legte ihn über einen der Hocker. Dann setzte sie sich zu Schwarzenbacher an den kleinen Tisch, der von einer künstlichen Flamingoblume geziert war.

Schwarzenbacher musste schon einige Zeit hier sein; in der Cappuccinotasse war nur mehr der weiße Milchschaum, und als Marielle den Raum betreten hatte, schlug er gerade ein Buch zu, das jetzt neben ihm auf dem Tischchen lag.

Er sah ihren Blick und sagte lächelnd: »Wie Sie sehen, hab ich mich ein bisschen vorbereitet.«

»Darf ich?«, sagte sie und nahm, ehe er noch nicken konnte, das Buch. Dünn, broschürenartig lag es in der Hand. Ein Landkartenausschnitt bildete das Titelbild. Darin der Schriftzug: »Berge, eine unverständliche Leidenschaft«. Das Buch zur Ausstellung des Alpenverein-Museums in der Innsbrucker Hofburg, so war es den ersten Seiten des Buches zu entnehmen.

Oh ja, Marielle hatte von der Ausstellung gehört, die mit großem Brimborium eröffnet worden war – es musste schon wieder mindestens ein Jahr her sein –, und sie hatte damals in den Zeitungen die guten Kritiken gelesen. Aber dort gewesen war sie nie. »Ist was für Schlechtwettertage«, war Pablos Meinung. Und wenn dann schlechtes Wetter gewesen war – ja dann hatte es sich nie so ergeben.

Sie ließ die Seiten des Buches durch die Finger laufen, erfasste spotartig alpine Malerei und antike Ausrüstungsgegenstände, retouchierte Postkarten und Bergreliefs, gerissene Seilstücke und eine Sammlung alpenvereinsmeierischer Anstecknadeln – wie sich

Schwarzenbacher damit auf dieses Treffen vorbereitet haben wollte, blieb ihr ein Rätsel.

»Mir waren die Berge immer ein Buch mit sieben Siegeln«, sagte er. »Oder vielleicht sollte man richtiger sagen, ich habe nie verstanden, was die Menschen daran fasziniert, ihr Leben in den Bergen zu riskieren. Ist doch eine eigentümliche Sache, oder?«

Marielle wusste nicht, ob er von ihr eine Beantwortung der Frage erwartete, warum die Menschen in die Berge gingen. Sie sah ihn nur an.

»Also bin ich in diese Ausstellung, die, das muss ich schon sagen, selbst für mich Nichtalpinisten wirklich eindrucksvoll ist. Vielleicht sollte ich noch anmerken, dass ich mir noch nie, auch früher nicht«, er klopfte mit der Linken auf seinen fahrbaren Untersatz, »allzu viel aus den Bergen gemacht habe. Aber die Ausstellung immerhin war interessant. Ich habe mir Zeit gelassen, Zeit habe ich ja genug, Ich glaube, es gibt kein einziges Exponat, das ich mir nicht sehr genau angesehen hätte. Und ich glaube, ein bisschen was davon verstanden zu haben, was Bergsteiger, vor allem die extremen, antreibt ...«

»Und das wäre?«, sagte Marielle mit einem Lächeln. Sie war nach den ersten Minuten im Café bereits entspannter, allerdings immer noch achtsam und vorsichtig. Bulle ist Bulle, sagte ihre innere Stimme.

Der dunkel gekleidete Barkeeper war mittlerweile an ihren Tisch getreten – schwarze Jeans, schwarzes Hemd, weinrote Krawatte – und nahm die Bestellungen auf: einen weiteren Cappuccino für Schwarzenbacher und einen frisch gepressten Orangensaft für Marielle. Als er wieder ging, fragte sie noch einmal: »Und das wäre also?«

»Ach ja«, griff Schwarzenbacher den Faden wieder auf. »Ich nehme an«, sagte er, »dass Sie mir einiges über die Schönheit der Bergwelt erzählen könnten, über Sonnenauf- und Sonnenuntergänge, über unberührte Schneehänge und gute Felsgriffe. Aber ...«

Er löffelte den Schaum aus seiner Tasse.

»Aber zumindest die Schönheit der Landschaft und die Stimmungen der Jahreszeiten, das kann ich ja auch haben, wenn ich mit der Nordkettenbahn ein Stück hochfahre und dann die Aussicht genieße. Da muss ich mich nicht quälen dafür, nicht in Gefahr begeben – es sei denn, der Boden der Gondelbahn bräche durch …«

Marielle wusste nicht, was sie von dem Mann halten sollte, worauf er hinauswollte. Er sah heute gepflegter aus, als sie ihn vom Krankenhaus her in Erinnerung hatte. Das Haar war kürzer, ordentlich frisiert, der Bart war gestutzt, geblieben war ein Dreitagebart, und der stand ihm gut. Er trug einen Norwegerpullover in Taubenblau mit eingearbeitetem weißem Eiskristallmuster, eine dunkelblaue Jeans und Winterstiefeletten.

Sie hätte in diesem Moment zu gerne gewusst, wie er lebte: ob er, trotz seiner Einschränkung, alleine zurechtkam, ob er auf Hilfe angewiesen war, ob er in einem Heim lebte oder, was am naheliegendsten gewesen wäre, mit jemandem zusammen, mit seiner Frau oder Freundin, die sich um ihn kümmerte.

»Nicht dass Sie glauben, mir mangele es an Respekt. Ganz im Gegenteil, ich bin beeindruckt von den Leistungen vieler Bergsteiger. Am allermeisten allerdings hat mich beeindruckt, was Sie da geleistet, erlitten und schließlich überstanden haben. Ich hoffe, es geht Ihnen wieder wirklich gut.«

Dieser Mann, dieser Paul Schwarzenbacher, hatte sie aufgefordert, sich all der dramatischen Ereignisse zu erinnern. Eine Aufgabe, die sie sonst vielleicht nicht angegangen hätte. Sie wollte sich ja nicht erinnern, wollte nur vergessen. Wollte alles verdrängen, in sich verschließen, hoffend, sie würde das ausscheiden können wie alles andere auch.

Schwarzenbacher hatte den Anstoß gegeben. Seine Aufforderung, sich zu erinnern, die ihr wie eine Nötigung vorgekommen war, hatte in ihr einen mehr als wunden Punkt berührt.

Und sie hatte nichts dagegen tun können. Sie hatte sich erinnert.

Widerstrebend hatte sie gedanklich die Tage im Gebirge noch einmal nachvollzogen. Immer zögerlicher, je näher sie dem Finale kam – von dem sie nur zu gut wusste, dass es kein wirkliches Finale war.

Tief in ihr drinnen, da würde die Geschichte nicht zur Ruhe kommen. Jetzt nicht und wahrscheinlich nie.

***

Verlorenheit in einer schwarzen, kalten, nassen Nacht. Ja, Nacht! Kein Gefühl mehr, für nichts. Es war Nacht. Nicht einmal mehr die Kraft, den Ärmel ein Stück hochzustreifen, die Stirnlampe anzuknipsen und auf die Armbanduhr zu schauen. Eine Nacht, die nicht mehr aufhören würde, ohnehin nie mehr aufhören würde.

Schlafen? Wachen? Es gab für sie keinen Unterschied mehr. Alles war zerlaufen wie ineinanderfließende düstere Wasserfarben. Keine Konturen mehr, an die sie sich hätte klammern können. Haltlos, orientierungslos. Wie schiffbrüchig auf offener See.

Es gab Momente in dieser Nacht, da spürte Marielle Schmerzen im ganzen Körper. Vor allem in der Nierengegend. Sie glaubte, sich jammern und stöhnen zu hören. Und ihre Augen brannten. Sie wollte die Hände bewegen, spürte aber nicht, ob sie überhaupt noch Hände hatte. Sie wollte die Zehen in den nassen Bergstiefeln bewegen, aber auch da war es ihr, als seien alle schon vor langer Zeit amputiert worden.

Aber es gab kein Erschrecken, keinen Schrei, der sie aus ihrer Lethargie gerissen hätte. Nur Gleichgültigkeit.

Bisweilen verlor sie die Beziehung zu ihrer Umgebung völlig. Wo sie war, warum sie da war, ob sie allein war oder mit anderen – sie hätte keine dieser Fragen beantworten können oder wollen. Es war, als ginge sie das alles nichts, gar nichts an.

Einmal spürte sie, dass Schnee auf ihr lag. So etwas wie Angst stieg in ihr hoch, Angst, im Schnee zu ersticken, wenn sie sich nicht bewegen und den Schnee von sich abstreifen würde. Ob sie es tat? Sie wusste es nicht. Die Realität zerschmolz ihr wie eine Schneeflocke in der Hand.

Irgendwann, mitten in der Nacht, wurde sie sich der Anwesenheit des Mannes bewusst, der sie in diese Lage gebracht hatte. Sie spürte ihn dicht an ihrem Rücken. Sie hörte ihn wie unter Schmerzen stöhnen, und irgendetwas an ihm zuckte mehrmals. Ob es die Arme oder die Beine oder alles war, vermochte sie in ihrem Zustand nicht festzustellen. Es war ja auch egal.

Dann wieder glaubte sie, die Sterne gesehen zu haben. Den winterlichen Nachthimmel, kalt und klar, mit Millionen golden leuchtender Punkte. Nicht dass sie sich je mit den Sternbildern ausgekannt hätte. Aber schon einige Male war sie irgendwo in einer klaren Nacht im Schlafsack gelegen und hatte in den Himmel geguckt, bis ihr die Augen zugefallen waren. Den Großen Wagen kannte sie. Und mit etwas Glück vermochte sie Kassiopeia zu entdecken. Und natürlich den Orion, der ihr immer als schematisierte Sanduhr erschien: Drei Sterne in der Mitte bildeten die Engstelle, durch welche die Zeit zu laufen schien. Aber noch etwas war mit Orion … irgendetwas gab es noch, was sich in ihr Bewusstsein drängen wollte … lange zurück … es kam näher und entglitt wieder. Sie mochte den Himmel, die Sterne, den Mond, auch wenn sie nicht viel, eigentlich gar nichts, von Astronomie verstand.

Als sie ein Kind gewesen war, hatte sie ihr Vater in die Sternwarte mitgenommen. In irgendeinem hohen Haus waren sie mit dem Aufzug hinaufgefahren, bis es nicht mehr weiterging. Und dann noch auf einer Wendeltreppe hochgestiegen bis zu einer eisernen Tür. Ein junger Mann hatte geöffnet und sie eingelassen. Durch einen engen, holzgetäfelten Gang, reich verziert mit Bildern und Postern, die Kometen und Planeten zeigten, hatte dieser Mann sie ins Freie geführt.

Das war nicht irgendeine Erinnerung und auch kein Traumgespinst, das aus ihrer Kindheit so herüberwehte. Das war echt! Das sah sie genau! Sie sah die älteren Männer, die an Fernrohren und Ferngläsern standen und in den dunklen Himmel guckten. Sie spürte die leichte Kühle der Nacht auf ihren Wangen. Ja, sie roch den ganz eigenen Duft dieser Luft, den sie als Kind so geliebt hatte. Soll ein Mensch sagen, dass die Stadt stinke. Die Autos hörte sie, die tief unten wie in einer Schlucht fuhren, und sie sah die Lichter des abendlichen Stadtverkehrs, die roten und grünen Ampeln, das Gelb der Straßenbeleuchtung, das paarweise Rot der Rücklichter an den Wagen.

Und doch war nichts so präsent wie der Blick durch ein gar nicht allzu großes Fernrohr auf den Mond. Einen Mond, der noch oder schon wieder Sichel war. Dessen Landschaft in Ockergelb erstrahlte, mit kreisrunden Becken, die aussahen, als wären sie leere Swimmingpools in staubtrockener Sandwüste, und mit Gebirgen, die ihre Schatten warfen. Das Faszinierendste aber war der gebogene Rand, wo die Mondsichel aufhörte und der tiefschwarze Himmel anfing. Dieser Rand war nicht gerade, sondern er war etwa so, als hätte man einen runden Elisenlebkuchen in der Mitte durchgebrochen. Er war schrundig und kantig und ungerade. Und wo eines dieser Schwimmbecken bis nahe an die Abrisskante heranreichte, da lag es schön geschwungen da und ragte mit seiner einen Hälfte kühn in die Nacht hinaus.

»Das sind keine Schwimmbecken«, sagte Vater. »Das sind Krater. Mondkrater.«

»Das sind Krater. Mondkrater«, sagte Marielle.

Aber sie wäre jetzt gerne nach Hause gegangen. Es war zu kalt, um noch länger im Freien zu stehen und den Mond anzuschauen. Viel zu kalt.

Schön war der Mond. So schön. Aber nicht jetzt. Nach Hause.

Aber sie kam nicht nach Hause. Sah auch keinen Mond. Lebte aus letzten Reserven in einem Schneeloch in den Bergen. Erschöpft, erfrierend.

Hatte sich aufgegeben, ohne sich dessen bewusst geworden zu sein.

Sie setzte sich auf. Schaute nach dem Mond. Aber es war kein Mond. Auch keine Sterne. Es war nichts. Nicht einmal Schnee. Sie konnte nichts mehr sehen. Vielleicht noch ein bisschen, wenn sie die Dunkelheit überstehen würde. Vielleicht.

Der Orion. Es fiel ihr wieder ein und kam ihr dabei vor, als läge die Geschichte viele Jahre zurück. Dabei war sie noch so jung. Mit Pablo hatte sie die liebevolle Vereinbarung gehabt: Wenn sie voneinander getrennt unterwegs wären, könnte jeder von ihnen zum Himmel schauen, das Sternbild suchen und an den anderen denken. So wären sie näher beisammen. Aber der Orion war nicht da.

Sie ließ sich zurücksinken, drehte sich zur Seite, rollte sich in die Fötusstellung zusammen. Den Schneewall hatte sie direkt vor dem Gesicht. Sie reckte den Hals und leckte Schneeflocken. Fühlte sich ein klein wenig belebt – und sank doch wieder hinunter in die meertiefe Trübnis.

Es kamen Gedanken, Erinnerungen, Trugbilder, Schmerzen. Alles kam und ging und kam und ging und kam wieder. Nichts war wirklich greifbar, nichts vermochte Marielle festzuhalten, nichts als Seil zu benutzen, um sich noch einmal hochzuziehen. Alles war sinnlos. Alles verflüchtigte sich.

Und dann wieder glasklare Momente. Ein Bild, ein Satz, ein

Wort, irgendwo mit dem Geist oder der Seele aufgeschnappt, eingefangen. Ein Blitz schlägt ein mit lautem Knall, trifft Pierre Kohlmann in sein Hörgerät. Kohlmann? Pierre? Der Name stimmt.

Ich weiß es, denkt sie. Ich weiß es. Pierre Kohlmann. Vier von sieben sterben. Er, Pierre, als Letzter. Der Blitz. Irgendwo in den Bergen.

Daran, dass sie diese Szene in einem ergreifenden Film gesehen hatte, konnte sie sich nicht erinnern. Nur kleine Filmschnipsel waren noch da in dieser Nacht. Der Blitz. Der Name. Das Sterben …

Daran, dass sie heimlich geweint hatte, als sie den Film beim Bergfilmfest in St. Anton gesehen hatte, konnte sie sich nicht mehr erinnern.

Aber Namen: »Bonatti«, flüsterte sie zu sich selbst. »Mazeaud.«

Ein Film über eine wahre, tragische Begebenheit. Eine der großen Tragödien in der Geschichte des Alpinismus. Sieben Bergsteiger, darunter der beste seiner Zeit – Walter Bonatti –, versuchten 1961 die erste Durchsteigung des sogenannten Frêney-Pfeilers am Montblanc. Achthundert Meter schwierigstes Felsgelände in über viertausend Metern Höhe. Und mehr noch: Schon der Zustieg zum Pfeiler war ein kühnes, extremes Unternehmen, das Tage in Anspruch nahm.

Aber alles geht gut. Weltklasseleute. Kein Felsüberhang und kein vereister Riss vermag ihnen etwas anzuhaben. Sie sind einfach gut. Die Besten.

Und dann eine Wolke. Eine einzige Wolke am Himmel. Und aus ihr der Blitz. Der fürchterliche Knall. Und Kohlmann, wie er in sich zusammensackt. Aber er lebt.

Der Blitz als Auftakt zu einem tagelang währenden Wetterinferno. Sturm, Unwetter, Blitz, Eis. Nur mehr achtzig schwierige Meter im steilen Fels. Die Gruppe biwakiert im mörderischen Sturm, versucht am nächsten Tag, sich irgendwie die Wand hinaufzunageln. Aber alles ist vereist, nichts gelingt mehr. Selbst Leute wie Bonatti und Mazeaud sind ratlos. Warten. Tagelanges Warten im Biwaksack. Auf schmalen Felsleisten sitzen sie und hoffen. Hoffen vergeblich. Das Wetter wird nicht mehr besser. Also wieder hinunter und zurück. Wie soll Kohlmann, der meist ohne Bewusstsein ist, es überhaupt bis zum Fuß des Pfeilers schaffen?

Vier von sieben sterben.

Vier!

»Bonatti nicht. Mazeaud nicht.«

Bonatti und Mazeaud haben überlebt, haben den Blitz, das Inferno am Montblanc überlebt. Und noch einer. Aber der Name stellt sich nicht ein.

Nur ein Film, denkt Marielle, halb träumend, halb verstandesgelenkt. Nur ein Film.

Sie glaubt, sich lachen zu hören. Nur ein Film!

Aber der Tod, der Tod, der ist echt. Sterben ist kein Film. Im Film kann man auch sterben. Aber da ist es anders. Nicht richtig. Hier ist Sterben richtig. Mit einem echten Tod am Schluss. Mit einer Erlösung. Schwebend.

Marielle glaubte, Fieber zu haben. Die Knochen taten ihr plötzlich wieder weh. Und sie bekam die Bilder und die Gedankenfetzen nicht mehr aus dem Kopf. So ging es ihr immer, wenn sie Grippe hatte, hohes Fieber. Dann waren die Nächte so: Ein Traumbild, meist kein schönes, brannte sich ein. Kam wieder, wieder, wieder. War nicht zu vertreiben, durch nichts. Selbst ein kurzes Aufwachen, ein Sich-im-Bett-Umdrehen, Licht an- und wieder ausmachen – es half nichts. Das Bild kam wieder. Erlösung gab es, wenn überhaupt, erst in den Morgenstunden. Sobald erstes fahles Licht durch die Jalousienschlitze drang, bestand wieder Hoffnung.

Doch es gab kein Licht.

Sie richtete sich auf. Tastete mit den Händen um sich herum. Schnee, Schnee, Schnee. Aber rechts von ihr, da war ein Körper. Ja, das war dieser Mann. Sie erinnerte sich. Dieser Mann, mit dem sie auf den Berg gestiegen war.

Es fiel ihr ein, dass dieser Mann nicht Pablo war. Und auch, dass es keine normale Bergtour war. Ein Todesmarsch war es. Weil dieser Mann sie umbringen wollte.

Ja, bestimmt wollte er sie umbringen. Lag da und schlief einfach so. Aber sie ließ sich nicht täuschen.

Das Bild kam. Und es kam wieder und wieder. Sie glaubte, wach zu sein. Aber sie hatte halb sitzend geschlafen. Sie versuchte, wach zu werden, aber sie wusste nicht mehr, wo das Wachsein aufhörte und das Schlafen begann. Ein Kopf in einer Blutlache. Ein zerstörtes Gesicht. Ein Tod. Ein Bild. Es kam wieder und wieder und wieder.

Sie sah das Blut, roch das Blut, sah eine dicke Fliege im blutigen Brei sitzen, der übrig geblieben war von dem, was einmal ein Gesicht gewesen war. Sie wollte das Bild wegwischen, wollte es wegstrampeln, wegschlagen, wegschreien.

Sie sah den Jagdhund, wie er mit den Beinen zuckte, wie ihm jeder Atemzug schwerfiel, wie ihm die Zunge aus dem kraftlosen Maul hing.

Sie schlug um sich, schrie, schrie, schrie.

Sie schrie so laut, dass sie selbst wacher wurde davon. Sie hörte sich schreien. Und sie hörte noch etwas.

»...r auf.«

Sie schrie und schrie.

Jetzt wurde es für sie deutlicher. »Hör auf«, sagte der Mensch neben ihr. »Hör auf!«

Die Stimme war gequält, erschöpft. Und doch lag immer noch genug Kraft darin, um bedrohlich zu wirken. Die Worte kamen nicht laut, und doch waren sie ein Befehl, dem sie sich nicht zu widersetzen getraute.

Sie wurde still. Schluchzte nur noch. Der Rotz lief ihr aus der Nase, vermischte sich mit ihren Tränen. Sie schmeckte das Salz auf ihren Lippen und wischte sich mit dem Handrücken den Schleim aus dem Gesicht. Neben ihr saß der Mörder. Und er war ihr Verhängnis. Wenn sie in dieser Nacht auch nur einen klaren Gedanken zu fassen imstande war, dann war es der, dass dieser Mann ihr Verhängnis war. Seinetwegen würde sie hier verrecken. Und wenn nicht hier, dann morgen, irgendwo ein Stück weiter. Und falls sie ihn tatsächlich herunterbrächte von diesen Bergen – woran sie selbst nicht einen Moment lang mehr glaubte –, dann würde er sie erwürgen oder erschlagen.

Warum sollte er? Klar, warum sollte er eigentlich? Bestimmt wusste die Polizei, nach wem sie zu suchen hatte. Bestimmt gab es Fotos von diesem Sträfling. Was hätte sie der Polizei noch verraten können? Er hatte doch gar keinen Grund, sie umzubringen.

Aber bei dem Jäger hatte er doch auch keinen Grund gehabt, oder?

Vor Angst und vor Kälte zitternd, kauerte sie sich wieder in die Kuhle aus Schnee.

»Sei still«, keuchte Krupp. »Sei endlich still.«

Sie versuchte es. Würgte ihre Angst hinunter. Sie tastete nach der Klinge, die sie unters Schweißband am Handgelenk geschoben hatte. Ihr kam es vor, als seien Tage seither vergangen, eine ganze Woche. Jetzt war die Klinge fort, wahrscheinlich verloren gegangen beim Schaufeln der Schneekuhle. Doch das war ihr fast schon gleichgültig. Sie schluckte, verschluckte sich, hustete, keuchte und wurde ganz allmählich wieder ruhiger.

Wovor muss ich mich noch fürchten?, dachte sie. Hier sterben, das schmerzt doch nicht. Der Kälte ausgeliefert, einfach aufgeben, nicht mehr wollen, hinüberdämmern. Im Himalaya, das wusste sie, waren schon viele Menschen so gestorben. Die Namen einiger der höchsten Berge fielen ihr ein, einfach so: Cho Oyu. Annapurna. Gasherbrum. Nanga Parbat. Everest. Manchen Bergsteigern wäre es am liebsten gewesen, einfach nur auf dem Gipfel eines solchen Achttausenders zu sitzen, nicht mehr abzusteigen, zu sitzen und sich vom eisigen Wind auskühlen zu lassen. Nichts mehr wollen. Und dann allmählich hinüberzudämmern in das Leben nach dem Tod. Oder den Tod nach dem Tod.

Wer sagt, dass ein Tod nach dem Tod nicht alles ist?, dachte sie.

Ich habe keine Angst, sagte sie sich. Will keine Angst haben. Aber da war das Bild. Es wollte wiederkommen, und es wäre wiedergekommen, wenn es nicht durch Krupp, ausgerechnet durch Krupp, verjagt worden wäre.

Denn Krupp begann zu sprechen. Seine Stimme war leise, war gequält, schien von weit her zu kommen. Und doch lag er neben ihr, sie spürte seinen Körper an ihrem. Einen Moment lang hatte sie das Bild vor Augen, wie sie nackt mit Pablo lag, zusammengerollt, das Hinterteil rausgestreckt, und er nackt an ihr, seinen Arm um ihren Körper gelegt, mit der Hand an ihren Brustknospen spielend. Aber auch dieses Bild wollte sie nicht mehr haben, nicht jetzt, nicht in diesen letzten Stunden.

Sie hielt ganz still, hörte die flache Stimme des Mörders hinter ihrem Kopf, hörte ihn reden, als spreche er mit sich selbst. Und doch wusste sie, dass es ihr galt, dass alles, was er erzählte, mit ihr, und wenn nicht mit ihr, so doch mit dieser Situation zu tun hatte.

Und während er sprach, zunächst noch scheinbar unzusammenhängend, beschloss Marielle, nicht mehr einzuschlafen. Nicht mehr im eisigen Meer zu versinken. Stattdessen einen letzten Versuch zu unternehmen, diesem Grauen zu entkommen. Sie hörte nicht wirklich zu. Sie hing ihren eigenen unklaren Gedanken nach, suchte einen Ausweg, suchte nach einem Plan. Sie horchte in sich hinein, fragte sich, ob sie noch die Kraft aufbrächte, die sie so dringend brauchte.

***

»Ich hoffe«, sagte Schwarzenbacher, »dass es Ihnen wieder gut geht, Marielle. Ich darf Sie doch so nennen? Jedenfalls machen Sie einen erholten, gestärkten, wiederhergestellten Eindruck. Das stimmt mich optimistisch.«

Der Barkeeper brachte die Getränke, servierte wortlos, aber mit einem freundlichen Nicken und kümmerte sich dann um einen der anderen, um diese Zeit noch spärlichen Gäste im Lokal.

»Jetzt bin aber ich einmal dran«, sagte Marielle. »Jetzt möchte ich mal die Fragen stellen. Zum Beispiel: Was wollten Sie eigentlich von mir, damals in der Klinik? Und warum sitzen wir jetzt hier zusammen und reden über die Berge und das Bergsteigen?«

»Diese Fragen sind berechtigt. Und ich fürchte, dass ich keine einfachen Antworten darauf bereithabe. Lassen Sie mich ein bisschen weiter ausholen.«

Er schlürfte an seinem Cappuccino und sah sich, was ihm im Rollstuhl sitzend gar nicht leichtfiel, im ganzen Raum um, als müsste er erst alle Anwesenden überprüfen.

»Ich habe Ihnen ja damals schon erzählt, dass ich bei der Kripo war. Bis mich diese Krankheit erwischt hat. Hatte mit Tötungsdelikten zu tun, Mord, Totschlag. Alles ziemlich grauenvolles Zeug. Aber wem sag ich das? In dieser Zeit als Polizeibeamter – und glauben Sie mir, ich war ein guter Ermittler – sind mir die Berge zum Hobby geworden.«

»Ich dachte, Sie …«, wollte Marielle unterbrechen. Doch Schwarzenbacher wusste ohnehin, worauf sie hinauswollte.

»Nicht das Bergsteigen! Gott bewahre! Mich haben, sozusagen nebenbei, kriminalistische Fälle zu interessieren begonnen, die sich in den Bergen zutrugen. Aktuelle, die in den Zeitungen standen, und historische, wenn ich irgendwo drauf gestoßen bin. Und mir ist immer bewusster geworden, dass die Berge eigentlich geradezu ideale Tatorte abgeben können. Wahrscheinlich hat schon so mancher seine Partnerin oder seinen Partner irgendwo hinuntergestoßen – und dann ist als Todesursache ein Schädelbruch aufgrund eines Absturzes im abschüssigen Gelände konstatiert worden. Dieses ›Hobby‹ habe ich mir auch in den zwangsweisen Ruhestand mitgenommen. Es muss Sie also nicht weiter verwundern, wenn mich Ihre Geschichte sehr interessiert hat.«

»Meine Geschichte?«

»Ja, natürlich. Sie waren erst das Opfer und später die Heldin. Die Zeitungen waren voll davon, und tagelang waren im Fernsehen die Meldungen über Sie und diesen Mörder Konrad Krupp.«

»Furchtbar«, sagte sie.

Schwarzenbacher nickte »Also tagelang waren die Meldungen über Sie auf der Nachrichten-Pole-Position. Die aus der Hütte befreiten Leute waren schon auch ein Thema, keine Frage. Aber der Star waren Sie! Nun bringt es mein früherer Beruf mit sich, auch den Journalisten gegenüber misstrauisch zu sein. Es war jedoch nicht allzu schwierig, sich zusammenzureimen, was Fakt ist und was aufgeblasene Sensationsberichterstattung. Und während ich hier, in der Stadt, festsaß, erwachte doch auch der Jagdinstinkt des Polizisten. Es ist nämlich so, dass die Kriminellen und die Polizisten nur die zwei Seiten ein und derselben Medaille sind. Früher haben die Kinder Räuber und Gendarm gespielt. Und dieses Spiel ist aussagekräftiger und symbolhafter, als man es glauben möchte. Es geht immer um Schwarz oder Weiß, Weiß oder Schwarz. Wenn ich nicht Polizist geworden wäre, wäre ich vielleicht Bankräuber geworden. Es geht immer darum, Jäger oder Gejagter zu sein. Ich habe mich vor langer Zeit für Ersteres entschieden: Jäger. Und das bin ich immer noch, auch wenn ich kaum mehr laufen kann.«

Sie sah auf seine Beine. Die Jeans kaschierte nur dürftig, dass sie nicht mehr sehr muskulös waren.

»Ich habe die Suche nach Ihnen via Fernsehen verfolgt. In den Nachrichten. Und natürlich über die Zeitung. Aber die ist ja meist später dran als die Fernsehfuzzis. Und habe mir aus all den Informationen, Halbinformationen und Fehlinformationen einen stets aktuellen Stand herausdestilliert. Um es ganz deutlich zu sagen, ich hätte nicht geglaubt, dass Sie die Sache überleben ...«

Er sah ihr voll in die Augen. Und sie sah in seine. Sah die braune Iris, sah die leichte Mandelform der Kontur, sah, dass er die Stirn ein wenig in Falten gezogen hatte. Er hatte etwas von einer sprungbereiten Katze an sich – und war doch das Gegenteil davon. Aber nur körperlich. Geistig war dieser Mann beweglich, hellwach, schnell und, wenn es darauf ankäme, mit großer Wahrscheinlichkeit auch sehr gefährlich.

»Nein, ich habe auf Ihr Leben keine drei Groschen mehr gegeben. Mir war klar, dass er Sie leben lassen könnte, wenn er wollte. Schließlich hatten wir – pardon, hatte es die Polizei ja nicht mit einem unbekannten Verdächtigen zu tun, sondern man wusste genau, um wen es sich handelte. Es hätte diesem Krupp also völlig egal sein können, was Sie über ihn aussagen. Aber als bekannt wurde, mit welcher Brutalität er diesen Jägersmann samt seinem Hund ermordet hatte, stand für mich zweifelsfrei fest, dass Sie keine Überlebenschancen mehr hatten.«

Sie musste sich zwingen, jene Bilder, die in ihr aufsteigen wollten, zu verjagen.

Ich habe mich erinnert, dachte sie. Habe mich erinnert, an fast alles. Es ist genug. Genug! Genug! Genug!

»Da wäre ich jede Wette eingegangen, auch wenn Sie das jetzt taktlos oder pietätlos finden, aber als ehemaliger Bulle ist man daran gewöhnt, von allen möglichen Enden einer Geschichte das schrecklichste als wahrscheinlichstes anzunehmen.«

Er hört nicht auf, dachte sie. Er hört nicht auf, mich zu quälen.

»Es bedurfte schon einer ganz besonderen Frau«, fuhr Schwarzenbacher ungerührt fort. »Diese Strapazen zu überstehen. Unglaublich. Winter im Hochgebirge – ich kenne das ja nicht aus persönlicher Erfahrung, nur aus Filmen. Na ja, und dann noch aus Reinhold Messners Schilderungen, die ich ab und an im Fernsehen gesehen habe. Aber bei dem bin ich mir nicht sicher, ob er nicht eigentlich ein zweiter Luis Trenker ist, ein Schwadronierer, Dampfplauderer. Was meinen Sie?«

Nichts meinte sie dazu. Was schert mich dieser Messner?, war das Einzige, was ihr dazu einfiel. Unter den jüngeren Bergsteigern spielte er keine besondere Rolle mehr. Seine mediale Überpräsenz hatte ihn eher zur Unperson werden lassen. Wie dieser deutsche Fußballer, dachte sie. Beckenbauer. Auch einer, der alles totschwafelt.

»Wie gesagt, mir persönlich ist das Gebirge ja nicht vertraut. Aber auch im Tal, hier in der Stadt, war es an diesen Tagen eiskalt, und der Schnee fiel so stark, dass die Schneeräumer gar nicht mehr nachkamen. Als ich dann erfuhr, dass Sie leben … dass es keinen Zweifel mehr gibt, dass Sie wirklich leben …«

Er redete und redete.

***

Er redete. Marielle hörte es nicht. Und hörte es doch. Es strömte in sie hinein wie die Kälte und die Nässe und die Angst und der Tod. Aber was sie hörte, blieb seltsam konturlos, schmolz wie der Schnee auf ihren aufgeplatzten Lippen.

Rede nur, dachte sie. Rede, du Schwein. Ich hör dir nicht zu.

In ihren wacheren, stärkeren Momenten nahm sie all ihre Kraft und Konzentration zusammen und versuchte, darüber nachzudenken, wie sie ihm entkommen konnte. Und Krupps Worte flossen durch sie hindurch.

»Es ist schon eine ganz eigene Clique«, erzählte Krupp wie in einem lang anhaltenden, dahinleiernden Selbstgespräch, »die sich da zusammengeschart hat. Du kommst da nicht dazu, weil du gut zuhauen kannst oder weil du von Haus aus ein Verbrecher bist. Du kommst dazu, weil dich andere, die schon dabei sind, empfehlen. Und plötzlich stehst du vor dem Mann und merkst auf Anhieb, der ist okay. So der Typ freundlicher Fußballtrainer. Väterlich, ja, das ist der richtige Ausdruck. Altmodischer Ausdruck, aber eben treffend. Was Besseres fällt mir nicht ein. Du weißt sofort, du bist angekommen, bei ihm und in diesem Umfeld. Du bekommst etwas. Vorher hast du gar nicht gewusst, dass es das gibt. So was wie Zugehörigkeit. Sicherheit. Brauchst dich um nicht viel zu kümmern. Kriegst gesagt, was du tun sollst. Und du tust es auch, egal, was von dir verlangt wird. Denn du weißt, da drinnen, in diesem Clan, bist du zu Hause. Draußen, die Welt, die ist dein Gegner. Draußen sind die Feinde. Und die musst du bekämpfen.

Mit allen Mitteln. Nichts darf eindringen in diesen geschlossenen Raum, verstehst du? Nichts und niemand.«

Marielle machte keine Anstalten, auf Krupps Ausführungen zu reagieren. Sie stimmte nicht zu, sie fragte nicht nach, sie grübelte still vor sich hin.

»Ob du verstehst, habe ich gefragt.«

»Hmm«, machte sie, und Krupp nahm das als Zustimmung, gab sich damit zufrieden und sprach weiter. Und Marielle hörte jetzt zumindest mit einem Ohr zu.

»Rustis Spezialgebiet ist Prostitution. Und zwar von ganz jungen Girls. Viel jünger als du. Du wärst da schon ein Auslaufmodell. Nicht dass du nicht gut wärst. Das mein ich nicht ... aber nicht mehr jung genug. Auf keinen Fall mehr jung genug. Du fällst schon durchs Raster. Aber nicht bei Rusti. Der würde dich nicht fallen lassen. Du würdest im Clan bleiben, hättest was zu tun, wärst versorgt. Er ist ja wie ein Vater zu allen.«

Verrückt, dachte Marielle, das ist doch völlig verrückt. Da verschachert einer kleine Mädchen an die verdammten Kinderficker, und dann behauptet dieser Zuhälter, dieser Mörder auch noch, der Boss vom Ganzen wäre wie ein Vater zu ihnen. Wie ein Vater!

Es war, als hätte Krupp ihren Gedanken lesen können.

»Du denkst jetzt, da gehe es um Kinderfickerei. So mit Babys und Kleinkindern und so ... Das nicht ... das ist nicht Rustis Ding ... Aber die Welt ist eben nicht so, wie ihr Braven und Guten sie euch einteilt. Wenn ihr hört, dass eine Vierzehnjährige auf den Strich geht, dann bekommt ihr die Krise. ›Das arme Mädchen‹, heißt es dann gleich. ›Missbraucht, misshandelt ...‹ Aber bei Rusti ist das anders. Das sind keine geraubten oder von ihren Müttern weggegebenen Mädchen. Das sind solche, die von daheim ausgebüxt sind, die es in die Bahnhofsviertel gezogen hat wie einen dünnen Nagel zum Magneten. Weißt du, wie die drauf sind? Die lutschen jedem einen, der einen Zehner hinblättert. Und fürs Doppelte schlucken sie den Sprotz auch runter.«

Marielle wurde fast übel.

»Wenn wir die also auflesen, ihren miesen kleinen Zuhältern abnehmen, von denen sie geprügelt oder unter Drogen gesetzt werden, dann ist das doch eine gute Tat, oder?«

Marielle verstand nicht. Kinderprostitution, Rusti, Zuhälter.

Sie wollte alles gar nicht wissen. Wollte weg, nur weg. Und hoffte, diese Nacht noch zu überstehen. Wenn sie nicht mehr lange dauern würde, wenn der Morgen bald grauen würde und sie dann noch am Leben wäre, vielleicht hatte sie dann die Chance, dem Mann zu entkommen.

»Für die Mädel ist es bei uns wie im Schlaraffenland. Da gibt es keine Schläge. Wenn es Schläge gibt, dann höchstens für Freier, die sich danebenbenehmen. Die braucht es auch gar nicht, die Schläge. Diese Mädchen, die wir aus der Gosse geholt haben, wo sie jedem Kanaken für einen Fünfer einen runterholen mussten, sind voller Dankbarkeit. Rusti ist der Papi, und einer wie ich ist so was wie ein großer Bruder.«

Von ganz fern kam eine Erinnerung. Die Erinnerung an Christian, Pablos Vorgänger. Dessen Liebe sie irgendwie nicht ertragen hatte. Pablo war immer auch ein Kind. Und sie liebte es, in ihrer Beziehung bisweilen selbst Kind zu sein. Christian verleugnete das Kind in sich. Wollte immer noch mehr Mann sein, als er war. Sein ewiges Männlichkeitsgehabe war ihr irgendwann unerträglich geworden. Und dennoch: Jetzt wäre sie froh gewesen um einige seiner Eigenschaften.

Wie hatte er zu ihr gesagt: »Wenn du dich wehrst, musst du bereit sein, das Schwein umzubringen.« Jetzt fiel ihr das wieder ein. »Du musst bereit sein, ihn zu töten. Wenn er am Boden liegt, darfst du keine Gnade zeigen. Schlag ihm einen Stein auf den Kopf, reiß ihm die Nase aus dem Gesicht. Drück ihm mit den Daumen seine Augäpfel in die Höhlen, bis sie kaputt sind.« Wie war sie angewidert gewesen von diesen Sprüchen.

»Was starrst du mich so an?«

»Ich starr dich nicht an«, sagte sie.

»Als mich das letzte Mal wer so angestarrt hat, hab ich ihm den Daumen ins Auge gebohrt.«

Marielle erschrak so fürchterlich, dass sie zusammenzuckte. Aber er schien es nicht zu bemerken. Er kann meine Gedanken lesen, dachte sie. Quatsch, kann er nicht. Kann er nicht! Kann er nicht!

»Eine Auseinandersetzung mit irgendeinem dummen Typen in einer Kneipe. Hat sich vor seiner Tussi aufspielen müssen, hat mich die ganze Zeit angestarrt und dann angemacht, hat gesagt, ich hätte seine Freundin angestiert. Diese kleine pummelige Tussi mit den Glupschaugen und der Dauerwelle. Da würde ich eher schwul werden.«

Er rückte sich im Schnee zurecht, legte seinen Arm um die zitternde Marielle und fuhr fort:

»Ich hab ihm den Daumen ins Auge gestoßen. Keine große Sache. Und weißt du, was die dumme Sau tut? Greift nach seinem Bierglas und will es an der Tischkante abschlagen. Weißt du, was der damit wollte? Weißt du es? Der hätte mir diese Krone aus Glas in die Visage gedreht. Diese Sau, diese verdammte Sau. Aber das macht so einer nicht mit mir. Ich hatte nur eine Gasspritze in der Tasche. Aber die hab ich ihm in die Fresse gedrückt. Eine Hand breit vor die Nase. Und dann abgedrückt. Den hättest du sehen sollen. Sehen und vor allem hören. Hat geschrien wie ein angestochenes Schwein. Dem ist ja nicht nur das Gas in die Nase gestiegen, Schätzchen. Das allein wär's nicht gewesen. Dem ist das flüssige Wachs in die Augen. Hätt einen Blindenhund gebraucht, der Kerl. Die Gaspatronen sind nämlich mit Wachs abgedichtet. Wenn du schießt, kommt das Wachs heiß aus dem Rohr. Pschscht ...«

Wie soll ich damit fertig werden?, dachte Marielle. Wie soll ich ihm entkommen? Sie fragte sich, ob es normal war, dass so einer mit ein paar Wochen Jugendstrafe davonkam.

»Aber das war nur eine kleine Sache. Die großen kennen die Bullen ja nicht. War urkomisch, den Jugendrichter zu hören. Hat sich echt für mich eingesetzt, der Idiot. So ein Sozialarbeitertyp. Mit ganz, ganz viel Verständnis für uns junge Leute. Wenn du verstehst, was ich meine.«

Er musste husten, und es dauerte eine ganze Weile, bis er seine bizarre Schilderung fortsetzen konnte.

»Du verstehst das natürlich nicht. Aber ich, das sage ich dir, ich hätte mich totlachen können. Hab natürlich den reuigen Jungen gespielt. Mal einen Fehler gemacht ... oh ja, schwerer Fehler ... kommt aber bestimmt nicht wieder vor. Und dabei habe ich immer dran denken müssen, an die Geschichte mit den beiden Alten. Ist schon ein paar Jahre her. War mehr so eine Schnapsidee. War ja damals noch verdammt jung, übermütig. Hatte noch keine Erfahrung mit so was. War eine schräge Sache. Hatte aber einen hohen Preis. Einen verdammt hohen Preis.«

»Hör auf!« Schreien wollte sie das. Aber es kam nur ein Wimmern aus ihr heraus. Intuitiv wusste sie, dass ihre Überlebenschancen mit jedem Satz von Krupp sanken.

»Ich hätte nicht geglaubt, dass es so einfach wäre. Aber es war nicht schwer. Im Gegenteil. Da liegt die Waffe in der Hand, irgendwie kühl und schwer. Und du brauchst sie nur leicht zu heben, ein bisschen am Abzug zu ziehen, nur bis du den Widerstand spürst. Und dann schaut dich der Alte an, der merkt, dass es die letzten Sekunden seines beschissenen Lebens sind. Und dann ziehst du noch ein bisschen mehr am Abzug, nur noch ein bisschen, nur so über den Widerstand hinaus ...«

Mit dem um sie gelegten Arm riss er plötzlich an ihr.

»Und dann macht es peng, und es ist überall Blut, wirklich überall, und der Alte sackt weg und ist hin.«

Krupp ließ sie wieder lockerer.

»Es war ein komisches Gefühl. Bin selbst ein bisschen erschrocken. Aber dann, ich weiß nicht, irgendwie war ich schon auch stolz drauf, das geschafft zu haben. Gleich mit dem ersten Schuss. Henryk war ja viel älter als ich und hat sich blöd angestellt. Ist der Alten auf den Leim gegangen. Die hat ihm eine Schere durchs Gesicht in den Kopf gerammt. Der ist nicht mehr weit gekommen. Hab gehört, dass er in einem Park verblutet ist.«

Er zögerte einen Moment.

»Du wolltest etwas wissen über mich. Jetzt weißt du was über mich.«

Da Marielle nichts sagte, redete Krupp weiter.

»Und dann hat Rusti davon erfahren. Hat mir die Leviten gelesen, gehörig. Aber fallen lassen hat er mich nicht. Weißt du, was er gesagt hat? ›Das war ein Fehler, mein Junge‹, hat er gesagt. ›Das war ein Fehler, mein Junge.‹ Genau so hat er das gesagt. Ganz ruhig, weißt du. Ohne die Stimme zu heben. Und er hat mir in die Augen geschaut. Und hat gesagt: ›Was du jetzt brauchst, ist ein Nest. Einen Platz, wo dich niemand findet. Wo dir niemand was will. Ich gehe davon aus, dass du nie jemandem eine Tür in unser kleines Reich aufmachen würdest.‹ Das hat er gesagt. Aber das hätte er nicht sagen brauchen. Ich verpfeif meine Leute nicht. Wir halten alle zusammen. Da geht nichts nach draußen. Das macht uns so stark.«

Er rüttelte an Marielle. »Hörst du überhaupt zu? Oder pennst du schon wieder? Du sollst nicht pennen! Wenn du pennst, bist du schon tot.«

Aber Marielle schlief nicht. Sie wollte nur nichts mehr hören, wollte mit Krupp und seiner Geschichte nichts mehr zu tun haben. Sie war dabei, wieder in Apathie zu versinken. Nahm nicht wahr, dass es stärker zu schneien begann.

Sie hörte seine Stimme; was er jedoch sagte, glitt an ihr vorüber. Dafür ergriff ein Bild mehr und mehr Besitz von ihr. Das Gewehr. Das Gewehr des Jägers, mit dem er auch erschossen worden war und mit dem Krupp den Hüttenwirt als Geisel genommen hatte. Wenn sie nichts unternahm, wenn ihr kein gütiges Schicksal zu Hilfe kam, dann wäre das Letzte, was sie in ihrem Leben sehen würde, wahrscheinlich der kreisrunde Lauf.

Sie wusste nicht, wo es jetzt war.

Aber es lag wohl auch schon zu lange irgendwo neben Krupp im Schnee. Nass. Schießen würde man damit wahrscheinlich gar nicht mehr können. Aber es lag da, irgendwo. Und sie konnte es ahnen. Und ihre Gedanken, die aus ihrem Unbewussten nach oben drängten, setzten sie auf diese Fährte. Das Gewehr.

Es erschien ihr als die Lösung. Aber es schoss doch nicht mehr! Krupp hatte es beim Graben der Schneemulde weggelegt und seither nicht mehr angerührt.

Doch sie brauchte das Gewehr. Sie hatte noch keine Vorstellung, was sie tun wollte, aber sie ahnte, dass es das einzige Mittel war, dieser Situation noch zu entfliehen.

Dieses Bewusstsein lullte sie ein wie ein Kind, das abends vorm Einschlafen den nächsten Tag innerlich damit rettet, dass die Eltern schon nicht merken werden, was es angestellt hat. Das es sich so lange vorsagt, bis es selbst an diese Lösung glaubt. Und über diese Hoffnung in den Schlaf findet.

Krupp sprach immer noch. Doch Marielles Erschöpfung schien auch auf ihn ansteckend zu wirken. Er redete von sich und seinen Kumpanen, doch die Ausführungen wurden langsamer, gerieten in Zeitlupe und verloren an Zusammenhang.

»Hat mir nichts gefehlt … Reisen, egal, wohin … Mein Vater hat in seiner Welt gelebt … meine Welt? … irgendwann bekommst du einen Hass … nicht nur so dahingesagt … hast kein Mitleid mehr … es gibt überhaupt niemanden, mit dem du Mitleid haben würdest …«

Er hörte auf zu sprechen. Sein Arm auf Marielle wurde schwer. Er schlief schon fast, als er doch noch etwas anfügte: »Es war Zufall … alles war Zufall … die Alten … der Junge im Lokal … der Jäger … du …«

Krupp dämmerte hinein in den Schlaf.

Marielle war schon weggedämmert. Noch aber arbeitete ihr Gehirn, trotz der Strapazen, trotz der Kälte, trotz des Lebens, das sie kaum mehr halten konnte. Sie träumte.

Träumte einen Film, der sich dauernd wiederholte. Der Film dauerte nur ein paar Sekunden. Aber seit wann hätte ein Träumender ein Zeitgefühl? Lang jedenfalls war dieser Film nicht. Doch er ließ sich nicht verjagen, nicht verscheuchen.

Da war er wieder, der Fuchs. Am Ende war er. Seine Vorderläufe knickten ein, er konnte sich kaum mehr aufrecht halten.

Da war er, der kranke, der elende Fuchs, tollwütig vielleicht. Verscheuchen konnte man ihn nicht.

Nur erschlagen konnte man ihn.

Nur erschlagen.

15

Es ist hell, dachte Marielle.

Nicht richtig Morgen, dachte sie, aber schon irgendwie hell.

Ich lebe, dachte sie weiter. Denn die Nacht ist vorbei.

Dann sank sie wieder in einen Schlaf, der einer Ohnmacht ganz ähnlich war.

Sie brachte die Augen kaum mehr auf. Sie blinzelte zwischen zugeschwollenen Lidern hindurch auf den dicht fallenden Schnee. Es gab kein Nah und kein Fern, kein Oben und kein Unten. Alles war gleich. Sie spürte ihren Kopf schmerzen. Sonst tat nichts weh. Sonst spürte sie nichts. Nur dass die Augen sich nicht weiter öffnen ließen. Sie legte die Hände auf die Augen und fiel zurück in den Schlaf.

Eigentlich müsste ich tot sein. Eine solche Nacht, wer kann sie überleben? Sie fürchtete sich, weil sie glaubte, dieser unglückselige Zustand wäre bereits das, was man landläufig Tod nennt – und es würde ewig so weitergehen.

Ein Sonnenstrahl. Marielle konnte nicht schauen. Aber sie spürte es. Ein wunderbarer Tag. Sie trug kurze Hosen und ein leichtes Oberteil. Eine Wanderung, früh im Jahr. Leicht hügeliges Land mit weiten frühlingsgrünen Wiesen zwischen Waldstücken und vielen kleinen Seen. Am Horizont die Berge weiß. Leuchtend im Licht der Sonne. Pläne geschmiedet, wo sie in diesem Jahr, in diesem noch so jungen Jahr überall hinaufwollten. Auf diesen Gipfel, durch diese Wand, über jenen Grat. Vielleicht mal wieder nach Südfrankreich, in die Verdonschlucht oder zu den steilen Kalkfelsen der Calanques direkt über dem Meer.

Nur einen kleinen Rucksack hatten sie dabei, mit etwas zu trinken und zwei belegten Brötchen und einem Stück bröseligem Sandkuchen in einer Tupperbox. Den Fotoapparat noch. Ganz allein waren sie.

Wahrscheinlich weil Werktag war. Weil niemand Zeit hatte für eine Wanderung. An einem der Seen – groß waren sie nicht, mehr Weiher als Seen, schilfumstanden, von Birken gesäumt – zog sie die Schuhe aus und stieg ins Wasser. Der Untergrund war moorig, und mit jedem Schritt wirbelte sie den lockeren Boden auf, trübte das Wasser, dass es aussah wie ein frisch gezapftes Guinness.

»Komm rein«, hörte sie sich sagen. »Komm doch, Pablo, es ist schön.«

»Aber immer noch kalt«, hörte sie ihn sagen.

Also kam sie wieder ans Ufer, rang ihn nieder, küsste ihn auf den Hals, die Wangen, den Mund. War voll Verlangen, hätte am liebsten hier am See mit ihm geschlafen. Und er auch, sie spürte sein hartes Glied, das durch seine Jeans an ihren Oberschenkel pochte. Freilich hätte er es auch gewollt, freilich. Aber so abenteuerlustig wie sie war er bei solchen Sachen nicht.

»Die Hundebesitzer sind überall und zu jeder Tageszeit unterwegs«, sagte er. »Besser, wir verschieben das.«

»Und wenn ich es nicht mehr aushalte?«, hörte sie sich kichernd sagen. »Wenn ich es jetzt brauche? Dich jetzt brauche?«

Arm in Arm gingen sie weiter. Sie waren so verliebt. Pablo tat ihr gut. Und sie schien ihm gutzutun. Sie passten zusammen. Sie waren voller Freude über diesen herrlichen Tag, voller Begehren und voller Vorfreude auf das, was sie nachher noch machen wollten.

Und dann diese schreckliche Geschichte. Die Sache mit dem Fuchs.

Er kauerte auf dem breiten Weg. Am Rand, dort, wo schon wieder Wiese und Feld begannen. Die Sonne stand nicht hoch, es war noch früh im Jahr, und das Licht traf sie schräg von vorn. Vielleicht der Grund, dass sie ihn erst sahen, als sie fast hätten draufsteigen können.

Plötzlich sprang Pablo einen Schritt zurück, zog sie am Arm mit sich. »Ein Fuchs!«

Sie hatten schon oft Füchse gesehen. In dieser Region war das weiß Gott nichts Besonderes. Kaum eine Autofahrt ins Gebirge, wo nicht ein Fuchs im Licht der Scheinwerfer die Straße gequert hätte. Kaum eine Fahrt auf einer Landstraße, wo sie nicht einem halb zerquetschten Fuchskadaver hätten ausweichen müssen. Füchse waren hier so häufig wie Bussarde. Schön anzusehen, aber auch nichts allzu Aufregendes mehr.

Bei diesem hier war es anders. Er musste die Tollwut haben. Denn er blieb, wo er war, machte sich nicht davon, hockte zwei Meter vor ihnen auf den Hinterläufen und schaute sie an. Schaute sie einfach nur an. Als hätte er nicht die geringste Scheu vor den Menschen.

»Vielleicht ist er zahm«, sagte Marielle.

»Darauf würde ich mich nicht verlassen«, war Pablos Antwort. »Wahrscheinlich hat er Tollwut. Dann sollten wir aber zusehen, dass wir wegkommen.«

Sie ging noch ein paar Schritte weiter weg. Aber der Fuchs machte weder Anstalten, sich davonzumachen, noch, irgendwie angriffslustig zu werden. Er verfolgte nur jede ihrer Bewegungen, drehte seinen Kopf dabei ganz langsam.

»Der ist krank oder verletzt«, sagte Pablo.

Und als wollte er diese Vermutung bestätigen, versuchte der Fuchs sich auf die Hinterbeine zu erheben, aber die knickten weg, brachen nach links und rechts ein, sodass er nicht in die Höhe und schon gar nicht vom Fleck kam.

»Scheiße«, sagte Marielle. »Dem geht es ja verdammt dreckig.«

Pablo trat wieder näher heran. Sie blieb lieber, wo sie war. Man konnte ja nicht wissen. Er hielt gerade genug Abstand, dass der Fuchs nicht nach ihm schnappen können würde. Über das Tier gebeugt, rief er Marielle zu: »Blut ist keines da. Nichts.«

Der Fuchs starrte ihn an. Versuchte erneut, sich aufzurichten. Aber es gelang ihm nicht. Sich mit den Vorderpfoten im Boden einkrallend, zog er sich ein paar Zentimeter nach vorne, dem Feld entgegen. Aber dann schienen ihn die Kräfte zu verlassen, er sank auch vorne zusammen und legte den Kopf in den Dreck.

»Komm«, sagte Pablo zu Marielle. »Komm her. Der tut uns nichts. Der ist am Ende.«

Sie machte zögerlich ein paar Schritte heran. Der Fuchs hob den Kopf ein wenig, sah sie kurz an, ergab sich dann aber in sein Schicksal.

Das Fell war herrlich. Rotbraun und dicht. Es musste ganz weich sein. Sie hätte das leidende Tier am liebsten gestreichelt, es getröstet. Aber das ging natürlich nicht. Wahrscheinlich würde sich der Fuchs immer noch wehren, würde zubeißen. Und vielleicht war es ja wirklich die Tollwut.

»Was sollen wir tun?«, fragte sie. Weit und breit war keine Menschenseele, auch kein Haus, kein Bauernhof. Nichts, niemand.

Auch Pablo wusste zunächst keinen Rat. Doch dann sagte er: »Wir rufen die Polizei. Die soll einen Förster oder Jäger vorbeischicken. Bestimmt gibt ihm jemand den Gnadenschuss.«

Er tippte die Hundertdreizehn in sein Handy, entschuldigte sich beim Beamten an der Notrufzentrale, schilderte die Angelegenheit, wurde verbunden zu jener Dienststelle, die dafür zuständig hätte sein müssen – die es aber nicht war. Es vergingen Minuten, in denen der Fuchs schwer atmend auf dem Forstweg lag, ehe sich die nun wirklich zuständige Dienststelle meldete.

Pablo erklärte, worum es ging und dass er in Sorge sei, der Fuchs könnte von der Tollwut befallen sein und dass es dann doch wohl besser wäre, wenn …

Der Beamte ließ sich den Fundort beschreiben, so gut es ging, verlangte Pablos Handynummer und versprach, sich zu kümmern, jemanden zu schicken, was freilich dauern konnte, denn wer weiß, wo der Förster oder seine Leute gerade unterwegs waren. So ein Revier ist groß, hatte der Beamte gesagt.

Sie setzten sich in einiger Entfernung auf einen umgelegten und entrindeten Baum. Ein schöner Flecken wäre es gewesen. Sie konnten weit schauen. Das Land war hier nur ganz leicht gewellt, die Wiesen waren von jenem so frischen Grün, das es nur im Frühling gab, und die Stille wäre geradezu spirituell gewesen. Aber da war dieser Fuchs, krank, am Ende, sterbend.

Immer wieder gingen sie zu ihm hin. Immer wieder hob er den Kopf ein wenig und schaute sie an. Zweimal noch versuchte er auch, sich aufzurichten. Aber immer ohne Erfolg. Der Kopf sackte sofort wieder auf den Boden zurück.

»Er schaut einen an«, hatte Marielle gesagt, »als ob er von uns Hilfe erwarten würde. Wie ein kranker Mensch, der hofft, dass ihm der Doktor sagt, alles wird wieder gut.«

»Hmhm.« Pablo sah auf die Uhr. Es war eine Dreiviertelstunde vergangen, seit er mit der Polizei telefoniert hatte.

»Lass uns warten bis um halb zwölf. Dann ist eine Stunde rum. Wenn dann noch niemand gekommen ist …«

»Aber wir können doch nicht einfach weggehen, als wenn nichts wäre«, hatte Marielle gesagt.

»Lass mich doch erst einmal ausreden«, war seine etwas genervt klingende Antwort. »Wenn bis dahin niemand gekommen ist ... ja ... dann müssen wir ihn wohl selbst erlösen ...«

Sie hatte noch nie ein Tier getötet. Hatte als Kind einmal gesehen, wie Männer auf einem Bauernhof ein Schwein an den Ohren und am Ringelschwanz aus dem Stall zerrten. Sie hatte das durchdringende Quietschen des Schweins noch immer im Ohr, konnte die Todesangst dieses Tieres hören bis in die Gegenwart. Lange hatte sie danach keine Wurst mehr essen wollen.

Jedenfalls hatte sie nie Hand angelegt an ein Tier, abgesehen von den Hunderten von Ameisen, die sie als Kind mit Hingabe zerdrückt hatte. Die waren so winzig gewesen, fast abstrakt. Keine Augen hatten sie dabei angesehen, kein Gesicht war als Erinnerung geblieben. Nur die Verwunderung ihrer Mutter und der Satz: »Hör doch auf damit, Schatz – die Ameisen möchten doch auch leben ...«

Es kam niemand. Nicht bis halb zwölf, nicht in den zehn Minuten danach, die sie in stillem Einvernehmen noch abwarteten. Sie gingen wieder hin zu dem Fuchs, der den Kopf jetzt kaum noch hob. Sogar das Atmen schien ihm schwer zu fallen. Es war ein jammervolles Bild.

»Wahrscheinlich hat er gar keine Tollwut«, sagte Pablo. »Ich glaube eher, dass er vergiftet worden ist.«

Und dann, nach ein paar Sekunden des Schweigens, fügte er hinzu: »Wir müssen ihn erschlagen.«

»Aber wie?«, hatte Marielle gefragt. »Wie willst du ihn totmachen?«

Statt einer Antwort war Pablo zurückgegangen zum Baumstamm, auf dem sie gesessen waren, und hatte einen starken Ast gesucht. Der erste, den er aufhob, war morsch. Aber dann fand er ein geeignetes Stück Holz. Eine Art Prügel, einen knappen Meter lang und leicht gebogen. Am einen Ende relativ dünn, am anderen stärker, wuchtiger.

»Damit«, hatte er zu Marielle gesagt.

»Scheiße. Ich will das nicht sehen.«

Sie hielt sich die Hände vors Gesicht. Der Fuchs war ihr in der vergangenen Stunde vertraut geworden. Sie hätte ihm helfen wollen – und wusste doch zugleich, dass die einzige Hilfe darin bestehen konnte, ihn vom qualvollen Leben zu erlösen.

»Dann schau weg«, sagte Pablo.

Er näherte sich dem Fuchs, der ihn wieder fragend und wie hilfesuchend anblickte, hob den Stock und schlug kräftig zu.

Marielle hatte nicht weggesehen. Sie war zwar in einem Abstand von mehreren Metern stehen geblieben, aber sie hatte nicht weggesehen. Hatte gesehen, wie der Prügel niedergesaust war auf den Fuchs. Den Treffer in der Körpermitte. Den Staub, der aus dem Fell stieg. Das Aufbäumen der vorderen und hinteren Körperhälfte. Das Zurückziehen des Prügels. Den erneuten Schlag, der noch schlechter traf, den Fuchs nur am Kopf streifte, eines der spitzen Ohren halb abriss.

Der Fuchs aber war nicht tot.

»Verdammt! Oh, verdammt!«, hatte Pablo geschrien. »Ich kann das nicht.« Und er hatte den Prügel weggeworfen und war in einiger Entfernung auf und ab gegangen, auf und ab in Riesenschritten. »Ich kann es nicht! Ich kann es nicht. Scheiße, Scheiße, Scheiße …«

Noch zögerte Marielle. War unsicher, ob sie das schaffen würde, was sie vorhatte. Was sie tun musste. Ja, sie musste es tun. Es gab keine andere Wahl.

Sie ging die paar Schritte bis dorthin, wo der Prügel lag. Sie hob ihn auf und nahm in an der dünneren Seite mit beiden Händen. Fasste kräftig zu, so kräftig, als müsste sie sich im schwierigen Fels um jeden Preis an einem Griff halten.

Sie schwang den Knüppel ein paarmal durch die Luft.

Wie ein Baseballspieler, dachte sie.

Sprachlos beobachtete Pablo Marielles Bewegungen.

Sie hörte ein zischendes und pfeifendes Geräusch, wenn der Prügel die Luft durchschnitt. Und sie fühlte das Holz gut in ihren Händen liegen.

Sie trat neben den Fuchs, der zu ihr hochschaute mit seinen schmalen Pupillenstreifen, fragend, flehend. Der sich Erlösung von ihr zu erhoffen schien. Aber Erlösung ist nicht leicht zu haben.

Sie stellte das linke Bein ein Stück vor, bückte sich leicht in der

Hüfte, hob den Prügel über die rechte Schulter, zielte auf das Genick des Fuchses, dachte: Ich muss es tun, und schlug zu.

Sie traf den Nacken, und der Schlag fühlte sich weich an, wie in ein Kissen. Der Fuchs zuckte, fiel zur Seite, aber er war nicht tot. Er atmete, die Lippen, die sich geöffnet und die spitzen Zähne freigegeben hatten, vibrierten. Wenigstens waren jetzt die Augen zu.

»Er ist nicht tot«, hörte sie Pablo sagen. »Du musst ihn ganz totmachen …«

»Das weiß ich selbst!«, schrie Marielle.

Sie schlug erneut zu. Nun mit nicht mehr ganz so zupackenden Händen, mit nicht mehr ganz sicherem Griff. Drosch drei- oder viermal auf den fast reglosen Fuchs ein. Traf ihn in die Seite, auf die Schnauze, auf den Kopf.

Der Schlag, der auf die Schnauze traf, brach dem Tier einige seiner Zähne, wahrscheinlich den Kiefer. Blut, viel Blut lief ihm aus dem halb offenen Maul, aus dem leblos die Zunge hing. Und der Schlag, der den Schädel traf, verursachte ein kurzes dumpfes Geräusch wie beim Knacken einer Kokosnuss.

Ja, genau, dachte sie, es klingt wie früher, wenn Papa eine Kokosnuss aufgebrochen hat. Dabei habe ich dem Fruchtfleisch nie viel abgewinnen können. Aber für Papa war es immer ein Fest. Erst die Nuss an einer ihrer Nabelstellen anbohren, die Kokosmilch in ein Glas fließen lassen und dann, mit einem Hammer, mittig auf die Nuss schlagen, damit sie in mehrere Teile zerbricht.

Der Fuchs sah entsetzlich aus. Sein Gesicht, das vorher trotz seines schlimmen Zustandes noch schön gewesen war, glich nun einer Fratze, verzerrt, verschoben, entstellt. Und Blut, überall Blut. Es lief noch immer Blut aus dem halb geöffneten Maul.

»Ich glaube«, sagte sie schwer atmend, »ich glaube, er ist jetzt tot.«

Pablo trat wieder näher heran und besah sich das grausige Szenario, die Blutlache, die den Kopf des Tieres umgab, die Zahnstumpen im offenen Maul, die widernatürlich abgespreizten Gliedmaßen. Und dann sahen sie beide, Pablo und Marielle, dass immer noch ein Hauch von Leben in dem Fuchs sein musste. Einer der Hinterläufe zuckte, ganz kurz und ganz wenig nur, und beim ersten Mal, da sie es sahen, glaubten beide, sich getäuscht zu haben. Aber das Bein zuckte wieder und wieder.

Marielle begann zu schluchzen. »Das gibt es doch nicht«, jammerte sie. »Das kann doch nicht sein. Ich halte das einfach nicht aus.«

Aber sie wandte sich nicht ab. Sie ging nicht weg. Sie nahm den Prügel und drosch mit aller Gewalt auf das Bein ein, so oft, bis es nicht mehr zuckte und bis Pablo sie wegzog. Sie spürte seine Hand an ihrem Arm, spürte seine Nähe, hörte seine Stimme.

»Komm, lass es sein. Lass uns weggehen hier. Komm …«

Sie schleuderte den Prügel einfach fort, schaute den völlig entstellten Fuchs nicht mehr an – sie wollte nicht noch einmal davon schockiert werden, dass sich immer noch etwas regte – und machte den ersten Schritt, den zweiten, den dritten.

Sie stand unter Schock.

16

Die Natur war von atemberaubender Schönheit. Ein Höhensturm jagte die letzten Wolken nach Osten, fegte den Himmel strahlend blau. Das ganze Gebirge mutete an, als wäre es vor wenigen Momenten erschaffen worden, als hätte es sich in all dieser Pracht eben erst aus den Urmeeren erhoben.

Wer die Berge nicht kannte, wäre sprachlos gewesen vor Erstaunen. Nicht nur wegen der Schönheit, die sie in diesem Moment offenbarten, sondern auch wegen der Geschwindigkeit, mit der aus dem verheerenden Wintereinbruch ein traumhafter Tag geworden war.

Wer die Berge freilich kannte, der wusste, dass hier, zwischen den Felswänden und über den Gletschern, das Unwetter aus heiterem Himmel kommen konnte, dass oft nur Minuten lagen zwischen Traum und Tragödie.

»Man glaubt es nicht«, sagte der Co-Pilot des Helikopters, der auf die Gebirgsgruppe der Laaserwände zusteuerte. »Das schaut aus wie ein Paradies, oder?«

»Ich hätt's im Paradies aber gern wärmer …«, gab der Pilot zurück. »Ganz zu schweigen davon, dass unser Einsatz alles andere als paradiesisch ist. Da unten ist einer umgebracht worden. Hast du die Leiche gesehen?«

»Hmhm«, kam als Antwort über den Kopfhörer. Es war als Verneinung gemeint.

»Ich auch nicht. Nur gehört davon. Muss schlimm ausgesehen haben. Kein Gesicht mehr, wenn du weißt, was ich mein. Schrot. Volle Breitseite. Aus nächster Nähe vor die Fresse …«

»Und was erwartet uns heute?«, sagte der Co-Pilot. Es war eine rhetorische Frage, in der die Befürchtung mitschwang, dass auch sie nur auf Tote treffen würden. Zumindest der jungen Frau hatte schon vor dem Start der Helis keiner eine Chance eingeräumt, die vergangenen achtundvierzig Stunden überlebt zu haben.

Sie waren das endlos lange Hochtal entlanggeflogen, das am Vortag mit den Schneekatzen befahren worden war.

»Da haben sie die Leute von der Hütte heruntergeholt. Und

jetzt sieht man keinen Weg mehr, keine Spur. So viel Schnee ist schon wieder gefallen«, sagte der Pilot zum dritten Mann im Helikopter. Es war ein Bergrettungsarzt, der sich auch in extrem unwegsames Gelände ablassen würde, um schnell Hilfe zu leisten – falls die überhaupt noch gebraucht wurde.

»Geh doch mal tiefer«, sagte der Arzt und deutete auf die Hochebene, wo die Laaserhütte stand.

Ein Wintermärchen! Auf dem Dach lag mindestens ein Dreiviertelmeter Schnee. Es sah aus wie die üppige Baiserschicht auf einem Rhabarberkuchen. Aber nicht nur die Hütte hatte eine solche Schneehaube auf – die Tische und Bänke auf der Terrasse genauso wie die Bergstation der Materialseilbahn, wie die Holzstöße, die Regenfässer, die vereinzelt stehenden Bäume. Alles wurde vom Sonnenlicht zum Gleißen gebracht und schien auf wundersame Art verzaubert. Alles wirkte unwirklich schön, von dickem Zuckerguss überzogen, einem illustrierten Weihnachtsmärchenbuch entnommen.

»Sie sind nicht durchs Tal hinaus, so viel scheint klar«, sagte der Co-Pilot. »Und durch die Schlucht mit ziemlicher Sicherheit auch nicht. Aber dort fliegen ja eh die Kollegen, oder? Wenn du mich fragst ...« Er deutete mit der rechten Hand auf die sich jäh auftürmenden Bergwände am Ende der Hochfläche. »Wenn du mich fragst, sind sie dort hinauf.«

Diese Wände der Laasergruppe, nordseitig ausgerichtet, auch jetzt im Schatten liegend und weite Schatten werfend, waren schon etwas weniger märchenhaft anzuschauen. In den Steilflanken hatten sich naturgemäß keine Schneehauben und Kuppen bilden können. Da hatte der Sturm den Schnee an den Fels gepresst und geklebt, und diese Melange aus steilem Fels und Gefrorenem, diese Mixtur aus Stein, Schnee und Eis ließ das Gelände noch abweisender erscheinen als sonst.

»Wenn überhaupt«, sagte der Co-Pilot, »dann sind sie da links hinauf. Links von der Rampe, oder?«

Er musste seine Vermutung wiederholen, weil einen Moment lang der Funk gestört und nur ein Rauschen und Krächzen zu hören gewesen war.

»Da links. Im Sommer ist da ein Steig. Sehr steil und ausgesetzt hinauf. Und drüben ebenso steil und ausgesetzt wieder hinunter.

Wird eigentlich nur von Kletterern begangen, die nach ihrer Tour auf dem Steig zur Hütte zurückwollen.«

»Steig seh ich keinen«, maulte der Pilot.

Man konnte auch keinen Steig mehr sehen. Der Schnee hatte in diesem wieder etwas flacheren Gelände alles so üppig eingehüllt, dass nicht nur der Steig verschwunden war, sondern dass zugleich auch die Formen egalisiert worden waren. Zumindest machte es diesen Eindruck. Wäre kein Schnee gelegen, so hätte man die Bänder und die Rinnen erkannt, durch die ein Weg logischerweise ziehen musste. So aber war alles nur weiß.

Bedrohlich weiß.

Der Pilot zeigte es mit einem Nicken an. Am Grat, der Gipfel mit Gipfel verband, fegte der Schönwettersturm den Schnee. In riesigen Staubfahnen wirbelten die Schneekristalle durch die Luft. Ein herrliches Bild vor der dahinterstehenden Sonne. Wie in alten Bergfilmen, schwarz-weiß, wo noch ein Luis Trenker die Gipfel gestürmt hatte. Aber die Schönheit hatte auch ihre Schattenseite. Der Schnee war vom Wind verfrachtet worden, wie es die Wetterexperten nennen würden, war in rauen Mengen in die Windschattenseiten der Bergflanken transportiert worden, wo sie nun bereitlagen, bei kleinsten Erschütterungen als gewaltige Lawinen ins Tal zu fegen.

Sie flogen die Flanke hoch, wo sich der Steig befunden haben musste. Die Einblicke in die Steilwände knapp rechts davon waren atemberaubend. Die Crew verfügte gewiss über reichlich Erfahrung, hatte viel Großartiges gesehen aus der Vogelperspektive, aber das hier, das war schon unglaublich.

Am Grat wurde ihre Maschine vom Sturm gebeutelt. Der Pilot lehnte sie geschickt gegen den Wind und flog mit wenigen Metern Abstand über der Gratschneide dahin. Welche Tiefblicke!

Es war das reinste Achterbahngefühl, selbst für einen abgebrühten Co-Piloten. Wenn der Heli über die Gratschneide hinwegschoss und unter der Plexiglaskuppel der Blick plötzlich fünf-, sechshundert Höhenmeter bis ins verschneite Kar am Fuß der Felswände fiel – das löste ein Prickeln im Bauch aus, vergleichbar dem Kick, den man empfindet, wenn man in dreitausend Metern Höhe den Schritt aus der offenen Motormaschine tat und wusste, es würde jetzt einen gewaltigen freien Fall geben, bevor einen der Schirm ins Tragegeschirr riss.

»Nichts«, sagte der Pilot. »Hier ist weit und breit niemand. Nicht der Hauch einer Spur.«

Sie flogen hinüber auf die andere Seite der Gratschneide. Dorthin, wohin es auch im Sommer kaum Bergsteiger verschlug. Einsame, vergessene Landschaft. Schroff, aber unspektakulär. Kaum von Wegen durchzogen. Hier konnten Gämsen und Steinböcke ungestört leben.

Jetzt war es eine Winterwildnis, so abgeschieden wie die Arktis.

Die Männer im Hubschrauber versuchten, den Wegverlauf ausfindig zu machen. Auch wenn nichts mehr von dem schmalen Steig zu sehen war, so musste sich anhand der Geländeformen, anhand der Mulden, Senken und Bänder zwischen den übereinandergeschichteten Steilaufschwüngen doch irgendwie nachvollziehen lassen, wo die einzigen Möglichkeiten des Durchkommens waren.

»Lawinenhänge«, sagte der Pilot. »Schöne Scheiße!«

An einigen Stellen waren bereits kleinere und größere Lawinen abgegangen, hatten zum Teil breite Spuren geräumt, in denen kein Bäumchen mehr stand und wo nun gepresster Schnee und aufgerissene Krume eine schmutzige Landkarte bildeten.

»Wahrscheinlich liegen die irgendwo da unterm Schnee, oder?«, sagte der Co-Pilot.

Er hatte die in Tirol weitverbreitete Eigenart, fast jede seiner Bemerkungen mit einem »oder« zu beschließen – auch wenn er keine Frage damit verband.

»Und wenn nicht«, gab der Pilot zurück, »kann es für uns noch ein wunderbares Himmelfahrtskommando werden. Ich jedenfalls hab wenig Lust, mich in einen solchen Hang hineinzustellen.«

Die Männer wussten nur zu gut, wovon sie sprachen. Ein jeder von ihnen war schon oft zu Lawineneinsätzen beordert worden. Sie kannten die Verheerungen, die solche Lawinen auslösten, sehr genau. Staublawinen, die ausgewachsene Bergfichten wie Streichhölzer knicken konnten. Nassschneelawinen, die eine Berghütte zerdrückten wie eine Schrottpresse ein ausgeschlachtetes Auto. Oft waren es Zerstörungen von gigantischen Ausmaßen. Oft aber auch nur vermeintlich kleine Schneerutsche, vielleicht zehn Meter breit und fünfzig Meter lang und dabei doch groß genug, um gleich zwei oder drei Skibergsteigern zum Verhängnis zu werden.

Sie alle hatten die Toten gesehen. Menschen, die unter den Schneemassen qualvoll erstickt waren. Die sich vielleicht im Augenblick ihres Verschüttetwerdens mit den Armen noch eine kleine Blase vor dem Gesicht hatten freihalten können, ein winziges Sauerstoffreservoir, das aber letztlich ihr Sterben nur verlängert hatte. Oder deren Fingerkuppen blutig geschürft waren vom vergeblichen Bemühen, sich aus dem eisigen Grab zu kratzen. Grauenvoll waren die Anblicke derer, die auf einen Schlag erstickt waren: Der Schnee hatte sich ihnen in die Nase, in den Mund und wahrscheinlich durch die Atemwege bis in die Lungenflügel gepresst. Ihre Gesichter waren aufgedunsen, blau, die Augen aus den Höhlen getreten.

Aber die Erstickten waren oft nicht die Schlimmsten. Die meisten Menschen glaubten, dass der Lawinentod immer ein Erstickungstod sei. Was kaum jemand wusste: Viele Opfer wurden erschlagen. Von den rasenden Schneemassen ergriffen, fortgespült, unter die Oberfläche gesogen, vielleicht ein paarmal noch nach oben geschwemmt, wurden sie gegen Baumstämme und Felsbrocken geschleudert. Treibgut in einem rasenden, Hochwasser führenden und alles zerstörenden Fluss. Die Leichen, die es dann zu bergen gab, machten selbst hartgesottenen Rettungsfliegern Angst. Angst vor ihrem Beruf, Angst vor den Bergen, Angst vor der gewalttätigen Natur. Wie in die Ecke geworfene Marionetten sahen diese Toten aus: die Gliedmaßen widernatürlich verdreht, die Rückgrate gebrochen, im Becken nach hinten geknickt oder die Köpfe um hundertachtzig Grad nach hinten gedreht. Als wären es Gummimenschen, in einer besonders abstrusen Bewegung plötzlich erstarrt, schockgefroren.

Das und Ähnliches erwartete die Hubschrauberbesatzung vorzufinden. Doch zunächst einmal fand sie nichts. Nicht die geringste Spur von dem Gangster und seiner Geisel.

»Die hat längst der Teufel geholt«, sagte der Pilot.

»Befürchte ich auch«, sagte der Mann an seiner Seite.

Der Arzt schwieg. Er hatte in den letzten Wintern viele Tote gesehen.

In der tief verschneiten Bergflanke zeichneten sich mehrere Lawinenstriche ab. Über einige hundert Höhenmeter waren die Schneemassen hinuntergefegt, waren wie Wasserfälle über steile Felsbrüche hinabgestürzt, hatten Bäume umgerissen und waren erst viel tiefer, dort, wo das Gelände sich verflachte, zum Stillstand gekommen. Brockig und klumpig hatten sich dabei die Schneemassen meterhoch aufgeworfen. Wer da darunterlag, hatte nicht die geringste Chance, noch am Leben zu sein.

»Irgendwo unter diesem ganzen Dreck liegen die«, sagte der Co-Pilot. »Da kannst du Wetten drauf abschließen, oder?«

»Ist ja auch der völlige Irrsinn, bei diesen Wetterverhältnissen über die Berge zu wollen«, ergänzte der Arzt.

Der Hubschrauber flog dicht über den hart gepressten Lawinenkegeln dahin. Die Besatzung hielt mit Argusaugen Ausschau nach Anzeichen menschlicher Anwesenheit. Nach einem Kleidungsstück, einem Rucksack, einem Schuh. Vielleicht ragte auch ein Arm oder ein Bein irgendwo aus dem hart gepressten Schnee.

Bisweilen glaubten sie, etwas entdeckt zu haben. Aber dann wurde ihnen klar, dass es sich nur um ein Stück aufgewühlten Bodens oder einen Teil von einem Baum handeln konnte. Landen wäre ohnehin ein vergebliches Unterfangen gewesen. Neben den Lawinenbahnen wären sie im gewiss hüfttiefen Schnee eingesunken und kaum vorangekommen. Und sie hätten sich dabei auch noch der ständig weiter bestehenden Lawinengefahr aussetzen müssen.

Der Pilot flog die Maschine zurück zum Grat und begann dann Kreise zu fliegen. Ganz kleine zuerst, sodass man aus gewisser Distanz hätte meinen können, er drehe sich auf der Stelle. Dann immer größere. Fünfzig Meter im Durchmesser, hundert Meter, zweihundert Meter. Aber es gab keine Spur.

Dreihundert, vierhundert, fünfhundert Meter.

Als er wieder im Bereich der Lawinenkegel angekommen war, flog er, so langsam es ging, jeden der Lawinenstriche ab. Die Rotorblätter warfen ihre tobenden Schatten auf den Schnee und wirbelten ihn auf wie Wüstensand.

Als auch das nichts brachte, begannen sie erneut mit den Kreisen. Diesmal aber mit wesentlich größeren Radien.

Mit nur wenigen Metern Abstand zum mal flacheren, mal jäh abfallenden Gelände beschrieb der Heli einen Flug in Spiralform. Die Kreisbahnen wurden so groß, dass sie auf der einen Seite des wuchtigen Bergstocks bis zur Hütte gelangten, auf der anderen Seite aber nur unstrukturiertes, weißes, dicht verhülltes Land vorfanden. So tief verschneit, wirkten die Berge wie Sechs-, Sieben- und Achttausender im Himalaya.

Unberührt. In all ihrer Pracht doch abweisend und lebensfeindlich.

In ihrer Schönheit geradezu ungeheuerlich.

Als die Männer schon keine Hoffnung mehr hatten und vom zweiten Heli eine ganz ähnliche Misserfolgsmeldung bei ihnen einging – da entdeckten sie doch noch etwas. Weiter weg, als sie es vermutet hätten, tiefer in einem schon zur Sommerzeit schwer zugänglichen Hochtal, sah der Co-Pilot einen winzigen Flecken, der nicht zwangsläufig hierherzugehören schien.

»Geh mal runter ... hinter dem dürren Waldstück ... da ist doch was ... oder?«

Es sah aus wie ein unförmiger Müllsack. Blau, weiß, ein bisschen rot.

Wenige Sekunden später stand der Heli seitlich über dem Objekt in der Luft. Es war kein Müllsack. Es war schneeverklebte Kleidung. Und wahrscheinlich steckte ein Mensch darin.

***

Pablo war bei der Kripo. Er hatte nun schon die zweite Aspirin in Wasser aufgelöst. Schniefend und niedergeschlagen saß er in einem Büro bei zwei jungen Beamten, die sich seiner erbarmt hatten. Es war ihm so heiß, dass er Schweißausbrüche bekam, und dann fröstelte es ihn wieder. Eigentlich hätte er im Bett liegen sollen.

Immer wieder stand er auf, ging zur Tür, blieb stehen, kehrte zurück auf seinen Platz.

»Bleib doch sitzen«, sagte der eine von den Kriminalern. »Dir geht's doch net gut. Und ich garantier dir, sobald wir was wissen, erfahrst du das als Erster!«

Sein Kollege, der in einer aufgeschlagenen Kladde las, nickte zustimmend. Wie hierzulande üblich, war man nicht nur am Berg, sondern auch im Tal und in den urbanen Gefilden mit dem Du schnell bei der Hand, selbst im Kommissariat.

Wenn einer wusste, wie gut Marielle sich auch im wildesten Gebirge zurechtfinden konnte, dann war es Pablo. Aber er wusste wahrscheinlich auch besser als jeder dieser Beamten, wie brutal die Natur sein konnte. Brutal und gnadenlos. So gesehen wären die Chancen für Marielle fünfzig zu fünfzig gestanden: ihre außergewöhnlichen Fähigkeiten auf der einen Seite, der mörderische Wintereinbruch auf der anderen. Wobei: Fünfzig-fünfzig war schon sehr optimistisch gedacht.

Aber dann war da noch dieser Krupp. Und dessen Brutalität und Erbarmungslosigkeit reduzierten Marielles Überlebenschancen auf ein absolutes Minimum.

Wenn Pablo das, verständlicherweise, nicht wahrhaben wollte, so war es für die Beamten doch eine ziemlich klare Angelegenheit: Die Frau musste tot sein. Gestorben an den Strapazen. Oder ermordet von Krupp.

Man musste gar nicht lange bei der Kripo sein, um die Hoffnung auf Wunder ein für alle Mal aufzugeben.

***

Die Besatzung des Hubschraubers hatte sich darauf geeinigt, nicht bei der mutmaßlichen Person zu landen. Das war aus zwei Gründen zu gefährlich. Erstens waren da die Schneemassen oberhalb; bereit, jederzeit über den Hang hinabzudonnern. Und zweitens konnte es sich bei dieser Person ja auch um den gesuchten Mörder handeln – und vielleicht stellte sich der ja nur tot. Das war unwahrscheinlich, aber bei solchen Einsätzen musste man immer auch die Unwahrscheinlichkeiten mit einkalkulieren. Jeder Fehler konnte tödliche Folgen haben.

Der Pilot hätte am liebsten gewartet, bis der zweite Heli Beamte von der Kripo herangeflogen hätte. Aber damit war der Rettungsarzt alles andere als einverstanden.

»Wenn da unten wer am Leben ist, dann müssen wir sofort was tun. Wahrscheinlich bleibt nicht mehr viel Zeit.«

»Landen will ich hier nicht«, hatte der Pilot gesagt. »Mir ist lieber, andere gehen drauf als wir selbst …«

»Dann geh ich mit der Seilwinde runter«, hatte der Arzt entschieden.

Und so hatten sie es auch gemacht. Den Hubschrauber zehn Meter über dem Fundort gehalten und den Arzt an der Stahlseilwinde abgelassen. Wenn eine Lawine gekommen wäre, hätte der Heli durchstarten – und den Mediziner noch aus der Gefahrenzone hieven müssen.

Nachdem der Arzt im Schnee gelandet war, hatte es keine Minute mehr gedauert, bis sie oben in der Maschine über Funk die Nachricht bekamen: »Es ist die Frau! Die Frau, die wir suchen!«

***

»Sie lebt!«

Hosp kam ohne Anklopfen in das Büro der jungen Beamten gestürmt. »Sie lebt wirklich. Es ist kaum zu glauben …«

Er sah Pablos Gesicht, in dem sich alle Gefühlsregungen auf einmal zeigten und vermischten: Verwunderung, Erlösung, Zweifel, Erschöpfung, Hoffnung und Fragen, Fragen, Fragen.

Hosp wusste sofort, dass der Junge gar nicht in der Lage war, die Tragweite seiner Worte zu begreifen. »Du bist ja völlig durch ‘n Wind, Bua«, sagte er. »Aber es stimmt wirklich: Sie haben dein Madl lebend aufgefunden. Das ist doch erst mal das Wichtigste. Sie lebt. Der Hubschrauber hat sie.«

Pablo brach in Tränen aus. Er konnte sie nicht zurückhalten. Er stützte das Gesicht in die Hände und schluchzte, dass sein ganzer Oberkörper nur so bebte.

Der Kommissar trat an ihn heran, legte ihm eine Hand auf die Schulter. »Sie lebt. Da ist schon ein Wunder. Ich hoff – und ich wünsch es euch von Herzen –, dass alles gut wird … Wenigstens haben wir jetzt wieder Hoffnung.«

»Was ist mit dem Gesuchten?«, fragte einer der jungen Beamten.

Doch Hosp zuckte nur mit den Schultern. »Nichts. Bis jetzt wissen wir nichts.«

Fast zeitgleich erfuhr es Berger, der im »Grauen Bär« unweit der Polizei abgestiegen war. Er hatte sich, nachdem Neuigkeiten auf sich warten ließen, zunächst aufs Zimmer zurückgezogen, es dort aber nicht lange ausgehalten. Ziellos war er durch Innsbruck geschlendert, die Stadt, die ihm aus einigen früheren Aufenthalten halbwegs vertraut war. In der Maria-Theresien-Straße war er Richtung Triumphpforte gegangen, hatte sich die Auslagen auf der linken Straßenseite angesehen, war lange an den Schaufenstern der Tyrolia-Buchhandlung stehen geblieben, hätte aber schon eine Minute später nicht einen einzigen Buchtitel mehr nennen können, den er gerade noch gesehen hatte.

Als es wieder zu schneien begann, nicht flockig und leicht, sondern nass und schwer, ging er in eine Bäckerei mit Stehcafé. Er holte sein Handy aus der Manteltasche, warf einen prüfenden Blick auf das Display – aber es war in der Tat keine Meldung eingegangen. Nichts Neues.

Hoffentlich finden sie die Frau bald. Und diesen Krupp, dieses Schwein.

Am Tresen holte er sich einen großen Braunen und ein Nusskipferl.

Der Kaffee war grausam schlecht. Eine Pressbrühe mit karamellfarbenem Schaum obenauf. Er trank nur die Hälfte davon, und er aß das Kipferl schnell hinterher, um den bitteren Geschmack zu verdrängen. Aber er blieb noch eine ganze Weile und schaute durch das große Fenster hinaus auf das Schneetreiben, das einfach nicht nachlassen wollte.

Und hier, im Kommen und Gehen der Kunden in der Bäckerei, erfuhr er davon, dass mit Marielle Czerny irgendwas geschehen war.

Er hätte später nicht sagen können, wie ihm das zu Ohren gekommen war. Jedenfalls schien es ihm so, als wäre die Meldung vom Auffinden der Frau plötzlich wie ein Schwarm Heuschrecken in die Stadt eingefallen. Flüsternd, sirrend, surrend, raunend, laut und leise zugleich, war überall die Rede von der jungen Frau, die gefunden worden war, lebend, tot, halb tot, erschlagen, vergewaltigt, verschüttet, blutend, bekleidet oder nackt. Niemand wusste etwas Genaues, aber alle sprachen davon. Und innerhalb weniger Minuten hatte Berger die sich am häufigsten wiederholende Hauptaussage herausgefiltert: Sie lebt.

Als sein Handy die Evergreen-Melodie »As Time Goes By« anspielte und sich Hosp meldete, sagte Berger nur: »Ich hab's schon erfahren. Sie lebt also? Gott sei Dank.«

Er steckte das Handy in die Tasche, schlug den Mantelkragen hoch und machte sich auf den Weg zur Kripo. Zufällig kam er unterwegs am »Central« vorbei. Er erinnerte sich, hier früher schon gewesen zu sein. Und er ärgerte sich, nicht hier seinen Kaffee getrunken zu haben.

Und einen Kognak vielleicht.

***

Marielle kam mit starken Unterkühlungen, mit Erfrierungen an den Füßen und den Händen, mit extremer körperlicher Erschöpfung und in schwerem Schockzustand in die Klinik. Bei der Bergung war sie ansprechbar. Das heißt, sie zeigte Reaktionen darauf, wenn sie angesprochen wurde. Jedoch standen ihre Antworten, wenn man die einzelnen Worte oder Satzbruchstücke als solche bezeichnen wollte, in kaum einem Zusammenhang mit den Fragen.

Es dauerte, bis sich Hosp, Wasle und die hinzugezogene Inspektorin Larl einen Reim auf die spärlichen Informationen machen konnten, die ihnen von verschiedenen Seiten her zugetragen wurden.

Natürlich ließen die Ärzte zunächst keine Vernehmung zu. Der Zustand Marielles war ernst, auch wenn sie bei Bewusstsein war.

»Es gibt für sie gleich ein halbes Dutzend Gründe, diese Geschichte nicht zu überleben«, sagte der leitende Oberarzt der Intensivstation zu den Beamten. »Die Unterkühlung, der Schock … Wenn irgendwelche Komplikationen hinzukommen, dann steht ihr Leben sofort auf Messers Schneide. Und ob sie innere Verletzungen aufweist, können wir noch gar nicht sagen.«

Zunächst also wusste niemand, was sich zugetragen hatte.

Aber die kurzen Berichte des Rettungsarztes aus dem Hubschrauber und der Ärzte aus dem Krankenhaus ergaben nach und nach ein Bild. Unscharf noch und doch schon erkennbar.

»Sie hat nach ihrem Vater gefragt, als ich bei ihr angekommen bin«, berichtete der Rettungsarzt. »Hat immer wieder ihren Vati sehen wollen. Und als ich gefragt habe, was geschehen ist – ich habe ihren schlechten Zustand natürlich gesehen und mir keine wirklich umfassende Antwort erwartet –, als ich sie also gefragt habe, hat sie nur immer wieder gesagt: ›Lawine.‹ Nur das eine Wort. ›Lawine.‹ Es klingt mir noch in den Ohren … Dass sie das alles überlebt hat, unglaublich … Wir haben die Lawinenstriche gesehen.«

»Und sonst? Sonst hat sie nichts gesagt?«

»Nicht viel. Eher Bruchstücke. Und nichts, was ich mit der Sache in Verbindung hätte bringen können.«

»Bitte«, sagte die Inspektorin. »Jedes Wort kann für die Ermittlungen wichtig sein. Erinnern Sie sich, bitte. Und sagen Sie uns alles, und wenn es noch so unwichtig erscheint …«

»Von einem Fuchs hat sie gesprochen. Von einem kranken Fuchs. Und dass der jetzt tot sei, erschlagen.«

»Von einem Fuchs?« Hosp fuhr sich mit der flachen Hand übers licht werdende Haar an seinem Hinterkopf. »Ich nehme ja nicht an, dass sie dort oben einem Fuchs begegnet ist. Oder dass es ihr Hauptanliegen war, einen Fuchs zu erschlagen … Wahrscheinlich wirres Zeug. Ich vermute, die Frau war in den letzten Stunden vor ihrer Bergung nicht mehr ganz bei sich …«

Der Rettungsarzt nickte.

»Was ist mit diesem Krupp? Haben Sie irgendwas aus ihr herausbekommen können?«

»Das habe ich versucht. Sie können sich ja vorstellen, dass ich mich nicht wohlgefühlt habe in meiner Haut. Der konnte ja noch irgendwo in der Nähe sein. Einen Mann hatte er schon erschossen. Und ich wollte garantiert nicht der Nächste sein …

Aber eine klare Aussage habe ich nicht bekommen können. Nur: ›Lawine.‹ Wenn Sie mich fragen: Der liegt irgendwo dort droben unterm Schnee. Den hat die Lawine erwischt und mitgerissen. Sie ja vermutlich auch, aber sie ist nicht reingezogen worden oder sie hat sich befreien können. Mir ist ein Rätsel, wo diese zierliche Person diese Energie hergenommen hat. Aber anders kann ich mir die Geschichte nicht erklären. Der gesuchte Mörder liegt unter einer Lawine begraben. Und eventuell finden wir ihn erst, wenn im späten Frühjahr dort droben die Schneeschmelze einsetzt.«

Der Arzt im Krankenhaus und der sofort hinzugezogene Psychologe konnten diese ersten Vermutungen nur bestätigen. Auch wenn es noch nicht auf Fakten gestützt war, ergab das Puzzle, bei dem sich die Teile erfreulich gut ineinanderfügten, allmählich ein Bild.

Marielle war gezwungen gewesen, den Häftling, der auf der Hütte den Jäger getötet hatte, über den Bergkamm in die entlegenen Gebiete zu führen. Ein absurdes Unterfangen. Andererseits auch wieder logisch: Durch die Schlucht wären sie nicht gekommen. Und auf dem anderen Weg hätte man Krupp schnell gehabt. Also über die Berge. Nach dem Motto: Wenn sie nur lange genug nach Süden gingen, müssten sie irgendwann in Italien rauskommen …

Auf einem schon im Sommer schwierigen Steig! Im Winter ein Himmelfahrtskommando.

Aber offenbar hatten sie es irgendwie über den ersten Höhenzug geschafft. Sie mussten die Nacht ungeschützt, dem Wetter ausgesetzt verbracht haben. Denn das wussten die Flugretter: Schutz gab es dort oben nirgends. Keine Höhle, keinen Baum, gar nichts.

Und dann waren sie wohl im Abstieg in eine Lawine geraten, mitgerissen, verschüttet worden. Der Flugrettungsarzt konnte bestätigen, dass Marielle überall voll Schnee war, auch in den Ärmeln, in den Taschen, tief im Kragen der Jacke. Nicht Schnee in der Form, wie er frisch vom Himmel fällt. Sondern gepresster Schnee, wie man ihn bei Lawinenopfern findet.

Krupp musste von der Lawine verschluckt worden sein. Aber Marielle musste sich aus eigener Kraft befreit und sich dann weiter bergab geschleppt haben. Und es musste ihr gelungen sein, noch eine Nacht zu überstehen. In einem verfallenen Stadel? Einem Schneeloch? Gänzlich ungeschützt wäre es nicht möglich gewesen.

Marielle Czerny konnte weder zu Krupps Verbleib noch zu ihrer Befreiung aus den Schneemassen irgendwelche Angaben machen. Sie schlug die Augen auf, ohne zu erkennen, dass sie im Krankenhaus war, ohne zu verstehen, dass sie sich in ärztlicher Obhut befand, ohne sich an etwas erinnern zu können außer der Lawine und diesem obskuren Fuchs.

Aber der Ablauf der letzten Tage war den Kriminalern auch so klar, und vor allem waren sie froh, dass Marielle lebte – und dass sie sich um diesen Krupp nicht mehr zu kümmern brauchten. Sobald das Wetter und die Lawinensituation günstiger wären, würden Suchtrupps nach der Leiche graben.

Und die Geschichte mit dem Fuchs? Die fand Erhellung, als sie Pablo darauf ansprachen.

»Sie hat was gesagt von einem Fuchs und dass sie ihn hat totschlagen müssen. Ein paarmal schon hat sie das gesagt. Aber immer so aus dem Zusammenhang …«, wurde er von der Inspektorin Larl gefragt. »Irgendeine Vorstellung, was sie damit meinen könnte?«

»Der Fuchs?«, sagte Pablo. »Die Geschichte mit dem Fuchs? Die hat mit dieser Sache hier bestimmt nichts zu tun.« Und dann musste er niesen und drückte sich ein durchnässtes Papiertaschentuchknäuel vors Gesicht.

»Entschuldigung«, sagte er. »Das ist eine alte Geschichte. Die haben wir zusammen erlebt. Und Marielle hat noch oft schlimm geträumt davon.«

Er wühlte in seinen Taschen nach einem neuen Taschentuch.

»Wir haben mal einen kranken Fuchs gefunden. Und haben ihn totschlagen müssen. Und das ist gar nicht so einfach.«

Er schaute die Beamtin an. »Oder haben Sie schon mal einen Fuchs erschlagen?«

17

»Wenn Sie mich fragen, ist der Fall für Hosp so gut wie abgeschlossen. Ich kenne ihn ganz gut. Auch seine Arbeitsweise. Er ist ein guter Polizist. Aber wirklich warm werden mit ihm, das kann ich nicht.«

Schwarzenbacher hatte seine Geldbörse irgendwo aus einer Tasche am Rollstuhl geholt und winkte dem Barkeeper damit.

»Es fehlt ihm noch die Leiche von Krupp. Aber das ist ja nur eine Frage der Zeit. Und des Wetters.«

Er lächelte.

Dem wortkargen, dabei aber zuvorkommenden Barkeeper zahlte er ein ordentliches Trinkgeld. Marielle wollte darauf bestehen, ihren Part selbst zu übernehmen. Doch Schwarzenbacher winkte nur ab.

Als der Barkeeper wieder gegangen war und hinter dem Tresen an der italienischen Kaffeemaschine hantierte, fragte Marielle nach dem Grund dafür, dass er gänzlich aus dem Polizeidienst ausgeschieden war. »Klar, Sie sitzen im Rollstuhl. Sie sind deshalb aber nicht weniger scharfsinnig. Und wie haben Sie doch gesagt: Einmal Bulle, immer Bulle …«

Er sah sie lange an. Ließ sich Zeit mit seiner Antwort.

»Ich stamme von hier«, sagte er dann. »Nicht aus Wien. Da habe ich nur gearbeitet. Bin in Hall aufgewachsen. Als Polizist hat es mich dann in die Hauptstadt verschlagen. Dort ist alles den üblichen Gang gegangen: Beruf, Frau, Wohnung. Nur keine Kinder. Zum Glück, möchte ich aus heutiger Sicht sagen. In meinem Beruf war ich gut. Halten Sie mich ruhig für eitel, aber darum geht es nicht. Ich hatte Biss, wie man so schön sagt. Ich hatte gute Ermittlungserfolge – und genauso viele Neider im eigenen Haus. Sie werden doch nicht glauben, dass die einen Behinderten in ihre Abteilungen integrieren wollen. Ganz im Gegenteil: Die meisten haben es gar nicht erwarten können, dass ich endlich in Frührente gehe.«

Er schwieg, sah Marielle an, schaute aber irgendwie durch sie hindurch.

»Als die Krankheit immer schlimmer geworden ist, habe ich beschlossen, ganz aufzuhören. Dann ist meine Ehe auseinandergegangen. Lange war ich nur noch wütend. Wütend und verzweifelt. Heute kann ich meine Frau fast schon verstehen. Wahrscheinlich wären wir auch so auseinandergegangen, ohne die Krankheit. In Wien jedenfalls hat mich damals nichts mehr gehalten. Als Bulle bei der Kripo hat man kaum Freunde. Man hat Feinde, man hat Kollegen, aber keine Freunde. Das ist so. Ich bin nach Tirol zurück. Habe mir in Innsbruck eine Wohnung gesucht, ebenerdig, behindertengerecht, wie das im Amtsjargon genannt wird. Und so verbringe ich meine Tage mit Nichtstun. Ich lese viel. Ich schaue viel fern. Ich höre gerne Musik. Die Musik ist für mich vielleicht das Allerwichtigste.«

»Musik? Was für Musik?«

»Alles. Ich meine, alles, was mir gefällt. Klassik, Blues, Jazz. Ich hab eine ziemlich große Sammlung an Platten und CDs. Das ist meine Hauptbeschäftigung. Na ja, und dann ist da ja noch mein Hobby: Bulle spielen, daheim, im Kinderzimmer ...«

Er lachte, aber sein Lachen klang traurig.

»Schauen Sie nicht so, Marielle. Es ist alles nur mehr ein Spiel. Ich lese in der Zeitung von Raubüberfällen, Vergewaltigungen, Einbrüchen, Morden. Und natürlich kann ich es nicht lassen, mir einen Reim drauf zu machen. Ich kann nicht anders, als mir immer zu überlegen, wo würde ich jetzt ansetzen, wenn ich zu ermitteln hätte? Das ist auch wieder was, was Bullen und Kriminelle gemeinsam haben. Ich hab mal mit einem Bankräuber gesprochen, der eine lange Haftstrafe verbüßt hat und danach solide geworden ist. Wissen Sie, was er gesagt hat? Dass er bei jedem Bankraub, über den in den Medien berichtet wird, überlegt, was er besser machen würde ...«

Und wieder lachte Schwarzenbacher dieses bittere Lachen.

»Zurück zu Ihrer Frage: Ja, ich mache mir meine Gedanken zu den Verbrechen. Manchmal glaube ich, ich würde einem Täter auf die Spur kommen. Aber dazu bin ich weiß Gott zu unbeweglich. Und meine Kollegen – ach, die haben nicht im Sinn, auf meine Meinung viel zu achten. Damit muss ich leben. Zu einigen Fällen, die ich früher nicht lösen hab können, kommen halt jetzt die dazu, die ich vielleicht lösen könnte – und doch nicht mehr kann.«

»Wie halten Sie das aus?«, fragte Marielle.

»Wie halten Sie es aus?«, fragte Schwarzenbacher zurück. »Alles das, was Sie durchgemacht haben. Alles das, woran Sie sich erinnern sollten.«

Anders als vorhin war seine Stimme nun hart, fest, ganz bestimmt.

»Ich habe Sie in der Klinik gefragt, ob Sie was zu tun haben mit dem Tod dieses Mörders. Und ich habe Sie aufgefordert, sich zu erinnern. Haben Sie das geschafft?«

Habe ich das geschafft?, fragte sich Marielle. Ich habe mich erinnert. An alles. Von Anfang an. Aber: War das alles? Oder gab es noch mehr?

Sie hatte Blut an den Händen. Schmerzen fühlte sie keine. Sie fühlte nichts mehr außer einer sehr fernen Verzweiflung.

Ich bin ja nicht mehr am Leben, dachte sie.

Sie wühlte sich durch den Schnee, versank dabei bis zur Mitte ihrer Oberschenkel, grub sich mit den Beinen frei, versank wieder. Auf diese Weise legte sie in einer endlos langen Stunde nur ein paar hundert Meter zurück.

An manchen Stellen trug die Schneedecke. Da hatten der Wind und die Kälte der letzten Tage ganze Arbeit geleistet. Da konnte sie aufrecht gehen, der Schnee reichte ihr nicht einmal bis zu den Knöcheln. Irgendein Teil in ihr freute sich über diese Momente. Aber diese Freude drang nicht in ihr schwindendes Bewusstsein vor.

Ich bin ja gar nicht mehr am Leben.

Sie stapfte, wühlte, schlurfte durchs Weiß, das kein Ende nahm, das keinen Horizont hatte, das sie gefangen hielt und nie mehr freigeben würde. Sie wusste nicht, wie viele Stunden sie sich bereits durch den Schnee gequält hatte, aber sie wusste, dass sie der Rettung nicht näher gekommen war.

Wahrscheinlich ist die Erde doch eine Scheibe.

Sie wollte lächeln, aber sie verzog nur das Gesicht – und da spürte sie Schmerzen. Die Lippen fühlten sich bei diesem »Lächeln« an, als wären sie mit einer Rasierklinge kreuz und quer aufgeschlitzt worden.

Ich muss bis ans Ende der Welt gehen, dachte sie. Und dort

hört sie auf. Dort ist ein Abgrund. Dort geht man über den Rand hinaus.

Sie dachte an die Geschichte, die sie von ihrem Vater erzählt bekommen hatte. Ein Kind war sie. Klein? Größer? Keine Ahnung, ich weiß es nicht mehr.

Es war ein Märchen. Vielleicht war es »Schneewittchen«. Ein Märchen, bei dem die Prinzessin über die Berge ging, während ihr Vater, der gute König, Krieg führte am anderen Ende der Welt.

»Das Ende der Welt? Wie sieht das aus, Papi?«

Sie hörte die Stimme ihres Vaters. Sie hörte sie so deutlich, als wäre er neben ihr. Nur dass er anscheinend ganz ohne Anstrengung durch den tiefen Schnee ging, nicht schwer atmen musste, die Kraft hatte, wie beiläufig vom Ende der Welt zu erzählen.

»Die Soldaten des Königs, hoch zu Ross, geschützt von glänzenden Rüstungen, ritten sieben Tage und sieben Nächte lang, um einem befreundeten Volk zu Hilfe zu kommen. Tausend bewaffnete Mann waren es, dazu fünfzig Trommler, zwei Zauberer und ein zahmer Adler. Sie erreichten das Land Ugurot, sahen die Feinde des Landes, sahen diese bösen Kämpfer, doch sie bekamen keine Angst. Sie trieben die wilden Horden vor sich, durchs ganze Land Ugurot, das unter Eis und Schnee lag, jagten diese Bösen immer weiter und immer weiter, bis ans Ende der Welt. Dort stürzten die Feinde von Ugurot über den Rand der Welt hinaus. Sie stürzten von der Erde einfach hinaus ins Weltall. Und sie fielen und fielen und fielen ...«

»Mama hat gesagt, dass die Erde rund ist wie ein Paradeiser«, hörte sich Marielle sagen, damals, als Kind. »Und dass man, wenn man hier losginge, nach links und dann immer geradeaus, also, dass man dann irgendwann von rechts wieder hier ankommen würde. Stimmt das etwa nicht ...?«

»Ach, Mädchen«, hörte sie ihren Vater sagen, noch einmal sagen, es genauso sagen wie damals in ihrer Kindheit. »Ach, Mädchen, das Leben ist so kompliziert.«

Wenn es sein müsste, würde sie bis ans Ende der Welt gehen – und sich dann über den Rand ins Weltall stürzen.

Allzu weit konnte es nicht mehr sein bis dorthin.

Andererseits: Warum legte sie sich nicht einfach hin? Einfach so in den Schnee. Und wartete. Wartete, bis es dunkel wurde.

Aber dunkel war es schon fast. Ihre Augen waren grau verschleiert, und es wurde schlimmer von Stunde zu Stunde. Wenn sie die Hände nah vor die Augen hielt, dann konnte sie noch das Blut daran erkennen. Aber im Gelände konnte sie nichts mehr voneinander unterscheiden. Alles nur weiß. Und wenn etwas schwarz war oder dunkelbraun, dann hätte sie nicht sagen können, ob es ein aperer Fels war oder ein Baum oder vielleicht eine Hütte.

Tschrenggg – sie brach durch die trügerisch feste Schneedecke, unter der eine Krüppelkiefer gekrümmt den Boden deckte, krachte mit den Beinen zwischen knorrigen Ästen hindurch und versank bis zur Hüfte im Nichts. Es kostete sie unendlich viel Kraft, sich aus diesem Loch, in das sie bis zur Brust verschwunden war, wieder nach oben zu arbeiten.

Krupp ist fort, dachte sie, als sie nach dieser mörderischen Kraftanstrengung hyperventilierend im Schnee lag. Krupp ist fort.

Und dann dachte sie: Tot ist er. Tot. Tot. Ganz tot.

Sie leckte Schnee aus ihren blutverkrusteten Händen. Wie eine Katze leckte sie das Nass. Wie eine verletzte Katze die Pfoten, so leckte sie sich die Hände.

Was war geschehen? Wo war Krupp geblieben?

Sie wusste es nicht. Aber sie wusste, dass sie ihn nicht mehr zu fürchten brauchte. Er war nicht hinter ihr, er konnte nicht mehr einfach so auftauchen. Sie wusste, dass er tot war. Tot, wie der Fuchs tot war. Genauso tot.

Sie versuchte sich zu erinnern, was geschehen war. Aber es gab keine Erinnerung.

Sie wusste, dass sie neben ihm im Schnee gelegen hatte. Dass sie dem Morgen, dem Licht entgegengezittert hatte. Doch danach …

Sie raffte sich auf, versank im Schnee, wühlte sich weiter, versuchte innere Horizonte zu finden, wenn ihr der äußere schon entglitten war. Ihr Vater. Ihr Freund. Bekannte, die ihr besonders nahestanden. Sie wollte sich an sie klammern, wollte ihren Beistand. Doch alle entzogen sich, hielten sich fern, ließen sie nicht an sich heran.

Sie hatte geglaubt, dass es ihr helfen würde, an Pablo zu denken. Dass der Gedanke an ihn ihren Lebenswillen befeuern, ihr zusätzliche Energie verleihen würde. Doch wenn sie an ihn dachte, fühlte sie nichts. Es war ihr egal, ob sie tot war oder leben würde. Sie schleppte sich nur dahin, ohne Ziel, ohne Hoffnung, ohne Emotionen.

Als sie auf einen windschiefen, fast verfallenen Heuschober stieß, wusste sie, dass sie der Zivilisation zumindest ein Stück näher gekommen war. Es kostete sie viel Mühe, den Ärmel des Anoraks über die Armbanduhr zurückzuschieben. Ganz nahe hielt sie das Uhrgehäuse vor die wunden Augen. Verschwommen las sie die Zeit ab. Zwanzig nach drei. Ungefähr.

Sie konnte sich nicht sicher sein, dass die Uhr noch richtig ging. Aber da sie das Ziffernblatt hatte lesen können, stand immerhin fest, dass Tag und nicht Nacht war.

Es war aber letztlich egal. Ob Tag oder Nacht, sie hätte zu jeder Stunde dasselbe getan. Sie kroch zwischen losen Brettern ins Innere des morschen Stadels. Was sie vorfand, war eine Schicht aus Heu, nicht höher als ein Dreiviertelmeter. Heu, das schon seit Jahren hier lagerte. Es roch faulig und nach Moder.

Auch das – egal. So, wie sie sich zuvor immer wieder aus den Latschenlöchern herausgegraben hatte, so grub sie sich nun ein in dieses schwere, alte, stinkende Heu. Grub sich hinein, bis ihr ganzer Körper von einer dicken Schicht bedeckt war und nur mehr ihre Augen, ihre Nase, ihr Mund herausschauten.

Es war alles andere als warm in diesem zugigen Stadel. Auch das Heu konnte sie nicht wirklich erwärmen. Aber es reichte, dass sie auch in dieser Nacht nicht starb.

Sie schlief. Aber der Schlaf war nicht erholsam. Sie träumte, wurde immer wieder wach, wusste danach nicht, ob sie geträumt oder die Realität erlebt hatte. So trieb sie durch die Nacht.

Gegen Morgen kam die Erinnerung an die Lawine. An das Rauschen. An das Gleiten des Hangs, in dem sie sich eben noch talwärts gemüht hatte.

Sie verlor den Halt unter den Füßen. Als wäre sie auf einem kenternden Schiff. Sie schrie. Glaubte zu schreien, doch hören konnte sie nichts. Nur dieses unheimliche Rauschen. Nicht laut und doch ohrenbetäubend. Ein Geräusch, das ihr Gehirn erdrückte und das sie gänzlich verstummen ließ.

Sie schwamm. Schwamm in einem Meer aus Schnee. Wurde hochgeworfen und wieder niedergedrückt. Geriet unter die Oberfläche – schwamm, schwamm, schwamm. Es ging um ihr Leben. Sie konnte sich frei strampeln, kam mit dem Kopf wieder an die Oberfläche, bekam kurz Luft, wenngleich die schneegeschwängert war und nicht wirklich viel nutzte.

In diesem Moment dachte sie an Krupp. Dass er irgendwo in dieser Lawine sein musste. Er war schließlich die ganze Zeit hinter ihr gewesen. War er doch? Wenn er hinter ihr gewesen war, dann musste er jetzt ebenfalls im Schnee schwimmen. In Gedanken befahl sie ihm zu schwimmen, gegen alle Vernunft. Denn: Sollte er noch hinter ihr gewesen sein, dann wäre das Beste, er würde vom Schnee erdrückt. Dann hätte sie ihren Frieden.

Aber wer denkt logisch in solchen Momenten? Es waren ohnehin nur mehr Instinkte und intuitives Handeln, die Marielle vorantrieben. Jetzt, in diesen fürchterlichen Augenblicken, war ihre Angst vor dem Alleinsein noch größer als ihre Angst vor Krupp.

Sie sprach nicht wirklich. Das ging ja auch gar nicht. Sie war ja im Begriff, von den Schneemassen erstickt zu werden. Sie sprach mit innerer Stimme. Und mit der rief sie Krupp zu: »Du musst schwimmen! Schwimmen! Nicht aufhören! Nie aufhören! Schwimmen!«

Sie selbst schwamm. Sie hatte geglaubt, dass längst alle Kraft aus ihr gewichen sei. Doch jetzt, da der Tod nicht mehr nur hinter ihr stand, sondern sie richtig in den Griff nahm, da wurden noch einmal Energien frei, von denen sie bisher nichts geahnt hatte – nicht einmal bei den Rissklettereien, wenn sie sich an der Grenze zur Erschöpfung Zentimeter um Zentimeter nach oben gedrückt hatte.

Marielle ruderte mit den Armen, stieß und strampelte mit den Beinen, bog das Rückgrat durch ins Hohlkreuz, um das Gesicht über der Oberfläche zu halten. Sie japste, spuckte, stöhnte, schrie.

Nach unten wurde sie gedrückt, tief hinein in die erstickende Flut – und sie kam wieder hoch. Einmal, zweimal. Beim dritten Mal blieb sie obenauf liegen. Der Lawinenstrom floss noch ein Stück weiter, jetzt aber langsam, fast sanft. Und sie blieb liegen.

Allerdings steckte sie bis zum Bauch im Schnee. Dieser Umstand jedoch wurde ihr erst nach Minuten bewusst. Minuten, da sie nichts anderes tun konnte, als ihrem Keuchen und ihrem lauten Herzschlag zuzuhören.

Dann erst konnte sie damit beginnen, sich aus dem festgepressten Schnee herauszukratzen. Mit den bloßen Händen musste sie ihre Beine freilegen. Langsam begann sie, doch dann grub sie immer schneller. Denn so viel Wachheit war noch in ihr, dass sie sich ganz vage der alten Bergführerregel erinnern konnte: Einer Lawine folgen oft noch Nachzügler, kleinere, weniger gewaltige, aber wenn man dann nicht aus der Gefahrenzone verschwunden ist, dann geht man in der nächsten Lawine unter. Dann hat man das große Glück auch gleich wieder verspielt …

Marielle hatte es geschafft. Sie hatte die Nacht am Berg überlebt. Krupp war fort. War in der Lawine erdrückt worden.

War er das?

Sie sah auf ihre Hände. Rot waren die nicht mehr. Es waren rostbraune Flecken dran, wie von altem Blut.

Wahrscheinlich habe ich mir die Fingernägel aufgerissen beim Scharren im Schnee, dachte sie. Oder haben die Lippen geblutet? Oder die Nase? So wie früher oft?

Sie überstand auch die zweite Nacht, hier, im stinkenden Heu. Das war wichtig. Alles andere zählte jetzt nicht.

Sie wusste aber auch, dass sie hier nicht bleiben konnte.

Hier würde man sie wahrscheinlich nie finden. Wahrscheinlich suchten sie hier gar nicht nach ihr. Suchten ganz woanders nach ihr.

Sie musste hinaus. Musste sich weiterschleppen, weiter talwärts, aus eigener Kraft. Die Lawinengefahr war allerdings nicht vorbei. Das fürchtete sie mehr, als dass sie es gewusst hätte.

Gestern, bevor sie den Stadel erreicht hatte, war überall Schnee gewesen. Viel Neuschnee. Der konnte sie immer noch erwischen. Ihr weiterer Weg war wahrscheinlich gefährlicher als russisches Roulette. Doch eine andere Chance hatte sie nicht, glaubte sie nicht zu haben.

Durch die vielen Ritzen des Stadels drang Licht herein. Marielle hätte aufstehen müssen. Aber sie war so erschöpft.

Sie blieb noch eine ganze Weile liegen, tief eingegraben ins uralte Heu.

Als sie dann endlich ins Freie trat, traf sie das Licht der Sonne wie ein Messer. Ihre Augen schmerzten davon so stark, dass sie aufschrie.

Mit vor die Augen gepressten Händen torkelte sie los. Sie wusste nicht, wohin. Es war ihr auch völlig gleichgültig, solange es nur bergab ging.

Bergab ging es. Doch Marielle war am Ende. Es verging keine Viertelstunde mehr, ehe sie im Schnee zusammenbrach.

Aus, dachte sie. Es ist vorbei.

Sie machte die Augen nicht mehr auf. Sie wollte und konnte nichts mehr sehen.

Sie war bereit, hier zu sterben.

»Ich habe mich an alles erinnert«, sagte sie. »Ich weiß nicht, was aus Krupp geworden ist. Ich habe, wenn Sie auf das hinauswollen, nicht mitbekommen, wie und wo Krupp verschwunden ist. Sicher in der Lawine, die auch mich erwischt hat. Aber ich habe nicht nach ihm gesucht. Wenn Sie mir also daraus einen Strick drehen wollen …«

»Marielle«, sagte Schwarzenbacher jetzt wieder weniger streng. »Marielle! Niemand will Ihnen einen Strick aus irgendetwas drehen. Ich am allerwenigsten. Sie können mir glauben, Hosp ist froh, dass er sich um diesen Krupp nicht weiter kümmern muss.«

Der Barkeeper kam erneut und fragte, ob sie nicht doch vielleicht noch einen Wunsch hätten. Aber Schwarzenbacher und Marielle verneinten, und sie schickten sich an, den Platz frei zu machen.

»Es war ja auch bei mir nur so ein Gefühl«, fuhr er fort, während er seinen Rollstuhl Richtung Ausgang lenkte. Draußen vor der Glastür blieb er stehen und sah zu Marielle hoch.

»Nur so ein Gefühl. Aus der ganzen tragischen Geschichte sind Sie für mich als unglaublich starke Frau hervorgegangen. Allen Respekt! Ich bewundere Sie sehr. Und das ist mein voller Ernst. Nur habe ich mich halt immer auch gefragt, ob diese ungeheuer starke Marielle Czerny – und mit stark meine ich Ihre Belastbarkeit, Ihre Ausdauer, Ihre Willenskraft –, also, kurzum: ob Sie da nicht jede Chance genutzt hätten, diesen Krupp den Berg hinunterzustürzen oder ihm einen Eispickel über den Kopf zu hauen …«

»Hatten wir gar nicht …«

»Darum geht es nicht. Ich bin einfach nur der Meinung, dass eine Frau wie Sie jede Gelegenheit genutzt hätte, sich diesen Kerl vom Hals zu schaffen. Wäre ja auch Notwehr gewesen …«

Er sah sie fragend an. Doch Marielle schaute nur zurück, sagte nichts, zeigte keinerlei Reaktion.

»Es ist Notwehr. Das steht außer Frage. Wenn Sie ihn irgendwo hinuntergestoßen haben …«

»Habe ich nicht!«, sagte Marielle.

»Oder ihm irgendwas drübergehaun haben …«

»Habe ich nicht!« Marielle wurde zornig. Aber dann fiel ihr der Fuchs wieder ein. Der Fuchs und das Blut an ihren Händen.

»Glauben Sie, ich hätte es nicht getan an Ihrer Stelle?«, sagte Schwarzenbacher. »Das Einzige, was mich verwundert, ist, dass Hosp und seine Kollegen das nie in Erwägung gezogen haben. Oder aber sie haben es in Erwägung gezogen und lassen es geflissentlich unter den Tisch fallen. Ist ja egal.«

Er grüßte beiläufig einen vorbeikommenden Passanten.

»Die Einzige, die einen Weg finden muss, mit allem klarzukommen, sind Sie. Warum ich Sie im Krankenhaus angeblafft habe und vielleicht vorhin auch noch mal, hat seinen wirklichen Grund nur darin, dass wir Ihnen helfen wollen …«

»Helfen? Und wer ist wir?«

»Reuss und ich.«

»Der Anwalt? Was hat der damit zu tun?«

»Er hätte Sie gern in seinem Team.«

Marielle wusste nicht, was sie sagen sollte. Dieser Schwarzenbacher war und blieb für sie undurchsichtig. Fast so undurchsichtig wie dieser Nobelanwalt. Und was für ein Team war das eigentlich? Was wollte man von ihr?

»Wir haben eine Einladung von Reuss. Übermorgen auf der Hungerburg. Bringen Sie ruhig jemanden mit, wenn Sie wollen. Ich glaube, Sie haben einen Freund. Jedenfalls, wir haben da dann Gelegenheit, alles Weitere zu bereden. Wir treffen uns um halb fünf an der Station der Nordkettenbahn. Hier beim Congresshaus. Und dann fahren wir gemeinsam hinauf.«

Marielle hätte sagen können, dass sie keine Zeit habe.

Oder einfach keine Lust.

Oder dass sie dieses Treffen nichts angehe.

Aber all das tat sie nicht.
Sie nickte und sagte damit zu.

Es war ein ganz besonderer Abend. Noch früh, erst halb sechs. Aber die Stadt, die nun zu ihren Füßen lag, machte sich schon für die Nacht zurecht.

Ein hauchzarter Dunstschleier lag bläulich über dem Häusermeer, das das Inntal in seiner ganzen Breite ausfüllte und das sich darin weit nach West und Ost erstreckte. Dieser Schleier verlieh der Stadt etwas Verwunschenes. Und er dämpfte das Licht der unzähligen Straßenlaternen und Büro- und Wohnungsbeleuchtungen, die dreihundert Meter tiefer nach und nach angeschaltet wurden. Es hatte etwas Zauberhaftes, solcherart auf Innsbruck hinuntersehen zu können, kaum etwas zu hören vom Lärm des Verkehrs, nichts zu riechen vom unvermeidlichen Smog. Es war einfach wunderschön, das Gewirr der Straßen im letzten Licht des Tages zu studieren, vertraute Orte ausfindig zu machen – da, die Uni ... die Jesuitenkirche ... das Tivoli ... die Sprungschanze ... das Bahnhofsareal ... der ORF ... –, Reales zu benennen und sich an der surrealen Anmutung des Stadtbildes zu erfreuen.

Zu viert waren sie mit der Nordkettenbahn hinaufgefahren zur Hungerburg. Reuss hatte sie alle eingeladen. Schon am Zustieg Congress war er aus dem Schwärmen nicht herausgekommen: Wie großartig die Architektur von Zaha Hadid sei, wie sehr sie mit ihren Bauten – den Stationen der Bahn und natürlich der Schanze – der Stadt zum Vorteil gereiche.

»Machen wir uns nichts vor«, sagte er, »Innsbruck war lange Zeit ein verschlafenes Nest. Tirolerkitsch und Musikantenstadlseligkeit. Da tut es gut, dass unsere Stadt jetzt im Aufbruch ist.«

An der Station Hungerburg stiegen sie aus der Bahn, brachten Schwarzenbacher zum Fahrstuhl, gingen selbst aber die paar Stufen hinauf zum Ausgang und zur Aussichtsplattform. Die außergewöhnliche Architektur mutete an wie die gepanzerten Körperwölbungen eines riesigen Insekts oder auch wie die Flügel einer gigantischen Fliege: gestaltet aus Milchglaskörpern, die schwarz geädert waren, organisch wirkten und unweigerlich an die Fauna denken ließen.

»Eindrucksvoll. Wirklich eindrucksvoll.« Sie alle kannten diese Architektur ja längst, doch Reuss war so begeistert wie beim ersten Mal.

Schwarzenbacher fuhr mit seinem Rollstuhl bis ganz an die Brüstung und stemmte sich auf den Armlehnen hoch, um besser sehen zu können. Über der verschleierten Stadt ragten die Berge auf, einer markanter als der andere: links drüben der Glungezer; direkt gegenüber der Patscherkofel; weiter südlich und ein Stück weiter entfernt, dennoch dominant und wundervoll geschnitten: die Pyramide der über zweitausendsiebenhundert Meter hohen Serles, auch eines der Wahrzeichen der Stadt; und ein Stück im Westen die Nockspitze.

Tief verschneit waren sie alle, nur dass jetzt, im fahlen Licht des ausklingenden Tages, die Berge, der Schnee und der Himmel wie von leichtem Rosa koloriert erschienen.

Die Gebirgsketten, die sich dahinter reihten, waren im Dunst kaum zu erkennen. Doch auch so war dieses Panorama eindrucksvoll genug: die unmittelbare Verbindung von Stadt und Hochgebirge, und das in diesem so ganz besonderen Licht, in dieser ganz und gar außergewöhnlichen Atmosphäre.

Pablo nahm Marielle in den Arm. Hinterm Patscherkofel, weit noch im Süden, dort hatte sich die ganze Tragödie abgespielt. Er hätte zu gern gewusst, wie es ihr jetzt ging. Seit das alles passiert war, fürchtete er, dass sie nie mehr einen Fuß ins Gebirge setzen würde.

»Marielle«, sagte er.

Sie schaute ihn an.

»Was?«, fragte sie.

»Nichts«, sagte er. »Nur so.«

Sie schaute wieder zu den Bergen. »Schön ist das«, sagte sie dann zu ihm. Leise. »Wunderschön.«

Und dann lächelte sie ihn an. Ja, sie lächelte wirklich, Pablo hatte sich nicht getäuscht. Lächelte ihn an und legte den Kopf an seine Schulter. Und so sahen sie diese Berge in diesem Licht, und es war ein Augenblick, den beide, egal was ihr Leben noch alles bringen würde, niemals mehr vergessen könnten.

Sie saßen auf Schaffellen im nahen Lokal »Wolke 7«. Reuss hatte einen Ecktisch reserviert. »Es gibt ein paar Dinge, die wir in einer netteren Atmosphäre bereden sollten«, hatte er ihr am Telefon noch gesagt.

»Die haben hier keine große Karte«, sagte er. »Das räume ich ein. Aber ich finde es sehr reizend hier. Und das, was sie bieten, ist auch aller Ehren wert.«

Er blätterte in der Karte, warf einen prüfenden Blick auf das überschaubare Angebot, empfahl dann das »Höttinger Beislgulasch mit Brezenserviettenknödeln« und orderte bei der Kellnerin eine Flasche Roten aus dem Trentino und eine große Flasche Mineralwasser medium.

»Ich möchte dieses Treffen nutzen«, sagte der Anwalt, »um zwei Dinge anzusprechen. Zum einen ist das die Sache mit dem ›Stern‹. Haben Sie schon darüber nachgedacht?«

»Habe ich«, gab Marielle zur Antwort. »Aber ich bin, ehrlich gesagt, noch zu keinem Ergebnis gekommen. Lassen Sie mir einfach noch ein paar Tage Zeit. Okay?«

»Kein Problem. Ich will Sie auch gar nicht bedrängen. Ich denke nur, Sie hätten für alles, was Sie durchgemacht haben, eine Form der Entschädigung verdient. Und wenn Sie sich die auf diesem Weg holen, wäre das nur recht.«

Das Lokal war fast voll. Und das, obwohl es fürs Abendessen eigentlich noch etwas früh war – und für den Nachmittagskaffee schon reichlich spät.

»Erstaunlich, welchen Zuspruch das hier findet«, sagte Schwarzenbacher. »Da ist mehr los als in vergleichbaren Lokalen in der Innenstadt.«

»Man muss es abwarten«, sagte Reuss. »Im Moment ist die ›Wolke 7‹ en vogue. Mal schauen, wie das in einem Jahr ist oder in zwei.«

Auf ihr Essen mussten sie nicht allzu lange warten. Alle hatten den Rat des Anwalts befolgt und das Höttinger Beislgulasch bestellt – ein Gericht zwischen Tiroler Tradition und Szenekneipenstil, aber schön heiß serviert und geschmacklich die Empfehlung wert.

»Dann lasst es euch schmecken«, sagte Reuss, der als Gastgeber fungierte. »Vielleicht können wir nach dem Essen ja das Du einführen und darauf anstoßen. Aber jetzt lasst uns erst mal die Gläser heben. Auf Marielle! Und auf die Zukunft!«

Die nächste Viertelstunde verging in allgemeiner Wortkargheit. Es wurde mit gewisser Andacht gegessen. Und wer grade kaute, schaute sich dabei ein wenig im Lokal um, betrachtete die Gäste an den Nebentischen und belauschte ein wenig auch deren Gespräche.

»Du, Pablo«, flüsterte Marielle. »Kennst du den?«

»Wen?«

»Den dort am Fenster. Den linken von den drei Männern. Der kommt mir so bekannt vor.«

Pablo musste sich ein wenig strecken und ein wenig verbiegen, um den Mann sehen zu können. Dann aber huschte sogleich ein Lächeln über sein Gesicht.

»Freilich«, sagte er. »Das ist der Karli.«

»Der Karli?« Marielle wusste nicht, dass sie einen Karli im Bekanntenkreis hatten. Schon gar keinen, der mindestens sechzig, wenn nicht älter war. »Welcher Karli?«

»Den musst du doch kennen. Der Schranz Karli. Skilegende. Volksheld. Hat die Ski-WM nach St. Anton geholt. Das war mal einer ...«

»Ich sag ja, dass er mir bekannt vorgekommen ist. Aber wie du weißt, bin ich keine Tirolerin. Woher soll ich da eure Volkshelden kennen? Vor allem, wenn sie fast noch aus der Andreas-Hofer-Zeit stammen ...«

»Du bist ein Botscherl«, lachte Pablo. »Den Karli kennt normalerweise in ganz Österreich jedes Kind.«

»Danke«, sagte sie schnippisch. Aber sie lächelte dazu.

Pablo war richtig glücklich. So oft wie in der vergangenen Stunde hatte er Marielle schon lange nicht mehr lächeln gesehen.

»Bevor Helmut nun sein zweites Anliegen vorträgt«, sagte Schwarzenbacher – man hatte sich mittlerweile auf ein allgemeines Du geeinigt –, »möchte ich noch etwas loswerden. Auch wenn es dich quält, Marielle.«

Er kramte umständlich ein Stofftaschentuch hervor, schnäuzte sich, legte es zusammen und packte es wieder weg.

»Dieser Konrad Krupp ... er möge in der Hölle schmoren ... alles, was ich über ihn erfahren habe, alles, was du erzählt hast ... immer haben bei mir die Alarmglocken geläutet. Es war mir von

Anfang an, als gäbe es hinter deiner Geschichte noch eine zweite Ebene. Etwas, das darunter verborgen liegt. Ich habe dafür keinerlei Anhaltspunkte. Nur so eine … ja, wie soll ich es sagen … eine Ahnung.«

Jetzt schrillten bei Marielle die Alarmglocken. Sie wollte nicht wieder verdächtigt werden, Krupp den Rest gegeben zu haben. Schon gar nicht, wenn Paul Schwarzenbacher diesen Verdacht mit seinem hintergründigen Lächeln untermalte …

Ihre Antwort kam denn auch zu forsch, zu laut, zu heftig. Dass sie ihm alles gesagt habe, was sie wisse. Dass sie sich erinnert habe und nichts zu verbergen habe und dass sie nun endlich einmal in Ruhe gelesen werden wolle und dass …

»Du missverstehst mich, Marielle. Es geht dabei nicht um dich. Zumindest nicht wirklich. Aber du könntest mir trotzdem helfen. Du warst viele Stunden mit Krupp unterwegs. Ihr werdet miteinander gesprochen haben. Ich muss alles wissen, was er dir gesagt hat. Alles! Wirklich alles. Deshalb meine Bitte: Erinnere dich daran noch einmal. Lass dir das alles noch einmal durch den Kopf gehen. Ich weiß, wie schwer das für dich ist. Aber, bitte, mach es trotzdem.«

Marielle spürte Pablos Hand beruhigend auf ihrem Oberschenkel. Es tat so gut, ihn zum Freund, zum Partner zu haben.

Es fiel ihr schwer, Schwarzenbacher die Bitte auszuschlagen. Aber es fiel ihr mindestens genauso schwer, sich noch einmal auf dieses unselige, gnadenlose Erinnern einzulassen. Sie wollte nur noch vergessen.

Die Kellnerin servierte die Nachspeise: Apfelradeln mit Zimt.

Reuss bestellte einen Verlängerten, Schwarzenbacher einen Cappuccino, Pablo schloss sich an. Marielle winkte ab.

An Schwarzenbacher gewandt sagte sie: »Gleiche Antwort: Gib mir Bedenkzeit. Ein paar Tage. Eine Woche. Ich rufe an, auf jeden Fall, nächsten Donnerstag. Okay?«

»Okay«, sagte Schwarzenbacher. Und dann fügte er hinzu: »Danke.«

»Ich hatte zwei Anliegen«, sagte Reuss. »Wenn ihr euch erinnert …«

Er holte einen zusammengefalteten DIN-A5-Umschlag aus der Seitentasche seines Jacketts.

»Wir hätten euch gerne bei uns im Team. Dich, Marielle, und dich, Pablo, genauso. Paul hat Marielle ja bereits von seinem Hobby erzählt. Ein Hobby, das ich mit ihm teile. Fast hätte ich gesagt: Wir begeistern uns für außergewöhnliche Kriminalfälle, die in der Abgeschiedenheit der Berge geschehen sind. Paul und ich sind uns einig darin, dass in den Bergen mehr Menschen gewaltsam ums Leben gekommen sind – und weiterhin kommen werden –, als man auf Anhieb glauben würde. Und seit wir uns das in den Kopf gesetzt haben … nun ja, es wird eigentlich immer spannender.«

Die Kellnerin brachte auf einem Teller die Rechnung in einem Kunstledermäppchen. Beinahe achtlos legte Reuss eine Kreditkarte auf den Teller, nachdem er die Rechnung nur eines Sekundenblicks gewürdigt hatte.

»Wir sind auf ungeklärte Fälle gestoßen. Manche liegen Jahrzehnte zurück, andere nur ein paar Jahre. Und wir glauben, dass auch bei aktuelleren Todesfällen in den Bergen Tirols und im benachbarten Bayern die Ursachen keine sogenannten ›natürlichen‹ waren. Auch keine Unglücksfälle. Unser Problem aber ist: Wir sind keine Bergsteiger. Schaut euch Paul an. Und ich selbst … ich sitze nicht im Rollstuhl, bin aber in den Bergen bestimmt kaum nennenswert beweglicher als er. Höhenangst, Schwindelgefühle, Kurzatmigkeit – das volle Programm …«

»Warum arbeiten Sie … ich meine, warum arbeitet ihr nicht einfach mit der Polizei zusammen?«, fragte Pablo. »Ich stelle mir vor, dass sowohl die Meinung des bekannten Anwalts als auch die des Ex-Kripo-Mannes durchaus Gewicht hätten.«

Reuss sah Schwarzenbacher an. Schwarzenbacher sah Reuss an. Beide begannen zu grinsen.

»Dann«, sagte Reuss, »dann wäre es ja kein Hobby mehr.«

Schwarzenbacher bemerkte, wie verdattert die beiden jungen Leute waren. Er versuchte rasch, das Ganze besser zu erklären.

»Langer Rede, kurzer Sinn: Wir könnten euch gut gebrauchen. Ihr müsstet gegebenenfalls in den Bergen recherchieren. Auf Hütten, Bergbauernhöfen, vielleicht auch mal in richtig wildem Gelände …«

»Natürlich nicht umsonst«, merkte Reuss an. »Ihr könntet eure Studienjahre gut damit finanzieren.«

»Überlegt es euch«, sagte Schwarzenbacher.

Pablo lächelte. Er fand diese Sache zumindest interessant. Und er fühlte sich auch ein wenig geschmeichelt, dabei eventuell eine Rolle zu spielen.

Marielle lächelte nicht. »Ich habe von Verbrechen so was von genug«, sagte sie. »Bis heute war ich sogar der Meinung, vielleicht nie mehr auf die Berge zu steigen. Bis ich dann da draußen gestanden bin und diese herrliche Stimmung erlebt habe. Aber wenn ich auf Berge steige, dann wegen des Vergnügens. Bestimmt nicht, um Verbrecher zu finden.«

»Wir sollten uns das überlegen«, sagte Pablo zu Marielle. »Du wärst ja dann nicht mehr allein.«

Aber sie wollte nichts davon hören.

Reuss schob den Umschlag zu Pablo über den Tisch. »Eine alte Geschichte. Hat vor vierzig Jahren ihren Anfang genommen. Ist nie aufgeklärt worden. Wir sind durch Zufall darauf gestoßen. Ist immer noch sehr interessant, dieser Fall. Und völlig ungeklärt.«

Pablo zog einen vergilbten Zeitungsbericht aus dem Kuvert. Er las nur die Überschrift »Mysteriöser Leichenfund im Kaisertal« und den Untertitel »Unter einem Marterl verscharrt – Zwei Mädchen machen schreckliche Entdeckung«.

Marielle sagte: »Tu das weg!«

Und Pablo schob den Ausschnitt wieder ins Kuvert.

»Lasst uns doch einfach auch darüber nächste Woche reden«, sagte der Anwalt. »Es hat alles Zeit. Wenn ihr so weit seid, Marielle, Pablo, ruft mich an. Ich freue mich darauf, egal wie eure Entscheidung ausfällt.«

Als sie das Lokal verließen, war es finstre Nacht. Der Nebelschleier über der Stadt hatte sich verzogen, Millionen Lichter leuchteten herauf. Und über ihnen, in der Flanke der Karwendel-Nordkette, sahen sie die Station Seegrube in beinahe zweitausend Metern Höhe und, knapp unterm Grat, die Bergstation Hafelekar.

Mit der Nordkettenbahn kehrten sie zurück in die Stadt.

Was für ein Abend, dachte Marielle.

»War ein guter Abend«, sagte Pablo. »Die sind beide sehr nett, wirklich.«

Marielle war von sich selbst überrascht: dass sie für Paul Schwarzenbacher mittlerweile richtiggehende Sympathien aufbringen konnte, sich sogar mit ihm duzte.

Wie hatte ihr Vater schon früher oft gesagt – und er tat es seit dem Tod ihrer Mutter noch viel öfter: »Das Leben ist so kompliziert.«

Wie recht er doch hat, dachte Marielle. Wie recht er doch hat.

Bevor die alte Geschichte ganz in Vergessenheit gerät

»Wo bist du nur wieder herumgestreunt, Till?«

Frau Jung ärgerte sich über den Kater. Auf dem hellen Boden im Eingangsbereich ihres penibel sauber gehaltenen Reihenhäuschens hinterließen seine Pfoten Abdrücke. Dunkelrot zwischen den versteinerten Farnen im Solnhofener Kalk. Nicht sehr intensiv zwar, aber doch ärgerlich. Sehr ärgerlich. Als wäre er irgendwo durch Farbe gelaufen.

Sie holte Küchenkrepp und kniete sich nieder.

»Was ist mit dir, Till?«

Sie war es gewohnt, dass ihr weiß-braun gefleckter Kater jede Gelegenheit nutzte, sich an sie zu drücken, zu schmusen, ihre Beine zu umstreichen. Heute kam er nicht. Er strich im Flur auf und ab, wollte in dieses Zimmer, dann in jenes, schien unruhig und irgendwie verändert.

»Komm erst mal zu mir«, schalt sie ihn, »bevor du mir noch den Dreck ins ganze Haus trägst.«

Frau Jung lebte allein, seit ihr Mann drei Jahre zuvor an seinem zweiten Herzinfarkt gestorben war. Sie hatte von jeher höchsten Wert auf ein gepflegtes Heim gelegt. Seit dem Tod ihres Mannes hatte sich das noch gesteigert: Mit fast schon übertriebener Ordnungsliebe schien sie den Verlust von Zweisamkeit, Nähe und Wärme kompensieren zu wollen. Alles hatte seinen Platz. Und das ganz Haus strahlte nur so vor Reinlichkeit. Trotz der Katze …

»Komm her, Till.«

Endlich kam der Kater. Sie wischte ihm über die Pfoten, was sich das Tier widerwillig gefallen ließ. Dann entdeckte sie, dass Till auch rund um sein Mäulchen mit Farbe bekleckert war. Sie tupfte ihm mit dem Küchenkrepp die Nase, bekam ein wenig von der roten Farbe an die Finger.

Wie Blut, dachte sie.

»Wo warst du, Till? Was hast du wieder angestellt?«

Der Kater entwand sich ihren Händen, strich durch den Flur, warf ihr Blicke zu wie ein zwölfjähriger Junge, der etwas auf dem Kerbholz hatte, es aber für nichts auf der Welt zugeben würde.

Frau Jung erhob sich mühsam. Der Rücken machte ihr von Jahr zu Jahr mehr Beschwerden.

Sie warf einen prüfenden Blick auf den Boden ihres Flurs, dann öffnete sie die Eingangstür und trat hinaus. Sie hatte beschlossen, der Sache nachzugehen.

Die Spuren waren eindeutig. Ihr Vorgarten war von dem des Nachbarhauses nur durch einen schmalen Grünstreifen abgetrennt. Auch auf dem gepflasterten Zugang zum Haus der Hörmanns sah sie Tills Pfotenabdrücke. Und rote Flecken, rot wie Blut. Sie ging hinaus bis auf den Gehsteig.

Es war nach neun am Morgen, in der Straße war es ruhig. Ruhig war es seit Langem schon in diesem Viertel. Die Leute hier waren alt geworden, ihre Kinder waren weggezogen, meist fühlte sich Frau Jung, als lebte sie in einer Einbahnstraße.

Sie ging zur Haustür der Nachbarn und sah sofort, dass hier etwas nicht stimmte. Die Tür war einen Spaltbreit offen. Aber das war nicht das Problem. Das Schloss war aus dem Türrahmen gebrochen, Holzspäne standen splittrig ab.

Es ist Blut, dachte sie. Es ist etwas passiert.

Sie rührte den Türknauf nicht an. Mit den Knöcheln drückte sie leicht gegen das Türblatt, der Spalt vergrößerte sich; Frau Jung versuchte, einen Blick ins Haus zu erhaschen. Sie sah nichts, was ungewöhnlich gewesen wäre: den Flur, die Kommode, die Garderobe, ein paar Bilder an der Wand, einen Trockenblumenstrauß auf der Kommode, einen Hocker, um sich die Schuhe bequemer anziehen zu können. Alles war ihr vertraut. Sie lebte ja mit Hörmanns schon fast zwei Jahrzehnte Wand an Wand.

»Frau Hörmann!«, rief sie in den Flur hinein. Sie kam gar nicht auf die Idee, den Klingelknopf zu drücken. »Frau Hörmann!«, rief sie. Sie war etwas älter als ihre Nachbarin, und beide gehörten sie jener Generation an, in der man sich auch nach zwanzigjähriger Nachbarschaft nicht zwangsläufig duzte. Nicht hier, nicht in Wien. Hier war man anders als in Tirol, bei den Gebirglern, wo man sich duzte, kaum dass man sich das zweite Mal sah …

»Frau Hörmann.«

Es kam keine Antwort.

»Frau Hörmann! Herr Hörmann!«

Sie drückte die Tür noch weiter auf.

Jetzt entdeckte sie auch im Flur Abdrücke von Tills Pfoten.

Sie war drauf und dran, das Haus zu betreten, überlegte es sich dann jedoch anders. Sie ließ die Tür einfach offen stehen, rannte, so schnell es ging, zu sich hinüber und rief die Polizei.

Auch wenn der Beamte in der Leitstelle zunächst einmal Zweifel an der Dringlichkeit des Einsatzes hatte, versprach er doch, gleich einen Wagen zu schicken. Und tatsächlich: Es vergingen nur wenige Minuten, in denen Frau Jung auf der Stufe vor ihrer Haustür wartete, ehe der Streifenwagen um die Ecke bog.

Sie winkte den Beamten aufgeregt. Schilderte in knappen Worten, dass die Tür wohl aufgebrochen worden sei, bei Hörmanns sich niemand melde, kein Lebenszeichen, dass sie sich große Sorgen mache, sich freilich auch täuschen könne.

»Ja«, sagte sie wörtlich, »das hoffe ich inständig, dass ich mich täusche.«

Die Beamten baten Frau Jung, vor dem Haus zu warten. Das war überflüssig, sie wäre ohnehin nicht hineingegangen. Das wusste sie aus den Krimiserien, die sie gerne sah: Jedes unnötige Betreten eines Tatortes konnte dazu führen, dass wichtige Spuren verwischt würden. Es war ihr klar, dass ihren Nachbarn etwas zugestoßen sein musste.

Es dauerte auch nur ein paar Minuten, bis sie die Gewissheit bekam. Einer der Beamten rannte an ihr vorbei zum Einsatzfahrzeug und gab über Funk durch: »Zwei Personen, männlich und weiblich, geschätzt zwischen sechzig und siebzig, im Haus, Parterre, mit vermutlich tödlichen Verletzungen aufgefunden. Auf alle Fälle den ganzen Apparat! Kripo, Spurensicherung, Notarzt. Und wenn es geht, auch noch Kollegen, die das Areal hier absperren. Wird nicht mehr lange dauern, bis sich die Neugierigen und die Pressefuzzis hier versammeln.«

»Was ist den Hörmanns passiert?«, fragte Frau Jung den Polizisten, als er wieder zum Haus ging.

»Sie sind die Nachbarin?«, fragte der Beamte, als müsste er sich selbst noch einmal einer Tatsache versichern, die ihm schon längst bekannt war. »Wie war gleich Ihr Name? Frau Jung?«

Frau Jung merkte dem Mann an, dass er sich nicht sicher war, was er sagen sollte oder durfte. Sie half ihm auf die Sprünge.

»Dass sie tot sind, habe ich schon mitbekommen. Aber was ist denn überhaupt geschehen?«

»Das wenn ich wüsste. Es sieht nach einem Verbrechen aus. Aber warum und wer, da haben wir nicht die geringste Ahnung. Das wird die Kriminalpolizei ermitteln. Die Kripo wird Sie sicher als Erste befragen wollen. Wenn Sie sich bitte zur Verfügung halten könnten.«

Damit ließ er sie stehen und ging hinein zu seinem Kollegen und den Toten.

Frau Jung ging in ihr Haus. Sie machte sich eine Tasse Tee und setzte sich an den kleinen Tisch in der Küche. Durch die leichten Gardinen hindurch konnte sie sehen, wie das, was der Polizist den »großen Apparat« genannt hatte, ins Rollen kam.

Sie hörte die Sirenen, sie sah die blinkenden Blaulichter auf der Straße, sah den Notarztwagen, ein Sanitätsfahrzeug, mehrere Streifenwagen. Früher, wenn sie mit ihrem Mann im Auto unterwegs gewesen war und sie irgendwo an eine Unfallstelle kamen, war ihr ein solches Szenario immer durch Mark und Bein gegangen.

An diesem Tag blieb sie davon sonderbar unberührt. Sie nahm es zur Kenntnis, mehr nicht. Kein Schock, keine Furcht, keine Verzweiflung. Ihre Nachbarn waren ermordet worden. Das stand für sie fest, da brauchte sie die kriminologischen Ermittlungen nicht erst abzuwarten.

Sie war robuster geworden, seit sie niemanden mehr hatte, an den sie sich anlehnen konnte. Früher, als ihr Mann noch lebte, da wäre sie außer sich gewesen, dessen war sie sich ganz sicher. Jetzt war sie allein auf sich gestellt. Im Alleinsein hatte sie eine besondere Stärke gefunden.

Hörmanns waren tot.

Schlimm, dachte sie.

Wer tut so etwas?, dachte sie.

Hätte es auch mich erwischen können?, dachte sie.

Sie trank von ihrem heißen Tee und spähte ab und zu durch die Spanngardinen am Küchenfenster auf das Geschehen draußen vor den Häusern.

Es hätte auch mich erwischen können, dachte sie. Bestimmt hätte es mich genauso erwischen können.

Sie hörte die etwas knarzige Stimme von Herrn Hörmann: »Na, das ist aber auch wieder ein Wetter, was!« Oder: »Ihr Till, Frau Jung, das ist mir aber ein alter Streuner! Wissen Sie, wo ich ihn neulich wieder gesehen habe?«

Sie dachte an seine Frau, eine gute, zuverlässige Nachbarin. Zurückhaltend, aber immer unaufdringlich hilfsbereit. Ein ganz klein wenig blasiert, ja, das war sie schon auch. Nur zu gern gab sie ihren Nachbarn zu verstehen, dass sie aus gutem Hause kam – was hieß aus gutem, aus besserem! Aber sie hatte sie immer durchschaut! Insgeheim musste sie doch immer schmunzeln über Frau Hörmanns kleine Dünkelhaftigkeiten.

Jetzt war sie tot. Umgebracht.

Frau Jung wunderte sich darüber, dass sie kein Mitgefühl aufbringen konnte. Kein Entsetzen, obwohl das alles nur wenige Meter von ihr entfernt geschehen war.

Es war gar nicht anders als fernsehen. Als sähe sie alles durch eine Glasscheibe und dazu noch stark verkleinert.

Nein, Mitgefühl wollte sich nicht einstellen. Auch von Angst kaum eine Spur. Stattdessen Ekel. Wahrscheinlich war alles voll Blut nebenan. Die Toten? Weiß? Wächsern? Entstellt? Ob sie erstochen worden waren? Oder erwürgt? Oder erschossen? Ob sich Hörmanns in die Hosen gemacht hatten, bevor sie ermordet worden waren? Oder im Moment ihres Todes?

Diese Gedanken waren es, die ihr Ekel bereiteten. Und sie waren nicht zu verscheuchen.

Um sich abzulenken, rief sie bei ihrer Schwester in Neustadt an. Erzählte ihr alles, was sie wusste.

Zu ihrer Überraschung war das Entsetzen bei ihrer Schwester viel tiefer, größer, intensiver als bei ihr selbst.

»Du wirst doch nicht dort bleiben?«, fragte ihre Schwester. Sie war so entsetzt, dass sie weinte. Auch sie hatte die Hörmanns gekannt, wenn auch nur flüchtig.

»Am besten, du packst deine Sachen und kommst erst einmal zu mir«, sagte sie dann, nachdem sie sich wenigstens ein bisschen beruhigt hatte. »Was du jetzt brauchst, ist Abstand. Du kannst doch nicht alleine in deinem Haus sitzen, und nebendran sind Leute ermordet worden. Ermordet! Ich bin einfach … ja, fassungslos.« Wieder begann sie zu weinen.

»Ich weiß nicht, ob ich hier so ohne Weiteres wegkann«, sagte Frau Jung. Aber zugleich kam ihr das Angebot sehr gelegen. Wahrscheinlich wäre es in der Tat das Beste, für einige Zeit zu verreisen.

»Sobald ich von den Kriminalern grünes Licht kriege, komme ich.

Du weißt ja, wie das ist: Wahrscheinlich werde ich jetzt nach allem Möglichen befragt, muss gar noch aufs Revier. Wie mir davor graust …«

Doch schon am selben Nachmittag konnte sie ihrer Schwester zusagen.

Zwei Leute von der Kripo waren zu ihr gekommen, ein Mann, eine Frau, beide höchstens Mitte dreißig. Sie hatte gesprochen, er hatte vor allem schweigend beobachtet. Die üblichen Fragen (wie Frau Jung das aus dem Fernsehen kannte): Ob die Hörmanns Feinde gehabt hätten? Ob sie irgendetwas gehört habe? Ob ihr in letzter Zeit etwas auffällig erschienen sei? Waren ihr in den letzten Wochen Fremde in der Nähe des Hauses aufgefallen? Und ob sie etwas wüsste über das Leben des alten Ehepaares, irgendetwas, das nicht in das Bild passte, das sie nach außen hin abgaben?

Nein, nichts, nichts und noch mal nichts. Sie konnte der Polizei keine Hilfe sein. Sie wusste nicht wirklich viel über ihre Nachbarn.

Aber was geschehen sei, das wollte sie jetzt wissen. Da habe sie als Nachbarin doch einen gewissen Anspruch drauf. Und schließlich sei sie es ja gewesen, die das Verbrechen erst entdeckt habe …

Die Beamtin wand sich.

Ihr Kollege sprang ein: »Sie sind ermordet worden, beide«, sagte er. »Erschossen aus nächster Nähe.«

»Erschossen? Aber da hätte ich doch wirklich etwas hören …«

»Bei einer Pistole mit Schalldämpfer hören Sie nichts. Wir vermuten zwei Täter. Die ballistischen Untersuchungen gehen natürlich erst los. Aber auf den ersten Blick würden wir sagen, dass verschiedene Waffen benutzt worden sind.«

»Waren sie wenigstens gleich tot?«, fragte Frau Jung. »Ich meine, sie haben doch hoffentlich nicht lange leiden müssen.«

»Nicht anzunehmen«, sagte der Beamte. »Sie sind kaltblütig ermordet worden. Wie hingerichtet. Allerdings ist da noch etwas …«

Frau Jung spürte, dass der Beamte zögerte, sie in ein Geheimnis einzuweihen. Er sah sie durchdringend an. Hielt er gar sie selbst für verdächtig?

»Vielleicht ist es ein Fehler, die Katze schon aus dem Sack zu lassen. Und ich wäre Ihnen wirklich dankbar, wenn Sie das für sich behalten würden. Aber vielleicht tut es Ihnen gut, wenn Sie erfahren, dass sich Ihre Nachbarin gewehrt haben muss.«

»Gewehrt? Gegen Gangster mit Pistolen?«

»Ja, gewehrt. Und zwar nicht nur ein bisschen. Sondern mit aller Gewalt. Wir haben Blut gefunden, das offenbar nicht von Ihren Nachbarn stammt. Viel Blut. Bevor sie erschossen worden ist, hat sie einem ihrer Peiniger ein Messer oder sonst irgendeinen spitzen Gegenstand in den Körper gestoßen. In dem seiner Haut möchte ich jetzt nicht stecken.«

»Kriegen Sie die Täter?«

»Der eine davon zieht eine solche Blutspur hinter sich her, dass wir ihn bald haben werden. Ob er dann noch lebt, ist die andere Frage. Und der andere …«

Dass Frau Jung schließlich bat, zu ihrer Schwester reisen zu dürfen, kam den beiden Beamten sehr gelegen.

»Aber vorher brauchen wir Sie noch. Wir müssen Sie bitten, mit uns durch das Haus zu gehen. Wir müssen wissen, ob Ihnen etwas auffällt. Zum Beispiel ob Ihrer Meinung nach etwas fehlt.«

»Aber so gut kannte ich die …«

»Sie sind Nachbarn. Seit Langem, nehme ich an«, sagte der Beamte. »Sie waren sicher des Öfteren bei dem Ehepaar im Haus. Vielleicht können Sie uns wirklich weiterhelfen.«

»Das stimmt schon, aber …«

»Lassen Sie uns nachher gemeinsam durchgehen. Keine Sorge: Die Toten sind bereits weggebracht worden. Sie wären uns eine große Hilfe, Frau Jung. Und natürlich befragen wir dazu auch noch die näheren Angehörigen der Verstorbenen.«

Frau Jung nickte. Ihr war nicht wohl in ihrer Haut. Sie hätte viel dafür gegeben, nicht hinüberzumüssen.

»Danach können Sie natürlich zu Ihrer Schwester fahren«, sagte die Beamtin. »Ich glaube, das ist das Beste, was Sie tun können. Damit kommen Sie aus der Schusslinie der Journalisten.« Sie bemerkte die unpassende Wendung, sah hilfesuchend zu ihrem Kollegen.

»Lassen Sie uns die Adresse da, wo wir Sie erreichen«, sagte der. »Und wir veranlassen, dass Sie ungestört und unauffällig verreisen können.«

Noch am selben Nachmittag wurde Frau Jung von einem Zivilfahrzeug zum Bahnhof gebracht. Um achtzehn Uhr zwölf fuhr ihr Zug.

Den Mann mit dem durchstochenen Gesicht fanden Kinder in einem Park, keine zwei Kilometer vom Tatort entfernt. Er lag neben einer Bank, als wäre er im Schlaf heruntergerutscht. Bei den Kindern handelte es sich um zwei elf- beziehungsweise zwölfjährige Mädchen, die ihren Nachhauseweg von der Schule gegen das Vorsichtsgebot ihrer Eltern – »Es treibt sich immer viel Gsindel herum in den Anlagen« – durch den etwas heruntergekommenen Park abkürzen wollten.

Sie hielten den Mann für einen Betrunken, gingen vorsichtig ein paar Schritte näher heran. Doch als sie das entstellte Gesicht sahen, liefen sie schreiend davon. Eine der beiden warf sogar ihre Schultasche weg, um schneller laufen zu können.

Ein Taxler, der auf seinen nächsten Auftrag wartend vor seinem Auto stand, kam den Mädchen zu Hilfe und verständigte über seine Funkzentrale die Polizei.

Der Mann war nicht tot. Zumindest nicht ganz. Der herbeigerufene Notarzt stellte noch einen Hauch von Leben in ihm fest.

Für die Kripo bestand sofort der Verdacht, dass es sich um den Täter aus der Reihenhaussiedlung handeln könnte. Der Vergleich seines Blutes mit den verschiedenen Blutspuren am Tatort erbrachte rasch Sicherheit. Sie hatten ihn!

Aber aller Wahrscheinlichkeit nach war er nicht allein gewesen. Die tödlichen Schüsse waren aus zwei verschiedenen Waffen abgegeben worden. Noch waren die Untersuchungen am Tatort nicht abgeschlossen, die Spuren nicht analysiert und ausgewertet. Aber man konnte davon ausgehen, dass die Mörder zu zweit gewesen waren.

Den einen haben wir, dachte Paul Schwarzenbacher, der als Leiter der Sonderkommission eingesetzt worden war. Er wurde in Wien als Ermittler mit besonderer Spürnase gehandelt. Als Mann mit Verstand und Intuition. Und ihm haftete der Ruf an, manch ein Verbrechen zu wittern, noch ehe es ausgeführt worden war.

Den einen haben wir, dachte er. Durch ihn könnten wir erfahren, was diese Kerle überhaupt bei den Leuten wollten. Und wer der andere war.

Aber zu diesem Zeitpunkt war Henryk Drammen schon tot.

Noch auf dem Weg ins Krankenhaus war er verstorben.

Er hatte nichts mehr gesagt. Kein Wort. Sein Kopf war zur Seite gekippt – und das war's gewesen.

Geboren vor achtundzwanzig Jahren in Hannover, war er zunächst in Deutschland, später in Österreich und der Schweiz polizeilich auffällig geworden. Seine Akte las sich wie die eines Mannes, der irgendwann für lebenslang hinter Gitter gekommen wäre: Gewaltdelikte als Jugendlicher, Raub, schwere Körperverletzung. Mehrere Jahre Gefängnis hatte er hinter sich. Jetzt hätte er viele Jahre vor sich gehabt.

»Scheiße«, fluchte Schwarzenbacher, als er von Drammens Tod erfuhr. »Verdammte Scheiße. Es hätte mir nichts gemacht, dass diese Sau jämmerlich krepiert. Aber vorher«, er massierte sich den Nacken mit beiden Händen, »vorher hätte ich noch ein paar Worte aus ihm herausgeprügelt …«

Es fand sich nicht die geringste Spur, die zu dem zweiten Täter hätte führen können.

Die Beamten hatten Frau Jung zum Bahnhof gebracht. Nicht in einem Streifenwagen, sondern zivil. Der eine hatte ihr sogar den Koffer bis zum Fahrkartenschalter getragen, bevor er sich höflich verabschiedet hatte.

Zuvor war Frau Jung durchs Haus der Hörmanns geführt worden. Sie sah das Blut im WC, im Flur, im Wohnzimmer. Aber sie war jetzt so aufgeregt und angespannt, dass sie die Tragweite der Ereignisse gar nicht mehr an sich heranließ.

Höchst konzentriert schritt sie von Zimmer zu Zimmer, befolgte die Anordnungen der Leute von der Spurensicherung und versuchte dabei, sich an alles zu erinnern, was sie bei Hörmanns gesehen und für schön und vielleicht auch wertvoll erachtet hatte. Doch sie konnte der Polizei nur sehr bedingt weiterhelfen: Die Bilder, vielleicht nicht ganz wertlose Kupferstiche, hingen nach wie vor an den Wänden im Flur und am Treppenaufgang. Eine romantische Szene, zwei Liebende in Porzellan, in zarten Farben bemalt, wohl aus den weltberühmten Manufakturen Meissens oder Nymphenburgs stammend, wertvoll in jedem Fall, stand unversehrt in der Schrankwand im Wohnzimmer. Eines von Herrn Hörmanns Briefmarkenalben lag sorgfältig aufgeschlagen auf dem kleinen Sekretär, der in der Nische links vom großen Fenster zum Garten hin stand. Die Bücher im weißen Regal – unangetastet. Die Accessoires auf einem Board, kleine Erinnerungen an Urlaubsreisen zum Beispiel – offensichtlich al-

les da. Nichts lag unordentlich herum, nichts ließ Rückschlüsse zu, dass hier Kapitalverbrecher etwas gesucht haben könnten.

»Ich muss zugeben«, sagte die alte Dame, »nicht gerade oft hier gewesen zu sein. Ein paarmal nur in jedem Jahr. Hörmanns lebten recht zurückgezogen. Und ich ja eigentlich auch. Also könnte ich mich auch täuschen. Aber mir fällt jedenfalls nicht auf, dass etwas weggekommen wäre. Nein«, sie schüttelte den Kopf, »ich glaube, dass nichts Wesentliches fehlt.«

»Denken Sie noch einmal nach«, sagte der Mann, der wohl der Chef hier am Tatort war, ein gewisser Herr Schwarzenbacher. Er war für Frau Jungs Empfinden und unter den gegebenen traurigen Umständen etwas zu forsch. »Lassen Sie nichts unerwähnt ...«

»Wie ich schon gesagt habe«, gab sie zur Antwort, »ich kann mich täuschen. Aber das glaube ich eher nicht.«

Sie versuchte, auch beim Hinausgehen das Blut im Flur zu ignorieren. Doch es gelang ihr nicht mehr im gleichen Maß wie zuvor. Sie schluckte, hielt sich eine Hand vor den Mund, sagte: »Es ist so entsetzlich ...«

Ein junger Beamter nahm sie am Arm, stützte sie und führte sie vors Haus.

»Ich danke Ihnen«, sagte sie. »Ich wäre Ihnen wirklich verbunden, wenn Sie mich jetzt nicht mehr benötigen würden. Mich nimmt das alles sehr mit ...«

Der junge Beamte suchte den Blick von Schwarzenbacher, der vom Flur aus ins WC sah, den Tatort gleichsam mit seinen Augen vermaß und archivierte, ihm dann aber durch ein Nicken signalisierte, dass Frau Jung jetzt gehen könnte.

Sie wurde nicht mehr gebraucht.

Für Schwarzenbacher, den »Fuchs« in der Wiener Kripo, gab es jetzt Wichtigeres als die nicht sehr stichhaltigen Erinnerungen dieser Nachbarin.

Er hatte zu tun. Und das nicht nur von Berufs wegen. Sein Jagdinstinkt war erwacht. Er verengte die Augen zu Schlitzen, um noch besser sehen zu können. Er sog die Luft durch die Nase ein. Er nahm Witterung auf.

Er würde diesen Fall lösen. Daran glaubte er. Lange und lange vergeblich.

18

Krupp blieb verschollen. Das Wetter und die hohe Lawinengefahr ließen zunächst keine strukturierte Suche in der schwer zugänglichen Bergregion zu.

Als es endlich so weit war, dass die Situation sich verbessert hatte, blieb eine mehrtägige Suchaktion erfolglos. Zumindest was die sterblichen Überreste des jungen Mannes anging. Dass er nicht mehr am Leben sein konnte, war erwiesen. Und als die Suche mit Hubschraubern, Bergrettungsleuten und Spürhunden immerhin einen Wanderstiefel erbrachte und dieser zweifelsfrei als Krupps Schuh identifiziert werden konnte – es war die Psychologin Dr. Santner, die mit Krupp zusammen die Bekleidung und Ausrüstung für das Unternehmen ausgewählt hatte und die jetzt die Bestätigung lieferte –, da waren auch letzte Zweifel aus der Welt geschafft.

Laut Peter Strolz, dem Bergführer, der selbst zu Krupps Opfer geworden war und der es sich dennoch oder gerade deshalb nicht nehmen ließ, sich an der Suche zu beteiligen, musste der Mörder unter einer meterhohen Schneeschicht begraben liegen. Irgendwo im Auslauf einer Lawine, von denen in dieser Gegend zahlreiche niedergegangen waren, viele davon mit ungeheurer Wucht und Zerstörungskraft.

»Es ist wirklich ein Wunder, dass des Madl no lebt«, sagte der Einsatzleiter der Bergrettung. »Wirklich ein Wunder.«

***

Als der Fall für die ermittelnden Beamten in Innsbruck so weit klar war, wurden die Kollegen in Wien gebeten, sich um eine Hausdurchsuchung in Krupps Wohnung zu kümmern. Die Wohnungstür wurde aufgebrochen, weil sich in Krupps Zelle kein Schlüssel fand und weil beim Hausmeister in der ziemlich heruntergekommenen Siedlung niemand öffnete.

Krupp hatte ein Apartment bewohnt, eineinhalb Zimmer mit Kochnische und sogenannter Nasszelle. Was man genau suchen sollte oder was man eigentlich zu finden gedachte, war allen Beteiligten nicht ganz klar. Also wurde nach Waffen und nach Drogen gesucht. Man wurde fündig, jedoch nicht in einem überraschenden oder ermittlungstechnisch befriedigenden Maß. Hinter ein paar Büchern entdeckte eine junge Polizeibeamtin einen nigelnagelneuen Revolver, noch verpackt im Originalkarton. Sie wurde vom Leiter des Einsatzes gelobt dafür.

Sie war noch jung, verfügte noch nicht über viel Erfahrung im Polizeidienst, und sie war in diesem Augenblick überglücklich über diesen kleinen Erfolg. So glücklich, dass sie beinahe die gläserne Schneekugel mit den beiden Skifahrern darin klammheimlich eingesteckt hätte. Sie gefiel ihr so gut! Sie hatte sie genommen, geschüttelt, es im Inneren der Kugel schneien lassen. Irgendeine glückselige Kindheitserinnerung musste in diesem Moment angeklungen sein bei ihr – sie war nahe dran, diese Kugel, die doch eh niemand mehr benötigen würde, mit der vielleicht nie mehr jemand spielen würde, in die Tasche ihrer Polizeijacke zu stecken.

Sie ließ es sein. Die Polizistin in ihr gewann die Oberhand. Sie stellte die Kugel zurück, schaute dem Schneetreiben noch ein paar Sekunden lang zu und setzte dann ihre Arbeit fort.

***

Schwarzenbacher hörte Musik gerne laut. Schon morgens, gleich nach dem Aufwachen, wenn den meisten Leuten der Sinn noch nicht nach Jazzrock stand, drehte er Herbie Hancock oder Weather Report oder das Mahavishnu Orchestra ziemlich laut auf. Deshalb hörte er an diesem Vormittag sein Handy nicht, als Marielle zweimal versuchte, ihn anzurufen.

Als er dann aber ihre SMS las, wusste er sofort, dass er immer auf der richtigen Fährte gewesen war:

»Scheiß Erinnern. Ich hab noch was für dich. Heut um 2 im ›Treibhaus‹? Marielle.«